PARA SEMPRE SEU

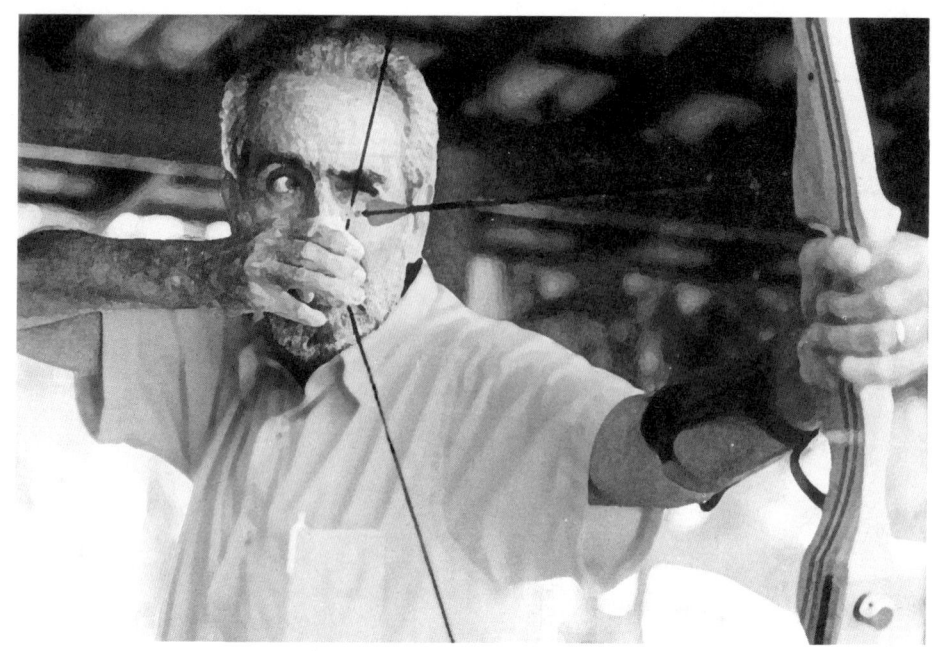

O Arqueiro

GERALDO JORDÃO PEREIRA (1938-2008) começou sua carreira aos 17 anos, quando foi trabalhar com seu pai, o célebre editor José Olympio, publicando obras marcantes como *O menino do dedo verde*, de Maurice Druon, e *Minha vida*, de Charles Chaplin.

Em 1976, fundou a Editora Salamandra com o propósito de formar uma nova geração de leitores e acabou criando um dos catálogos infantis mais premiados do Brasil. Em 1992, fugindo de sua linha editorial, lançou *Muitas vidas, muitos mestres*, de Brian Weiss, livro que deu origem à Editora Sextante.

Fã de histórias de suspense, Geraldo descobriu *O Código Da Vinci* antes mesmo de ele ser lançado nos Estados Unidos. A aposta em ficção, que não era o foco da Sextante, foi certeira: o título se transformou em um dos maiores fenômenos editoriais de todos os tempos.

Mas não foi só aos livros que se dedicou. Com seu desejo de ajudar o próximo, Geraldo desenvolveu diversos projetos sociais que se tornaram sua grande paixão.

Com a missão de publicar histórias empolgantes, tornar os livros cada vez mais acessíveis e despertar o amor pela leitura, a Editora Arqueiro é uma homenagem a esta figura extraordinária, capaz de enxergar mais além, mirar nas coisas verdadeiramente importantes e não perder o idealismo e a esperança diante dos desafios e contratempos da vida.

ABBY JIMENEZ

PARA SEMPRE SEU

ARQUEIRO

Título original: *Yours Truly*

Copyright © 2023 por Abby Jimenez

Trecho de *Part of Your World* © 2022 por Abby Jimenez

Copyright da tradução © 2023 por Editora Arqueiro Ltda.

Todos os direitos reservados. Nenhuma parte deste livro pode ser utilizada ou reproduzida sob quaisquer meios existentes sem autorização por escrito dos editores.

tradução: Alessandra Esteche

preparo de originais: Camila Fernandes

revisão: Ana Grillo e Mariana Bard

capa: Sarah Congdon © 2023 por Hachette Book Group, Inc.

diagramação e adaptação de capa: Gustavo Cardozo

impressão e acabamento: Lis Gráfica e Editora Ltda.

CIP-BRASIL. CATALOGAÇÃO NA PUBLICAÇÃO
SINDICATO NACIONAL DOS EDITORES DE LIVROS, RJ

J57p

Jimenez, Abby
    Para sempre seu / Abby Jimenez ; [tradução Alessandra Esteche]. - 1. ed. - São Paulo : Arqueiro, 2023.
    384 p. ; 23 cm.

    Tradução de: Yours truly
    ISBN 978-65-5565-556-8

    1. Ficção americana. I. Esteche, Alessandra. II. Título.

23-85854   CDD: 813
                      CDU: 82-3(73)

Gabriela Faray Ferreira Lopes - Bibliotecária - CRB-7/6643

Todos os direitos reservados, no Brasil, por
Editora Arqueiro Ltda.
Rua Artur de Azevedo, 1.767 – Conj. 177 – Pinheiros
05404-014 – São Paulo – SP
Tel.: (11) 2894-4987
E-mail: atendimento@editoraarqueiro.com.br
www.editoraarqueiro.com.br

Nota sobre o conteúdo

Este livro é especial para mim por muitos motivos, mas, antes que você vire a página, só quero avisar sobre algumas situações delicadas: a traição que uma protagonista sofreu num relacionamento anterior, a lembrança de um problema na gravidez, uma menção a suicídio e a ansiedade de um personagem. Apesar desses temas, os leitores desfrutarão de risadas e finais felizes. Há mais orientações sobre o conteúdo na minha página no Goodreads. Muito obrigada por ler este livro, e torço para que você curta muito.

Com carinho,
Abby

*Para meu marido incrível, Carlos,
que cuidou de mim em épocas muito difíceis.
Obrigada por sempre ser inofensivo para mim.*

1

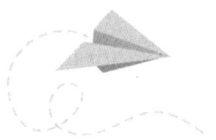

Briana

– Estão chamando o cara novo de Dr. Morte.

Jocelyn estava do outro lado do balcão enquanto eu preenchia o histórico dos meus pacientes no computador.

Eu a encarei e revirei os olhos.

– Deixem o cara em paz – falei, digitando minhas anotações. – Ele só está aqui há onze horas. É o primeiro dia dele.

– Essa é a questão – sussurrou ela. – A taxa de morte é cem por cento.

Ri, mas sem desviar o olhar da tela.

– Vocês não podem chamá-lo assim. Não vai ser nada bom se os pacientes ouvirem as enfermeiras cochichando sobre um Dr. Morte.

– Que tal Dr. M, então?

– Não.

– Por quê?

– Porque parece alguma coisa relacionada ao *tamanho* dele.

Jocelyn bufou.

– Tá, mas alguém precisa dar uma olhada nisso. Seis pacientes mortos?!

Olhei para o meu relógio.

– A gente trabalha numa emergência, Jocelyn. Morte não é exatamente uma novidade.

– Você não é a chefe da emergência? Não é seu *trabalho* investigar esse tipo de coisa?

Digitei a última letra e olhei para ela.

– O Dr. Gibson ainda não se aposentou e o conselho não votou a substituição dele, então não, não é meu trabalho.

— Mas vai ser. Esse cargo com certeza vai ser seu. Você não acha que deveria começar a exercer sua futura função e parar essa carnificina?

Ela deu um passo para trás e cruzou os braços.

Senti os olhos de vários enfermeiros me espreitando por todo o andar. Jocelyn fora enviada como embaixadora. Quando os enfermeiros encucavam com alguma coisa, não desistiam nunca. Coitado do cara. Ele não ia gostar do hospital.

Soltei um longo suspiro.

— O primeiro paciente tinha 96 anos e um problema no coração. O segundo era uma vítima de derrame de 89 anos com uma ordem de não reanimação. O terceiro sofreu um esmagamento num acidente de carro, e só Deus poderia ter salvado aquele homem, sei porque dei uma olhada nas chapas de raios X. O paciente número quatro tinha um ferimento a bala na cabeça, e não preciso te lembrar que o índice de fatalidade nesse caso é de noventa por cento. A vítima estava em coma, sem nenhuma evidência de atividade cerebral. O número cinco era um paciente de câncer em cuidados paliativos, e o seis estava com uma septicemia tão grave que chegou praticamente morto.

— Eu a encarei nos olhos. — *Não é culpa dele*. Às vezes acontece.

Jocelyn comprimiu os lábios, formando uma linha reta.

— Às vezes. Mas não no primeiro dia — argumentou ela.

Tive que concordar. A chance era mesmo muito baixa. Mas ainda assim...

— Olha... Encaminhe todos os pacientes novos para mim, tá? — falei, meio cansada. — Só falta uma hora para o plantão dele acabar. E nada de Dr. Morte. Por favor.

Ela me lançou um olhar sério.

— Ele é um grosso, sabia?

— Grosso como? — perguntei.

— Ele mandou o Hector guardar o celular no armário. *Você* nunca obriga a gente a fazer isso.

— Hector não está no meio de um término épico com o José? Ele deve ficar olhando o celular de cinco em cinco segundos. Provavelmente eu teria pedido a mesma coisa.

A porta do quarto 8 se abriu, e de lá saiu um cara ruivo de uniforme preto. Ele estava de costas para mim, então não consegui ver seu rosto. Observei-o tirar as luvas e jogá-las num cesto de lixo hospitalar. Ele pressionou o nariz, respirou fundo e se arrastou em direção ao vestiário com a cabeça baixa.

Logo em seguida, Hector saiu do quarto e olhou para nós. Levantou sete dedos e puxou o ar por entre os dentes.

Jocelyn me lançou um olhar que dizia "Eu avisei", mas balancei a cabeça.

– Nada de Dr. Morte. Agora, vai fazer algo produtivo, vai.

Ela fez beicinho, mas foi.

Meu celular tocou, e tirei o aparelho do bolso.

ALEXIS: Quero te visitar no dia 19.

Digitei uma resposta:

Eu estou bem.

Eu *não* estava bem. Mas também não ia tirar minha melhor amiga grávida do conforto da lua de mel para que ela ficasse comigo na casa abandonada e mal-assombrada que minha vida tinha virado. Eu a amava demais para torturá-la assim.

O celular tocou.

Fiquei de pé, entrei de fininho num quarto vazio e atendi.

– Eu já disse que estou bem – falei.

– Não. Eu vou. A que horas você sai?

– Alexis. – Soltei um gemido. – Eu só quero fingir que esse é um dia como qualquer outro.

– *Não é* como qualquer outro. É o dia em que o seu divórcio sai. É importante.

– Não vou fazer nenhuma idiotice. Não vou ficar bêbada e ligar para ele. Não vou encher a cara e vomitar no meu próprio cabelo...

– Estou mais preocupada com a possibilidade de você jogar coquetéis molotov pela janela dele.

Eu ri.

– Já essa é uma preocupação válida – resmunguei.

Quando se tratava de Nick, meu histórico não era exatamente o de uma pessoa calma e racional. Eu gostaria de poder dizer que agi com equilíbrio e graça quando finalmente descobri que ele me traía, uma imagem de dignidade diante de uma mágoa inimaginável. *Na verdade*, o que fiz foi perder completamente a cabeça. Joguei minha aliança no vaso, dei descarga e reguei as plantas dele com água sanitária. Depois liguei para a mãe dele e falei que tipo de homem ela havia criado – e eu estava só começando. Eu mesma fiquei chocada com o nível de mesquinharia a que estava disposta a me rebaixar. O *grand finale* das profundezas de minha depravação foi tão vergonhoso que proibi Alexis de tocar no assunto.

– A não ser que você tenha um encontro, eu vou – disse ela.

– Rá. Até parece.

Eu me sentei numa maca e apoiei a testa numa das mãos.

Desde que terminei com Nick, tive alguns dos piores encontros da história da internet. A quantidade de lixo que acabei encontrando no Tinder no ano passado foi tão desanimadora que fez com que Nick parecesse o Príncipe Encantado.

– Ainda não deu sorte? – perguntou ela.

– Mês passado saí com um cara que tinha um bafômetro instalado no carro por ordem judicial, de tanto que ele foi pego dirigindo bêbado. Ele pediu que eu soprasse no aparelho para o carro ligar. Também teve o cara que chegou com uma suástica tatuada no pescoço. No último encontro, a mulher do cara, que eu nem sabia que existia, apareceu no restaurante e perguntou se era com aquilo que ele gastava o dinheiro que tinha pedido para comprar o material escolar dos filhos. Ele havia me dito que não tinha filhos.

Alexis devia ter ficado pálida.

– Ah, que *nojo*.

– Você não tem ideia da sorte que teve ao encontrar o Daniel. Sério, ofereça um sacrifício aos deuses do namoro em gratidão. – Olhei para o relógio. – Preciso ir, estou no meio do plantão. Ligo quando sair.

– Tá. Mas me liga mesmo – disse ela.

– Vou ligar, sim.

Desligamos. Fiquei um tempinho sentada ali olhando a parede. Havia um quadro de avaliação da dor pendurado, e rostinhos desenhados com várias expressões acima dos níveis de dor correspondentes. Um rostinho verde sorridente acima do número zero. Um rostinho vermelho chorando acima do dez.

Mantive os olhos fixos no dez.

Eu estava conseguindo não pensar demais no dia 19. Esperava que, se não me ativesse à data, talvez, com sorte, só me lembrasse dela alguns dias depois de já ter passado. Nick e eu estávamos separados havia um ano. A data só oficializaria a separação por meio de documentos. Na prática não mudaria nada.

Ainda assim...

Talvez Alexis tivesse razão e eu não devesse ficar sozinha caso a data fatídica me pegasse de surpresa como um soco no peito.

A última hora de trabalho foi tranquila. Atendi o único paciente que chegou – ninguém morreu. Mas, para ser justa, foi o paciente de sempre, o Cara do Nunchaku, com mais uma concussão, então a sorte estava a meu favor.

Eu me preparava para ir embora quando Jocelyn voltou.

– Olha, Gibson quer falar com você antes do fim do plantão. – Os olhos dela estavam brilhando. – É agora! – cantarolou ela. – Ele vai te oferecer o cargo.

Gibson era o chefe da emergência do Royaume. Ia se aposentar naquele mês. Tecnicamente, já fazia quase um ano que ele tinha se aposentado. Alexis ficou com o cargo quando ele saiu, mas pediu demissão depois de um mês porque ia se mudar com o novo marido para uma cidadezinha no meio do nada e abrir a própria clínica, e aí Gibson voltou.

– Impossível o conselho já ter votado, então duvido – falei. – Mas agradeço a confiança.

Mas então pensei bem, e talvez ele fosse *mesmo* me oferecer a vaga.

Ninguém além de mim tinha demonstrado interesse. Ninguém mais estava concorrendo. Eles tinham mesmo que votar? Sobre o que mais Gibson poderia querer conversar comigo?

Levemente animada, atravessei o corredor em direção à sala dele. Quer dizer, aceitar o cargo implicaria um volume imenso de trabalho. Seis dias por semana, oito horas ou mais. Mas eu estava preparada. O hospital Royaume já era minha vida. Melhor então que eu dedicasse todo o meu potencial a ele.

Dei uma batidinha no umbral da porta dele.

– Oi. Você queria falar comigo?

Gibson levantou a cabeça e deu um sorriso caloroso.

– Entre.

Sentado à mesa, com o cabelo grisalho penteado para trás com cuidado, ele me lembrava um vovozinho querido. Eu gostava dele. Todos gostavam. Gibson ocupava aquele cargo desde sempre.

– Feche a porta – disse enquanto assinava alguma coisa.

Eu me sentei na cadeira à sua frente.

Ele terminou de lidar com a documentação e deixou-a de lado, dando um sorriso largo e cheio de dentes.

– Como você está, Briana?

– Bem – respondi, animada.

– E seu irmão, Benny?

– Tão bem quanto possível.

– Bom, fico feliz em saber. Isso tudo é uma infelicidade. Mas ele tem médicos ótimos.

Assenti.

– O Royaume é o melhor. Falando nisso, estou entusiasmada para começar... Não que eu esteja ansiosa pela sua saída – acrescentei.

Ele deu uma risadinha.

– Vai ter votação? – perguntei. – Ninguém mais está concorrendo.

Ele entrelaçou os dedos e apoiou as mãos na barriga.

– Bom, era sobre isso que eu queria falar com você. Queria dizer pessoalmente. Decidi adiar a aposentadoria por mais alguns meses.

– Ah. – Tentei disfarçar a decepção. – Tá bem. Achei que você e Jodi fossem se mudar para um casarão na Costa Rica.

Ele riu, bem-humorado.

– E vamos. Mas a viagem pode esperar. Quero que todos tenham um tempinho para conhecer o Dr. Maddox antes de votarmos. Parece justo.

Pisquei, confusa.

– Perdão. Quem?

Ele fez um aceno de cabeça indicando a emergência.

– Dr. Jacob Maddox. Ele começou hoje. Foi chefe da emergência no Memorial West nos últimos anos. Ótima pessoa. Bastante qualificado.

Fiquei muda por uns bons segundos.

– Você vai adiar a votação? Por causa *dele*?

– Para dar à equipe uma chance de se familiarizar com ele.

– Para dar uma vantagem a ele – falei, categórica.

Ele pareceu meio surpreso com minha reação.

– Não, para que seja justo. Você sabe tão bem quanto eu que essas coisas podem praticamente virar um concurso de popularidade, e ele merece uma chance.

Fiquei olhando para Gibson, incrédula.

– Você vai mesmo fazer isso. Vai adiar a votação para ele ter mais chance de conseguir o cargo. Eu estou aqui há *dez* anos.

Ele me encarou com uma expressão séria.

– Briana, preciso pensar no que é melhor para o departamento. É sempre preferível ter um leque maior. Não há glória nenhuma em conseguir o cargo por falta de opção...

– Não seria por falta de opção. Seria por mérito. Dez anos de mérito.

O olhar dele demonstrava toda a paciência.

– Sabe, Alexis não foi eleita sem concorrência. Competição é saudável. Se o cargo for seu, ainda vai ser seu daqui a três meses.

Fiquei sentada ali tentando respirar com calma. Tive que dar tudo de mim para não gritar: "Estão chamando o cara de Dr. Morte!"

– São só três meses – continuou Gibson. – Depois votamos, eu vou beber água de coco em alguma praia por aí e você também vai estar exatamente onde quer estar, espero. Aproveite a calmaria antes da tempestade. Passe um tempo com Benny.

Soltei o ar devagar para me recompor.

Gibson devia conhecer o tal do Dr. Morte. Eles deviam ser amigos. Provavelmente jogavam golfe juntos ou algo do tipo. Aquilo tudo cheirava a favorecimento. Mas que escolha eu tinha? Se Gibson havia decidido não se aposentar ainda, eu não podia fazer nada.

– Obrigada por me avisar – falei, um pouco rígida.

Eu me levantei e saí.

Assim que cheguei ao carro, liguei para Alexis.

– Odeio o novo médico – disse quando ela atendeu.

– Bom... oi.

– Chamam o cara de Dr. Morte. Ele matou sete pacientes hoje. *Sete*. Primeiro dia.

– Bom, acontece.

Ela parecia distraída.

– E ouve só essa: Gibson vai adiar a aposentadoria para o médico novo ter a chance de concorrer à chefia. É uma merda de um clube do bolinha.

– Aham – resmungou ela.

Fiquei ouvindo por um instante. Então me encolhi, horrorizada.

– Ai, meu Deus! Vocês estão se pegando? Eu estou no telefone!

Ela e Daniel viviam grudados. Acho que só não davam amassos durante as refeições.

Massageei a têmpora.

– Você pode, por favor, jogar um pouco de água gelada nele e conversar comigo? Estou no meio de uma crise.

– Desculpa, espera.

Ela sussurrou alguma coisa que não consegui ouvir e deu uma risadinha. Então *ele* deu uma risadinha.

Revirei os olhos e esperei. Aquele ano marcaria a minha história de origem como vilã. Eu tinha certeza.

Ouvi uma porta se fechando ao fundo e ela voltou ao celular.

– Pronto. Estou aqui. Me conte tudo.

– Então, o médico novo é um figurão que veio do Memorial West. Acho que ele era o chefe lá, e aí o Gibson quer adiar a aposentadoria para que todos possam conhecer ele melhor. O cara é um babaca, os enfermeiros odeiam…

– Bom, se os enfermeiros odeiam o cara, você não tem com que se preocupar.

– Não é essa a questão! Você acha que o Gibson faria isso se o médico novo fosse uma mulher?

Ouvi Alexis apertando botões num micro-ondas.

– É… acho. Gibson é bem justo. Não imagino ele transformando isso numa questão de gênero.

– Você deveria ficar do *meu* lado.

– Eu *estou* do seu lado. Olha só, não tem como você não conseguir o cargo. Ele te fez um favor. Acabou de devolver seu verão sem você ficar presa à emergência oitenta horas por semana. Benny precisa de você neste momento. É melhor você estar livre nos próximos meses enquanto ele se adapta.

Fiquei em silêncio. Do jeito que Benny estava, eu provavelmente passaria tanto tempo com ele na emergência quanto em casa. Engoli em seco, com dificuldade, como sempre fazia quando pensava em meu irmão.

– Então, como é esse médico novo? – perguntou Alexis, claramente querendo mudar de assunto.

– Não faço ideia – resmunguei. – Ele parece um demônio das sombras. Sempre que entro no ambiente em que ele está, ele sai pela outra porta. Vi a nuca do sujeito algumas vezes, e só.

– Você não se apresentou quando ele chegou?

– Eu *ia* fazer isso. Mas a emergência lotou assim que bati o ponto. E, quando tudo se acalmou, não consegui encontrá-lo. Parece até que o cara se enfia em algum depósito de suprimentos quando não está declarando a morte dos pacientes.

– Veja bem – disse ela, voltando ao assunto. – Todo mundo te ama. A votação vai ser fácil, não importa quem esteja concorrendo com você. E esse médico novo, dou um mês para ele. Os enfermeiros vão acabar com ele. Até o final do verão, você vai ser a primeira chefe salvadorenha da história do Royaume, *te lo prometo*.

Alexis sabia três línguas: inglês, espanhol e língua americana de sinais. Ela era brilhante, uma filantropa reconhecida no mundo inteiro, de uma família de prestígio – e ainda por cima otimista.

Ouvi Alexis abrir a porta do micro-ondas.

– Ah, quando eu for aí vou fazer bolinhos para você – disse ela.

E, para completar, tinha passado a cozinhar. Tive que rir, apesar do meu humor. Alexis fazendo bolinhos era como se eu de repente começasse a cortar lenha – o mundo acabaria antes que isso acontecesse. Ela realmente mudou para melhor quando conheceu Daniel.

Apoiei o cotovelo na janela do carro e a cabeça na mão. Senti que estava me acalmando. Conversar com minha melhor amiga sempre surtia esse efeito. Às vezes eu detestava isso nela. Em alguns momentos só queria ficar irritada, avançando na mais pura força do ódio. Eu estava grata pela minha capacidade de continuar furiosa, ainda mais naquele ano. A raiva é um combustível poderoso. Pode ser motivadora. Fortificante.

O único problema da raiva é que ela queima rápido. A chama tende a não durar.

A chama da tristeza dura. Da mágoa. Da decepção.

Eu me dei conta de que estava com medo de que isso acontecesse no dia 19. Meu divórcio sairia, minha raiva finalmente se extinguiria e eu ficaria com o que restava de mim.

O que não era grande coisa.

2

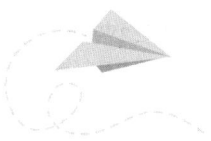

Jacob

Parei no estacionamento e fiquei sentado olhando pelo para-brisa, pensando se não seria melhor ir embora.

Amy e Jeremiah queriam conversar comigo.

Só havia um motivo para eles precisarem fazer isso àquela altura. E eu sabia qual era. Fazia meses que eu esperava que isso acontecesse.

Senti quase um alívio mórbido por finalmente acabarmos com aquilo. Fiquei olhando para o letreiro com melancolia.

Grill do Machado.

Foi onde eles decidiram conversar, uma droga de um bar com arremesso de machado. Iam soltar a bomba ali? O lugar do encontro era só um pouco menos terrível que a notícia que eu estava prestes a receber.

Seria barulhento. Teria gente bêbada. Pessoas com arquinho de noiva e chapéu de aniversário fazendo farra, gritando acima da música. Era o tipo de lugar que parecia apertado, como se as pessoas estivessem sentadas em cima umas das outras. Estranhos esbarrariam em mim, os banheiros estariam nojentos e cheios e as mesas, grudentas. Como uma versão adulta de uma festa infantil, mas com bebida alcoólica e caras desagradáveis de fraternidade.

Senti o coração disparado só de pensar em entrar.

Eu nunca vou a bares, a menos que me arrastem. Jeremiah deveria ter pensado nisso. Ele é meu irmão, sabe que eu não gosto desse tipo de lugar, que fico ansioso e esgotado. Mas imaginei que tivesse cedido à vontade da Amy – e aquilo era *a cara* dela. Ela me levava a lugares como aquele e ficava perplexa quando eu queria ir embora o mais cedo possível. Dizia algo como

"Mas a asinha de frango deles é famosa! Você adora asinha, por isso eu te trouxe aqui!" – como se o molho certo tivesse o poder de amenizar todo o resto.

Não admira que ela tenha me deixado.

Eu era sem graça, introspectivo e impossível de entender. Mesmo depois de dois anos e meio juntos.

Eu me remexi no banco, me sentindo desconfortável. Devia simplesmente ir embora. Dizer que conversaria com eles outra hora. Estava tão exausto que não conseguia nem pensar direito. Tinha começado um trabalho novo e perdido todos os pacientes que entraram na emergência.

Massageei as têmporas. Eu me sentia o próprio anjo da morte. No meu trabalho, a morte é inevitável. Não podemos salvar todas as pessoas, e é ingenuidade pensar que temos qualquer controle sobre o que entra por aquelas portas. Mas logo no meu primeiro dia?

Os enfermeiros me odiavam. Senti o desprezo no ar durante todo o plantão. E nenhum dos outros médicos foi me cumprimentar.

Eu tinha passado as últimas doze horas questionando tudo. Sair do Memorial West para trabalhar num lugar novo, abrir mão da posição de liderança, recomeçar tudo do zero. Parecia uma boa ideia na teoria, mas acho que superestimei minha capacidade de adaptação. Eu me sentia à deriva, como se um mar agitado me jogasse de um lado para outro, e todos os capitães dos navios passavam por mim rindo em vez de me jogar uma boia salva-vidas.

Entrar naquele inferno de restaurante sugaria o resto de energia da minha alma já esgotada.

Talvez pudesse encontrá-los no dia seguinte. Mas, se fosse embora, Amy e Jeremiah imaginariam que eu estava magoado. Que não tinha superado. Que não conseguiria lidar com a situação. Mesmo que eu explicasse que o problema era o lugar, não a notícia, eles nunca acreditariam em mim. Namorei Amy por anos e não consegui fazer com que ela entendesse minha ansiedade, por que entenderia agora?

Quem dera houvesse uma espécie de piloto automático que eu pudesse acionar, como geralmente fazia no trabalho. Uma memória muscular que me movimentasse. Mas eu mesmo teria que fazer aquilo. Teria que estar desperto. Totalmente consciente.

Soltei um suspiro demorado, desliguei a caminhonete e me arrastei para dentro do bar. Uma recepcionista com um piercing no nariz me levou até uma mesa nos fundos, onde minha ex-namorada e meu irmão mais novo estavam sentados lado a lado.

Eles riam e aproximavam o rosto um do outro, mas se afastaram de um salto assim que me viram.

Meu estômago se revirou quando olhei os dois juntos.

Jeremiah e Amy haviam sido desconvidados do jantar mensal na casa dos meus pais, então eu ainda não tinha sido obrigado a testemunhar aquilo. Fiquei nauseado.

Eu me sentei e me esforcei para parecer relaxado.

– Oi. Desculpem o atraso.

Amy mordeu o lábio como fazia quando estava nervosa.

– Tudo bem. Imaginamos que você fosse sair para beber com seus novos colegas ou alguma coisa assim. Sabe, para comemorar o primeiro dia.

Ri comigo mesmo.

– Obrigada por ter vindo – disse ela.

Assenti.

Bam.

Bam.

Bam bam bam.

Machados sendo arremessados contra as paredes.

Percebi que já se aproximava a visão de túnel que prenunciava um ataque de ansiedade e me perguntei quanto tempo eu ainda tinha antes de ser obrigado a me levantar e ir embora, fosse isso apropriado ou não.

Os dois ficaram ali sentados, olhando para mim como se não soubessem por onde começar.

Olhei para o relógio.

– Meu plantão começa cedo amanhã... – menti.

Amy assentiu.

– Certo. Desculpe. – Ela colocou o cabelo atrás da orelha. – Então, não sei muito bem como dizer isso...

– Vocês vão se casar – falei.

Vi a confirmação em sua expressão antes mesmo que ela dissesse alguma coisa.

Ela fez que sim.

– Vamos nos casar.

Bam. Bam bam bam.

Risadas, gritos, garfos batendo nos pratos. Alguém derrubou um copo, que se estilhaçou, e todos comemoraram. O ambiente foi escurecendo ao meu redor, mas me forcei a sorrir de um jeito que eu achava que pareceria autêntico.

– Parabéns – falei. – Já marcaram a data?

Ela olhou para Jeremiah, que sorriu para ela.

– Estamos pensando em julho – disse ele.

Assenti.

– Ótimo. É um bom mês. Não vejo a hora de estar ao lado de vocês.

Fiquei surpreso com o quanto eu parecia calmo.

Amy umedeceu os lábios.

– Nós, é… ainda não contamos para ninguém. Achamos que você devia ser o primeiro a saber.

– Obrigado. Mas não era necessário. Tenho certeza de que todos vão ficar emocionados. – Olhei mais uma vez para o relógio. – Este lugar é meio barulhento para mim. Acho que já vou. Parabéns. E me avisem se eu puder ajudar com alguma coisa.

Eles me olharam com gratidão. Não sei o que esperavam. Talvez achassem que, apesar da elegância com que eu tinha lidado com tudo que havia acontecido até aquele momento, a notícia do casamento pudesse me levar ao limite. Mas eu estava decidido a sustentar minha posição. Ficar indignado e irritado não mudaria nada. E eles não tinham a intenção de me magoar.

Ainda que tivessem magoado.

Fiquei de pé e tentei sair do bar caminhando numa velocidade normal. As batidas me perseguiam, cada uma era um tiro em meus calcanhares.

Despistei a onda de ansiedade no instante em que pisei na calçada e senti o ar fresco de abril. Apoiei as mãos nos joelhos e respirei com dificuldade.

Então finalmente estava acontecendo. A mulher que eu amava tinha me esquecido. Ia se casar com outra pessoa.

E essa pessoa era meu irmão.

No dia seguinte, meu celular tocou quando eu estava no hospital, entre um paciente e outro. Era minha irmã mais velha, Jewel. Fiquei olhando para o aparelho com um pavor resignado.

Eu teria que lidar com a onda de choque que a notícia causaria. Além dos meus próprios sentimentos, os de todos os envolvidos se derramariam sobre mim em cascata, até eu ficar encharcado.

Entrei num depósito de suprimentos e atendi.

– Jewel.

– É uma sacanagem – disse ela. – Eu não vou, só para você saber. Eles que se danem.

– Eles que se danem! – repetiu a esposa dela, Gwen, ao fundo.

Massageei a testa, cansado.

– Gwen, está tudo bem.

– É normal se não estiver, Jacob. – A voz era da minha mãe.

– Eu também não vou! – gritou uma quarta pessoa. Era minha outra irmã mais velha, Jill.

– Nem eu! – A mais nova, Jane.

Pelo visto, Amy e Jeremiah tinham contado para todo mundo junto.

– Seu pai está aqui – disse minha mãe.

– Jacob, estou aqui se quiser conversar – afirmou meu pai, a voz mais distante do telefone.

Ele devia ter sido persuadido a participar do telefonema. Declarações dramáticas não faziam seu estilo.

– Ninguém mandou semearem vento – disse Jewel. – Ninguém da família vai.

– *Eu* vou. Estou feliz por eles – menti. – Pretendo oferecer todo o meu apoio – falei com sinceridade. – E espero que vocês também façam isso.

Eles arquejaram juntos em uníssono.

– *Como* você pode aceitar isso assim? – perguntou Jewel. – Eles começaram a namorar menos de três meses depois de vocês terminarem. É nojento.

– É zoado, cara. – Walter, marido da Jill.

A gangue toda. Perfeito.
Eu me sentei numa caixa de papel higiênico.
– Estou bem, de verdade – falei, pressionando o nariz.
– Você *não* está bem – insistiu Gwen. – Eles são uns babacas! Como podem esperar que você vá? Como podem esperar que *qualquer um* de nós vá?
– Acho que eles não esperam nada – respondi, cansado. – Mas o fato de vocês não apoiarem a situação não muda nada. Se eles desejarem minha presença, eu vou ao casamento. Mesmo que vocês não vão.
– Jacob – disse minha mãe, cautelosa –, você sempre foi diplomático. Eu adoro isso em você, mas *não precisa* passar por essa situação. Tudo bem estabelecer limites.
– Mãe, eu estou bem, de verdade. Já esqueci. Superei.
– Superou *como*? – perguntou Jewel. – Você não saiu com ninguém desde que ela foi embora.
Jill sussurrou ao fundo:
– Talvez ele esteja se encontrando. Ele não precisa sair com alguém para superar...
– Precisa, sim! – retrucou Jill, sibilando. – Se não está transando com ninguém, então ainda está obcecado por *ela*...
– Não sabemos se ele está transando com alguém – disse minha mãe. – Só porque ele não trouxe ninguém para casa não quer dizer que não esteja transando... Jacob, embora eu acredite que redescobrir sua sexualidade depois de uma separação possa ser maravilhoso para a autoestima, um comportamento sexual de risco é mais comum após um término traumático. Caso esteja transando, você *está* usando proteção, certo? E sabe o que eu acho do uso do óleo de coco como lubrificante: é muito bom para a vagina, mas pode romper a camisinha...
– E óleo de semente de uva? – perguntou meu pai de algum lugar ao longe. – Também estraga camisinha? Eu gosto do óleo de semente de uva. É sedoso.
– Tá, podemos não falar disso? – perguntou Jewel.
– Seu pai e eu somos seres sexuais – disse minha mãe. – Não vamos fingir que não sabemos de onde vocês vieram.
Fechei bem os olhos. Aquilo era como estar no *inferno*.

– Jacob, você está transando com alguém? – perguntou Jill. – Acho que precisamos esclarecer isso.

Levantei uma das mãos para o céu.

– Quer saber? Estou, sim.

A mentira veio tão do nada que foi quase como se outra pessoa a tivesse pronunciado. *Por que* eu disse aquilo? Na verdade, sabia o motivo.

Era uma dessas falsidades que contamos para que todos se sintam melhor. Dizer a uma pessoa em seu leito de morte que vai dar tudo certo, quando sabemos que não vai. Era uma espécie de piedade. Por todos eles.

Acho que no fundo minha família queria aceitar o casamento. Eles amavam Amy, assim como amavam Jeremiah. Estavam chateados por questão de princípios e em meu nome, e não porque odiassem qualquer um dos dois. Só odiavam a maneira que achavam que *eu* estava me sentindo diante daquilo. Era óbvio que, por estar solteiro, eu era o ex rejeitado que precisava da proteção e da indignação deles. Mas Amy e eu nunca voltaríamos a ficar juntos, então de que adiantava tudo isso? Por que assumir essa posição em meu nome? Eu não queria que fizessem isso.

Amy e Jeremiah se casariam com ou sem o apoio da minha família. E depois viriam filhos, e esses filhos não teriam culpa de nada. Mesmo que a família inteira evitasse meu irmão e sua esposa pelo resto da vida, isso não mudaria nada. Então, se uma mentirinha inocente servisse para redirecionar o foco, eu a contaria.

– Você está saindo com alguém? – perguntou Jill. – Quem é?

– É uma pessoa do trabalho – respondi, esperando que o assunto morresse.

– Do Royaume? – perguntou Jewel. – Foi por isso que você saiu do Memorial West?

– Hã...

– Porque todo mundo achou que você tivesse saído para não ter que trabalhar com a Amy, porque estava muito magoado e triste! – Jill parecia animada. – Mas você saiu porque está apaixonado por outra pessoa e quer ficar perto dela?

Pisquei várias vezes.

– Isso? – respondi hesitante.

Todos soltaram um *Aaaaaaah*.

– Quando vamos conhecê-la? – perguntou Jane, entusiasmada.

– Eu… não sei – disse, gaguejando. – Ainda não estou pronto para apresentá-la a ninguém. É tudo muito novo.

Eu sentia minha família fervilhando do outro lado da linha. Droga. Eles nunca mais iam falar de outra coisa.

– Escutem – continuei, trocando o celular de orelha. – Estou tranquilo quanto ao casamento. Eu superei, e estou *feliz* por eles.

– Você vai levar sua namorada ao casamento? – perguntou Gwen com um sorriso na voz.

– É… Acho que sim. Se ainda estivermos juntos.

Mais gritinhos.

Ouvi Jewel suspirar, dramática.

– Tá – disse ela. – Tudo bem. Acho que, se você está tranquilo, eu odeio menos a situação. Mas ainda não estou entusiasmada.

– Eu gosto muito de casamentos – cedeu Jill. – Mas você tem razão, ainda estou brava com eles – acrescentou depressa.

Balancei a cabeça.

– Não fique brava com eles. Olha só, preciso ir. Estou de plantão.

– A gente se vê no jantar do dia 19? – perguntou minha mãe. – Quero lasanha, mas seu pai talvez defume um porco.

– Sim, vou ao jantar – respondi.

– Pode trazer uma garrafa de vinho?

– Sim, eu levo o vinho.

– Tá bom. Te amo!

Todos se despediram em uníssono e desligaram. Larguei o celular no colo e cobri os olhos com as mãos.

Quando a hora chegasse, teria que dizer que terminei com minha namorada imaginária. No entanto, com sorte, isso aliviaria um pouco a pressão nesse meio-tempo. Quem sabe todos enfim parassem de me olhar como se eu fosse desabar a qualquer momento.

Tudo bem, foi *mesmo* um término difícil. Mas pelo menos fiquei com o cachorro.

Eu me obriguei a levantar e sair do depósito de suprimentos – e levei um encontrão. Soltei um *Ai!*, e meu celular saiu voando e deslizou pelo chão duro.

A médica que esbarrou em mim não parou. Ela deu um salto e se afastou, voltando a correr em direção aos quartos dos pacientes.

– Mas o que foi *isso*? – resmunguei, pegando o celular do chão. A tela estava rachada. – Olha por onde anda! – gritei na direção que ela seguiu, irritado.

Ela nem olhou para trás. Um enfermeiro me lançou um olhar reprovador, como se *eu* fosse o babaca.

Será que todo mundo ali era grosseiro assim? O que é que havia de errado com aquele lugar?

Olhei para o celular com tristeza. Estava funcionando, mas o canto tinha se estilhaçado. O final perfeito para a pior semana de todos os tempos. Cerrei os dentes.

Segui pelo corredor na mesma direção em que a mulher tinha corrido. Eu não sabia exatamente qual era meu plano. Dar minha opinião sobre correr por ali? Exigir que ela pagasse o conserto da tela?

Espiei dentro dos quartos, um de cada vez, até encontrá-la. Ela estava ao lado da cama, de costas para mim, conversando com um jovem.

O paciente estava cinzento. Tinha um cateter de diálise no peito e a pele ao redor do cateter estava vermelha e inchada.

– Por que você não me ligou? – perguntou ela ao homem na cama. – Isso está completamente infeccionado. – Ela estava agitada, checando os sinais vitais do paciente. – Você corria o risco de ter uma septicemia. Isso é muito perigoso. – Ela tirou o termômetro da boca do paciente e balançou a cabeça. – Não pode deixar as coisas chegarem a esse ponto, Benny. Precisa me dizer quando não está bem.

Então percebi que estava sendo enxerido, mas, quando ia sair, uma enfermeira surgiu atrás de mim com uma máquina de diálise enorme, me obrigando a entrar no quarto. Dei um passo para o lado e fiquei perto da parede enquanto ela empurrava a máquina até a cama.

– Está doendo... – disse Benny baixinho.

– Eu sei – respondeu a mulher, com a voz um pouco mais suave. – Vou prescrever antibióticos e analgésicos. – Encostou a mão na testa dele. – Em alguns minutos você vai voltar a ter 16 anos, desmaiado de tanto beber Jäger num milharal.

Eu ri no cantinho, e ela se virou e me viu ali.

– É... Posso ajudar com alguma coisa?

Meu Deus, ela era linda. Tão linda que me desarmou. Por um instante esqueci o que estava fazendo ali.

Cabelo castanho comprido e preso num coque bagunçado. Olhos castanhos e grandes, cílios grossos.

Então minha ansiedade deu uma guinada – um misto violento de uma lembrança do ensino médio, eu nervoso conversando com uma garota bonita, e do estresse de conhecer uma colega de trabalho num ambiente hostil num quarto onde eu não deveria estar. Fiquei paralisado.

Isso não acontecia quando eu estava no trabalho. Nesses ambientes, minha ansiedade ficava sob controle. Eu era seguro e autoconfiante em interações com colegas e subordinados. Era um médico excelente. Mas ela me deixou aflito só de olhar para mim – o *jeito* como estava olhando para mim, irritada e impaciente. Senti minhas habilidades sociais despencarem como os batimentos de uma vítima de ataque cardíaco.

Dei um pigarro.

– É que... você esbarrou em mim ali fora – falei, sem jeito.

Ela piscou várias vezes, como se eu estivesse comunicando a coisa mais sem importância do mundo.

– Tá. Desculpa?

– Você... é... não devia correr pelos corredores.

Ela ficou me encarando.

Minha boca começou a secar.

– É que... eu era chefe da emergência no Memorial West e sei como é fácil acontecer um acidente...

Seus olhos reluziram.

– É, estou ciente do seu currículo, Dr. Maddox. Obrigada pela dica de ouro. Agora, se não se importa, eu gostaria de ficar sozinha com meu paciente.

Ela me fuzilou com o olhar. Benny me encarava. Até a enfermeira me olhava feio.

Fiquei ali mais um segundo. Então saí do quarto. O constrangimento fervilhou em minha nuca. O que eu estava pensando ao entrar daquele jeito? *Meu Deus, Jacob.*

Voltei para o meu lado da emergência, repassando na cabeça sem parar o encontro constrangedor, obcecado com o que deveria ter dito ou feito.

Que *idiota*.

Em primeiro lugar, eu não deveria tê-la abordado enquanto ela estava com um paciente. Talvez devesse ter começado falando que ela havia quebrado meu celular, para que soubesse que eu não estava ali só para pegar no pé dela por correr.

Talvez eu devesse ter deixado para lá.

Teria sido melhor deixar para lá. Porque assim não teria acontecido nada. Eu deveria ter dito apenas "Quarto errado" e ido embora.

Meu Deus, como eu era babaca. Estava conseguindo me tornar a pessoa mais odiada do Royaume.

Devido a anos de terapia, eu sabia que estava me remoendo à toa. Que aquela conversa provavelmente não tinha sido nada de mais para ela, mas para mim era a coisa mais constrangedora da minha vida. Uma década depois, deitado na cama, eu abriria os olhos de repente e me lembraria do olhar incrédulo que ela me lançou – eu, o cara que tivera a audácia de entrar no quarto onde ela estava atendendo e falar sobre o risco de correr até o quarto de um paciente crítico, alguém que ela obviamente conhecia e por quem tinha carinho.

Passei a segunda parte do dia na minha. A ansiedade parecia palpável. Uma corrente elétrica zumbindo debaixo da minha pele, um instinto de sobrevivência disparado, me atormentando, me dizendo para fugir. Não consegui me livrar dela nem apaziguá-la.

Geralmente os ansiolíticos me acalmavam, mas a ação dos remédios tinha limite. Eu precisava administrar o estresse, usar estratégias de enfrentamento que tinha aprendido na terapia. O mais importante: precisava ter um estilo de vida propício ao bem-estar. Era o que achava que estava fazendo ao ir para o Royaume, saindo de uma situação insalubre no Memorial West com Amy e Jeremiah, fazendo uma escolha que seria o melhor para minha saúde mental.

Mas aí aconteceu *aquilo*.

Eu sabia que andava quieto e taciturno e que isso não me ajudava a conquistar os enfermeiros frios do meu plantão, mas estava tão ensimesmado que não conseguia me conter. Tinha trocado a visão diária de Amy e Jeremiah por uma equipe inteira de pessoas que me detestavam.

Sempre tive dificuldade para fazer amigos. Fico nervoso em ambientes sociais desconhecidos, então sempre digo a coisa errada ou fico retraído, e as pessoas demoram para se afeiçoar a mim. Talvez eu só precisasse de um tempo ali também. Mas algo me dizia que aquele lugar era diferente. Eles eram uma panelinha. Parecia que eu tinha voltado à escola. Eu era o estranho e continuaria sendo o estranho, principalmente se seguisse estragando tudo como estava fazendo. E não sabia como parar.

Ainda faltava mais uma hora de plantão, mas eu precisava de um tempo. Minha bateria mental tinha acabado de novo. Não queria encontrar aquela mulher na sala dos médicos, então voltei para o depósito de suprimentos.

Mas, quando cheguei lá... não estava vazio.

3

Briana

Acomodei Benny e consegui não chorar em nenhum momento. Depois, quando ele estava melhor, fui direto para o depósito do choro.

Eu gostava de chorar no depósito de suprimentos próximo ao escritório do Gibson. Um lugar tranquilo, pouco frequentado. Tinha uma caixa de papel higiênico na qual dava para se sentar, e as coisas nas prateleiras faziam as vezes de isolamento acústico, então ninguém conseguia me ouvir perdendo completamente a compostura.

Chorei naquele depósito mais vezes do que sou capaz de calcular. Chorei ali após perder pacientes. Chorei ali quando me contaram que Benny tinha insuficiência renal terminal. Chorei ali pelo Nick. Cheguei a chorar um pouco ali por aquela traidora, Kelly, a "amiga" que passou dois anos dormindo com meu marido depois de me encontrar para um brunch. Mas nunca, nenhuma vezinha sequer, alguém tinha me flagrado chorando ali. E naquele dia aconteceu.

A porta se abriu e um homem entrou. Ele fechou a porta e, ao se virar, me viu sentada ali, coberta de bolhas de ranho, com o cabelo grudado no rosto.

O Dr. Morte.

Ficamos nos encarando por uma fração de segundo, surpresos – depois ele fugiu.

Soltei o ar que estava segurando e voltei a apoiar o rosto nas mãos.

É *claro* que o sujeito ia violar a santidade daquele espaço. Que babaca.

Ele gritou comigo antes. Quer dizer, eu esbarrei nele, então, sim, eu entendia. Mas ele me seguiu até o quarto do Benny para dar uma de macho palestrinha sobre correr num hospital. Primeiro estenderam o tapete vermelho para ele tentar pegar meu cargo, depois isso. Eu não estava acreditando...

A porta se abriu de novo. Ele voltou a entrar, fechou a porta, se agachou diante de mim e me entregou uma toalha umedecida.

– Para enxugar o rosto – disse com a voz suave. – Está quentinha.

Havia algo tão gentil e amável naqueles olhos castanho-claros que eu quase esqueci o quanto o detestava. Quase.

Fiquei paralisada por um instante, então peguei a toalha.

– Obrigada – falei, fungando.

Ele deu um sorrisinho e assentiu. Mas não foi embora. Sentou-se encostado na porta.

Fiquei olhando para ele, imaginando o que achava que estava fazendo. Eu queria que *fosse embora*. O depósito ficava cheio demais com ele, e eu não ia continuar chorando com um estranho sentado ali.

Mas então percebi que ele provavelmente queria ter certeza de que eu estava bem. Acho que seria esquisito se só me entregasse uma toalha e saísse, tipo: "Aproveite sua crise."

Soltei um suspiro resignado e pressionei a toalha quente em meus olhos. E não é que me senti melhor *mesmo*?

– Você está bem? – perguntou ele, baixinho.

Funguei e fiz que sim, olhando para qualquer lugar que não fosse seu rosto.

A calça de seu uniforme preto tinha subido um pouco e dava para ver a meia cinza. A estampa era de cachorrinhos marrons. Pelo jeito ele era do tipo que gostava de meias engraçadinhas.

Usava um smartwatch preto, e seus braços sardentos eram tonificados, como os das pessoas que malham. Um estetoscópio estava pendurado no pescoço dele, o crachá do hospital preso à camiseta. Quando nossos olhos se encontraram, percebi que ele estava olhando para mim. A barba por fazer, o cabelo farto e castanho-avermelhado. Ele não era feio. Nem um pouco.

Eu tinha como princípio não confiar em homens bonitos. Nick era bonito, e olha só no que deu.

Os olhos dele estavam vermelhos, e me perguntei se o dia dele ia tão bem quanto o meu. Talvez ele também tivesse entrado ali para dar um tempo.

– Então – disse ele –, você vem sempre aqui?

Soltei uma risada seca em reação à piadinha.

– É o melhor lugar para chorar em todo o hospital – respondi, meio rouca.

– Eu gostava da escadaria do Memorial West.

Assenti.

– Outra boa escolha. Faz eco demais para mim, mas é uma boa alternativa ao depósito de suprimentos para quem é claustrofóbico.

– Os quartos de plantão também são bons – sugeriu ele.

– Ficam longe demais da emergência. Gosto do depósito do choro. É perto o bastante para uma crise no meio do dia.

– Meu tipo favorito de crise – disse ele, cansado.

Então ele tinha *mesmo* ido até ali para se esconder.

Fez uma pausa breve.

– Sou Jacob – disse.

– Briana.

E voltamos a ficar em silêncio.

Havia algo confortável no silêncio, uma espécie de acordo.

Eu me lembrei de um mochilão que fiz anos antes. Nick não quis ir, então fui sozinha. Depois, entendi muito bem *por que* ele não quis ir. Seu momento favorito para me trair era quando eu estava numa montanha por aí sem sinal de celular... Mas enfim, eu estava na Superior Hiking Trail logo que amanheceu e dei de cara com um urso no caminho. Nós dois paramos e ficamos ali, olhando um para o outro. Ele com suas garras e seus dentes de urso. Eu com meu spray contra ursos. Mas nenhum dos dois fez menção de que ia machucar o outro, e a única explicação que tenho é que o urso e eu concordamos em ser inofensivos e compartilhar o espaço. Era essa a sensação de estar naquele depósito com Jacob. Uma trégua implícita.

Talvez ele não fosse tão ruim assim. Não *parecia* uma pessoa terrível. Parecia cansado. Quase vulnerável.

– É alguém que você conhece? – perguntou ele, baixinho. – O paciente da diálise?

Deixei escapar um suspiro, devagar.

– Meu irmão mais novo – respondi.

– Qual foi a causa?

– Uma doença autoimune. Apareceu do nada.

Ficamos ali sentados em silêncio. Ele encostado na porta, eu na caixa de papel higiênico.

– Sabe, podia ser pior – disse ele após um tempo. – É possível viver décadas fazendo diálise.

De repente, recobrei total consciência.

Podia ser pior.

Eu estava cansada de clichês.

Deus tem um plano.

Tudo acontece por um motivo.

O que não mata fortalece.

Não, não fortalece, e que se dane tudo isso.

Não havia nenhum motivo para aquilo estar acontecendo com Benny. Não era um plano de Deus, e não ia deixá-lo mais forte. E sabe de uma coisa? Talvez pudesse *mesmo* ser pior. Mas e daí? Esse é o comentário mais inútil de todos. Benny tinha todo o direito de detestar o que estava acontecendo com ele. Tinha todo o direito de lamentar a vida e o corpo que havia perdido e de ficar com raiva por isso, não importavam quantos cenários fossem piores que aquele.

– Por que é que ele ia querer viver décadas fazendo diálise? – retruquei. – Ele tem 27 anos. Quer fazer viagens de última hora para Las Vegas com os amigos, beber cerveja, conhecer garotas e transar sem ficar com vergonha dos tubos saindo do peito dele.

Ele levantou uma das mãos.

– Eu não quis dizer…

– Torço de verdade para que algo assim nunca aconteça com alguém que você ama. Nem com *você*. E torço para que você nunca diga uma besteira dessas a seus pacientes.

Eu me levantei.

– Me deixe sair.

Ele suspirou e baixou a cabeça entre os joelhos por um instante. Então se obrigou a ficar de pé e se afastou da porta.

Parei logo antes de abri-la.

– E mais uma coisa: acho totalmente antiético o que você e o Gibson estão fazendo. Mas tudo bem. Não importa. – Olhei bem nos olhos dele.

– Esta é a *minha* equipe. Este é o *meu* hospital. Você nunca vai ficar com o cargo, não importa quem mexa os pauzinhos por você.

Bati a porta ao sair.

4

Jacob

Eu não tinha a menor ideia do que ela estava falando. A menor. E não ia perguntar. Esperei um pouco antes de sair do depósito para que ela tivesse tempo de se afastar dali. Então tentei ao máximo me ater ao meu lado da emergência pelo resto do plantão.

Fiquei me perguntando se seria capaz de continuar. Estava muito triste ali. Estava triste no Memorial, e provavelmente me sentiria triste em qualquer lugar. Talvez aquela fosse minha vida a partir de então, só existir e detestar cada minuto.

Pensei que talvez Amy tivesse razão ao desistir de mim. Como ela poderia me amar se até mesmo gostar de mim era impossível?

Atendi o último paciente e estava indo para o vestiário quando Zander saiu do quarto 7, onde estava Benny.

– Maddox! – Ele abriu um sorriso largo para mim. – Até que enfim. Eu estava prestes a sair caçando você por aí.

O Dr. Zander Reese era nefrologista, e dos bons. Além disso, era meu melhor amigo. Dividimos um apartamento durante a faculdade de medicina e a residência. Ele era um dos benefícios da mudança. Conhecer alguém no Royaume era uma vantagem. Foi bom finalmente ver um rosto conhecido, um rosto que não me olhava de cara feia.

Talvez Zander fosse o nefrologista do Benny? Espiei o quarto atrás dele, mas a cortina que cobria a porta de correr estava fechada.

Imaginei se *ela* ainda estava ali. Provavelmente sim.

Senti que devia pedir desculpa pelo comentário no depósito de suprimentos, mas parecia que, quanto mais eu falava, mais a situação piorava.

Zander deu uma batidinha em meu ombro.

– Olha, que pena que não consegui encontrar você ontem, cara, tive que atender alguns pacientes na clínica de diálise. – Ele indicou o fim do corredor com a cabeça. – Gibson me mandou te procurar. Você está saindo agora, né? Quer beber alguma coisa? Estamos pensando em ir ao Mafi's, do outro lado da rua.

Eu gostava do Mafi's. E gostava do fato de ser um lugar aonde eu já tinha ido. Zander devia ter escolhido exatamente por isso.

Lugares que eu conhecia eram menos estressantes para mim porque eu sabia o nível de barulho e se estaria muito cheio. E não teria que perguntar a ninguém onde ficava o banheiro.

Às vezes eu pesquisava o lugar no Google para ver tudo que era possível antes de ir. Pensar no que pediria, como seria para estacionar. Ou, quando tinha que ir a um jantar grande ou uma festa, eu ia ao lugar no dia anterior, para que, quando chegasse lá, me sentisse mais familiarizado e menos estressado antes de ter que encarar um evento social.

Também fiz isso no Royaume. Andei pelo hospital duas vezes antes de aceitar a transferência. Zander estava ali, eu conhecia Gibson, sabia como seria o trabalho, me sentia à vontade com a mudança.

Mas às vezes nem o maior dos cuidados consegue mostrar a raiz do problema...

Zander estava esperando minha resposta.

Normalmente, depois de um dia como aquele, eu só queria ir para casa. Mas precisava de uma interação social positiva para que a última não tomasse conta dos meus pensamentos. Se não me distraísse um pouco do que tinha acontecido, ficaria pensando naquilo o resto da noite.

– Claro – respondi. – Vou me trocar. Encontro vocês lá.

Eu os encontrei no restaurante meia hora depois. Gibson acenou para mim com um sorriso amigável. Ele era aquele tipo de pessoa tranquila de quem todos gostam.

Fazia muito tempo que Gibson e eu nos conhecíamos. Nunca tínhamos trabalhado juntos, mas passamos anos exercendo o mesmo trabalho e nos encontrando em várias conferências, logo nos conhecíamos bem. Além disso, ele conhecia minha mãe. A maioria dos médicos conhecia. Ela era uma médica muito respeitada.

Ele sorriu para mim quando me sentei.

– Maddox, está gostando do novo emprego?

– Estou, sim – menti.

– E como está a Amy? – perguntou ele.

– Ela está bem. Terminamos há oito meses.

Ele arqueou uma sobrancelha.

– Ops. Eu não sabia. Desculpa. Foi por isso que você pediu transferência?

Peguei um cardápio e o li, embora não precisasse. Já tinha dado uma olhada na internet.

– Em parte, sim – respondi. – Na verdade, ela vai se casar. Com o Jeremiah.

Zander ficou olhando para mim.

– Você está de brincadeira?

– Infelizmente não.

Gibson se recostou no assento.

– E o que sua mãe tem a dizer sobre isso?

– Muitas coisas – resmunguei.

Zander balançou a cabeça.

– Pelo menos você ficou com o cachorro.

– *Pelo menos.*

Adotei Tenente Dan quando Amy e eu estávamos juntos. Era meu cachorro, mas cuidávamos dele igualmente, e Amy o amava tanto quanto eu. Eu meio que esperava que ela pedisse guarda compartilhada, mas por sorte ela não brigou por isso. Não brigou por quase nada, pensando bem. Não havia nada por que brigar. Nunca moramos juntos, não tínhamos filhos.

Olhei para Gibson por cima do cardápio.

– Olha, eu queria perguntar uma coisa. Tem uma médica aqui, Briana… Zander, acho que você está tratando o irmão dela, né?

– A Dra. Ortiz – disse Gibson, com certa cautela. – Ela está dificultando as coisas para você?

– Não, mas ela disse uma coisa sobre você mexer os pauzinhos para mim. Parecia chateada. Você sabe do que ela estava falando?

Ele suspirou.

– Ela está para me substituir quando eu sair. Comentei que tinha adiado a aposentadoria para dar à equipe uma chance de conhecer você antes da votação que vai eleger o novo chefe. Ela não gostou.

Comprimi os lábios e assenti. Bom, era o fim do problema.

– Não tenho interesse no cargo, Gibson.

Ele pareceu surpreso.

– Não? Imaginei que gostaria de tentar. Quando veio para cá você deu um passo grande para trás.

– Meus dias de chefe acabaram. Vim aqui para simplificar minha vida.

E estava fracassando miseravelmente.

Ele soltou outro suspiro.

– Tudo bem. Bom, eu respeito isso.

– Parece meio injusto atrasar a votação por mim. Entendo a frustração dela.

– Ah, não teria feito diferença – disse Gibson, quase com desdém. – Não é uma ofensa a você, tenho certeza de que a briga seria boa, mas ela ganharia de lavada por mais que eu esperasse. A equipe a ama e ela é uma médica excelente.

– Então por que se dar ao trabalho de adiar a votação? – perguntei.

Ele pegou o cardápio e começou a examiná-lo.

– Não gosto da ideia de ela não ter concorrência. Isso tira a validade da vitória e não quero ninguém cochichando por aí que ela só ficou com a vaga porque era a única opção. Não é justo com ela e não é uma boa maneira de assumir uma posição de liderança.

Zander assentiu.

– Então você a coloca para competir contra um favorito inconteste... e deixa que ela o destrua. – Ele pareceu impressionado. – Gostei. – Ele meneou a cabeça para mim. – É ruim para você, mas eu gostei.

Eu também gostava. Não da parte em que eu perdia, mas do motivo. Pelo menos a intenção era boa.

– Por mais nobre que pareça, ainda assim eu passo – falei.

Gibson assentiu.

– Entendido. Bom, de todo modo, ainda vou ficar por um tempo, caso alguém tenha coragem suficiente para concorrer contra ela. E, sinceramente, estou feliz por trabalhar mais alguns meses. Não estou pronto para sair. Parar depois de vinte anos é uma baita mudança. E ficar o tempo todo com Jodi... Não sei se estou pronto para isso.

– Não está, não – disse Zander. – Acredite. Todo ano eu espero ansiosamente pelas viagens de curling do meu marido para ter um pouco de paz.

Gibson assentiu enquanto olhava o cardápio.

– Acho que ninguém aceita um trabalho como o nosso se estiver feliz em casa. A não ser no seu caso. Imagino que a Amy não se importasse, considerando que vocês se encontravam no trabalho mesmo.

– Ela se importava, sim – disse, mas não elaborei. – E, de qualquer forma, eu também não queria o cargo de chefe naquela época. Fui meio que empurrado pela equipe. Não é muito a minha cara.

Gibson levantou uma das mãos, recusando a ideia.

– Se te empurraram, é porque é a sua cara. Você é diplomático, justo e não faz drama. Eles te respeitam. Com Briana também é assim, aliás. Se bem que ela é mais teimosa.

Zander chamou uma garçonete.

– Briana vai ser uma boa chefe... se você um dia sair daqui.

Gibson riu.

– Como vai a ansiedade? – perguntou Zander. – Não é fácil ser o cara novo.

– Vai bem – menti mais uma vez.

– Começar um emprego novo deve ser um inferno para você – continuou Zander. – A versão adulta de se apresentar para todo mundo numa sala de aula.

Eu ri. Era exatamente isso. Mas com o agravante de eu estar pelado e meu cachorro ter comido minha lição de casa.

Por sorte, a garçonete veio antes que eu tivesse que me aprofundar na questão. Zander pediu para nós uma porção de cada um dos aperitivos, então não haveria nenhum prato principal, mas eu quis uma salada. Experimentaria o que viesse, mas não pretendia me encher de fritura e sódio.

Quando minha saúde mental não ia bem, eu mantinha um regime de autocuidado rígido. Assim que começava a perceber a sensação de pane e paralisação, me esforçava para me exercitar e dormir o suficiente. Cortava o álcool, o açúcar processado e os carboidratos, tentava comer mais alimentos integrais. Escrevia num diário. Tudo isso ajudava. E naquele momento eu precisava de toda a ajuda possível. Estava cambaleando à beira de um precipício, tentando não cair. Amy e Jeremiah, minha família, o emprego novo – tudo me empurrava para a queda.

As bebidas de Zander e Gibson chegaram, assim como meu club soda com limão. Eles começaram a contar histórias sobre pacientes, e eu relaxei e aproveitei a distração. Estava feliz por ter decidido ir. Precisava daquilo. Um lembrete de que havia pessoas que gostavam de mim.

Interações como aquela não me esgotavam. Eles me conheciam. Não levavam para o lado pessoal o fato de eu ficar em silêncio apenas ouvindo. Não me enchiam o saco por não beber nada alcoólico – eu também não importunava ninguém por causa disso. A gente nunca sabe por que a pessoa decidiu não beber.

Aquelas eram amizades fáceis. Nem todas eram assim.

Gente diferente tem demandas de energia diferentes. Algumas pessoas me esgotavam mais do que outras. Meu pai, por exemplo, tinha uma energia baixa. Eu podia passar dias com ele em sua oficina sem sentir que precisava dar uma pausa. Jill e Jane também eram tranquilas. Já o nível de energia da minha mãe, do Jeremiah e da Jewel era muito alto, eles a esgotavam em questão de minutos. Eu tinha um limite para lidar com eles.

Amy era quem tinha o nível de energia mais alto. Nunca havia espaço para o silêncio. Ela preenchia cada instante.

No começo, eu gostava disso. Não precisava ser charmoso nem forçar uma conversa. Ela fazia tudo, eu podia ficar só ouvindo e rindo de suas histórias, e ela nunca precisava que eu contribuísse. Ouvir era minha contribuição. Quando íamos a festas, ela se dedicava a bater papo com todos e eu podia apenas estar ali. Isso aliviava a pressão para mim. Minha família a amava. Era fácil. Acho que minha personalidade reservada fazia com que ela se sentisse ouvida e fosse o centro das atenções, como gostava de ser. E fazia o oposto comigo. Fazia com que eu fosse invisível, como *eu* gostava.

Mas um dia me dei conta de que sabia tudo sobre ela e ela não sabia nada sobre mim. Nada. E me senti solitário, mesmo estando com alguém. Então finalmente abordei o assunto com ela e... Bom, deu no que deu.

Gibson meneou a cabeça para Zander.

– Por acaso eu vi o Benny no hospital hoje?

– Viu, sim. Cateter infeccionado.

Eu me ajeitei no assento.

– Briana me falou sobre ele – comentei, de repente interessado em participar da conversa. – Doença autoimune.

– Cara, esse garoto teve muito azar. Da saúde perfeita à insuficiência real em dezoito meses.

– A irmã dele vai doar um rim? – perguntei.

Zander tomou um gole do bourbon.

– Não é compatível. Até agora ninguém é.

Gibson balançou a cabeça.

– Coitado. Perdeu o emprego, a namorada terminou com ele.

– *Isso* me deixou irritado – disse Zander, inclinando o copo para Gibson.

– Por que ela terminou com ele? – perguntei.

– Não conseguiu lidar com a situação – respondeu Gibson. – Não havia solução à vista, não quis esperar para ver.

Balancei a cabeça.

– Quanto tempo alguém assim espera na fila de transplante? Não pode ser muito.

– Depende. Pode levar de três a sete anos. Mas ele tem um tipo de sangue raro… Na verdade, o mais raro de todos. Talvez demore mais para ele – disse Zander.

Eu me recostei no assento.

– Mais de sete anos – falei baixinho. – Meu Deus, não consigo nem imaginar.

Não admirava que a irmã dele estivesse tão chateada.

Eu não tive a intenção de ser insensível com meu comentário sobre a diálise. Minha intenção era consolá-la – porque era verdade. A diálise manteria Benny vivo. Mas nesse meio-tempo sua qualidade de vida ficaria comprometida. Aquele dia era um exemplo disso.

Além da montanha-russa na saúde, ele passaria quatro horas preso a uma máquina de diálise, dia sim, dia não. Não poderia beber muito líquido, pois seu corpo não teria como se livrar dele. Nada de sopa, nem sorvete, nem melancia. Nada de beber com os amigos. Nem mesmo uma Coca-Cola. Nada salgado porque seu corpo não conseguiria processar o sódio, nada frito. Ele não poderia fazer o que eu estava fazendo ali, comendo aperitivos aleatórios despreocupadamente.

– A doença autoimune pode danificar o rim novo quando ele conseguir um? – perguntei.

Zander deu de ombros.

– Nós controlamos a doença. Tem cerca de dez por centro de chance de recorrência. Ele vai ter uma vida normal se conseguir um doador. Mas eu não teria muita esperança.

Fiquei em silêncio por um bom tempo.

Pensei no que Briana disse, que o irmão só queria ser normal. Eu sabia como era ter a vida controlada por um fator externo. Minha ansiedade também era limitante. Mas aquilo? Devia ser muito difícil. Principalmente para alguém tão jovem.

O que *eu* estava fazendo aos 27 anos? Fiz aquele mochilão em Machu Picchu com Zander, acampei muito. E nem dei o devido valor. Com certeza isso tudo não seria possível com uma diálise.

– Ele tem mais chance de conseguir uma doação de um falecido – continuou Zander. – Mas o órgão não dura tanto, e também não é muito bem aceito pelo organismo. A chance de rejeição é maior. O ideal seria conseguir um doador vivo, mas ninguém da família é compatível e, com o tipo sanguíneo dele...

– Como é a recuperação para um doador vivo? – perguntei.

– Não é muito ruim. Umas duas semanas. Por quê? Está pensando em ser doador?

– Sempre pensei, depois do que aconteceu com minha mãe.

– Ah, é, eu tinha me esquecido disso – disse Zander. – Isso foi há... o quê? Vinte anos?

Assenti.

– Mais ou menos isso.

Minha mãe tinha lúpus. Teve falência renal quando eu estava no ensino médio, mas não chegou a entrar na lista de transplante, porque sua melhor amiga, Dorothy, doou um rim. Minha mãe teve sorte. Nunca precisou fazer diálise.

Na época, todos éramos crianças, então nenhum de nós pôde ajudar, e meu pai não era um bom candidato por causa da pressão alta.

Fiquei muito comovido com aquele gesto.

– Sempre prometi a mim mesmo que, quando tivesse idade suficiente, passaria o gesto adiante – falei.

– Qual é o seu tipo sanguíneo? – perguntou Zander.
– O.
Ele se ajeitou no assento.
– Doador universal. – Pareceu me analisar. – Algum problema de saúde?
Balancei a cabeça.
– Não.
– Quer que eu providencie os exames? Só para ver? Sem compromisso. A família não vai saber.
Pensei por um instante.
Que mal haveria em verificar? Talvez no fim eu nem fosse compatível, e podia dizer não.
Dei de ombros.
– Tá. Claro.

5

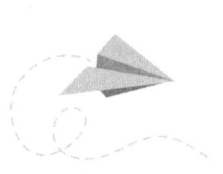

Briana

Naquela noite, quando cheguei em casa, tive um colapso total.

Comecei a me dar conta de que nunca mais voltaria a ser feliz de verdade. Não como fui um dia. Nunca teria minha vida de volta, e não só por causa da situação com Nick. A doença do Benny acabou comigo. Foi a gota d'água.

Benny era como um filho para mim. Eu era oito anos mais velha, praticamente o criei enquanto minha mãe trabalhava e estudava enfermagem.

Eu sabia ser a mulher durona que minha mãe tinha me ensinado a ser. Paguei a faculdade de medicina, me sustentei sozinha e sobrevivi a um divórcio terrível. Mas não seria capaz de me manter firme vendo a saúde do Benny se deteriorar. Eu não conseguiria.

No dia anterior, quando fui ao apartamento dele depois do trabalho para buscar o gato, havia um aviso de despejo de três dias na porta. Ele não estava pagando o aluguel. Então entrei, e a coisa foi de mal a pior.

A casa dele estava destruída. Fazia semanas que ele não limpava a caixa de areia, a louça na pia tinha mofo, a esteira que ele costumava usar religiosamente estava coberta de roupas sujas. Quando me viu, o gato praticamente mergulhou em meus braços, como se eu fosse parte de uma missão de resgate muito aguardada e ele estivesse aliviado por eu finalmente chegar para salvá-lo.

Benny estava clinicamente deprimido. Estava deprimido desde que tudo havia começado, no ano anterior, mas passara de uma depressão funcional, em que a pessoa toma banho e os remédios, àquela situação. Quando os rins desistiram, ele também desistiu.

Pensei que devia levá-lo para morar comigo. Era isso ou ligar para minha mãe. Benny precisava de um adulto mais adulto que cuidasse dele naquele momento. Teria que decidir qual das mulheres dominadoras queria em sua vida, porque uma delas ia se responsabilizar por ele, quisesse ou não.

Naquela noite, cheguei em casa, caí na cama e solucei no travesseiro até pegar no sono – mas não dormi muito, porque o gato do Benny me acordou. Passei uns dez segundos de puro terror até perceber que havia um gato em meu quarto, não um assassino. E depois disso não consegui voltar a adormecer.

Eu precisava muito não ir trabalhar no dia seguinte. Precisava ficar em minha casa, sem sutiã, com o cabelo preso num coque estranho, assistindo a reprises de *Schitt's Creek*. Meus olhos ainda estavam inchados, e qualquer coisinha me faria cair no choro de novo – *e* minha menstruação tinha descido. Eu sangraria por uma semana sem o doce alívio da morte.

Acho que naquele momento era *mesmo* bom que eu não estivesse em treinamento para um cargo novo – não que o modo como tudo aconteceu e o porquê tivessem me deixado feliz. Mas pelo menos não precisaria passar oitenta horas por semana no hospital, sendo que mal conseguia lidar com as 48 que já trabalhava.

Eram seis e meia da manhã. Eu ia tomar café com Jessica antes do expediente.

Antes, eu não gostava muito dela. Ela foi muito amiga da Alexis uma época, as duas eram vizinhas antes de Alexis se mudar. Sempre achei Jessica meio amarga demais, mas depois que também fiquei amarga passei a gostar daquela vibe dela de "fogo no patriarcado".

Cheguei à cantina do hospital e peguei um cappuccino triplo. Quem dera tivesse vodca no café.

Vi Jessica sentada a uma mesa no canto e fui até lá, com o moletom preto largo que usava por cima do uniforme. Eu estava com o capuz do moletom na cabeça – combinado com os óculos escuros que cobriam meus olhos vermelhos e inchados, dava a impressão de que eu estava prestes a lançar o álbum de hip-hop mais badalado do ano.

Jessica, por sua vez, estava com uma aparência ótima. Cabelo perfeito e batom vermelho-vivo às seis e meia da manhã. Ela era ginecologista e obstetra, tinha 46 anos, estava sempre perfeita, e nunca a vi sorrir. Nunca mesmo. Era casada com um advogado de sucesso ou algo do tipo, mas o odiava, o que não me surpreendia, porque ela odiava todo mundo. Naquele momento, essa era a característica que eu mais apreciava nela.

Quando me joguei na cadeira à sua frente como um saco de feijão humano, ela estava olhando para o celular.

– O que aconteceu com você? – disse, sem levantar o olhar, com um tom de tédio.

– Por que você acha que aconteceu alguma coisa?

Ela largou o celular e olhou para mim como um pai diante de um adolescente petulante.

– Você está de óculos escuros num lugar fechado.

– Eu posso estar com conjuntivite.

Ela aguardou.

Larguei a bolsa ao meu lado no chão com um baque.

– Benny não está muito bem. E meu divórcio sai em duas semanas.

– Ótimo – disse ela, seca. – Enfim livre.

Revirei os olhos.

– Livre para fazer *o quê*? Namorar? Transar muito com solteiros gostosos? Você *por acaso* já deu uma olhada em como anda esse mundo? – Inclinei o corpo para a frente. – E acredite quando eu digo que minhas expectativas são *baixas*. Meu padrão caiu *demaaaaais*. A esta altura eu me contentaria com um cara que tivesse um pênis, mais de uma toalha e nenhuma bandeira esportiva pendurada nas paredes. Quer dizer, eles esperam mesmo que a gente transe com eles num futom no porão da mamãe? Tipo, sério?

– Sim – respondeu ela, categórica. – É exatamente isso que eles esperam.

Eu me recostei toda na cadeira.

– Estou começando a achar que os encarregados dos homens não estão mandando os melhores espécimes para a gente.

Jessica bufou – era seu jeito de rir.

– Eles só sabem mentir e prejudicar o equilíbrio do nosso pH. São uma lembrança constante de que não escolhemos nossa sexualidade, por que quem em sã consciência escolheria sentir atração por *homens*? São absolutamente inúteis como parceiros. Sabia que, quando uma mulher casada desenvolve uma doença grave, ela tem seis vezes mais chance de ser abandonada pelo marido do que um homem teria?

Fiquei encarando Jessica.

– Você está falando *sério*?

Ela pegou um espelhinho e deu uma olhada nos dentes.

– E quanto mais velha a mulher, maior a taxa de abandono. Fiquei sabendo que tem um ditado na oncologia: quando a mulher fica doente, o marido arranja outra.

Ela fechou o espelho e me lançou um olhar incrédulo.

Pisquei várias vezes, horrorizada.

– Isso é *revoltante*.

– É revoltante, sim – concordou ela. – Mas lembre-se de que decepção rima com homem bundão.

Dei uma risada um pouco exagerada e apoiei a testa na mão.

– Pronto – resmunguei. – Eu desisto. Devia simplesmente aceitar que nunca mais vou transar. Vou cancelar a depilação. Deixar a floresta retomar seu domínio, sucumbir à minha bruxa do pântano interior. – Fechei bem os olhos atrás dos óculos. – Acho que, se eu morresse, levaria umas 24 horas para me dar conta de que estou no inferno.

Então soltei um gemido, me lembrando de mais uma coisa para acrescentar:

– E tem também o babaca com quem estou trabalhando, um médico novo que eu não suporto…

– Ah, é? Quem? – perguntou ela, voltando a olhar para o celular, soando bem pouco interessada.

– O Dr. Maddox. – Fiz uma careta.

Ela olhou para mim.

– Jacob Maddox?

Esfreguei a testa, cansada.

– É. Você conhece?

– Um homem maravilhoso – respondeu Jessica, categórica.

Fiquei paralisada e pisquei várias vezes.

– Desculpa… *Como é que é?*

O pager dela começou a tocar.

– Conheço a mãe dele – disse ela, olhando para o aparelho. – Conheço a família inteira há anos. Tenho uma cesárea de emergência, preciso ir.

Ela se levantou.

– Espera. Tem certeza de que estamos falando do mesmo Jacob? – perguntei, vendo-a pegar a bolsa. – Cabelo castanho-avermelhado? Mais ou menos desta altura...

– Ele era chefe da emergência do Memorial West. É um ser humano incrível.

Fiquei olhando para ela. Um ser humano inc...

– Ninguém gosta dele!

Ela pendurou a bolsa no ombro.

– Bom, estão todos enganados. Vamos beber alguma coisa mais tarde?

– Não posso. Mas...

– Me mande uma mensagem quando estiver livre.

Jessica pegou o café e fiquei observando-a se afastar, o salto batendo no piso. Jogou o copo numa lixeira, virou uma esquina e desapareceu.

Fiquei ali atônita, olhando na direção que ela seguiu.

O que foi *aquilo*?

Ela nunca falava nada de bom sobre *ninguém*, muito menos sobre homens. Um ser humano incrível? Ah, não.

Deixa para lá.

Eu estava exausta demais para pensar nisso. Precisava falar com Benny sobre morar com nossa mãe ou comigo. Então, se ele concordasse, eu teria que fazer a mudança, e duvidava que ele poderia ajudar no estado em que se encontrava. Não tinha tempo para ficar refletindo sobre a benevolência daquele fulano.

Terminei meu café sozinha e fui até o vestiário me livrar do moletom e dos óculos escuros e trocar o absorvente. Estava mal-humorada e extremamente irritada, então, quando cheguei à emergência e vi Gloria e Hector em frente ao quarto de um paciente, espiando por uma abertura na cortina, fui atrás deles como uma velhinha rabugenta pronta para expulsar as pessoas do seu gramado.

– O que estão fazendo? – resmunguei.

– Shhhhhh – sussurrou Gloria. – Estamos olhando.

– Olhando o quê? – perguntei, tentando olhar para além deles através da porta de vidro de correr.

– O Dr. Maddox – sussurrou ela.

Soltei um gemido.

– Ah, meu Deus. O que ele fez agora?

Fazia alguns dias que eu não o via, desde o chega pra lá no depósito de suprimentos. Acho que ele estava me evitando.

Ótimo.

Hector não tirava os olhos do vidro.

– Essa garotinha chegou com uma mordida de cachorro e ele está dando pontos na boneca que ela trouxe.

Franzi a testa.

– Ele o quê?

– É. Acabei de sair do quarto. Acho que o cachorro rasgou a boneca e ela estava surtando e chorando, e o Dr. Maddox entrou e começou a falar todo bonzinho: "*Mi hija*, vamos cuidar do seu bebê, tá bom?" E pegou o kit de sutura e começou a dar pontos na boneca enquanto o residente dava os pontos da menina, para ela não perceber. *Dios mío*, nunca vi nada mais fofinho.

Ele virou para Gloria.

– Acha que ele está solteiro?

– Acho – respondeu ela. – E também acho que ele é hétero.

Hector balançou a cabeça.

– Não. De jeito nenhum. Vi ele no Cockpit.

– Onde?

Ele se inclinou a fim de olhar para além dela, dentro do quarto.

– Um bar gay na parte rica da cidade. Tenho certeza de que era ele. Eu nunca esqueceria uma mandíbula daquelas.

– Só porque ele estava num bar gay não quer dizer que seja gay – disse ela. – Ouvi dizer que ele namorava uma médica do Memorial West. – E acenou para mim com a cabeça. – Venha ver.

Ela deu um passo para o lado para que eu pudesse espiar pela abertura na cortina.

Vi o Dr. Maddox, a mãe da paciente, um residente do segundo ano e Jocelyn no quarto. O Dr. Maddox estava de costas para nós, sentado ao lado da maca. A calça do uniforme estava levantada, e ele estava usando meias coloridas mais uma vez, embora eu não conseguisse enxergar o desenho de longe.

A boneca estava sobre uma mesa, e ele a costurava. A garotinha não devia ter mais de 4 ou 5 anos. Não chorava, estava distraída. Ele parecia contar uma história enquanto dava os pontos, porque ela estava rindo. Até Jocelyn estava sorrindo, e ela foi uma das primeiras a odiá-lo, com grande fervor.

– Bom, quem diria – resmunguei. – No fim das contas, ele não é o demônio encarnado.

– O que estão fazendo?

Pulamos de susto. Zander estava vindo na nossa direção, entrando pelas portas duplas.

– Oi. Nada – falei, virando-me de costas para o vidro. – Só observando um procedimento.

Gloria e Hector aproveitaram a deixa para sair.

– E aí? – perguntei.

– Desci para avisar que vou dar alta para o Benny hoje. Ele parece bem. Pronto para ir para casa.

Eu me animei na hora.

– Ótimo!

– Quem você está observando? – Ele olhou para dentro do quarto atrás de mim. – Ah, Jacob.

Ele sorriu ao ver o que Jacob estava fazendo.

– Esse filho da mãe, olha só para ele. Sempre gostei do jeito como ele trata os pacientes.

Inclinei a cabeça.

– Vocês se conhecem?

Ele assentiu.

– Sim. Moramos juntos durante anos. Ele é um dos meus melhores amigos. Um cara incrível.

Fiz uma careta.

Ele olhou para mim.

– Que foi?

– Nada, é que não é a primeira vez que ouço isso hoje, mas ninguém aqui gosta muito dele.

Ele franziu as sobrancelhas.

– Do Jacob?

– É. Ele é meio babaca.

Zander soltou uma risada tão alta que fiquei surpresa.

– Jacob *não* é babaca. Ele é o cara mais gentil do mundo, pode acreditar. É capaz de dar a roupa do corpo a alguém que precise.

– Sério? – Cruzei os braços, impassível. – Ele é muito grosso.

– Se é isso que parece, deve ser porque ele está nervoso. Ele é introvertido, meio tímido. – Zander olhou para o relógio. – Olha só, preciso ir. – Ele começou a se afastar. – Mas tenta ser legal com o Jacob, tá? Ele é dos bons.

Zander se virou e correu até as portas duplas.

Fiquei olhando para ele boquiaberta. Dos bons?

Fazia anos que eu conhecia Zander. Não só o respeitava como médico, mas também confiava em seu discernimento no geral. Acho que ele não diria isso sobre alguém se não acreditasse de verdade. Quer dizer, *não era* verdade, Jacob era definitivamente um babaca. E estava num conluio com Gibson pelo cargo de chefia, e eu continuava irritada com isso.

Mas eu acreditava que *Zander* acreditasse que Jacob era um cara legal.

E Jessica também achava que Jacob era legal…

Gibson também devia gostar dele.

Hum.

Voltei a espiar pelo vidro. Jacob estava finalizando a boneca. Ele a balançou na frente da garotinha e deu uma batidinha delicada com o brinquedo no nariz dela antes de devolvê-lo. Ela agarrou a boneca e abriu um sorriso largo.

Senti minha expressão suavizar.

Quer dizer, ele *levou* a toalha quentinha para mim aquele dia no depósito. Ele podia ter saído e pronto, ainda mais depois de eu ter sido grossa no quarto do Benny. E eu também não tinha pedido desculpa por esbarrar nele naquele dia. Agora ele estava ali salvando bonecas da morte certa… Acho que ele não era *tão* ruim assim.

Mordi o lábio.

Se Jacob era tímido, perder todos os pacientes no primeiro dia e irritar toda a equipe de enfermagem com certeza não tinha ajudado em nada. Ninguém deu uma chance a ele depois daquilo. Se ele era mesmo "dos bons", como disse Zander, eu me senti meio culpada, como se fosse a primeira semana dele numa escola nova e *eu* fosse uma das meninas malvadas.

Talvez eu *fosse* uma das meninas malvadas.

Andava tão mal-humorada que provavelmente fui mais grosseira com ele do que teria sido se minha vida não estivesse uma zona.

Benny também era introvertido. Teve muitas dificuldades na escola...

Pela fresta da cortina, vi Jacob se levantar e fui em direção ao balcão, mas só andei alguns metros antes de soltar um gemido, vencida, e voltar.

Então, quando a porta do quarto em que Jacob estava se abriu, eu estava esperando do lado de fora. Entrei na frente dele com os braços cruzados.

– Oi – falei, monossilábica.

Ele ficou paralisado com a mão na porta.

– Olá – disse, como uma gazela assustada com o farol de um carro.

– Traga doces.

Ele piscou, olhando para mim.

– Como?

– Você devia ter trazido donuts para os enfermeiros no primeiro dia. Chegou de mãos vazias, esse foi seu primeiro erro. Cupcakes podem *te salvar*, mas não os baratos. Têm que ser da Nadia Cakes, duas dúzias, um cetogênico para Gloria, pelo menos quatro sem glúten e um vegano. Hector não come nada de origem animal. Vai conseguir um bônus se trouxer um para o cachorrinho novo da Angelica.

Ele ficou me encarando, e eu me virei e saí.

Pronto. Fui legal com ele como Zander pediu. Ofereci as ferramentas para que desse a volta por cima com a equipe. Seguir ou não meu conselho seria decisão dele. Minha consciência estava tranquila. Eu não era mais uma menina malvada.

– Oi! – chamou ele.

Suspirei e me virei.

– Que foi?

Ele estava ali com aquela cara de cachorrinho que caiu da mudança, e lutei para continuar fazendo cara de paisagem. Percebi mais uma vez, quase irritada, que ele era bonito.

Ele era do tipo forte e caladão que era supersexy. Olhos castanhos, gentis e profundos, e mandíbula quadrada com barba por fazer, mas com uma aparência bacana. Devia ter mais ou menos 1,80 de altura, eu tinha 1,65. Trinta e poucos anos, em forma. Suas mãos estavam enfiadas nos bolsos do uniforme preto e dava para ver veias aparentes nos braços tonificados dele. Eu *adorava* veias bem hidratadas.

Afastei esses pensamentos. Ele era gato? Era. Tudo bem. Não importava. Era irritante demais.

– Pois não? – falei, impaciente.

– E você? De que sabor de cupcake você gosta?

– Red velvet, mas não quero um cupcake – respondi, voltando a me virar.

Eu não queria nada que viesse *dele*.

6

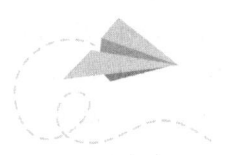

Jacob

Depois do plantão, fiz a segunda rodada de exames que Zander tinha solicitado. Então encomendei os cupcakes que Briana disse que eu devia levar para os enfermeiros, ficariam prontos dali a três dias, quando eu voltaria ao trabalho.

Eu não sabia por que Briana estava me ajudando. Isso era claramente doloroso para ela. Será que Gibson tinha dito alguma coisa? Eu esperava que não. Não precisava que o chefe interferisse a meu favor, pedindo que a gente "brincasse direitinho".

Levei Tenente Dan para passear e pedi uma comida. Jantei, tomei banho e tinha acabado de me sentar para escrever em meu diário no quarto das plantas quando meu celular tocou.

Minha mãe.

Não atendi. Estava ignorando as ligações e as mensagens de todos eles desde o telefonema da semana anterior. Eu sabia o que queriam – saber sobre minha namorada. E não fazia a menor ideia do que dizer.

Pensei em ir empurrando a história com a barriga. Inventar desculpas sobre ela nunca estar disponível para nenhum encontro da família e depois dizer que terminamos. Talvez eu pudesse adiar a desconfiança deles até o dia do casamento – e então aparecer lá sozinho, para que todos olhassem com pena para o ex da noiva, inconsolável, solteiro de novo, duplamente rejeitado.

Talvez eu devesse simplesmente falar a verdade. Ou pelo menos acabar com a farsa e "terminar" logo com ela.

Uma coisa era manter a história vaga, dizer que estava saindo com alguém e deixar por isso mesmo. Mas os detalhes me incomodavam. Eu não gostava da ideia de olhar nos olhos da minha família e inventar uma história e um nome para uma mulher que nem existia. Parecia errado, ainda que minhas intenções fossem boas. E eu não sabia como resolver isso. Para falar a verdade, fiquei surpreso por ninguém ter insistido em saber o nome dela quando contei a novidade. Na hora, acho que ficaram chocados demais para tentar extrair mais informações – mas agora sem dúvida estavam prontos para fazer isso. Até Walter já tinha me ligado.

Meu celular parou de tocar. Então chegou uma mensagem.

MÃE: Jacob, você vai trazer alguém dia 19? Preciso saber quantas porções devo preparar.

E logo depois mais um *plim*.

MÃE: Esquece, vou fazer macarrão ao pesto. Vai ter bastante. A não ser que ela seja alérgica a nozes. Ela é alérgica a nozes?

Pressionei o nariz. Não sei. Sua namorada imaginária é alérgica a nozes, Jacob?
Meu Deus.
Como eu ia levar aquilo adiante com todo mundo me cutucando?
Então lembrei que até mesmo o mais implacável dos interrogatórios seria melhor que a alternativa – todos atentos para ver se eu não estava desmoronando, todos culpando Jeremiah e Amy. Eu conseguia sentir a tensão dessa situação inevitável se impondo sobre mim.
Só queria ser invisível. Queria poder apagar da cabeça de todos a lembrança de que Amy e eu um dia namoramos.
Caramba, queria que *eu* pudesse esquecer que Amy e eu um dia namoramos.
Tenente Dan se levantou de onde estava, aos meus pés, e apoiou a cabeçona em meu colo. Ele sempre sabia quando minha ansiedade aumentava.
Ele era um cão bernese com três patas e 2 anos de idade. Era um dos muitos motivos pelos quais eu não estava interessado no cargo de chefe do

Royaume. Quando Amy e eu cuidávamos dele, ele nunca ficava mais que algumas horas sozinho em casa, mesmo que eu trabalhasse oitenta horas por semana. Mas agora eu era tudo que ele tinha. E não estava interessado em nunca estar em casa.

Eu *gostava* de ficar em casa. Minha casa era o único lugar onde sentia uma paz verdadeira.

Principalmente quando todos no trabalho me odiavam.

Eu me recostei na cadeira no quarto das plantas e fiquei olhando para as suculentas, exausto. Esperava que os cupcakes ajudassem, mas não entendia como isso seria possível. A situação parecia grave demais para ser resolvida com itens de confeitaria.

Voltei a olhar para meu diário. Ter um diário me deixava concentrado, fazia com que eu me acalmasse. Era uma das estratégias que tinha aprendido na terapia, e colocar os acontecimentos do dia e as emoções subsequentes no papel me ajudava a lidar com as coisas. Mas no fim das contas não escrevi em meu diário.

Escrevi uma carta para Briana Ortiz.

7

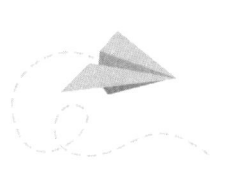

Briana

– Ou você vai morar comigo ou eu vou ligar para a mamãe.

Eram sete horas da noite e eu estava levando Benny para casa depois do meu plantão, após a alta do hospital.

Ele olhou para mim do banco do passageiro, horrorizado.

– Por que está me castigando? Minha vida já não é ruim o suficiente?

– Não estou fazendo isso para te castigar. Você precisa de ajuda neste momento, e não posso ir limpar sua casa e garantir que você esteja tomando os remédios. Você não está pagando o aluguel e acabou de ir parar no hospital. Tem faltado à diálise. Não está nem tomando banho.

Ele encostou a testa no vidro do carro. Parecia tão frágil e exausto... Muito diferente do homem saudável, forte e viril que havia sido apenas dezoito meses antes, quando aquele pesadelo ainda não tinha começado.

Sabe de uma coisa? Talvez nossa mãe *precisasse* se envolver. Eu não sabia se tinha a força mental e emocional necessária para cuidar dele *e* de mim. Mas também não sabia se tinha a força mental e emocional necessária para lidar com ela. Ligar para mamãe era sem dúvida uma medida drástica, algo que eu levava *muito* a sério.

Quando a situação com Nick veio à tona no ano anterior, minha mãe veio do Arizona, para onde tinha se mudado com o marido, Gil, ao se aposentar, e cuidou de mim quase até me sufocar. Tive que chamar Gil para retirá-la fisicamente porque ela não deu nenhum sinal de que iria embora depois que o primeiro mês terminou. Ela não parava de cozinhar. Nem por um segundo. Encheu meu congelador, depois comprou um congelador horizontal para a garagem e o encheu também. No dia em que foi embora, ela cozinhou salsichas, colocou-as em pães, embrulhou tudo em papel alumínio e deixou na geladeira, como se eu fosse incapaz de montar um cachorro-quente se ela não estivesse ali. Um ano depois, eu *ainda* estava comendo as sobras. Se eu a chamasse, seria um completo caos de pura energia maternal.

Entrei na rodovia.

– É a mamãe ou a minha casa – falei.

– Não quero abrir mão do meu apartamento – disse Benny, cansado.

– Eu sei. – Peguei a pista da esquerda – Mas seu apartamento está um lixo. Você mal cuida do gato. Vem morar comigo. Só por um tempo. Pode ficar no seu antigo quarto. Pode ficar no *meu* antigo quarto, que é maior – falei, tentando convencê-lo.

Ele fez uma pausa antes de responder, como se o simples ato de formar frases o estivesse cansando.

– Não quero atrapalhar sua vida amorosa – resmungou.

– Não há nada para atrapalhar. Sou a pessoa mais solteira que você já viu. Sério, você não me atrapalharia em nada morando comigo. Não estou saindo com ninguém neste momento.

Benny não respondeu, e olhei para ele.

– É temporário, Benny. Você vai conseguir um transplante e vai ter sua vida de volta.

Ele ficou em silêncio por um bom tempo.

– Vou ter que lidar com isso pelo resto da vida – disse baixinho.

– Não vai ser sempre assim. Quando você conseguir um rim…

– Eu *não vou* conseguir um rim. Você sabe disso. Só não quer admitir.

Aí *eu* fiquei em silêncio. Não sabia o que era melhor: tentar alimentar a esperança dele ou administrar as expectativas.

– Tá – falei. – Então digamos que você não consiga um rim e essa seja sua vida de agora em diante… Ainda assim, pode ser uma vida boa. Pode ser uma vida ótima. Por que não compramos uma máquina de diálise? Você pode fazer à noite enquanto vê TV. Sendo todos os dias, só precisa fazer duas horas.

Mais uma vez, não houve resposta, então tive que olhar para ele.

– Posso fazer em casa? – perguntou Benny, hesitante.

– Claro. Você tem uma irmã médica. Não pode fazer se estiver morando sozinho, mas, se for morar comigo, vou estar lá para esterilizar o equipamento e monitorar seus sinais vitais.

Ele pareceu um pouco otimista.

– E se fizer diálise todo dia, em vez de três vezes por semana, pode comer alimentos proibidos, porque os fluidos não vão se acumular.

Ele se ajeitou no banco.

– Posso tomar sorvete?

Assenti.

– Pode. Com a diálise mais frequente, talvez a gente possa até tirar alguns remédios. Você vai se sentir melhor, vai ter mais energia...

Acho que foi a primeira vez que o vi sorrir em meses. Bom, ele meio que sorriu. Estava mais para uma carranca neutra à beira de um sorriso... mas, ainda assim, era um progresso.

– Benny, você consegue. Só precisa se adaptar. Eu posso ajudar.

Por favor, me deixe ajudar.

O silêncio pairou entre nós.

– Tá bom – disse ele, finalmente.

– Tá bom? Você vai morar comigo?

– É. Acho que sim.

Soltei um suspiro. Eu estava ao mesmo tempo aliviada e triste. Aliviada porque poderia cuidar de Benny, porque não teria mais nenhuma visita-surpresa dele na emergência, porque morando comigo ele teria uma qualidade de vida melhor. E triste porque era o fim de um capítulo – para nós dois. Porque nossas vidas tinham oficialmente chegado a uma pausa abrupta. Nós dois éramos adultos, regredindo.

Era como se o relógio tivesse voltado vinte anos. De repente eu não era mais uma Briana adulta de 35 anos e casada. Ele não era o Benjamin brilhante e motivado, trabalhando na área de TI, treinando para correr cinco quilômetros. Eu era outra vez a irmã mais velha, responsável por cuidar de um Benny emburrado enquanto minha mãe estudava à noite e trabalhava em tempo integral. E eu *teria* que cuidar dele. Porque não confiava que ele cuidasse de si mesmo.

Levei-o para seu apartamento e preparei o jantar. Ele mal tocou na comida e foi direto para a cama. Fui para casa depois de colocar a louça na máquina e regar as plantas murchas que ainda assim pareciam bem mais vivas que meu irmão.

Quando cheguei em casa, estava tão esgotada mentalmente que só me joguei no sofá enrolada num cobertor e desmaiei ali mesmo, até que às duas da manhã o gato caminhou por cima de mim sem nenhuma cerimônia. Então me arrastei até o quarto e fiquei olhando para o teto no escuro, sem conseguir voltar a dormir.

Eu estava me distanciando cada vez mais da Briana que tinha planejado ser. Da *vida* que havia planejado.

Em duas semanas, não estaria mais casada. Estaria, daquele dia em diante, sozinha.

Eu nunca mais ia me meter em nada dessa coisa de relacionamento. Nada.

Eu sempre disse a mim mesma que o que aconteceu com minha mãe e meu pai foi um caso isolado. Que a maioria dos homens não abandona a esposa grávida e a filha de 8 anos, deixando ambas sem teto nem apoio. Eu acreditava no amor. E, quando conheci Nick, acreditei que tinha encontrado a pessoa certa. Agi quase com presunção. *Está vendo? Existem homens bons. Conheço vários deles. Zander, Gibson, Benny... e agora encontrei também aquele que é o amor da minha vida.*

Mas ter homens como amigos, colegas e familiares é muito diferente de tê-los como parceiros.

Tudo que minha mãe passou a vida inteira me dizendo sobre o relacionamento com homens provou ser verdadeiro: não podemos confiar neles. Não podemos contar com eles. Os homens vão magoar, abandonar e decepcionar você.

O que meu pai fez doía ainda mais naquela hora, porque ele deu ao filho seu tipo sanguíneo raro e não se dignou a ficar por perto para oferecer um rim quando ele precisou. O sabor amargo disso tudo penetrava minhas entranhas como uma faca.

Eu estava cansada. *Cansada* dos homens.

Daquele momento em diante, usaria todos eles como eles usavam as mulheres. Para me entreter. Para transar. Por conveniência. Eu nunca moraria com um homem com quem estivesse saindo e com certeza nunca mais me casaria. Jamais. E filhos? Não. Não se isso significasse estar ligada ao pai deles pelo resto da vida.

Eu estava enojada e profundamente decepcionada com os homens que Nick e meu pai acabaram se revelando. E isso era reforçado todos os dias, a cada mulher espancada que chegava à emergência e cada cara idiota que eu conhecia no Tinder. Nem fiquei surpresa quando não consegui encontrar um homem que fosse decente o bastante para uma transa casual. Os únicos nos aplicativos de namoro que pareciam ter a cabeça no lugar sempre acabavam revelando ser casados, o que só confirmava minha opinião sobre sair com homens em geral.

Jessica tinha razão. Eu estava melhor com o gato.

Passei os três dias seguintes empacotando as coisas do apartamento do Benny e fazendo a mudança. Seus melhores amigos, Justin e Brad, vieram ajudar com as coisas pesadas. Montaram a esteira do Benny no escritório, colocaram os móveis num depósito e o instalaram. Receber os amigos ali fez com que ele pelo menos tomasse banho e vestisse roupas limpas, o que foi bom.

Providenciei a entrega de uma máquina de diálise. Passei um dia inteiro lavando os sacos de lixo cheios de roupa suja que havia tirado do apartamento enquanto ele dormia, deprimido. Então passei cinco minutos segurando uma xícara de café e olhando, taciturna, para o arranhador horroroso que passaria a ficar na minha sala ao lado do sofá floral cor-de-rosa igualmente horroroso que minha mãe comprou em 1994.

Eu morava na casa onde cresci.

Quando se casou com Gil, minha mãe se recusou a abrir mão da casa. Mesmo quando ele se aposentou e os dois se mudaram para o Arizona, ela se negou a vendê-la. Dizia que, com os homens, sempre precisamos de um plano B. Nunca devemos apostar todas as nossas fichas neles.

Parece que mais uma vez minha mãe tinha razão. Quando deixei Nick, pelo menos eu tinha para onde ir.

Acabei nunca decorando a casa da minha mãe depois de me mudar. Não planejava ainda estar ali depois de um ano, e decorar faria com que aquela situação parecesse permanente. Então simplesmente fiquei morando entre os resquícios da minha infância. A casa inteira parecia uma cápsula do tempo dos anos 1970. Arte em macramê nas paredes, armários de carvalho e cobre por toda parte, carpete felpudo marrom, piso de linóleo descascado na cozinha. Era deprimente. E dali em diante também haveria um arranhador do tamanho de uma árvore na sala.

Por que eu vivia naquelas condições?

Tinha dinheiro para comprar um apartamento. Até para comprar uma *casa*. Mas a ideia me deixava paralisada. Como se minha força fosse suficiente apenas para deixar a casa que construí com Nick, mas não para construir uma nova para mim. Então acabei ficando ali, como um náufrago numa ilha deserta.

Talvez parte de mim tivesse medo de deixar a ilha. Porque isso faria com que tudo aquilo fosse real.

Tirei mais um dia de folga do trabalho para terminar a mudança do Benny. Quando voltei ao hospital, na quarta-feira, parecia um zumbi. Eu me sentia anestesiada. Como se a questão do Nick, a questão do Benny e a questão da casa fossem uma queimadura de terceiro grau terrível, tão grave que minhas terminações nervosas tinham se destruído e eu não sentia mais nada.

De repente me dei conta de que aquela era a pior época da minha vida.

Quer dizer, quando Nick me traiu foi ruim, claro. Mas pelo menos Benny ainda tinha os rins. Pelo menos Alexis estava por perto. Havia *esperança*.

O que havia agora era uma máquina de diálise que seria entregue em alguns dias, Benny definhando mentalmente numa cama no final do corredor e uma caixa de areia na lavanderia que só eu ia limpar. Minha melhor amiga estava a duas horas de distância e ocupada demais com sua vida nova para ser a distração de que eu precisava para não pensar em tudo aquilo.

Não havia nada no futuro que me entusiasmasse. Até mesmo o cargo de chefia estava em suspenso. Eu não tinha perspectivas de namoro. Nenhuma alegria na vida. Nenhuma distração. Fazia um ano que não transava. Estava sozinha ali, envelhecendo, indo na direção errada em todos os aspectos, com a vida desmoronando à minha volta.

E estava entediada.

Isso era o pior de tudo. O tédio. A monotonia da droga da minha vida enfadonha, banal, deprimente.

Se não fosse Benny, eu entraria no Médicos sem Fronteiras ou algo do tipo, correria o mundo. Para que ficar em Minnesota? Era frio, tudo me fazia lembrar do Nick – ou, pior, da Kelly. Eu estava sozinha. Sendo totalmente sincera comigo mesma, nem queria o cargo de chefia. Só parecia algo que todos esperavam de mim quando Alexis foi embora, e pensei:

Por que não? O que mais eu ia fazer? Pelo menos estaria aprimorando meu currículo.

Aquela não era a vida que eu queria. E não sabia como mudá-la. Era como areia movediça.

Jocelyn estava no balcão quando cheguei agarrada ao cappuccino triplo e me sentindo tão cansada quanto aparentava. Eu não fazia ideia de como ia aguentar aquele dia.

– Oi, deixaram uma coisa aqui para você.

Ela apontou para uma área atrás do balcão.

Eu me inclinei por cima dele, cansada, para dar uma olhada. Era um cupcake de red velvet gigante com um envelope preso à embalagem e meu nome escrito.

Sorri pela primeira vez em dias. Alexis?

– Quem foi? – perguntei.

– Não sei. Estava aqui quando eu cheguei ontem. – Ela bateu com uma caneta no balcão e olhou para mim. – Escuta, está tudo bem? Você pediu dispensa.

– Tudo – respondi, me abaixando para pegar o cartão.

Larguei o café no balcão e passei o dedo sob o lacre do envelope.

Era uma carta. Uma carta comprida. Escrita à mão.

Do *Dr. Maddox*.

Pisquei, confusa. O Dr. Maddox? *Por quê?*

Olhei em volta como se ele pudesse estar espiando de algum lugar. Não o vi.

– De quem é? – perguntou ela.

– Ninguém. Já volto.

Peguei a embalagem de cupcake e corri para o depósito de suprimentos. Fechei a porta ao entrar, sentei na caixa de papel higiênico e tirei a carta do envelope. Tinha sido escrita com caneta-tinteiro preta, com uma letra clara e cuidadosa.

Briana,

Às vezes escrever num diário me ajuda a organizar os pensamentos. Parece que ultimamente estou tendo dificuldades em dizer e fazer a coisa certa, então imaginei que escrever talvez fosse melhor.

Eu queria agradecer pela sugestão do cupcake.

Você provavelmente não sabe, mas eu tenho certa ansiedade social. Piora quando estou numa situação nova com pessoas que não conheço. Nessas circunstâncias, a interação não acontece de forma natural para mim, e tudo fica difícil. Quando erro, como aconteceu algumas vezes desde que cheguei, fico mais constrangido e minha ansiedade piora. Fico mais nervoso, e isso me deixa retraído. É uma espécie de círculo vicioso. Então sua ajuda foi valiosa, embora eu saiba que você não tinha motivo nenhum para me ajudar.

Eu gostaria de falar sobre algumas coisas.

Você disse que o Dr. Gibson estava adiando a votação para a chefia da emergência na esperança de que eu pudesse concorrer ao cargo. Não tenho nenhum interesse nele nem indiquei algo nesse sentido ao Dr. Gibson quando cheguei. Eu não sabia que ele tinha tomado essa decisão, e disse a ele que não tenho a intenção de concorrer. Lamento que você tenha achado que a votação foi adiada em meu benefício. Eu não participei da decisão.

No dia em que entrei no quarto do seu irmão, não contei que você quebrou meu celular. Eu estava frustrado e devia ter escolhido um momento mais oportuno para falar sobre o encontrão no corredor. Porém, mais uma vez, minha ansiedade às vezes me impede de perceber sutilezas sociais, e nem sempre me expresso como gostaria. Foi falta de discernimento da minha parte, e peço desculpa.

Por último, no depósito, quando eu disse que seu irmão podia viver fazendo diálise... Minha mãe teve doença renal crônica quando eu era adolescente. Ela recebeu um transplante de rim antes mesmo que precisasse de diálise, mas esse período da minha vida foi assustador. Eu me lembro de me sentir melhor ao saber que, caso os rins dela falhassem antes que ela conseguisse um doador, pelo menos a diálise a manteria viva. Não é como perder os pulmões ou o coração. Ela teria tempo. Teria décadas se fosse preciso.

Eu disse aquilo com a intenção de oferecer algum consolo, mas não pensei no quanto pareceria insensível fora de contexto. De maneira nenhuma quis minimizar o que estava acontecendo com seu irmão nem invalidar o que deve ter sido um diagnóstico traumático que mudou a vida dele.

Se qualquer um de meus erros foi causa de estresse ou tristeza para você, por favor, aceite meu sincero pedido de desculpa. Não foi minha intenção.

Mais uma vez, obrigado.

Jacob

Larguei o papel sobre os joelhos.

Caramba. Como fui *babaca*. Eu me senti PÉSSIMA.

Passei a enxergar grande parte das semanas anteriores de um jeito diferente. Eu devia ter me esforçado mais para dar as boas-vindas ao Jacob. Devia ter dado a ele o benefício da dúvida, ou pelo menos não ter sido uma escrota.

Voltei a olhar para a carta em meu colo.

Acho que nunca tinha recebido uma carta de ninguém. Era espantosamente eficaz. Muito melhor que uma mensagem de texto ou um e-mail, como se tivesse um peso diferente ou algo do tipo. A sensação de segurar o papel nas mãos, ver a tinta na folha, a pressão da caneta... Ele fez aquilo. Demandou esforço. Era um ato físico. Não poderia apagar se errasse, teve de pensar no que ia dizer com antecedência – ou disse exatamente o que queria e não teve que mudar nada.

Olhei para o cupcake. Eu nem queria comê-lo. Não *merecia* comê-lo. A Nadia Cakes não vendia cupcakes gigantes no balcão; era preciso encomendar. Ele encomendou especialmente para *mim*. Quanto cuidado.

Aquilo fez com que eu me sentisse mil vezes pior.

Tive que voltar à emergência, mas a carta me atormentou o dia todo. Não parei de pensar nela, em como responder... Porque eu *tinha* que responder.

Mas, no meio-tempo, ia evitar Jacob como se minha vida dependesse disso, o que não foi muito difícil porque acho que ele também estava me evitando – e por que não faria isso? Eu era a Bruxa Má da Emergência.

Imagine ser o motivo pelo qual uma pessoa odeia seu trabalho. Essa era eu. *Eu* era o motivo.

No intervalo do almoço, entrei no depósito com uns papéis que peguei na impressora e respondi.

8

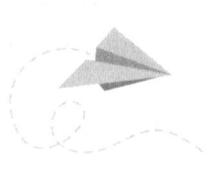

Jacob

Havia um envelope preso na porta do meu armário. Meu coração acelerou antes mesmo que eu tocasse nele.

Devia ser apenas um bilhete de agradecimento dos enfermeiros pelos cupcakes. Ou também podia ser Briana me mandando para o inferno.

Eu não devia ter escrito para ela.

Queria explicar a situação e pedir desculpa pelo comentário sobre seu irmão, mas talvez devesse ter feito isso pessoalmente. Talvez a formalidade de uma carta fosse seca demais para algo assim e ela não a tivesse recebido com o espírito de paz que era minha intenção.

Talvez o envelope fosse a *minha* carta sendo devolvida sem ser lida.

Levei a mão à boca antes de pegá-lo. Tirei a carta de dentro e fui até a última página para ver a assinatura.

Era da Briana. Meus batimentos cardíacos latejavam nas orelhas.

Dobrei a folha sem ver o restante e enfiei na mochila para ler em casa.

A sensação era a de que todos estavam olhando para mim, como se soubessem que eu tinha recebido uma carta e soubessem o que me aguardava naquelas páginas.

Talvez soubessem *mesmo*.

Talvez ela tivesse lido a carta para os enfermeiros antes de deixá-la em meu armário. Talvez também tivesse lido a minha carta para eles... Talvez todos estivessem bebendo juntos, rindo de mim *naquele instante*.

Eu sentia a presença do envelope na mochila como se fosse uma bomba-relógio prestes a disparar.

O cupcake que comprei para ela tinha desaparecido ao final de seu plantão. Será que ela havia comido? Ou será que tinha oferecido a outra pessoa? Ou, pior, talvez tivesse jogado fora... Ela disse que não queria um cupcake, então talvez eu não devesse ter comprado. Mas, pela minha experiência, na maioria das vezes que as pessoas dizem que não querem comida, na verdade não se incomodam quando a comida aparece.

Talvez ela só não quisesse um cupcake vindo de *mim*.

E talvez tivesse ficado chateada quando dei um assim mesmo, como se estivesse forçando-a a comer um bolinho que ela tinha dito explicitamente que não queria. Será que foi grosseiro da minha parte? Presunçoso?

Cheguei em casa e levei Tenente Dan para um passeio longo, em grande parte para adiar o inevitável.

Por uma fração de segundo, pensei em não ler a carta, o que seria ridículo. Eu precisava saber em que pé estávamos, ainda mais porque tínhamos que trabalhar juntos. Mas algo me dizia que, se aquilo desse errado, se o tom da carta fosse o que eu temia, seria meu fim. Eu não poderia ficar no Royaume. Teria que aceitar que havia me colocado numa situação que eu simplesmente não tinha como melhorar, e seguir em frente. Pedir demissão e ir para outro lugar.

Quando enfim me obriguei a sentar e ler, já eram quase dez da noite. Respirei fundo e tirei a carta do envelope. Eram duas páginas, escritas com caneta azul em papel de impressora.

Caro Jacob,

> Já que agora sei que você tem ansiedade, imaginei que escrever em vez de falar pessoalmente seria um jeito melhor de responder e que causaria menos estresse.

Eu ri. É claro que ficaria estressado de um jeito ou de outro.

> Não escrevo muitas cartas. Minha mão já está doendo, então vou ter que fazer várias pausas, mas vamos lá.
> Em primeiro lugar, se você acha que pode me comprar com cupcakes e cartas de desculpas escritas à mão, está coberto de razão. Aceito todas as desculpas e explica-

ções. Eu também gostaria de pedir desculpa. Fui terrível com você.

"Terrível" estava sublinhado duas vezes.

Então, sei que você não me conhece, mas não costumo agir assim. As pessoas sempre dizem isso, mas estou falando sério. Não sou sempre assim. Não tenho sido minha melhor versão ultimamente. Isso não é desculpa, mas este ano está sendo uma merda, e está me deixando exausta, e acho que descontei um pouco em você. Isso foi muito injusto e peço desculpa. Tipo, eu nem quero comer o cupcake que você me deu porque sinto que não mereço. Neste momento, um cupcake da Nadia Cakes é bom demais para mim. Vou guardar no congelador até me tornar carmicamente digna da cobertura de cream cheese.

Não acredito que quebrei seu celular. Com certeza vou pagar pelo conserto. Por favor, me diga quanto te devo. E também peço desculpa por ter te julgado mal — mas, para ser justa, Gibson não foi muito claro quanto à questão da chefia, então eu meio que o culpo por ter instigado isso. Mas desculpa mesmo assim. Estou me sentindo péssima.

Quero propor um acordo de paz. Acho que você deve querer o que todo introvertido quer: ser convidado, mesmo que não compareça depois. Beber com toda a equipe talvez não seja sua diversão ideal, mas, sempre que formos ao Mafi's, vou te convidar. Vai ser meu jeito de te recompensar. Saiba que você é bem-vindo e querido e, se um dia decidir aceitar o convite, vou me sentar ao seu lado no bar e não vou te obrigar a bater papo comigo nem vou deixar que bêbados extrovertidos cheguem perto de você. Este é meu juramento solene. Nenhum bêbado extrovertido.

Senti que estava sorrindo até com os olhos.

Por favor, saiba que... Tá, é sério? Você escreve cartas com frequência? Porque minha mão está DOENDO.

E aqui havia uma palavra riscada. Havia várias palavras riscadas, na verdade. Acho que ela sofreu com a falta de um botão Delete.

Tudo bem, estou de volta. Fiz uma pausa de cinco minutos para alongar a mão.

Se algum de meus erros foi motivo de estresse ou tristeza para você, por favor, aceite meu sincero pedido de desculpas.

Atenciosamente (sempre quis terminar uma carta com "Atenciosamente" – ah, e receber uma em que a pessoa comece com "Caríssima" e se despeça com "Para sempre seu". É tão Sr. Darcy!),

Bri

P.S.: Preciso comprar um papel decente. Acho que teria sido melhor escrever numa folha pautada.

Dei um sorriso suave ao ver a assinatura na página.

Eu não saberia explicar a leveza que senti no peito. Pela primeira vez em semanas, o zumbido elétrico da ansiedade serenou. Cheguei a sentir o fluxo quase constante de cortisol com que vinha lidando ser interrompido. E consegui respirar de novo.

Tenente Dan colocou a cabeça em meu colo e olhou para mim como se tivesse sentido a mudança em meu humor.

Li a carta pela segunda vez. E pela terceira. A cada vez que lia, eu me sentia mais leve.

Depois da quarta vez, peguei papel e caneta.

9

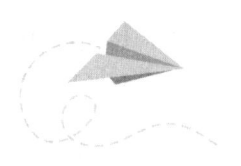

Briana

Um dia depois de ter deixado a resposta na porta do armário do Jacob, encontrei um envelope com meu nome preso do lado na porta do depósito de suprimentos, por dentro.

Caríssima Briana,

Dei risada.

Obrigado por sua resposta gentil e por se oferecer para pagar o conserto do celular. Eu tenho seguro e o custo foi mínimo, então não vai ser necessário, porém agradeço a intenção.

Mas vou aceitar seu convite para ser convidado e nunca comparecer. Parece que vai ser ótimo. Também gosto de não atender ligações, não fazer networking, nunca sair de casa e ficar com meu cachorro.

Estou feliz por você ter me desculpado e, claro, também desculpo você. Entendo como é passar por um momento difícil e o que isso faz com nossa saúde mental e paciência.

Acho que você foi muito generosa em suas interações comigo, no final das contas, e estou entusiasmado para continuar trabalhando com você. Espero que não seja dura demais consigo mesma e que descongele e coma o cupcake.

> Agora preciso voltar para meu isolamento. Preciso de 20 a 22 horas sozinho por dia para operar.
>
> Jacob
>
> P.S.: É brincadeira, mas nem tanto.

Eu ri. Então li a carta mais uma vez. Gostava de pessoas que sabiam rir de si mesmas.

Uma hora depois, deixei um post-it amarelo dobrado e colado em seu computador.

> Você tem um cachorro? Posso fazer carinho nele se eu prometer não fazer contato visual com você nem ficar puxando papo sobre o tempo?
>
> Bri

Uma hora depois encontrei um papel pautado colado no meu computador.

> Caríssima Briana,
>
> Sim, você pode fazer carinho no meu cachorro. Mas talvez eu deva avisar que Tenente Dan gosta de falar sobre o tempo, então, ainda que não queira abordar o assunto comigo, talvez você possa dizer a ele que esta primavera anda muito fria, que tal?
>
> Você tem animais de estimação? Aguardo sua resposta.
>
> Jacob

A emergência lotou depois disso e não tive tempo de responder antes de ir embora. A caminho de casa, parei para comprar um papel decente e uma caneta melhor que a Bic barata que estava usando, mas não gostei muito das opções, então pesquisei no Google e achei uma papelaria chamada Paper Waits Cards e fui até lá.

Em suas cartas, Jacob usava um papel grosso muito bonito e um envelope tipo de linho. Era bem chique e meio que me fez querer ser chique *também*.

Foi uma boa distração entrar numa loja onde eu nunca tivera motivo para entrar. Parecia que estava numa missão, numa caça ao tesouro ou algo do tipo. Era como se eu tivesse um projeto que estava curtindo de verdade.

Escolhi um papel pautado com linhas cor-de-rosa e flores vintage nos cantos. A embalagem veio com três tipos: rosas, lilases e margaridas. Assim, eu poderia escrever três cartas, cada uma num papel diferente.

Assim que consegui tudo de que precisava, corri para casa. A máquina de diálise do Benny seria entregue no mesmo dia.

Levei duas horas para montar a máquina e depois fiz uma longa sessão de treinamento com uma enfermeira de diálise para garantir que eu saberia usá-la. Depois tive que colocar Benny na máquina e começar a fazer o jantar. Assisti a um filme com ele enquanto monitorava seus sinais vitais, então já estava tarde quando me sentei para escrever.

Escrever foi relaxante. Catártico.

Gostei de ter uma tarefa a fazer.

10

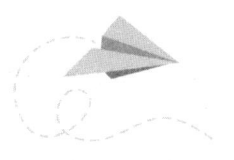

Jacob

Depois que deixei o bilhete no computador da Briana, não recebi mais nada pelo resto do dia. Na manhã seguinte, no entanto, voltei a encontrar um envelope na porta do meu armário. Entrei de fininho num quarto de plantão para ler.

Ela havia comprado papéis e envelopes novos. Disse que não escrevia cartas, o que queria dizer que provavelmente tinha comprado só para isso. A ideia desse esforço me fez sorrir sozinho.

Jacob,

> Tenente Dan? Rá, rá, rá
> Não tenho animais de estimação, mas meu irmão e seu gato estão morando comigo, então eu meio que tenho um gato, né? O nome dele é Ranheta. Ele é muito fofo. Meu irmão encontrou ele atrás de uma lixeira num posto de gasolina, e me disseram que os melhores gatos vêm desse tipo de lugar. Na época, Benny estava na faculdade e morava numa casa com os melhores amigos, Brad e Justin, e eles acharam o nome engraçadíssimo. Agora, sete anos depois, tenho que fazer "*pss pss*" na cozinha e chamar "Vem, Ranheta Ranheta!" quando preciso dar comida para ele.
> Enfim, eu mal o vejo desde que eles chegaram. Ele está meio apavorado por estar num lugar novo e fica escondido. Só sei que está vivo porque às três da manhã ele sai

voando pela casa e dá um jeito de acabar todo enroscado nas persianas.

Rachei de rir.
Ela era engraçada. Dava para ver por que Zander e Gibson – bom, todos – gostavam dela. Voltei a ler.

Tá, isso vai parecer bem aleatório, mas confie em mim. Eu sigo uma blogueira de viagens, Vanessa Price, e ela sempre conta umas histórias loucas. Uma vez, antes de se casar com o marido que vai a todos os lugares com ela, foi trancada numa torre na Irlanda por um conde que achou que isso seria engraçado. Ela ficou muuuito irritada. Deve ter bastante corrente de ar numa torre, né? Muitos insetos, não é tão romântico quanto parece. Ele deu para ela um pônei shetland como pedido de desculpa e a reação dela foi tipo "obrigada pelo cavalinho, seu babaca, quero minhas cinco horas de volta".

Soltei uma gargalhada.

Eu estava pensando: e se eu fosse péssima nisso de pedir desculpa e, em vez de oferecer proteção contra bêbados extrovertidos, tivesse oferecido um cavalinho? Você deu sorte, hein?

Ela desenhou uma carinha feliz de olhos arregalados e assinou com a letra *B*.
Li a carta duas vezes antes de começar meu plantão. No intervalo do almoço, peguei um wrap de espinafre e umas folhas de papel para escrever uma resposta.

11

Briana

Na hora de ir embora, encontrei um envelope em meu armário.

Abri um sorriso assim que o vi. A carta era meio longa, e senti uma palpitação de ansiedade ao ver todas as páginas.

Aquilo era divertido. Eu estava *mesmo* me divertindo, na primeira vez em nem sei quanto tempo. Levei a carta para casa, me sentei na cama com as pernas cruzadas e desdobrei os papéis.

Caríssima Briana,

Já que estamos falando de desculpas insuficientes, permita-me contar uma história.

Tenho três irmãs, Jewel, Jill e Jane. Sim, meus pais deram nomes com J para todos nós. Meu irmão se chama Jeremiah e minha mãe, Joy. Por favor, não use essas informações contra mim.

Jewel é tatuadora. Ela tem um estúdio em St. Paul. É muito talentosa.

Há alguns anos perdi uma aposta para ela. O combinado era que, se eu perdesse, teria que deixar ela tatuar o desenho que quisesse em mim.

Eu não tenho tatuagens. Sempre tive muito medo de me comprometer com uma coisa tão permanente. Mas Jewel é excelente no que faz, então achei que ela faria algo de uma beleza imensa, eternizar algo que eu ia adorar. Algo que eu ainda não sabia que precisava carregar comigo pelo resto da vida.

Ela fez um cortadorzinho de grama no meu peito, ao lado de um pedacinho de pelo raspado.

Eu *gargalhei*.
Ri tanto que acho que assustei o gato, que estava no outro cômodo.
Foi meio surpreendente perceber o quanto Jacob era engraçado. Ele parecia tão retraído... Mas então percebi que devia ser por causa da ansiedade. Acho que aquilo ali era uma lição sobre não julgar o livro pela capa ou algo do tipo...
Continuei lendo.

A tatuagem foi removida com laser; me custou 800 dólares e foi bem dolorido. Ela se recusou a pedir desculpa. Falou alguma coisa sobre aposta idiota, prêmio idiota.

Se Jewel perdesse, teria que raspar a cabeça. Ela raspou a cabeça assim mesmo. Era algo que sempre quis fazer, pelo jeito, então minha derrota foi um mero detalhe. Depois de uma vida inteira, eu já devia ter aprendido que não sou capaz de vencer as mulheres da minha família na esperteza – acredito que essa foi a lição.

Acho que eu teria gostado do cavalinho.

Jacob

Foi isso. Acabou a carta.
Eu estava começando a desejar o número dele – bom, desejava e não desejava. Parte da diversão era a troca de cartas. Mas acabava tão rápido. Durava só alguns minutos, e aí um dia inteiro sem nada. Fiquei pensando se me divertiria tanto assim conversando com ele ao telefone ou trocando mensagens. Achava que sim.
Benny ainda estava dormindo. Eu precisava acordá-lo para jantar e fazer a diálise, mas decidi esperar e escrever uma resposta para Jacob bem rapidinho. Se eu não entregasse uma nova carta no dia seguinte, demoraria mais para voltar a receber outra dele.

Estava mais ou menos na metade quando Benny veio se arrastando até a cozinha.

– O que você está fazendo? – indagou, parecendo tão aéreo que me perguntei se ele entenderia a resposta.

Ele parecia um sonâmbulo. Estava usando a mesma roupa do dia anterior: uma camiseta cinza amassada e calça de pijama xadrez. E precisava fazer a barba.

Eu sabia que levá-lo para morar comigo não seria uma solução imediata, mas esperava que ele já estivesse um pouco melhor àquela altura. Afinal, estava tomando os remédios. Pelo menos naquela semana. Eu mesma lhe dava. E ele tinha voltado à terapia, agora que eu estava presente para garantir que fosse. A terapeuta disse que Benny tinha faltado a várias semanas antes da ida à emergência, o que explicava muita coisa.

Ele não estava mais sozinho, mas, sim, num lugar seguro. Eu estava fazendo tudo certo. Mas queria um sinal de que ele permanecia ali. De que pelo menos parte daquilo, *qualquer* parte, estava dando certo. Mesmo que só um pouquinho.

Pigarreei e desviei o olhar de seu corpo exaurido.

– Estou escrevendo uma carta – falei.

Ele se jogou numa das cadeiras do balcão da cozinha.

Larguei a caneta.

– E aí, o que acha de vermos um filme hoje?

Ele não respondeu, ficou com o olhar perdido.

– Benny?

Nada.

Estendi a mão e segurei seu punho.

– Vamos dar uma caminhada depois da diálise. Só uma volta no quarteirão. Que tal?

Ele fechou os olhos com força.

– Olha... Pare de *encher o saco* – sussurrou.

Tive que engolir em seco o nó que se formou em minha garganta.

Certa vez conversei com uma mãe na emergência que havia chegado na mesma ambulância que o filho, após uma tentativa de suicídio dele. Não conseguimos salvá-lo. Quando saí para dar a notícia, ela estava tão... *resignada*. Como se soubesse, havia muito tempo, que aquilo ia acontecer.

Como se já tivesse chorado e se lamentado e aquele dia apenas oficializasse a situação. Ela olhou para mim com os olhos vermelhos e disse, com a maior sinceridade que já ouvi: "Eu fiz tudo o que pude."

Ao me dar conta de que agora eu sabia o que isso queria dizer, fiquei apavorada.

Não havia mais nada que pudesse fazer pelo meu irmão. Não havia mais nada a tirar do meu arsenal, a não ser os apelos para que ele se levantasse e reagisse. Ele já estava fazendo terapia e tomando os antidepressivos. Eu não podia interná-lo contra a vontade dele, e ele não concordaria. Só poderia ser compulsório se ele representasse um perigo para os outros ou para si mesmo – o que não era o caso. Eu não temia que Benny se machucasse. Pelo menos não diretamente. Ele só ia desistir de tentar continuar vivo.

Ele não queria viver naquele corpo. Não avariado como estava.

Eu conhecia muitos, *muitos* pacientes com deficiências e doenças crônicas que viviam com dignidade, alegria e propósito. Conhecia pessoas com insuficiência renal em estágio terminal, como Benny, que nem sequer desaceleraram. Elas viajavam, constituíam família, se divertiam e construíam lembranças e planos. Jacob tinha razão quanto à diálise. Era um presente. O presente do *tempo*. E eu esperava que Benny chegasse a esse ponto, que aceitasse esse novo normal e encontrasse uma maneira de continuar amando a vida. Mas ele não estava conseguindo. Estava definhando. Tudo aquilo acontecera rápido demais e tomara muitas coisas dele. Benny não conseguia dar a volta por cima. E a diálise era um lembrete constante de que o pior tinha acontecido. Sempre que fazia o procedimento, ele perdia mais um pouco de si mesmo. Só um rim mudaria tudo aquilo de um jeito rápido e significativo. E eu não podia dar um para ele. Não podia lhe dar esperança.

– Para quem você está escrevendo? – perguntou, interrompendo meus pensamentos.

Seu tom era conciliador. Devia estar com a consciência pesada por ter estourado comigo.

Inspirei profundamente pelo nariz.

– Estou escrevendo para um amigo. O médico que entrou no seu quarto aquele dia na emergência.

– Achei que você não gostasse daquele cara.

Dei de ombros.

– Gosto, sim. Ele é bacana.

– Está tentando sair com ele ou coisa assim?

– Não. Somos só amigos. – Virei a carta para baixo e me levantei da cadeira. – Vou encher a banheira para você.

Ele deu um gemido.

– O quê? *Nããão.*

– Sim. E vou pegar umas roupas limpas para você vestir quando sair.

Ele soltou um ruído de resignação do fundo da garganta.

– Nada de banheira. Eu... uso o chuveiro – resmungou.

– Legal. E faça a barba. Depois vamos dar uma caminhada e ver um filme enquanto fazemos a diálise – falei, tentando manter o tom alegre.

Ele suspirou profundamente, então se levantou e subiu. Fiquei olhando e soltei o ar assim que ele desapareceu.

Era difícil ser forte por nós dois. Eu mal tinha força suficiente para mim mesma.

Na manhã seguinte, deixei uma carta embaixo do teclado do computador de Jacob assim que cheguei.

Jacob,

Tá, mas você ia mesmo gostar do cavalinho? De verdade? Quer dizer, o que ele faz de especial? Você não pode cavalgar, a não ser que tenha, tipo, 7 anos. É fofo, mas não é nada prático.

É como aqueles macaquinhos de fralda. Eles parecem muito legais, mas tomam banho com a própria urina, jogam fezes e tiram todas as lâmpadas da casa.

Acho que sei qual foi o momento exato em que ele leu essa parte, porque ouvi uma risada vinda do depósito de suprimentos. Ele gostava de fazer intervalos lá.

Olha, você não tem namorada, né? Acabei de me dar conta de que não perguntei, e ficar colocando cartas no seu armário talvez não seja de bom-tom. Não estou dando em cima de você, caso sua namorada fique preocupada. Só para deixar claro. Sou solteira e não estou à procura de um namorado, então ninguém me diz quem pode me escrever cartas nem que tipo de animais exóticos posso levar para casa. Sou livre para fazer uma loucura e realizar meu sonho de ter uma clínica de reabilitação de gambás. Deve ser gostoso abraçar eles se as glândulas do fedor forem removidas.

Assinei com um desenho horrível de gambá.

Achei melhor deixar claro que aquela troca de mensagens não passava de um gesto de amizade, caso ele imaginasse que eu estava flertando.

Eu não saía com colegas de trabalho. Era uma regra pessoal minha – ainda que ele fosse, *sim*, muito atraente. Talvez *principalmente* porque ele era muito atraente...

Sua personalidade o deixava ainda mais atraente.

Na hora do almoço, havia uma carta no meu computador. O papel era o que ele usava quando escrevia de casa, logo tinha levado para o trabalho com o intuito de escrever para mim. Dei um sorriso.

Caríssima Briana,

Também estou solteiro. Eu e minha ex terminamos ano passado. Não imaginei que sua amizade fosse mais que isso, amizade, mas concordo que é bom deixar claro, já que trabalhamos juntos.

Acho que eu daria conta de um pônei shetland. Tenho um pouco de experiência com animais que são difíceis de lidar. Tenente Dan foi resgatado e tinha problemas de comportamento, e cresci com um papagaio. Um papagaio-cinzento africano chamado Jafar. Ele tem 30 anos e é meio babaca. Derruba as coisas e coloca a culpa no gato. Também gosta do termo (e agora você vai ter que desculpar meu linguajar) "filho da puta", então às vezes, logo depois de um vidro quebrar, ouvimos: "Foi o gato, filho da puta!"

Eu estava rindo TANTO.

Jafar acabou de acrescentar "mentira", "chupa-pau" e "você está sentado no controle remoto" ao repertório perverso dele. Não temos a menor ideia de quem ensinou essas coisas a ele, mas desconfio que foi meu avô, que parece apreciar certo nível de caos em elegantes reuniões de família.

Respondi no intervalo de almoço com uma história apressada de um dos pacientes do dia, que cortou o próprio dedinho do pé para provar ao amigo que conseguiríamos reimplantá-lo. Conseguimos, então acho que ele tinha razão, mas ainda assim…

Jacob respondeu antes das cinco da tarde contando sobre um cara que para ganhar uma aposta comeu um pote inteiro de ursinhos de goma sem açúcar. Ele teve diarreia grave. Jacob teve que receitar pomada para assadura, e os amigos do cara estavam rindo tanto que Jacob precisou expulsá-los.

Então nosso plantão terminou. Fomos para casa, e os dois teriam quatro dias de folga, porque tínhamos o mesmo cronograma: plantões de doze horas durante uma semana, com quatro dias de trabalho e três de folga. Na semana seguinte, três dias de trabalho e quatro de folga.

Quatro dias, nenhuma carta. Foi uma *droga*.

Naquele período eu não tinha *mesmo* nada para fazer. Fiquei muito entediada.

No primeiro dia de folga, o tempo estava bom, então levei Benny para tomar sorvete, o que eu esperava que pudesse animá-lo, já que havia seis meses que ele não fazia isso. Mas ele ficou só cutucando o sorvete e disse que o gosto estava estranho. Os remédios provavelmente afetavam suas papilas gustativas. A caminho de casa, parei num parque e o obriguei a caminhar comigo ao redor do lago. Ele agiu como se tivesse sido sequestrado e ficou o tempo todo com uma cara péssima. Quando voltamos, foi direto para o quarto.

Se eu não tivesse que estar ali, provavelmente teria ido visitar Alexis. Talvez ainda pudesse fazer isso. Podia fazer a diálise do Benny e voltar na noite seguinte, a tempo de fazer de novo. Mas não gostava da ideia de deixá-lo sozinho, ainda que para ele não fizesse diferença. Então fiquei. Não fiz nada.

No dia seguinte, lavei a roupa. Lavei a louça. Limpei a caixa de areia. Então deitei no sofá e fiquei mexendo no TikTok.

Eu me dei conta de que a única coisa que me deixava entusiasmada eram as cartas de Jacob. Ele era tão interessante... e engraçado.

Imaginei o que *ele* fazia nos dias de folga. Quem sabe a carta seguinte fosse sobre o que ele fez naquele fim de semana prolongado?

E me perguntei se ele tinha TikTok. Digitei seu nome na busca, mas só apareceu um vídeo que quase tinha viralizado, com alguns milhares de curtidas. Meses antes, no Memorial West, uma paciente havia filmado Jacob do outro lado da emergência, falando sobre como o médico dela era um gato. Fui direto para os comentários, que não decepcionaram. Acho que fiquei uns cinco minutos rindo.

"Já sei onde vou fazer meu próximo papanicolau."

"É por isso que sua avó sempre te diz para usar calcinha bonita, para o caso de sofrer um acidente."

E o melhor comentário dizia:

"Como se Minnesota já não fosse úmida o bastante."

Eu *morri*.

Torci para que Jacob não soubesse que aquele vídeo existia – ele morreria de vergonha. Curti o vídeo e os comentários.

Continuei a busca, ainda sorrindo, e fui para o Google, mas só o que encontrei foi sua biografia no site do Royaume. Ele não tinha Facebook nem Twitter. Fui para o Instagram. Ele não apareceu na busca, mas, quando vasculhei os amigos de Zander, eu o encontrei.

Seu perfil era privado. Enviei uma solicitação na hora. Alguns minutos depois ele aprovou. Eu me ajeitei na cadeira, sorrindo, e comecei a fuçar.

Ele só tinha 23 amigos, mas uma tonelada de fotos. Desci a tela e fui até o começo, mais ou menos três anos antes.

A maioria parecia fotos de família. Natal, churrascos, fotos no lago. Jacob não aparecia em grande parte delas e pelo jeito não tirava selfies. Até a foto de perfil era só uma foto da natureza.

Havia muitas, *muitas* fotos do Tenente Dan. O cachorro dele tinha só três patas.

Caí na gargalhada assim que vi. Ele batizou o cachorro com o nome do personagem de *Forrest Gump* que tem a perna amputada. Jacob nunca comentou o fato de ele não ter uma pata. Era uma surpresa ele ser engraçado assim, de um jeito meio autodepreciativo e modesto.

Acho que uma das melhores partes daquela situação nova com Jacob era conhecê-lo. Eu queria desvendá-lo, descobrir mais quem ele era. Parecia que eu estava tirando as camadas, uma carta de cada vez, acessando pequenos vislumbres de uma pessoa que dava para perceber ser muito discreta e reservada. Eu gostava de pessoas assim. Benny era assim. Era preciso *conquistar* sua amizade. Elas não se jogavam em qualquer um que estivesse interessado, e, quando se abriam, era um gesto importante.

Jacob parecia estar reformando um pequeno chalé em algum lugar. Compartilhava muitas fotos disso.

Nenhuma foto de ex-namoradas. Talvez ele tivesse apagado. Deus sabe que eu apaguei uma a uma as fotos de Nick depois que terminamos. Demorei um milhão de anos para me livrar de todas. Talvez fosse mais fácil apagar a conta inteira e recomeçar do zero, mas me recusei a apagar minhas lembranças não relacionadas a ele.

Deveria existir um aplicativo para isso. Com reconhecimento facial, que detectasse e apagasse as fotos do seu ex. Um clique e a conta inteira ficaria limpa. E deveria apagar também todos os comentários do ex, para que você não fosse obrigada a ver coisas como "minha gostosa!" numa foto sua de maiô na casa da sua melhor amiga num dia em que ele estava em casa transando com Kelly, na nossa cama.

Nick e suas mentiras poluíam tudo. Até mesmo as memórias em que ele não estava.

Afastei aquela nuvem escura e continuei fuçando.

Jacob tinha uma foto do Parque Estadual Gooseberry Falls e do Split Rock Lighthouse perto de Duluth. Uma trilha. Mais ou menos na metade do feed, uma foto rara dele. Estava num caiaque com uma loira. Talvez fosse ela. Eles estavam de colete salva-vidas. Não dava para vê-la direito. Outra foto dele ajoelhado abraçando duas criancinhas, cada uma de um lado. Uma menina e um menino. Ele estava sorrindo para valer nessa. Isso *me* fez sorrir. Ele parecia feliz. O oposto do que parecia no trabalho, pensei.

Hector disse que o vira no Cockpit. Depois de ver seu feed, eu tinha quase certeza de que Hector havia se enganado. Nenhuma das fotos era em algum lugar minimamente parecido com o Cockpit; além disso, eu não conseguia imaginar um homem com ansiedade social num bar barulhento pedindo bebidas a um atendente que assopra um apito quando você toma uma dose.

Passei mais alguns minutos fuçando. Fazia alguns dias que ele não publicava nada. Nenhuma dica de onde estaria nem do que estaria fazendo naquele momento. Quando cheguei à última foto, soltei um suspiro.

Eu estava começando a achar que as cartas não bastariam. Era divertido, mas não dava para suprir a demanda com elas. Havíamos trocado quatro cartas só no último plantão, e eu ainda sentia que tinha mais a dizer, e que ele também tinha.

Queria fazer alguma coisa com Jacob. Imaginei se ele estaria aberto a isso. Só que eu precisaria reiterar que não estava dando em cima dele. A situação poderia ficar meio confusa, principalmente se fosse fora do trabalho e se fôssemos só nós dois. Mas talvez eu conseguisse convencê-lo a ir ao Mafi's na próxima vez que todos fossem. Não faria mal nenhum.

Curti a última foto que ele tinha publicado, seu cachorro dormindo numa varanda de madeira, e fiz um breve comentário. Alguns minutos depois, ele curtiu o comentário.

Era só isso que eu conseguiria com Jacob até o plantão de segunda-feira. A não ser que...

12

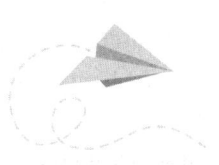

Jacob

Era sábado, o segundo de quatro dias de folga, e eu estava trabalhando no quintal do chalé, coberto de vegetação. Na véspera, tinha passado o dia podando alguns bordos que estavam bloqueando a vista do lago, e agora havia tirado a camisa para cortar lenha, enquanto Tenente Dan me observava da varanda. Estava empilhando as toras para secar quando recebi a notificação no celular. Quando abri, meu coração veio na boca.

Briana me enviou uma solicitação de amizade.

Descarga *instantânea* de adrenalina.

Minhas redes sociais não eram fáceis de encontrar. Ela teve que procurar bem. Por que tinha feito isso?

Estávamos trocando cartas – não estávamos flertando. Na verdade, senti uma pontada de decepção quando ela disse isso.

Quer dizer, acho que *eu* também não estava flertando. Não que não estivesse interessado, eu só não era ousado o bastante. Era muito difícil eu dar o primeiro passo, ou até mesmo aceitar que uma mulher pudesse estar aberta a isso. Tudo que estávamos fazendo era mais íntimo do que eu geralmente me sentiria à vontade para fazer, mesmo sendo "só amizade". Talvez fosse mais fácil pelo fato de não conversarmos pessoalmente. Eram só as cartas. Parecia que falar um com o outro não era certo, como se não fizesse parte da dinâmica. Isso fazia? Sermos amigos no Instagram?

Eu não era o tipo de pessoa que coleciona seguidores. As únicas pessoas que aceitava que me seguissem eram meus amigos mais íntimos e minha família. Nada de conhecidos, nada de pessoas da escola. Só os íntimos. As fotos que eu compartilhava eram para aqueles que me conheciam melhor que ninguém, então eu nunca me preocupava com o que poderiam pensar. Mas me importava com o que Briana pensaria – me importava muito.

E se eu aceitasse a solicitação de amizade e ela percebesse o quanto sou entediante? Ou se não conseguisse atender a alguma expectativa dela quanto a como eu seria fora do trabalho? E se ela simplesmente não gostasse de mim ao me conhecer melhor?

Levei a mão à boca e me sentei nos degraus dos fundos. Para começo de conversa, por que uma mulher como ela estava se envolvendo comigo? Eu não era interessante, não era engraçado.

Mas ela enviou a solicitação. Devia querer que eu aceitasse.

Fiquei olhando para a solicitação por mais um tempo. Então engoli em seco e aceitei.

Fui direto olhar seu perfil. A primeira foto era dela com um gato malhado no colo. Ele esfregando a cabeça no queixo dela, carinhoso. A legenda dizia "Meu novo colega de quarto". Devia ser o Ranheta.

Descendo o feed, vi algumas fotos num casamento. Ela com um vestido preto, posando com a noiva radiante, uma ruiva. Algumas fotos da natureza. Uma trilha com folhas verde-claras nas árvores. Uma selfie em frente às Cataratas de Minnehaha. Nessa, ela estava de óculos escuros e com um boné de beisebol cinza. Ela gostava de fazer trilhas, como eu. Havia várias fotos na natureza, acampando. Na Superior Hiking Trail.

Encontrei uma foto dela de biquíni numa piscina. Fiquei olhando para essa durante mais tempo do que deveria. Briana tinha um belo corpo. De uniforme era difícil perceber, mas estava lá. Era uma mulher muito bonita.

Passei por uma foto dela com um vestido de baile azul, como se estivesse a caminho de um evento, sete meses antes. Estava linda.

Rolando mais o feed, vi uma foto com o irmão, de dois anos antes. A diferença era gritante. O antes e depois da doença. Ele estava bronzeado e em forma. Ela também parecia mais feliz. Nessa foto, usava aliança.

Ela já tinha sido casada? Quem sabe foi por isso que disse que o ano anterior fora difícil...

Se não soubesse da situação com Benny, eu talvez não percebesse o cansaço atual dela. Briana era linda antes, e continuava linda. Mas dava para ver o peso daquilo tudo.

Recebi uma notificação de que ela curtira uma das minhas fotos. E mais uma, de um comentário. Cliquei nela. Era na última foto do Tenente Dan. Ela havia escrito "Ele é muito fofo! 😍". Eu sorri.

Talvez ela quisesse conhecê-lo. Pensei em convidá-la para ir ao parque comigo depois do trabalho algum dia. Eu podia mandar uma mensagem.

Podíamos trocar mensagens. Ali mesmo. Eu queria.

Era difícil manter uma conversa contínua por cartas. Demorava muito. Mesmo nos dias em que trocávamos três ou quatro bilhetes, eu tinha que esperar o dia todo por uma resposta para uma única pergunta. E então, nos dias de folga, nada.

Os dias em que não trocávamos cartas pareciam especialmente longos.

Mas o que dizer? Que mensagem eu enviaria? "E aí"? Eu não podia mandar "E aí". Tinha que ser algo inteligente. Ou engraçado. Não "E aí".

Uma notificação. Eu tinha recebido uma mensagem. De Briana.

Meu coração pulou. Abri correndo.

BRIANA: E aí

Minha mente começou a girar. O que eu deveria responder? "E aí" também? Talvez eu devesse fazer uma pergunta. Assim ela teria que responder e não ficaríamos no "E aí", "E aí", sem mais nada a dizer.

Recebi mais uma mensagem.

BRIANA: O que você está fazendo?

Entrando em pânico?!
Eu me levantei e comecei a andar de um lado para outro. Digitei uma mensagem.

EU: Nada de mais. Estou no meu chalé este fim de semana. E você?

Li a mensagem cinco vezes antes de decidir que estava ok. Mudei o "você" para "vc" e depois mudei de volta. Enviei e fiquei olhando para a tela.

Não chegou mais nenhuma mensagem.

Esperei alguns minutos. Então decidi voltar ao perfil dela, só para ter o que fazer. Mas, quando abri, vi um número 1 vermelho indicando que eu tinha recebido uma mensagem. Abri, mas não havia nada ali.

Merda. Era o wi-fi. Minhas mensagens não estavam carregando. *Nããããão.*

A internet do chalé era horrível. O sinal de celular também era ruim. Na verdade, esse tinha sido um dos motivos pelos quais eu fui até lá naquele fim de semana, para ter uma justificativa plausível quando minha família não conseguisse entrar em contato para me interrogar. Eu sabia que, se tivesse ficado em casa, eles teriam ido até lá para me encurralar, então fugi para o norte. Mas meu plano estava saindo pela culatra, porque a única pessoa com quem eu queria conversar não conseguia falar comigo.

Às vezes eu não conseguia carregar o Instagram por horas. Meu celular ficava só com uma barrinha de sinal, a menos que eu fosse até o restaurante com tema rústico no fim da rua.

Eu *iria* até o restaurante com tema rústico no fim da rua para conseguir sinal.

Vesti a camisa, peguei o casaco, a carteira e a guia do Tenente Dan. Prendi a guia na coleira mais rápido do que já fiz qualquer coisa na vida e percorri o meio quilômetro até o restaurante, meu cachorro correndo. Assim que cheguei ao terraço do restaurante, meu celular se conectou ao wi-fi e a mensagem dela chegou.

BRIANA: Nada. Que tédio.

Fiquei em pé ali, ofegante.

Um garçom indicou uma mesa vazia com a cabeça e me dei conta da minha aparência – suado e sem fôlego, como se tivesse ido correr de casaco e botina.

O garçom deixou um cardápio na mesa, e eu me sentei e fiquei olhando para a tela, pensando no que devia responder. Mas, antes que pudesse fazer isso, ela mandou mais uma mensagem.

BRIANA: Será que posso te ligar?

Ela queria conversar? Por *telefone*?

Passei a mão no cabelo. Eu queria conversar com ela. Mas não teria tempo de organizar meus pensamentos e me acostumar à ideia de que aquilo iria acontecer *naquele instante*. Eu não costumava agir com espontaneidade, principalmente em situações sociais.

Mas *queria* conversar com ela... Queria muito conversar com ela.

EU: Claro.

Digitei o número do meu celular.

O aparelho tocou na mesma hora. Atendi ao primeiro toque, e depois me odiei por parecer tão ansioso.

– Oi – disse ela, alegre.

Foi a primeira palavra que ela me disse desde o dia em que falou quais cupcakes eu deveria comprar, uma semana antes.

– Oi – respondi.

– Desculpa, é que digitar demora muito. É melhor falar – disse ela.

– Claro. Não tem problema.

– Tá, preciso fazer uma pergunta. E preciso que você seja supersincero. Você está me encaminhando todos os casos de corpo estranho na bunda?

Dei uma risada.

– *Como é que é?*

– Eu atendi *todos* os casos de corpo estranho na bunda esta semana. Uma abobrinha, uma Barbie sem cabeça, um castiçal antigo... que, aliás, o cara pediu para eu tirar com cuidado porque era da *mãe* dele... Você está me encaminhando esses casos? Você tem algum trato com os enfermeiros responsáveis?

Balancei a cabeça e ri.

– Não. Mas, se quiser se sentir melhor, esta semana atendi todos os estudantes de fraternidade bêbados. Um arrancou o soro, ficou pelado e saiu e eu tive que agarrar ele para não fugir. *Você* tem algum trato com os enfermeiros responsáveis?

– Claro. Mas não estou te encaminhando todos os estudantes de fraternidade bêbados. Só os que fogem.

Eu ri tão alto que a garçonete olhou para mim.

– O último estudante de fraternidade bêbado que atendi achou que estava num drive-thru – disse ela. – Eu tinha que ficar repetindo: "Moço! Isso aqui não é um restaurante!"

Quase chorei de tanto rir. Meu Deus, como ela era engraçada.

– Aqui toda noite é lua cheia – continuou ela. – O Memorial West era tão movimentado assim?

Balancei a cabeça.

– Não, nem tanto. Mas eles não eram um centro de trauma de referência, então...

– É, isso evita o tédio, com certeza. Você prefere assim?

Assenti.

– Acho que sim. Nunca é chato.

Parecia que ela estava se alongando.

– Por que você escolheu a emergência? Tenho a impressão de que seria uma especialidade difícil por causa da ansiedade.

Esse era um equívoco comum. E eu entendia – trabalho estressante não combina com nervosismo. Mas era perfeito para mim.

Eu sempre soube quem era e do que não era capaz, mesmo quando criança. Os pais dizem que podemos ser o que quisermos, mas eu sabia desde cedo que isso não era verdade. Eu me lembro da professora me dizendo que eu poderia ser presidente um dia, ao que respondi que não queria porque não gostava de desfiles.

– Atendi um período na emergência quando estava na residência em Las Vegas – respondi.

– Você morou em Las Vegas?

– Só por alguns anos. Zander e eu morávamos juntos... Não sei se você sabia disso. A gente se conhece há muito tempo, ele é um dos meus amigos mais antigos. Enfim, ele queria morar em Las Vegas. Era perto de Utah e eu queria fazer trilhas em todos os parques de lá, então fui com ele. Estava entre a pediatria e a emergência, mas acabei escolhendo a emergência. É tão acelerado que me faz ficar concentrado. Como se meu cérebro aquietasse porque só tem tempo para a tarefa em questão. Na verdade é bem relaxante.

– Acho que faz sentido – disse ela. – A gente fica ligado. Isso faz o trabalho passar bem rápido. Meu Deus, imagina como é ser cirurgião? Ter que ficar só pensando o tempo inteiro.

– Eu ia *detestar*.
– Você via pessoas famosas lá?
– Ah! Via, sim.

Não podia contar quem por causa da confidencialidade, e ela não perguntou pelo mesmo motivo, mas eu podia comentar em linhas gerais.

– Muitos artistas – continuei. – A maioria bêbada. Contusões, lacerações. Uma vez, atendi um músico famoso. Ele estava com um ferimento simples na mão, mas eu diagnostiquei como fratura.

– É mesmo? Por quê?

Dei de ombros.

– Algo me disse que ele precisava de uma folga.

– Foi bacana da sua parte. Mas e se te pegassem?

– Eu faria o que nossos residentes fazem com a gente. Agiria como se não soubesse de nada.

Ela riu e disse:

– É uma tradição consagrada.

Sorri. Então o garçom se aproximou da mesa.

– Pode esperar um minutinho? – perguntei.

Coloquei a ligação no mudo e pedi uma salada e uma club soda com limão. Apesar de estar sem fome, estava usando a mesa. E pedi um peito de frango grelhado para o Tenente Dan, sem tempero, e uma tigela com água.

– Pronto, voltei.

– E aí, o que você gosta de fazer? – perguntou ela. – Hector disse que te viu no Cockpit. Você gosta de bares?

Fiz que não com a cabeça.

– Não, com certeza não.

Uma vez tive um pesadelo em que estava num bar lotado em que não atendiam na mesa e precisei pedir no balcão, me espremendo e gritando com o atendente. Acordei suando frio.

– Ele deve ter me visto lá no último verão – falei. – Só fui lá uma vez. A mulher da Jewel, Gwen, é a dona. Fui à feira com ela. Ela queria levar as coisas para o bar e eu carreguei uma melancia.

– Você carregou uma melancia? – Briana pareceu intrigada.

– Aham. Ninguém deixa Baby no canto.

Ela riu da referência a *Dirty Dancing* e eu sorri ao perceber que a fiz rir.

– Então, se não gosta de bares, aonde você vai quando sai com alguém? – perguntou ela.

– Não tenho saído com ninguém. No momento, estou apenas tentando me acostumar com o trabalho novo. Você também não está saindo com ninguém, né?

Ela soltou um suspiro.

– Eu tentei por um tempo. Mas a coisa está péssima.

– É mesmo? – perguntei. – Tão ruim assim?

– Nossa, se prepara. *Péssima*. Saí com um cara que levou os três gatos para o encontro...

– Ele levou os *gatos*?

– Levou. Eu disse que gosto de animais, então ele levou os três gatinhos malhados. Eles estavam soltos no carro. Aí ele percebeu que os gatos não poderiam ficar lá dentro enquanto comíamos e tentou me convencer a ir até a casa dele deixar os bichinhos e ver o *gátio*.

– Ver o quê?

– Um pátio fechado para os gatos. O que me deixou interessada, *sim*, para ser sincera, mas eu não ia até uma casa de gato qualquer para ser assassinada. O tempo inteiro, enquanto tentava me convencer, ele ficou com um dos gatos nos ombros como se fosse um xale. Foi muito esquisito. E teve também o cara que pediu para eu dar uma olhada na pereba dele...

– Eu já tive um encontro desses. Antes da minha ex.

– Por que sempre tem uma pereba?

– Às vezes é uma pinta.

Ela riu. *Muito*.

E, ainda rindo, disse:

– Uma vez conheci um cara na internet que parecia você. Charmoso, inteligente, engraçado... *normal*. Eu ficava pensando qual seria a pegadinha. Combinamos de jantar, e assim que as bebidas chegaram ele começou a falar de um esquema de pirâmide.

Eu ri. Também tentei esconder o quanto tinha gostado do fato de ela me achar charmoso, inteligente e engraçado.

– Meu Deus, às vezes eu acho que só atraio os esquisitos – disse ela.

– Você é uma mulher bonita e inteligente. Você atrai todos.

Ela ficou em silêncio, e imaginei se tinha dito algo que não deveria.

Simplesmente saiu. Será que pareceu uma cantada e ela não gostou? Mas, quando voltou a falar, pensei ter notado um sorriso em sua voz.

– É inacreditável como isso de namorar desgasta a gente depois de um tempo. Estou cansada. A esta altura eu ficaria animada com uma pessoa que simplesmente tivesse a vida organizada o bastante para ter uma mesa de cabeceira.

– Rá.

– Você *tem* uma mesa de cabeceira? – perguntou ela.

– Tenho. Claro.

O garçom colocou a bebida à minha frente.

– Parabéns. Você faz parte do um por cento – disse Briana.

Fiquei feliz por parecer ter me encaixado numa categoria que ela aprovava, um homem com mobiliário completo no quarto.

– Estou por um triz de buscar outras mulheres que pensem como eu e formar um clã de bruxas – comentou ela. – Enfim, Tenente Dan é bem fofo.

Olhei para o meu cachorro, que estava dormindo a meus pés embaixo da mesa.

– O resgate quase não me deixou ficar com ele.

– Por quê?

– Ele não gostava de homens. Achamos que ele foi maltratado por um homem quando filhote. Ele não me deixava nem chegar perto.

– *Como* você resolveu isso? – perguntou ela, parecendo impressionada.

– Fui visitar ele todos os dias. Levava comida, me sentava no chão e falava com a voz baixinha, até ele confiar em mim.

– *Aaaaaaah*. E foi você quem escolheu o nome dele?

– Foi. Pareceu apropriado.

– O que aconteceu com a perna dele?

Espremi o limão no copo.

– Achamos que ele nasceu assim. Provavelmente numa fábrica de filhotes.

– Poxa. Que triste. Todos os vídeos de animais maltratados e negligenciados apareciam para mim no TikTok até o algoritmo perceber que eu não gostava disso. Animais adotando filhotes órfãos ou militares voltando para casa e fazendo uma surpresa para o cachorro… No momento, não estou preparada emocionalmente para lidar com esse tipo de energia. Você tem TikTok?

– Não – respondi. – Quer dizer, mais ou menos. Eu vejo vídeos de reformas, mas não publico nada.

– Estou no TikTok lésbico agora, é o melhor lugar do mundo.

– É mesmo? Para mim aparecem muitos vídeos de acidentes idiotas, por algum motivo. Detesto.

– Eu *também*. Tipo, como você mostra o acidente e não o que aconteceu depois? Eu preciso de um vídeo do tipo "como eles estão agora, após seis meses", com uma lista dos ferimentos.

– *Isso*. Parece um documentário que termina exatamente quando está começando a ficar interessante.

– Né? Enfim, você precisa interagir com o aplicativo – disse ela. – Rejeitar os vídeos de que não gosta, na hora, para eles saberem que você não quer ver aquilo. Logo, logo você vai estar no aconchego do TikTok lésbico comigo.

– As lésbicas do TikTok sabem remover papel de parede antigo? Porque é desse tipo de conteúdo que estou precisando no momento.

– Ah, sabem. Elas sabem fazer *tudo*. Foi onde eu aprendi a dobrar lençol de elástico.

Fiz uma anotação mental para checar *lésbicas do TikTok* mais tarde.

Ficamos conversando ao telefone sobre nada durante *horas*. O tempo voou. Conversar com ela era fácil de um jeito com o qual eu não estava acostumado.

Ela me tirou da minha casca. Fez com que eu ficasse à vontade. E as palavras simplesmente fluíram. Eu me senti interessante, ela pareceu querer saber mais sobre mim e o que eu tinha a dizer. E tínhamos muitas coisas em comum. Acho que isso fazia sentido, por causa da nossa profissão. Mas nós dois também gostávamos de ficar em contato com a natureza. Preferíamos viagens culturais a relaxar na praia, e curtíamos os mesmos filmes. Tínhamos até as mesmas músicas da Lola Simone no celular.

Quando fazia mais ou menos uma hora que estávamos conversando, começou a chuviscar. Eu me espremi embaixo do guarda-sol da mesa, que não era grande o bastante. Tinha saído com tanta pressa que nem pensei na logística de levar o cachorro. Não dava para entrar no restaurante por causa do Tenente Dan. Eu poderia desligar e correr para casa, deixá-lo lá e voltar.

Mas tive a impressão de que, se pedisse para ligar mais tarde, ela diria que poderíamos conversar na terça, e não quis arriscar. Então me encolhi embaixo do guarda-sol, com a chuva encharcando minhas costas, e Tenente Dan se escondeu sob a mesa, mais seco que eu. A garçonete me olhou como se eu tivesse perdido o juízo.

Depois de três horas, uma fatia de torta de morango e ruibarbo e o sol começar a se pôr, Briana desligou para fazer a diálise do Benny.

Os mosquitos estavam me comendo vivo, então acho que foi bom – ainda assim, por mim, não teria desligado.

Eu gostava dela. Muito.

O estranho era que, por algum motivo, ela também parecia gostar de mim. Eu não conseguia imaginar por quê.

Essa ideia tomou conta da minha mente. Pensar nisso me fazia sorrir. Provavelmente porque eu vinha me sentindo muito imperfeito e rejeitado, e de repente as coisas mudaram. Pelo menos com ela.

Não tive notícias de Briana durante o resto do fim de semana, mas tudo bem, porque eu sabia que, quando voltasse ao trabalho, retomaríamos a troca de cartas. Estava ansioso por isso. Um pouco mais do que gostaria de admitir.

Na terça-feira, a caminho do hospital, ignorei mais uma ligação da Jewel. Ainda não tinha decidido o que fazer a respeito da situação com minha família. A única ideia que me ocorreu foi ligar e cancelar o jantar no dia seguinte.

Assim que o estresse do trabalho e dos novos colegas começou a diminuir, como por misericórdia, o estresse familiar aumentou.

Fui até a emergência para começar o plantão, silenciando as chamadas do número da Jewel para que pelo menos eu não soubesse quantas vezes minha irmã tinha tentado falar comigo. Enquanto andava pelo corredor pensando nisso, Briana chegou de repente.

– Achei você! Vamos, você vai perder!

Ela me segurou pelo cotovelo.

Foi a primeira vez que encostou em mim, tirando o encontrão. Fiquei meio sem ar – pela interação inesperada *e* pelo contato.

– Perder o quê? – perguntei, deixando-a me levar.

– A Mulher da Ópera.

– Quem?

– Tem um grupo de cantores de ópera que vem aqui, todos bêbados, uma vez por mês, e eles sempre cantam na emergência. Você *precisa* ver isso. Eu te procurei por toda parte.

Contive um sorriso.

Passamos pelas portas duplas da emergência. Já havia uma pequena multidão na porta do quarto 6 quando nos aproximamos. Uma ária, na voz aguda de uma soprano, veio do quarto. Todos estavam em silêncio, ouvindo.

Eu conhecia aquela. "Der Hölle Rache", de *A Flauta Mágica*. Mozart. Notas altas de tirar o fôlego, que subiam como faíscas de fogo. Eu ouvia os instrumentos em minha mente: flautas, oboés, violinos, clarinetes. E me derreti na ginástica vocal comovente da peça. Era linda.

Olhei para Briana enquanto ouvíamos. Percebi como a equipe abriu espaço para nós dois, dividindo-se para nos deixar passar, para que ficássemos mais perto da porta. Era sinal de respeito – e não era por mim.

Eu passara a receber acenos de cabeça mais amigáveis desde os cupcakes. Os enfermeiros não me tratavam mais com tanta frieza. Mas aquela recepção era para Briana. O fato de ela ter me levado junto mandava a todos a mensagem de que eu era querido por alguém que eles amavam e respeitavam. Talvez ela tivesse ido me buscar, em parte, para que todos soubessem disso.

Eu me senti mais leve. Como se o instinto de luta ou fuga que aquele lugar ativava em mim finalmente pudesse ser dispensado.

Lá, eu estava sempre preparado. Preparado para o confronto, para a antipatia deliberada, para coisas desagradáveis em geral. Naquele instante, meu cérebro decidiu que nada disso era mais necessário. E graças a *ela*.

Eu passara a *gostar* de ir para o trabalho. Não via a hora. Recebia uma descarga de dopamina sempre que via uma carta.

Recebia uma descarga de dopamina sempre que a via do outro lado da emergência...

Eu sabia que para ela, provavelmente, eram apenas bilhetes. Ela era simpática e tranquila. Devia manter aquela troca divertida com todos, de um jeito ou de outro. Mas para mim era uma tábua de salvação. A mão estendida quando eu estava em queda livre, um guarda-chuva num aguaceiro. Amizade num lugar hostil.

Nos últimos dias, eu vinha fazendo algo por ela. Estava assistindo a *Schitt's Creek*.

Eu não costumava assistir a séries novas. Só via as mesmas repetidas vezes. Gostava da familiaridade, da previsibilidade. Quando reassistia a uma série, nunca tinha surpresas. Nenhum susto emocional. Eu não precisava processar sentimentos novos nem me preocupar com ganchos que não se concluíam. Sabia para onde a história estava indo e como acabaria. Com a música também era assim. Quando minha ansiedade estava muito alta, processar músicas novas dava muito trabalho. Eu me apoiava em playlists antigas. Um lugar seguro lírico, o conforto da repetição. E naquele momento minha ansiedade estava alta como não ficava havia muito tempo.

Mas eu estava assistindo a *Schitt's Creek* porque Briana tinha falado da série durante nossa conversa ao telefone, e eu queria entender suas referências. Queria ter coisas em comum com ela. Queria experimentar as coisas de que ela gostava.

Era um gesto de amizade pequeno e invisível. Algo que Briana provavelmente nunca reconheceria, porque não sabia o esforço que aquilo me demandava. Ela iria achar que eu assistia à mesma série famosa que ela, só isso. Com aquele gesto eu estava abrindo um espaço para ela, embora ela nunca viesse a saber disso. Era meu jeito de agradecer por sua amizade, ainda que fosse silencioso demais para se fazer ouvir.

A cantoria parou. Metade do grupo estava enxugando lágrimas.

Todos começaram a se dispersar, e me virei para Briana.

– Ela é muito boa – falei. – É incrível que consiga fazer isso estando bêbada.

– Você precisa ouvir o tenor.

Então ficamos ali parados, como se não soubéssemos ao certo o que fazer depois que a distração tinha acabado.

Meu Deus, ela era linda mesmo. Estava com o cabelo preso num rabo de cavalo frouxo e com os óculos de leitura.

Pigarreei.

– Obrigado por ter ido me buscar. De verdade. É muito bom ser incluído.

– Eu disse que faria isso. – Então ela franziu as sobrancelhas. – Você está *coberto* de picadas de mosquito.

Olhei para meus braços.

– É. O chalé tem muitos insetos. – Na verdade, *a mesa no terraço do restaurante onde fiquei conversando com ela é* que tinha muitos insetos...

Ela apontou para trás por cima do ombro.

– Então, hoje vou fazer uma visita ao depósito do choro por volta do meio-dia...

– Ah. Bom saber – falei. – Vou agendar meu colapso para umas duas horas, para você ter tempo de terminar.

Ela riu.

– Não. Quer me encontrar lá? Pensei em almoçar lá dentro. Tem uma caixa nova de papel higiênico, então nós dois podemos nos sentar.

O cantinho dos meus lábios se contraiu.

– Posso almoçar ao meio-dia. Mas você não quer comer na sala dos médicos? Ou no refeitório?

Não que eu quisesse. Para falar a verdade, preferia o depósito. Na maioria das vezes, eu almoçava lá ou na caminhonete. Gostava do silêncio. Mas era uma escolha estranha para ela.

Ela fez que não com a cabeça.

– O depósito é tranquilo.

– É tranquilo *mesmo* – concordei.

Ela sorriu.

– Legal. A gente se vê ao meio-dia – disse, apontando para mim.

Então se juntou a um pequeno grupo de enfermeiros que estava esperando por ela. Fiquei observando-a atravessar o corredor e virar uma esquina.

O pânico tomou conta de mim. Passei as horas seguintes obcecado, pensando no que comer.

Não queria nada que fosse empestear o espaço pequeno. Nada de queijo feta nem muito alho. Não teríamos mesa, então nada que exigisse talheres. Sopa estava fora de questão. Eu não queria nada crocante porque o barulho se amplificaria no cômodo apertado. Nada de maçãs nem salgadinhos. Acabei me decidindo por um sanduíche – sem cebola e sem espinafre, para não correr o risco de ficar com nada preso nos dentes – e uma salada de frutas.

Eu me dei conta de que ela provavelmente *não* estava preocupada assim. No entanto, esse tipo de coisa me deixava muito inseguro.

Comer é algo íntimo. Eu demorava um bom tempo até me sentir à vontade para comer na frente de outra pessoa.

Demorava um bom tempo até me sentir à vontade para fazer *várias coisas* na frente de outra pessoa.

Ao meio-dia, entrei no depósito com minha comida. Ela estava no mesmo lugar da vez anterior, olhando para o celular. Quando me viu, levantou a cabeça e deu um sorriso acolhedor.

– Oi.

No chão ao seu lado havia um Cup Noodles, que ela pegou quando fechei a porta.

– Esperei você chegar para comer.

– Não precisava – falei, sentando-me na caixa de papel higiênico.

Ela pegou um talher de plástico e tirou a tampa do Cup Noodles.

– E aí, o que você pegou?

– Só um sanduíche. – Não contei que tinha levado o dia inteiro para me decidir.

Abri o sanduíche no colo e senti uma pontada de desânimo ao perceber que tinham colocado vinagre. Olhei para Briana a fim de ver se esboçaria alguma reação ao cheiro, mas ela estava enrolando o macarrão no garfo e levando à boca, pegando o que caía com o copo – e me dei conta de que aquela mulher não se importava. Não se importava com sua aparência ao comer e provavelmente também não ligava para o cheiro do meu sanduíche. Caramba, o depósito estava cheirando a sopa.

Relaxei um pouco. Precisava lembrar que nem todo mundo ficava obcecado com tudo como eu.

Não seria maravilhoso ser assim? Não carregar esse fardo. Não ficar sobrecarregado, superestimulado e inseguro o tempo inteiro por qualquer coisinha.

Isso melhorava conforme eu ia conhecendo a pessoa. No Memorial West minha ansiedade quase não era mais um problema. Eles eram meus amigos, minha equipe. Eu estava acostumado e ficava à vontade.

Pensando bem, percebi que também ficava à vontade com Briana.

Ela me deixava nervoso, mas não incomodado. Era muito diferente. Para mim, o nervosismo ia melhorando com o tempo. O desconforto, não.

Pelo menos com Amy não melhorou.

Amy nunca deixou de fazer com que eu me sentisse incomodado. Principalmente porque acho que ela não me conheceu o bastante para descobrir como.

Dei uma mordida no sanduíche enquanto Briana comia o macarrão, e ficamos em silêncio. Mas, diferentemente da maioria dos silêncios, este não era desconfortável. Era como as pausas entre nossas cartas. Só uma pequena interrupção no diálogo.

Briana estendeu a mão e pegou uma garrafa de suco.

– O que tem na sua meia? – perguntou, indicando com a cabeça meus tornozelos.

Puxei a calça para cima para ver.

– Elefantes.

– Você sempre usa meias com estampas de animais?

– É por causa dos meus sobrinhos. Eles gostam.

– Vai ver eles hoje?

Balancei a cabeça.

– Não. Mas as crianças gostam, então sempre uso para trabalhar.

Ela sorriu.

– Posso fazer uma pergunta? – disse, voltando a fechar a garrafa.

Limpei a boca com um guardanapo.

– Claro.

– Você disse que sua mãe fez um transplante de rim, né?

Assenti.

– Ela teve lúpus. A melhor amiga dela doou o rim.

Briana fez uma pausa.

– Como ela está?

– Está ótima. Saudável. O lúpus está praticamente controlado. – Olhei para ela. – Como está seu irmão?

Ela deu de ombros, olhando para o macarrão.

– Ele não está se dando muito bem com a diálise. Eu achava que a esta altura já estaria se adaptando, mas... – Ela voltou a ficar em silêncio. – Ele está tão deprimido, que estou começando a achar que a infecção no cateter foi intencional.

Olhei para ela, atônito.

– Você acha que ele está com pensamentos suicidas?

Ela remexeu a comida.

– Não acho que ele queira morrer, mas que não tem mais interesse em viver assim.

Fiquei olhando para ela. Não sabia que a situação estava tão ruim.

Ela continuou a falar, sem olhar para mim.

– Acho que, se tivesse sido mais gradual, ele não teria ficado tão abalado assim. Mas tudo aconteceu muito rápido. Ele perdeu o emprego porque não conseguia trabalhar com os problemas de saúde. Aí a namorada terminou com ele depois de alguns meses, o que não ajudou em nada.

Eu sabia disso. Gibson havia comentado. Mas, quando ela confirmou, a aflição voltou.

– Ela terminou porque ele ficou doente? – perguntei, incrédulo.

Ela deu de ombros.

– Não sei se foi porque ele ficou doente ou porque ele deixou de ser a pessoa que ela sabia que ele era. Ele ficou mal-humorado e grosseiro com ela, constrangido com o próprio corpo. Não queria ser tocado. Talvez ele tenha afastado a namorada. Não sei.

Não era motivo suficiente. Eu jamais deixaria a pessoa que amo quando ela precisasse de mim – principalmente se estivesse doente.

Analisei o rosto de Briana. Ela parecia exausta ao falar do irmão.

– Alguma novidade sobre um doador? – perguntei.

Ela balançou a cabeça.

– Não. Eu tenho um site, e todo mundo está usando um adesivo no carro que diz AJUDE BENNY A CONSEGUIR UM RIM. VOCÊ PODE SER COMPATÍVEL! Mas faz oito meses que comecei a procurar.

– Você ainda tem adesivos? Posso colocar na caminhonete.

Ela olhou para mim e seu rosto se iluminou.

– Sério?

– Claro.

Ela sorriu para mim como se aquela coisinha de nada fosse tudo.

– Obrigada. E obrigada por almoçar comigo – disse.

– Quando quiser – falei, com mais sinceridade do que acho que ela imaginava. – Quem sabe da próxima vez almoçamos no refeitório.

Ela riu um pouco.

– Sei que você não gosta de lugares cheios e barulhentos. Nunca te vejo na sala dos médicos. Imaginei que ficaria mais à vontade aqui.

Aí *meu* rosto deve ter se iluminado.

Ela escolheu aquele lugar de propósito? Por *minha* causa?

Briana tinha acabado de fazer o que Amy nunca havia conseguido em quase três anos de namoro. Ela me chamou para almoçar num lugar que não me deixava ansioso.

Não era culpa de Amy. Mas eu me perguntava se ainda estaríamos juntos caso todo encontro com ela não me deixasse esgotado. Será que teríamos ficado mais tempo juntos se não fosse tão exaustivo para mim? Talvez ela me conhecesse melhor se soubesse *como* me conhecer melhor. Assim, me deixando tranquilo. Encontrando um meio-termo.

Alguém bateu à porta do depósito. Eu estava encostado nela, então tive que me levantar para abri-la.

– Está esperando alguém? – perguntou Briana, para me provocar.

Eu estava rindo disso quando abri a porta, mas, assim que vi quem era, minha expressão se fechou. Era *Jewel*.

– O que… o que você está fazendo aqui? – perguntei, confuso.

Ela cruzou os braços em frente à camiseta rosa-choque.

– Como ninguém consegue falar com você, eu precisava ver se está tudo bem. Um enfermeiro me disse que você estava almoçando no depósito.

Então ela olhou para Briana, atrás de mim. Um sorriso enorme se abriu no rosto da minha irmã.

– Oi – disse Briana, sorrindo e se levantando. – Você deve ser a Jewel.

Minha irmã tinha a cabeça raspada, o rosto coberto de tatuagens e era a minha cara. Não era difícil saber quem era com base na breve história que contei sobre ela.

Jewel parecia extasiada.

– Sou, sim. E você, quem é?

– Briana. – Ela sorriu mais, estendendo a mão.

– Briana! É um prazer conhecer você. – Minha irmã apertou a mão dela, radiante. – E aí, o que vocês estão fazendo aqui? – perguntou, olhando de um para o outro.

– Só almoçando – falei.

– Entendi. Bom, agora que sei que você está vivo, vou deixar vocês voltarem ao almoço. Me ligue quando sair.

– Ligo, sim.

Ela deu um sorriso que não consegui interpretar e saiu. Fechei a porta e voltei a me sentar.

– Ela é simpática – disse Briana, pegando a bebida. – De um jeito meio tatuei-um-cortadorzinho-de-grama-bem-no-seu-peito.

Eu ri.

– Sua família faz isso de ver se você está vivo com frequência?

– Eles andam se intrometendo bastante na minha vida. A família toda.

– Por quê?

– Ah, é uma longa história.

Ela olhou para o relógio.

– Ainda temos quinze minutos.

– Vai levar mais que isso.

– Tudo bem. Quer beber alguma coisa depois do trabalho? O pessoal vai ao Mafi's comemorar o aniversário do Hector. Podemos pegar uma mesa só para nós e fazer nossa parte para fortalecer a indústria de bebidas.

Ri outra vez. E na mesma hora comecei a pensar se ela queria mesmo que eu fosse, ou se só estava me convidando porque achava que eu não iria. Analisei sua expressão. Ela parecia quase esperançosa. Estava *mesmo* tentando me incluir.

– Na verdade, eu ia mesmo – falei. – Com o Zander.

Ele tinha mandado uma mensagem me chamando para beber alguma coisa depois do trabalho.

– Perfeito. Vou cumprimentar vocês.

Quando o intervalo acabou, abri a porta para que ela saísse.

– A gente se vê à noite – disse Briana, antes de voltar para seu lado da emergência.

Enquanto eu a olhava se afastar, meu celular apitou dentro do bolso. Então tocou mais uma vez, e mais uma, e mais uma, rapidinho.

Peguei o aparelho para ver o que estava acontecendo e, assim que vi, meu sorriso se desmanchou.

Ah, *não*...

13

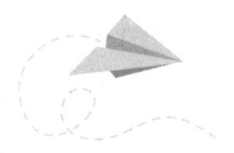

Jacob

Fiquei olhando para as mensagens da minha família que estavam chegando desde o almoço. De todos, com exceção do meu pai. Muitos pontos de exclamação e emojis com corações no lugar dos olhos. Levei uma das mãos à boca.

Eu estava no Mafi's com Zander para o happy hour que havia prometido a ele. Briana estava do outro lado do restaurante com a galera do aniversário. Eu a via rindo com Hector no balcão.

– Isso é péssimo – resmunguei, largando o celular virado para baixo e levando as mãos aos olhos.

Jewel achou que Briana fosse minha namorada.

Na hora, nem pensei na impressão que ela teria ao me ver sozinho no depósito com uma mulher, ainda mais por Briana saber quem era minha irmã sem que elas tivessem se conhecido, como uma namorada saberia. Claro que Jewel sorriu daquele jeito.

Ela contou para todos que tinha conhecido minha namorada. Chegou ao ponto de entrar no site do Royaume para ver a foto e a minibiografia de Briana, que depois compartilhou no grupo de mensagens.

– O que é péssimo? – perguntou Zander.

Eu me recostei no assento e fiz uma pausa longa.

– Fiz uma besteira – falei, finalmente.

– Com o quê?

– Minha família. Eu disse a eles que estou namorando.

Ele piscou várias vezes.

– Por que foi que você fez isso?

Suspirei.

– Eles estão preocupados comigo. Jeremiah e Amy vão se casar. Eu só queria que todos achassem que estou bem.

Seu sorriso deu lugar a uma risadinha baixa.

– Caramba. Sua mãe vai *surtar* quando descobrir isso. Você vai ser analisado até morrer.

– Eu sei, só que tem mais. Eles acham que minha namorada é a Briana.

– A *nossa* Briana? *Aquela* Briana?

Ele apontou com a cabeça para ela, sentada ao balcão com Hector.

– Jewel veio me ver hoje e eu estava almoçando com ela no depósito de suprimentos perto da sala do Gibson. Jewel tirou as próprias conclusões.

– Bom, o que eles estão dizendo? – perguntou Zander.

Olhei para o celular.

– Que minha namorada é linda. Que não veem a hora de conhecê-la. Que estávamos nos pegando no depósito.

Ele quase uivou de rir.

– Ela está *solteira*, sabia? – disse Zander, ainda rindo. – Escuta essa: o babaca com quem ela era casada a traiu com uma amiga. – Ele balançou a cabeça. – Idiota. Você devia ter visto o que ela fez quando descobriu.

Franzi a testa.

– O que ela fez?

– Não cabe a mim contar. É melhor você perguntar a ela. Digamos que ele ganhou o que mereceu, e que espero *nunca* deixar a Briana irritada.

Ele riu mais uma vez.

Respirei fundo.

– Vou ligar para minha família.

Peguei o celular e ia teclar, mas Zander me impediu.

– Espera um pouco. Espera – disse ele. – Por que você não pergunta para ela?

– Perguntar o quê?

Ele deu de ombros.

– Se ela quer ir com você ao casamento.

– Eles acham que ela é minha *namorada*. Não basta ir comigo ao casamento.

Ele deu de ombros mais uma vez.

– Bom, pergunta se ela quer ser sua namorada.

Fiquei olhando para ele, incrédulo.
- Não de verdade. Pede para ela te ajudar.
Como não respondi, ele se inclinou por sobre a mesa.
- Olha só, Briana é muito bacana. Ela provavelmente vai aceitar. Ainda mais se você doar seu rim para o irmão dela...
Ele levantou as sobrancelhas e abriu um sorriso largo.
Fiquei olhando para ele por um tempinho.
- Eu sou compatível?
Zander assentiu.
- Você não é só compatível. É perfeito... Bom, tão perfeito quanto possível, desconsiderando o órgão da própria pessoa. O que quero dizer é que o rapaz não vai encontrar nada melhor, isso eu garanto.
Compatível.
Nas duas semanas anteriores, Zander tinha solicitado uma avaliação de saúde física e mental, além dos exames. Acho que isso devia ser um sinal de que as coisas estavam dando certo. Ainda assim, fiquei surpreso com a notícia.
- Como seria, mais ou menos?
- Certo. - Ele se recostou no assento. - Bom, todos os riscos relacionados a uma cirurgia. Dor, infecção, hérnia. Sangramento, coágulos. Anestesia geral, de duas a três horas de cirurgia para a nefrectomia laparoscópica. Depois, algumas consultas para acompanhar a evolução. Não pode dirigir por duas semanas nem levantar mais que cinco quilos por um mês. É isso. A expectativa de vida é a mesma de uma pessoa que não doou um rim. A vida segue normalmente.
Eu me recostei no assento também.
- Preciso pensar.
- Claro.
- Na verdade, não é um bom momento para mim. Tem as coisas do casamento nos próximos meses.
- Podemos marcar para quando você quiser.
- E não sei se o Gibson vai me liberar...
- Vai, sim. Já perguntei.
Soltei uma risada meio bufada.
- Olha só, não estou querendo te pressionar - disse ele. - Mas seria

mentira se dissesse que não torço para você ir em frente. É a melhor possibilidade para o Benny. E Briana é minha amiga, quero que ela relaxe um pouco. Tem sido difícil para ela.

Briana. Para falar a verdade, ela era um bônus na situação. Eu gostava dela. Não que ela soubesse que o doador seria eu, se decidisse seguir em frente. Queria ser um doador anônimo.

– Preciso pensar – repeti.

Era uma decisão importante. Ele assentiu.

– Tudo bem. Mas estou te falando: isso com certeza garantiria uma acompanhante para o casamento.

– Se eu for em frente, não quero que ninguém saiba que o doador sou eu.

Ele me olhou como se eu estivesse falando grego.

– Por que não? Cara, você seria o herói de toda a emergência. Eles provavelmente dariam uma festa para você...

– É por isso mesmo que não quero que ninguém saiba. Eu não faria isso pelo reconhecimento. Faria para ajudar. Não gosto desse tipo de atenção.

Não contei para as pessoas nem quando foi meu último dia no Memorial West. Não queria que fizessem algazarra. Não gostava nem que cantassem "Parabéns para você" para mim. Receber agradecimentos com os olhos cheios de lágrimas da família do Benny e tapinhas nas costas e apertos de mão de estranhos era minha ideia de inferno.

– Se eu for em frente, vai ser de forma anônima e no centro de transplantes na Mayo Clinic de Rochester, não aqui. Não quero ninguém dando uma espiadinha no meu quarto.

Ele soltou um suspiro.

– Tudo bem. É seu jeito, eu respeito. Mas ainda acho que você devia convidar a Briana.

Esfreguei a testa, cansado.

– Não posso pedir uma coisa dessas para ela – resmunguei.

– Por quê? O que é o pior que ela pode dizer? "Não"? – Ele tomou um gole da bebida. – Fala para ela o que falou para mim. Seja sincero. E sua família é engraçadíssima. Ela vai se divertir pra caramba.

Deixei escapar um suspiro longo.

– Ela vai achar que somos um bando de malucos.

A ideia de vê-la mergulhar naquele caos já me causava palpitações. Meu avô tentando empurrar as pessoas para o mato com sua cadeira de rodas elétrica, minha mãe falando sobre brinquedos sexuais e lubrificantes, Jafar gritando palavrões. Não. Meu Deus, não.

Zander apontou para mim com o copo.

– Sua família é *incrível*. Caramba, se pudesse, *eu* iria com você. E quero ver se você dá conta dessa besteira que cometeu.

Ele riu dentro do copo.

Olhei para as mensagens em meu celular. Eles nem precisavam que eu participasse da conversa, estavam a toda. Acreditaram naquela história e se jogaram nela. Por que não fariam isso?

Parecia uma profecia autorrealizada, como se eu tivesse criado Briana ao lançar a mentira para o universo. Ela era exatamente o tipo de mulher que eu gostaria de levar para conhecer minha família. Inteligente, bem-sucedida, agradável... linda. E trabalhava comigo, exatamente como dei a entender quando disse que estava saindo com alguém. Ninguém teria pena de mim por meu irmão se casar com minha ex-namorada se eu chegasse com aquela mulher. Ela era, para todos os efeitos, perfeita.

Mas eu não tinha a menor ideia de como tocar no assunto com ela. *Nenhuma*. E parte de mim temia que, se eu ousasse fazer isso, ela ficaria tão desanimada ou desconfiada que simplesmente deixaria de falar comigo.

Aquela nova amizade era a única coisa boa que estava acontecendo comigo no momento. Eu não queria me arriscar a perdê-la.

Ainda assim, a ideia de admitir para minha família que não tinha namorada nenhuma... Eu não sabia dizer qual das hipóteses era pior: aquela em que eu afugentava a única amiga que tinha feito ali, ou aquela em que ia sozinho ao casamento da Amy e do Jeremiah e todos ficavam me olhando para ver se eu não ia morrer de tristeza.

– Como foi que eu me enfiei nessa? – falei, soltando o ar.

Zander balançou a cabeça.

– *Convida* a Briana. Confia em mim. Ela é uma das pessoas mais bacanas que eu conheço.

Olhei para o celular de novo. Desta vez meu pai tinha mandado mensagem. "Não vejo a hora de conhecê-la."

Todos queriam me ver bem. Estavam muito felizes porque aquela era a prova de que eu estava bem, de que tinha superado, de que estava pleno.

Era uma permissão para que deixassem o problema com Amy/Jeremiah de lado, para que ficassem felizes por eles e aceitassem aquela nova realidade. Eu sentia a euforia vindo do celular, o suspiro coletivo de alívio por aquilo ser real, uma mulher de verdade... um ponto-final em tudo que tinha acontecido.

Se eu tinha alguma dúvida a respeito do quanto minha família precisava disso, aquela era a resposta.

Olhei para Briana do outro lado do restaurante. Desta vez ela estava olhando para mim. Acenou e disse alguma coisa para Hector. Ele olhou para mim e acenou também. Então ela desceu da banqueta com um pulinho e veio na nossa direção.

Fiquei nervoso na hora. Como se de algum jeito ela soubesse sobre a falha na comunicação com minha família e viesse exigir uma explicação. Fui me sentindo cada vez mais fechado conforme ela se aproximava, como se minha capacidade de fala tivesse sido sugada por um vácuo.

– Oi – disse ela ao chegar à mesa. – Você veio.

Briana sorriu para mim de um jeito que fez seu rosto inteiro se iluminar. Por sorte, não precisei responder, porque Zander interferiu.

– Senta aqui – disse ele, abrindo espaço.

Ela se sentou no sofá, a bolsa ao lado, e comeu uma das batatas fritas do prato do Zander.

– Sobre o que vocês estão conversando? – perguntou, mastigando. – Eu estava ouvindo as risadas do outro lado do restaurante.

Zander empurrou o prato para ela e fez um aceno de cabeça para mim.

– Estamos falando de quando Jacob carregou um cara que estava dirigindo um quadriciclo e se acidentou para fora da floresta, uns anos atrás.

Olhei para ele perplexo. *Não era* disso que estávamos falando. A história era verdadeira, mas fazia anos que não falávamos dela. O que ele estava fazendo? Tentando me ajudar a conquistá-la?

Briana arqueou uma das sobrancelhas, olhando para mim.

– É mesmo? O que aconteceu?

Dei um pigarro.

– Ele bateu. Quebrou os dois pés. Não conseguimos sinal para chamar o socorro.

– E você o carregou nas costas?

Assenti.
– Levei três horas.
– E isso foi *engraçado*? – perguntou ela, olhando de mim para Zander.
Ele não titubeou.
– O cara vomitou nas costas dele.
Briana engasgou de rir. Bom, *aquilo* não ia conquistá-la.
– Mas foi gentil da sua parte – disse ela, ainda rindo. Depois, se inclinou para a frente. – Só para você saber, eu proibi o Hector de vir até aqui. – Ela fez um gesto de cabeça apontando para o bar. – Ele é o bêbado extrovertido de hoje.
Dei uma risadinha.
Então ela pareceu se lembrar de alguma coisa, estendeu a mão e começou a remexer na bolsa.
– Quase esqueci. Trouxe um adesivo para o seu carro. – E passou o adesivo virado para baixo sobre a mesa. – Obrigada por usar.
Coloquei uma das mãos sobre o adesivo.
– Não tem de quê.
– Preciso voltar para lá – disse ela, olhando para o relógio. – Olha, por que não me conta aquela coisa da sua família no almoço amanhã? No depósito? Meio-dia?
Assenti.
– Claro.
– Divirtam-se, garotos! – falou, pegando mais uma batata frita do prato de Zander.
Então ela se levantou do sofá e saiu, voltando para o outro lado do restaurante.
– Viu? Ela é bacana – disse Zander, puxando as batatas fritas de volta. – Estou te falando, convida a Briana.
Fiquei observando Briana voltar até o balcão e saltar de volta para cima do banquinho ao lado de Hector.
Peguei o adesivo e fiquei olhando para ele por um instante. Era branco com letras azuis. Tinha também o endereço de um site no rodapé.
Parecia tão inútil. Um grito no vácuo.
Aquele rapaz nunca iria encontrar um doador. Demoraria anos.
Nunca imaginei doar um rim para alguém que eu não conhecesse.

Imaginava que, se um dia fizesse isso, seria por um ente querido, não um estranho. Parte de mim pensava até mesmo em esperar, caso minha mãe precisasse de outro transplante – embora ela tivesse mais quatro filhos que se ofereceriam com prazer. Ela não precisava que eu guardasse o meu.

Fiquei olhando para o adesivo.

Eu não conhecia Benny. Mas *conhecia* sua irmã. Se fizesse aquilo, não mudaria só a vida dele. Mudaria a *dela*.

Olhei para Briana do outro lado do restaurante. Ela estava rindo com alguns dos enfermeiros. Mas me lembrei da expressão em seu rosto quando falava do irmão. Eu me lembrei do dia em que ele foi para a emergência e do pânico na voz dela ao falar com ele. Lembrei como ela estava chorando no depósito no dia em que a peguei de surpresa... Como parecia desanimada. Como devia estar se sentindo impotente. Era assim que eu me sentiria se minha mãe não tivesse conseguido um doador.

Ela deve ter sentido que eu estava olhando, porque olhou para mim e sorriu. Um sorriso lindo, genuíno, amigável.

E naquele instante eu decidi.

– Eu topo – falei para Zander, mas olhando para ela.

Houve um momento de silêncio ao meu lado.

– Desculpa, não entendi.

Olhei para ele.

– Eu topo. Vamos nessa. Vou doar.

Ele bateu na mesa.

– Isso! Vamos! – Então fez uma pausa. – Tem certeza?

Assenti.

– Tenho certeza.

Zander abriu um sorriso largo.

– Vou contar para ele hoje mesmo. Benny vai ficar louco. Sério, cara. Você não faz ideia do que isso significa para ele. Vai fazer uma boa ação. – E fez outra pausa. – E tem *certeza* de que quer ser doador anônimo?

Fiz que sim.

– Tenho. Não conte a ninguém. Ninguém. Nem à minha mãe.

– Você não vai contar para sua *mãe*?

– Não. Não vou contar para ninguém.

Não que eu não quisesse que minha família soubesse. Eu não queria que

Briana soubesse. Não queria que ela sentisse que me devia alguma coisa nem que se obrigasse a ser minha amiga por causa daquela decisão. Não queria compromisso nem reconhecimento. Só queria ajudá-la, e queria fazer isso em segredo, e contar para minha família era arriscado. Eles já tinham feito contato com ela. Eu não podia confiar que Jewel não voltaria a aparecer no hospital e não comentaria de passagem que eu tinha doado um rim. E minha mãe também. Ela conhecia muita gente, e as chances de a história vazar eram muito grandes. Eu queria que fosse discreto e confidencial, pelo menos por ora.

Então tive que rir, porque me dei conta de que era mais fácil eu doar um órgão do que pedir a uma mulher que fingisse ser minha namorada e fosse comigo a umas reuniões de família. O medo que eu tinha da rejeição e da opinião alheia era grande assim.

Acho que eu precisava decidir do que tinha mais medo: de ir ao casamento sozinho ou de fazer uma proposta indecente a Briana Ortiz.

14

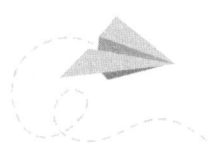

Briana

Quando cheguei em casa, Alexis estava sentada no balanço da varanda da frente.

– O que você está fazendo aqui? – perguntei, fechando a porta do carro. – Achei que só viesse amanhã!

Corri para abraçá-la.

– Vou dormir aqui – respondeu ela, o queixo apoiado no meu ombro, a barriguinha de grávida encostada na minha barriga. – Imaginei que você precisasse de apoio emocional. Jessica foi fazer um atendimento lá na clínica hoje e disse algo sobre a floresta retomar seu território?

Dei risada e a soltei.

– Você está bem? – perguntou ela, me analisando.

Suspirei.

– Estou. Mais ou menos.

Tão bem quanto é possível estar na véspera de um divórcio.

O dia seguinte seria o dia 19. Finalmente havia chegado. O Dia D. Eu tinha planos de trabalhar e agir como se fosse uma quarta-feira qualquer. Passei duas semanas dizendo várias vezes a Alexis que não viesse, mas ela veio assim mesmo.

Eu a amava por isso.

Ela estava ótima. Com o cabelo ruivo preso num rabo de cavalo, usava uma camiseta verde-escura justa e calça jeans. Barriguinha de grávida. Sem maquiagem. Tudo nela parecia relaxado, bem diferente de como ela era antes de Daniel. Eu *também* estava diferente, mas não de um jeito positivo.

Ela pegou a mochila do balanço e um saco de papel marrom.

– Trouxe muffins – anunciou. – Eu que fiz.

– Claro que fez. Agora você é uma moça do interior. Também bateu a própria manteiga?

Ela riu.

– Cala a boca – disse, e entrou atrás de mim.

Justin, amigo de Benny, nos encontrou na porta ao sair.

– Oi – falei, surpresa e feliz por alguém estar ali.

– Oi.

Benny estava na sala, no sofá. Olhou para Alexis com a expressão vazia que lhe era comum naqueles dias e voltou a encarar a TV.

– Passaram bem o dia? – perguntei a Justin com a voz cheia de esperança.

Ele comprimiu os lábios, de um jeito que significava não.

– Amanhã vamos à loja de videogames, né, parceiro? – disse ele olhando para dentro da casa.

Benny não respondeu. Justin olhou para mim como quem diz: "Ele passou o dia inteiro assim."

– Obrigada por tentar – falei, baixinho.

– Imagina. – Ele deu mais uma olhada para Benny. – Vamos tentar de novo amanhã.

Justin era um bom amigo. Brad também. Os três eram unha e carne. Fazia alguns anos que o pai de Justin tinha morrido, e Benny e Brad ficaram ao lado dele, e agora Brad e Justin estavam ao lado de Benny. Os dois fizeram o teste para ver se eram compatíveis. Todos os amigos de Benny fizeram. Mas, depois disso, começaram a desaparecer, um a um. Tirando Justin e Brad, ninguém mais ia visitá-lo. Eu ficava muito grata pelos que iam.

Justin foi embora. Acomodei Alexis no quarto de hóspedes, e depois fomos preparar Benny para a diálise. Alexis me ajudou. Conversamos apenas com o olhar. Após dez anos trabalhando juntas, além dos anos de faculdade, tínhamos uma linguagem própria. Ela estava preocupada com ele.

Sua deterioração física devia ser chocante para ela. Ele tinha perdido pelo menos treze quilos desde a última vez que ela o vira, seis meses antes. Vestia uma bermuda, e suas pernas estavam tão magras que pareciam cordas com um nó no meio. Não tinha feito a barba e seus olhos estavam fundos. Mal falou conosco enquanto o preparávamos.

Alexis fez contato visual comigo enquanto aferia a pressão dele. Era o mesmo olhar de quando trabalhávamos juntas, e queria dizer que precisávamos falar sobre o paciente em particular.

Tive que desviar o olhar.

Eu detestava aquela situação. Detestava não ter uma vida melhor para mostrar a ela, notícias felizes para contar. Detestava que ela tivesse vindo porque eu ia me divorciar no dia seguinte e ela não queria que eu ficasse sozinha – e que ao chegar, aquela fosse minha vida. Aquela casa velha, o irmão doente, o coração partido.

Era patético.

Dei uma olhada na sala, tentando me concentrar em qualquer coisa que não fosse o olhar preocupado da minha melhor amiga e o meu paciente abatido, mas o resto daquela cena não era melhor – o sofá feio e gasto, o carpete marrom, a merda do arranhador do gato.

Uma onda repentina de desespero tomou conta de mim.

Havia momentos em que meu escudo rachava ao meio, a raiva cedia e a tristeza se infiltrava. Eu *odiava* quando isso acontecia. Pelo menos, quando ficava com raiva, a emoção era direcionada para fora, não para dentro. Mas naquele dia tudo estava pesado demais. Os sentimentos desabaram sobre mim e eu desmoronei.

Fingi que precisava buscar um cobertor para Benny no armário das roupas de cama e pedi licença. Assim que virei no corredor, parei e abafei o choro.

Que merda de vida era aquela? Como eu tinha terminado ali?

Tudo tinha dado errado.

Quando as lágrimas começaram a cair, não consegui fazer com que parassem. Foi uma avalanche. Um maremoto. Prova de que eu não estava nada bem, *mesmo*.

Nick.

Estava tudo acabado. Oficialmente.

Eu não queria comemorar o divórcio. Não queria abrir uma champanhe nem cair na noite e agir como se estivesse feliz com o fim do casamento. Eu não estava feliz. Estava vivendo um pesadelo. Uma realidade alternativa que eu nem devia conhecer.

Era para Nick e eu envelhecermos juntos. Era *bom*. Éramos felizes.

Mas eu não era *ela*.

Acho que eu sempre soube que havia alguma coisa ali. Ela era colega de trabalho dele. Os dois nunca namoraram. Ela namorava outro cara quando conheci Nick, e depois ela se casou. Fazíamos churrascos em casa juntos, viagens de casal. Eu *gostava* dela. Era minha amiga.

Mas aí passei a ver a verdade que não fui capaz de reconhecer na época.

Vi Nick no casamento dela, bebendo de um jeito que eu nunca tinha visto e desmaiando na cama do nosso quarto de hotel sem nem trocar de roupa.

Vi os dois discutindo baixinho na cozinha na noite do nosso jantar de dez anos de casamento; ele disse que a discussão era sobre o trabalho e eu acreditei porque quis acreditar. Vi todos os momentos em que ele ficava mal-humorado e distante porque eu não era ela, e isso o irritava.

Foi como descobrir um câncer, finalmente ligar todos os pontos e perceber que fazia anos que eu via os sintomas, e imaginar como pude deixar passar algo tão terrível. E pensar como podia ter sido tão burra. Como não havia percebido até aquele dia.

Minha mãe tinha razão.

Só uma idiota aposta todas as fichas num homem. E eu tinha dado tudo ao Nick. Agora não restava nada, nem esperança. Porque ele acabou com a confiança que eu precisaria ter nos homens para voltar a me relacionar com um. Para mim, não haveria uma próxima vez. Não haveria um segundo marido, outro amor da minha vida. Só haveria aquilo.

– Oi. Tudo bem? – perguntou Alexis com a voz suave atrás de mim.

Eu me virei para ela, enxugando as lágrimas.

– Tudo. Desculpa. É que eu… – Balancei a cabeça e fiz o que pude para me recompor. – Parece que essa situação toda me atingiu em cheio.

Ela estendeu a mão para dentro do banheiro, pegou alguns lenços de uma caixa e me entregou. Então se apoiou na parede à minha frente.

– Obrigada.

Funguei, enxugando os olhos.

Ela esperou, olhando para mim em silêncio.

Respirei fundo e soltei o ar devagar.

– Você se lembra de se teletransportar quando era criança? – falei.

– Como?

– Sabe, quando era criança e dormia no carro, e seu pai te levava para a cama e você não lembrava? Era só uma lembrança vaga de ter flutuado no espaço. E você acordava na cama na manhã seguinte e não lembrava como tinha chegado até ali, mas ao mesmo tempo meio que lembrava?

Ela semicerrou os olhos como se estivesse pensando.

– Lembro. Não era meu pai, era a babá. Mas lembro.

Dei uma fungada.

– Meu pai foi embora quando eu tinha 8 anos. Depois disso, nunca mais me teletransportei. Não havia ninguém forte o bastante para me carregar. – Fiz uma pausa longa. – Os homens sempre me abandonaram, Ali – falei baixinho.

Ela esperou, em silêncio.

– A gente nunca se dá conta de que está vivendo a melhor época da vida – falei com a voz suave. – Acontece e acaba, e a gente só percebe o que era de verdade depois. Dei ao Nick uma parte de mim que não ofereço a ninguém. Dei a ele o tipo de amor idiota e inocente que só podemos dar quando não sabemos das coisas. Ele tirou o melhor de mim. E nunca mais vou encontrar essa parte minha.

– Vai, sim...

Balancei a cabeça.

– Não vou, não. Porque nunca mais vou confiar em alguém como confiei nele. Nunca vou me entregar por completo a outra pessoa como me entreguei ao Nick. Não sou capaz. Ele foi a exceção. Era eu dizendo: "Tudo bem, meu pai foi embora, mas ele não vai. Eu escolhi bem, nem todos os homens são como meu pai. Este aqui vai me carregar. Todos os meus pedacinhos". – Fiz uma pausa. – E ele não fez isso. Fez *exatamente* o que minha mãe sempre me avisou que os homens fazem. Ele validou cada alerta que eu ouvi desde a infância. Sempre tenha uma conta bancária só sua. Trate de pôr seu nome na escritura da casa. Confie desconfiando. – Balancei a cabeça mais uma vez. – Eu não ouvi – sussurrei. – E agora nunca mais vou me teletransportar.

Alexis olhou para mim, triste.

– Esta não é sua vida, Bri. É só um capítulo ruim da sua história. Sabe, eu achava que nunca mais iria namorar ninguém depois do Neil, mas conheci o Daniel. Existem homens bons, e você também vai encontrar um.

Dei uma risada irônica.

– Já era. Não sou mais uma fonte confiável na hora de avaliar um homem.

Terminei de enxugar o rosto e respirei fundo.

– Por falar em maridos – falei, mudando de assunto. – Não acredito que você deixou o seu sozinho em casa.

– Quando eu passo um tempo longe, o sexo melhora.

– Ah, *agora* estou entendendo por que você veio me visitar. São preliminares.

Ela riu.

Soltei um suspiro.

– Eu queria que o casamento viesse com um aplicativo para que o pênis do marido só funcionasse com uma usuária. Como um celular que só você pode desbloquear, sabe? Eu teria dado um para você de presente de casamento.

– Acho que não preciso me preocupar com isso com o Daniel.

Assenti.

– Acho que você tem razão. Ele vai ser um ótimo teletransportador... Mas mantenha uma conta bancária só sua. Confie em mim.

Alexis sorriu. Então levantou uma das sobrancelhas, brincalhona.

– Sabe, Doug continua solteiro.

Fiz cara de nojo e ela caiu na gargalhada. O melhor amigo riponga do marido dela tinha passado toda a festa de casamento atrás de mim com um violão.

– Não estou tão desesperada assim – respondi. – Ainda.

Estávamos rindo quando a gritaria começou.

Benny.

Alexis e eu nos olhamos por uma fração de segundo antes de sair correndo.

Depois disso, tudo aconteceu em câmera lenta.

Atravessamos o corredor, viramos, entramos na sala – eu estava preparada para algo terrível. Um tubo desconectado, sangue por toda parte. Mas quando cheguei à sala ele estava exatamente onde o deixamos, ainda ligado à máquina.

Estava chorando, descontrolado.

Alexis e eu corremos até ele, entrando no modo emergência, verificando tubos e telas da máquina de diálise freneticamente enquanto ele gritava.

– O que foi? – perguntei, apertando botões. – Benny!
Ele estava tão agitado que não conseguia formar palavras.
Alexis balançou a cabeça.
– Parece tudo bem. Não é a máquina.
Eu me virei para meu irmão, ansiosa.
– Benny, o que foi?!
Então percebi que ele não estava só chorando. Estava *rindo*. Uma risada maníaca e aguda em meio aos soluços.
– Zander... – conseguiu dizer, olhando para mim com lágrimas nos olhos. – Ele acabou de ligar... Eu... eu consegui um doador.

15

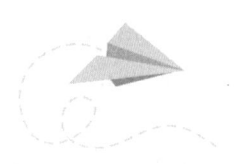

Jacob

Senti a agitação antes mesmo de entrar na emergência. Era palpável. Todos estavam felizes, tagarelando. E, quando vi Briana no balcão, com um grupo reunido à sua volta, entendi por quê. Zander devia ter contado a Benny.

Sorri e fiquei observando de longe, com as mãos nos bolsos. Briana estava reluzente. Rindo, sorrindo. Uma pessoa a abraçou. Depois, mais uma.

Senti que eu estava sorrindo com os olhos.

Ela ergueu a cabeça, me viu e acenou, animada. Então falou alguma coisa para o grupo e correu até mim.

– Você soube? – Briana estava radiante.

– Não – respondi, me fazendo de desentendido. – O que aconteceu?

– Benny conseguiu um doador.

Abri um sorriso largo.

– Isso é maravilhoso!

Ela mordeu o lábio inferior e deu uns pulinhos.

– Obrigada por colocar o adesivo no carro. Quer dizer, sei que não foi por isso que ele conseguiu. Foi rápido demais. Mas foram gestos como esse que fizeram com que acontecesse. Então obrigada.

– Imagine.

Fiquei parado ali, sorrindo.

Seus olhos começaram a se encher de lágrimas, e ela os secou.

– Desculpa. Estou muito emotiva. Foi tão inesperado. Não posso almoçar com você hoje, minha melhor amiga está na cidade. Amanhã? No depósito? Você precisa me contar aquela coisa da sua família.

Assenti.

– Claro. A gente se vê amanhã.

E fiquei olhando Briana voltar ao encontro do grupo de enfermeiros.

Eu nem imaginava o quanto a sensação seria boa. Fiquei contente por ser a fonte da alegria de todos, embora não soubessem disso. Mas gostei principalmente de ver Briana tão animada. Eu não poderia ter imaginado como isso me deixaria feliz.

Percebi que, assim como Briana tinha afastado minha ansiedade ao me acolher no Royaume, eu provavelmente tinha feito o mesmo por ela. Um alívio instantâneo. Sorri ao pensar nisso. Era como se eu tivesse passado a bondade adiante, embora fosse em segredo.

Eu esperava que Benny estivesse comemorando. No entanto, precisava admitir que estava mais interessado na reação de Briana. Estava nervoso com o jantar em família daquela noite, mas ainda assim fiquei de bom humor a manhã inteira.

Minha vida estava uma bagunça, mas pelo menos a de Briana estava como devia estar.

16

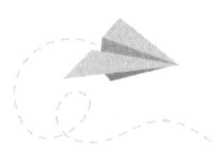

Briana

Eu tinha acabado de almoçar com Alexis no refeitório, e ela havia voltado para minha casa. Passei na sala de Gibson quando faltavam dez minutos para acabar meu intervalo e bati à porta.

Eu precisava pedir uns dias de folga em julho, por causa do transplante de Benny. Estava praticamente saltitando desde a noite anterior. Não conseguia parar de sorrir.

Era como se um interruptor tivesse sido acionado dentro do meu irmão; a mudança foi imediata.

Ele ficou acordado comigo e com Alexis, comemorando. Brad e Justin foram lá para casa, e meu irmão ficou brincando, rindo e sendo *ele mesmo* pela primeira vez em muito tempo, e me deu vontade de chorar só de pensar nisso. Naquela manhã, ele estava na esteira quando acordei. Disse que, se queria se preparar para a próxima maratona, precisava começar a treinar. Depois tomou um café da manhã completo. Tudo. Eu tive que segurar o soluço de felicidade que quase saiu da minha boca.

Alguém me devolvera meu irmão.

Eu não sabia quem era o doador nem como ele nos encontrou. Só nos disseram que o doador estaria pronto para o transplante em julho, que queria fazer o procedimento na Mayo Clinic e que preferia permanecer anônimo. Zander disse que a compatibilidade era perfeita.

Compatibilidade *perfeita*.

Eu tinha me preparado para um dia de merda, mas nem me importava mais com o divórcio oficial. Não estava nem aí. Nada seria capaz de estragar aquele momento. Nem mesmo Nick.

Gibson desligou o telefone e fez sinal para que eu entrasse.
Parei em frente à sua mesa me sentindo alegre e leve.
– Preciso pedir duas semanas de folga em julho – falei.
– Tudo bem. – Ele fez login no computador. – Vai a algum lugar legal? – perguntou, digitando no teclado.
– Rochester. O centro de transplantes.
– Caramba. Está vendo? Tudo acontece por um motivo. – Ele voltou a digitar. – E pensar que ele podia ter ido a outro hospital.
Dei uma risadinha.
– Por que o Benny teria ido a outro hospital?
– Benny, não. Jacob. Ele não teria conhecido seu irmão. Viu só, tudo dá certo.
Gibson meneou a cabeça e sorriu, voltando a olhar para a tela.
Fiquei ali parada enquanto meu cérebro tentava entender o que ele disse.
– Jacob? – perguntei.
– Ele vai fazer isso pela Joy – respondeu ele, ainda olhando para a tela. – Ele te contou? A mãe dele fez um transplante de rim quando ele era criança. Ele sempre sonhou em também fazer isso por alguém. Pelo menos foi o que disse quando Zander perguntou se ele gostaria de fazer os exames. Fico feliz que tenha dado certo.
Minha alma. Deixou. *Meu corpo.*
– *Jacob* é o doador do meu irmão? – deixei escapar baixinho.
Gibson olhou para mim.
– O que foi?
Engoli em seco.
– O doador é anônimo...
Vi o sorriso de Gibson derreter, e na sequência se transformar em puro pânico.
– É... Ele não... Briana, eu não fazia ideia – gaguejou. – Ele falou abertamente sobre isso, vocês... vocês pareciam ser amigos... Você... Vocês estavam almoçando juntos ontem. E-eu não sabia, achei que...
Eu me virei e saí correndo. Precisava encontrá-lo. Naquele instante. *Imediatamente.*
Abri com tudo a porta do depósito ao passar correndo. Ele não estava lá, então corri para a emergência já ligando para ele.

Meus batimentos cardíacos latejavam nos ouvidos, minha mente avançando mais rápido do que eu conseguia acompanhar, os detalhes mudando e se reconfigurando.

Jacob era o doador de Benny.

Jacob. Era. O doador. De Benny.

Como?!

Eu tinha sido tão chata com ele.

Não fui nem simpática no primeiro dia. Fui um pesadelo. E ele devia estar envolvido com a doação desde então, porque os exames, as amostras e as avaliações psicológicas levam semanas, e eu sabia que demorava tanto assim porque *eu mesma* passei por tudo isso quando quis saber se era compatível.

Abri as portas de correr de vidro dos quartos e puxei cortinas com o fone no ouvido, a ligação chamando. Ele não atendeu, então corri até a sala dos médicos, olhei na escadaria e no refeitório.

Foi quando comecei a chorar.

Ele não queria que eu soubesse.

Não queria que *nenhum* de nós soubesse. Queria fazer aquilo em segredo quando poderia fazer abertamente e deixar que todos o amassem por isso – e teriam amado. Cada uma das pessoas que trabalhavam no departamento passaria a adorá-lo instantaneamente pelo gesto generoso, a beijar o chão em que ele pisasse. Ele seria querido, perdoado por qualquer coisa, um herói.

Mas Jacob não era assim. Ele *era mesmo* um herói, mas do tipo que não se vangloriava dos seus feitos.

Um soluço escapou dos meus lábios, e tive que cobrir a boca com a mão.

Jessica tinha razão. Ele era um ser humano incrível.

Senti meu peito se encher, como se o amor, a gratidão e o reconhecimento fossem sólidos, ocupando espaço dentro de mim. Senti as emoções jorrando do meu coração, fluindo da ponta dos meus dedos, irrompendo dos meus lábios como um grito.

Eu pularia na frente de um ônibus por aquele homem. Na frente de uma bala. Enfrentaria uma multidão. Eu o defenderia até a morte, mataria alguém só por ter olhado torto para ele.

Eu queria voltar no tempo e dar um soco *na minha própria cara* por ter causado um único momento de tristeza para ele. A devoção liberou adrenalina em meu organismo, me deixando ansiosa por encontrá-lo para poder agradecer, embora isso nunca fosse bastar.

Eu devia parecer maluca, correndo pelo hospital e soluçando, abrindo portas, o rímel escorrendo no rosto. Parecia um sonho. Daqueles em que nossas pernas não se movimentam rápido o bastante e não conseguimos encontrar o que estamos procurando.

Então o encontrei.

Ele estava andando pelo corredor, vindo do vestiário. Aquele anjo de homem, lindo e benevolente.

Corri até ele, peguei sua mão e o puxei em direção ao depósito.

– É... – disse ele, me deixando levá-lo. – O que vamos...

Eu o empurrei para dentro do espaço pequeno e fechei a porta atrás de mim, ofegante.

Ele ficou me encarando.

– Está tudo bem?

Arfei durante um tempo antes de deixar escapar:

– Você é o doador do Benny?

Vi a pergunta dançar em seu rosto.

Balancei a cabeça.

– Sei que não quer que ninguém saiba. E não vou contar a ninguém. Nem ao Benny. Mas preciso saber, por mim, se é você. Por favor. É você?

Minha voz falhou na última palavra.

Ele ficou me observando em silêncio. Aquele instante se estendeu por mil anos. Tentei interpretar sua expressão, captar a resposta no tique de seu maxilar ou na posição resignada de suas sobrancelhas, na busca gentil de seus olhos castanhos. Eu precisava saber, *precisava* saber.

Vi seus lábios se abrirem, e ele respondeu:

– Sim.

Eu me *joguei* nele.

17

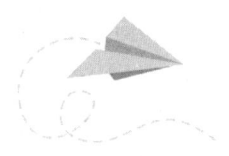

Jacob

Briana mergulhou na minha direção.

Eu a segurei e cambaleei um pouco para trás antes de recuperar o equilíbrio.

Ela me abraçou como eu nunca tinha sido abraçado na vida. Foi como se ela desabasse na linha de chegada de uma corrida.

– Obrigada – disse, soluçando. – Obrigada, obrigada, *obrigada*.

– Eu... Tudo bem – falei. – Eu queria fazer isso.

Ela chorou em meu pescoço, e meu instinto foi envolvê-la nos braços e consolá-la, embora soubesse que não eram lágrimas de tristeza. E, quando a envolvi, ela me abraçou ainda mais forte, e tudo que eu estava prestes a fazer, a doação, a cirurgia, a recuperação, valeu a pena por aquele único instante.

Eu achava que qualquer demonstração de gratidão fosse me deixar incomodado. Mas por algum motivo não me importei com o que estava acontecendo, e acho que foi porque era com *ela*.

Eu gostava dela.

E gostei de deixá-la feliz, gostei de vê-la assim e *gostei* daquele abraço.

Eu me dei conta de que não ganhava um abraço – um abraço de verdade mesmo – desde que estava com Amy. Mesmo naquela época, não conseguia me lembrar da última vez que demos um abraço como esse. Ela estava tão frustrada comigo e eu me sentia tão distante dela, que a intimidade acabou muito antes do fim do relacionamento.

Eu andava privado daquele contato humano básico, e naquela hora, voltando a senti-lo, percebi o quanto precisava dele. Conforme fui soltando o ar, Briana preencheu o espaço e eu me senti... tranquilo. Calmo. Com os pés no chão.

– Eu nem fui legal com você – sussurrou ela em meu pescoço.

– Você é legal comigo – respondi baixinho.

Ela se afastou e olhou para mim com os olhos cheios de lágrimas, o queixo tremendo.

– Jacob, como posso te agradecer por isso? Não tenho palavras.

Enfiei a mão no bolso e lhe dei um lenço do pacote que sempre carregava comigo.

Ela pegou o lenço e secou os olhos.

– Obrigada.

Já estava se acalmando um pouco, recuperando o fôlego.

Eu a analisei enquanto se recompunha. Tão linda. Mesmo chorando, era linda. Tive a sensação de que devia desviar o olhar, mas não sabia nem como fazer isso. Ainda sentia o abraço, embora ele tivesse terminado, e isso desativou algo dentro de mim mais uma vez, como naquele primeiro dia no quarto de Benny. Eu estava paralisado, sem palavras e totalmente à mercê dela, e fui obrigado a me perguntar, com um toque de admiração e bom humor, se ela havia me enfeitiçado. Eu estava sob alguma espécie de feitiço. Porque nunca tinha me sentido assim, tão compelido a fazer algo por alguém que havia acabado de conhecer, tão atraído por uma pessoa.

Talvez ela tivesse mesmo começado aquele clã de bruxas.

Briana fungou e olhou para mim.

– Jacob, você mudou a vida dele. Tipo, eu sei que você sabe, mas você *não* sabe. Meu irmão voltou a viver. Voltou a ser *ele*.

Dei um sorriso suave.

– Que bom. – Então inclinei a cabeça e perguntei: – Como você descobriu?

– Gibson. Ele deu com a língua nos dentes.

– Ah. – Assenti.

Acho que foi um erro honesto. Ele não sabia que a doação seria anônima. Nós ainda nem tínhamos nos encontrado naquele dia.

O segredo tinha durado um total de doze horas.

– Eu gostaria muito que você não contasse para mais ninguém – falei.

Ela balançou a cabeça.

– Não vou contar. Prometo. Você está bravo com ele por ter me contado?

Coloquei as mãos nos bolsos.

– Não. Ele não fez por mal.

– Você precisa mandar uma mensagem para ele dizendo isso. Ele deve estar apavorado.

Briana fungou.

– Tá bom. – Assenti.

Ela me olhou nos olhos.

– Sabe que dia é hoje, Jacob? É o dia em que meu divórcio vai ser oficializado. Não sei se você sabia disso, mas já fui casada.

– Você estava de aliança em algumas fotos.

Ela fez que sim e olhou para o lenço em suas mãos.

– Eu achava que nada seria capaz de fazer com que o dia de hoje fosse bom. – Seus olhos voltaram a encontrar os meus. – Mas aí aconteceu isso. – Ela sorriu para mim, piscando com as lágrimas que caíam. – Este é um dos melhores dias da minha vida, num dos piores dias da minha vida. E, quando eu me lembrar dele, só vou pensar em você e no que você fez. Muito obrigada. – Ela engasgou na última palavra.

Eu não sabia o que dizer. Então não disse nada.

O silêncio sempre foi minha resposta-padrão. Às vezes é mais fácil entender as coisas que não são ditas. Às vezes as palavras complicam a situação e a deixam confusa. Aquele momento não precisava de palavras.

Ficamos ali parados, eu com as mãos nos bolsos e ela enxugando as lágrimas, a gratidão jorrando dela em ondas.

Passei tanto tempo desejando esse tipo de admiração de Amy – e mesmo nesse caso não era de verdade. Briana só estava grata e entusiasmada, e isso tudo passaria. Ainda assim, a sensação era boa.

No silêncio, meu celular tocou. Dei um pigarro.

– Deve ser o Gibson. É melhor eu dar uma olhada.

Peguei o celular e soltei um suspiro ao ver a tela. Uma ligação perdida de Briana e cinco mensagens da minha mãe. Ela estava perguntando do jantar.

Devo ter feito alguma careta, porque Briana perguntou:

– Está tudo bem?

Levei uma das mãos à boca.

– Não. É aquela coisa da minha família que eu ia te contar.

– O quê? O que é? Alguma coisa em que eu possa ajudar?

Dei uma risada. Que ironia.

– O que foi? – perguntou ela.

Balancei a cabeça.

– Nada.

– Sério, o que foi?

Joguei a cabeça para trás e olhei para o teto.

– Na verdade, é uma coisa com a qual você poderia me ajudar, sim. Mas eu não vou pedir, de jeito nenhum.

– Ah, mas vai, sim. Tipo, não quero ser dramática, mas neste momento eu literalmente *morreria* por você. Do que você precisa?

Olhei para ela.

– Não dá. É ridículo demais.

– Arrisca, vai. Coisas ridículas são minha especialidade. Sou *muito* boa nisso.

Dei uma risadinha. Então soltei um suspiro.

– Preciso de uma namorada por alguns meses.

Ela ficou olhando para mim.

Ergui uma das mãos.

– Não de verdade. Só alguém que vá comigo aos eventos relacionados a um casamento. Preciso que minha família acredite que estou namorando. Meu irmão vai se casar. Com a minha ex.

Ela me olhou de um jeito estranho.

– Com a sua... ex.

– A gente namorou durante um pouco mais de dois anos e meio. Terminamos ano passado. Eles começaram a namorar três meses depois e ficaram noivos há algumas semanas. O casamento é em julho. Preciso que eles acreditem que eu superei.

– Por quê?

Desviei o olhar por um tempo, tentando descobrir como explicar aquilo tudo. Quando voltei a olhar para ela, sustentei seu olhar.

– Me deixar, escolher ficar com *ele*, não foi fácil para ela. Minhas irmãs passaram seis meses sem falar com os dois, e meus pais quase deserdaram meu irmão. Isso separou minha família durante quase um ano. Todos vão olhar para *mim* para decidir como agir. Se eu estiver chateado, eles vão ficar chateados, então vou fazer tudo que puder para esconder meus sentimentos. Eles precisam acreditar que estou feliz e superei. Se eu estiver sozinho, vão passar os próximos três meses esperando ver uma rachadura na minha fachada para decidir que odeiam os dois. Isso vai acabar com a felicidade dela. E não quero isso.

Briana ficou olhando para mim, incrédula.

– Ela esperou só três meses para começar a sair com o seu irmão e você quer que ela seja *feliz*?

– Eu amo a Amy – respondi. – É claro que quero que ela seja feliz.

Algo se suavizou em sua expressão.

– Bom, você é uma pessoa muito melhor que eu, Jacob Maddox. Quando as pessoas me dão um golpe baixo, eu dou um mais baixo ainda.

Eu ri, contra minha vontade.

– Então você não esqueceu ela – disse Briana.

Não foi uma pergunta, foi uma afirmação.

Fiz uma pausa. Era complicado, e, para ser sincero, nem eu mesmo tinha certeza da resposta.

Meus sentimentos estavam turvos por muitos motivos. O modo como tudo terminou mal resolvido, a sensação de rejeição e depois de traição por ela ter começado a sair com outra pessoa tão rápido e essa pessoa ser Jeremiah. Mas, para simplificar, respondi:

– Não, não esqueci.

Ela fez um biquinho e assentiu.

– Tá. Então você acha que eles vão acreditar? Que a gente está namorando?

– Eles já acreditam. Quando minha irmã nos viu no depósito, ela tirou as próprias conclusões. E eu não a corrigi. Meio que entrei em pânico. Desculpa.

Ela cruzou os braços.

– Então, o que eu preciso fazer?

– Conhecer minha família. Ir comigo a jantares mensais na casa deles. Depois à festa de noivado, ao jantar de ensaio, ao casamento. É isso.

– Eu topo.

Pisquei várias vezes, sem acreditar.

– Eu… Você topa?

– Com certeza. E nem é por causa do rim. Eu teria topado de qualquer forma.

Inclinei o rosto para trás.

– Teria? Por quê?

– Eu daria um olho para que alguém fosse comigo ao casamento da minha melhor amiga, no ano passado. Um cara chamado Doug ficou o tempo todo atrás de mim com um violão. Ele cantou "More Than Words", do Extreme, para mim. Duas vezes. Pensei seriamente em fingir minha própria morte só para o casamento acabar logo. Ninguém deveria ser obrigado a ir a um casamento sozinho.

Ela me arrancou um sorriso, mas logo voltei a ficar sério.

– Tem certeza? – perguntei.

– Absoluta.

Olhei para ela.

– Obrigado. Assim fico bem menos estressado.

– Ótimo. Precisamos cuidar desse rim.

Dei uma risadinha ruidosa e ela sorriu.

– Então, quando é o primeiro evento?

– Hoje.

Ela ficou pálida.

– Hoje?!

– Hoje é o jantar em família. Jeremiah e Amy não vão estar lá. Foram convidados, mas é aniversário do pai dela. É o único evento em que você não vai ter que encontrar minha família e minha ex ao mesmo tempo. Podemos esperar até a festa de noivado se você quiser, mas pode ser complicado conhecer todos ao mesmo tempo.

Ela fez um biquinho, pensando, e assentiu.

– Tudo bem. Posso ir ao jantar hoje. Você vai me buscar?

– Vou.

Ela deu um passo na minha direção e olhou nos meus olhos.

– Jacob, vou ser a melhor namorada que você já teve.

18

Briana

Precisei cancelar o jantar com Alexis. Não dava para explicar por que de repente tinha a obrigação moral de estar em outro lugar naquela noite, então falei algo que era o mais próximo possível da verdade: eu tinha um encontro com um cara lindo. Ela ficou mais que satisfeita por ir embora mais cedo com essa explicação. Além disso, acho que estava com saudade de Daniel.

Corri para casa depois do trabalho para me arrumar. Alexis cuidou da diálise de Benny por mim antes de ir embora, o que foi perfeito, porque eu tinha pouco tempo. Escolhi uma bela blusa cinza e uma calça jeans. Fiz o cabelo e a maquiagem, e Jacob foi me buscar com uma F-150 preta às oito em ponto.

Eu faria *tudo* que fosse preciso para aquela história de namorada falsa dar certo. Estava prestes a realizar uma atuação digna de um Oscar como Hollywood nunca viu. De tão comprometida poderia até tatuar o nome dele em meu peito. Se ele quisesse, posaria para fotos de noivado falsas. Caramba, eu fingiria até um casamento.

Vi pela câmera que Jacob tinha chegado, então, quando ele desceu do carro para me buscar, eu já estava saindo. Não queria convidá-lo para entrar e ver a cápsula do tempo em que eu estava morando.

— Oi — falei, me apertando para sair pela fresta da porta e fechando logo em seguida.

— Oi. Preparada?

Ele estava de calça jeans e suéter preto de gola V, as mangas arregaçadas. Muito charmoso.

– Comprei uma garrafa de vinho – falei, mostrando um chardonnay.

– Eles vão adorar – respondeu ele, colocando as mãos nos bolsos.

Jacob parecia meio nervoso. Sua mandíbula estava contraída.

Olhei para a caminhonete atrás dele. Tenente Dan estava no banco de trás, com a cabeça para fora.

– Você trouxe seu cachorro!

Jacob olhou para trás.

– É. Eu o levo a todos os lugares.

Corri até o carro para acariciá-lo, e Jacob foi atrás de mim.

– Ele é muito fofo – falei, fazendo carinho na cabeça do cachorro, que abanou o rabo e fez um barulhinho animado de filhote. – Não achei que você fosse do tipo que tem uma caminhonete – comentei, coçando a orelha do Tenente Dan.

Jacob estava sorrindo de leve, mas era um sorriso frio.

– Estou arrumando o chalé. Precisava da caçamba.

Ele olhou para o relógio.

– É melhor a gente ir. Acho que vamos ser os últimos a chegar.

– Tá bom.

Ele abriu a porta para mim, deu a volta até o lado do motorista e entrou.

– E aí, onde é a casa dos seus pais? – perguntei, colocando o cinto.

– Edina – respondeu ele, dando a partida.

– Hummm. – Assenti. – Que chique.

Devia ser uma bela casa. Diferente do lugar onde *eu* morava.

A parte externa da minha casa estava tão feia e descuidada quanto a parte interna. O gramado era só capim, a calçada estava rachada e a pintura, velha. Fiquei quase feliz por Jacob não ter comentado nada.

– Onde os seus pais moram? – perguntou ele, virando à esquerda e saindo do meu bairro.

– Minha mãe mora no Arizona com o novo marido, Gil. Não tenho contato com meu pai. Isso é bom. Me faça mais perguntas. É bom a gente tentar saber o máximo possível um sobre o outro antes de chegar lá.

– Boa ideia.

– Então, como nos conhecemos? É provável que eles perguntem isso.

– Eu disse que fui para outro hospital para ficar mais perto da minha namorada. Isso quer dizer que nos conhecemos há alguns meses, e não no Royaume.

– Tá. Que tal dizermos que o Benny foi à emergência do Memorial West e acabamos nos conhecendo?

Jacob assentiu.

– Gostei. Mas não vamos falar em qual emergência para que tecnicamente não seja mentira. Acho melhor nos atermos à verdade sempre que pudermos. Manter tudo o mais simples possível.

– Concordo. Eles sabem que você vai doar um rim? – perguntei, olhando para ele.

Ele balançou a cabeça.

– Eu não ia contar, mas só porque não queria que você acabasse sabendo. Minha mãe é amiga da Jessica. E do Zander. E do Gibson.

– E agora você vai contar?

Ele deu de ombros.

– Acho que sim – respondeu, pegando a rodovia. – Não tenho mais motivo para esconder isso deles. Olha, você é alérgica a castanhas? – perguntou ele.

– Não. E você? Tem alguma alergia alimentar? Coisas de que não gosta?

– Detesto ovos muito cozidos. Não suporto o cheiro. E não gosto de endro. Tirando isso, não há quase nada que eu não experimente. E você?

– Acho iogurte nojento. E melão me dá coceira na garganta.

– Nada de iogurte nem de melão. – Ele olhou para mim. – E a que horas você precisa voltar? Vai fazer a diálise do Benny?

– Minha melhor amiga fez antes de ir embora. – Dei um sorriso. – Benny saiu antes de eu chegar. Ele está comemorando com os amigos. Até fez a barba. Tinha pelos espalhados pela pia. Nunca pensei que ia ficar tão feliz por ter que limpar aquilo de novo.

– Ele não limpa a pia depois de fazer a barba? – perguntou Jacob, trocando de pista.

– Algum homem limpa? Quer dizer, vocês *acham* que limpam. Vocês fazem aquilo de passar um papel higiênico molhado e acham que está ótimo.

– Na verdade eu *limpo* a pia depois de fazer a barba – disse ele.

– Aham. Só acredito vendo. O que me lembra: como é sua casa? Acho que eu devia saber.

– Pequena. Um quarto e um cômodo para as plantas.

– Para as *plantas*?

– Eu gosto de plantas. Você gosta?
– Ah, gosto. Desde que eu não tenha que cuidar delas. Já matei um cacto.
– Regou demais?
– Não reguei *nada*. Esqueci que ele existia. Pelo jeito o peitoril da janela da minha cozinha é mais hostil que um deserto.
Ele pareceu achar engraçado.
Dirigimos durante mais alguns minutos e chegamos a um bairro bacana. Tenente Dan levantou e enfiou o rosto entre nós dois para olhar pelo para-brisa como se soubesse onde estava.
– Você vem bastante à casa dos seus pais? – perguntei, acariciando o cachorro.
– A família é bem unida. Eu vou lá, eles vão à minha casa.
Jacob esfregou a testa, e olhei para ele.
– Está tudo bem?
Ele soltou um suspiro.
– Só estou ficando com um pouco de dor de cabeça. Eu ranjo os dentes.
Então ele se aproximou do para-brisa, parecendo querer enxergar melhor. Parou a caminhonete imediatamente.
– O que aconteceu? – perguntei.
– Preciso pegar uma coisa.
Ele tirou luvas de borracha e um saco de lixo do porta-luvas.
– É... O que você precisa pegar? – perguntei.
Olhei ao redor, observando a rua em que ele tinha parado. Era residencial. Não tinha nada que chamasse a atenção.
– Já volto.
Ele desceu, eu me virei e o vi dar a volta pela traseira da caminhonete. Fiquei observando perplexa quando ele se agachou e começou a analisar uma carcaça de guaxinim na sarjeta. Ele levantou os braços do animal e o virou. Então colocou-o no saco de lixo.
Abri o vidro.
– É... Tem pessoas que cuidam disso...
– Está fresca, e é uma boa carcaça – gritou ele.
– Tá, mas isso é importante *por quê*?
Ele jogou o saco de lixo na carroceria da caminhonete, deu a volta até o lado do motorista e entrou, tirando as luvas.

– Desculpa. Eu precisava pegar para o meu pai.

Fiquei olhando para ele.

– Você precisava levar um guaxinim sem vida para seu pai... – falei, sem expressão.

Ele colocou o cinto.

– Meu pai é taxidermista. Anda procurando um bom guaxinim para montar.

Pisquei várias vezes.

– E você não podia ter dito isso desde o começo para eu não ficar com medo de estar no carro de um *serial killer*?

Jacob olhou para mim e só então pareceu perceber a expressão em meu rosto.

– Desculpa. Foi esquisito mesmo. – Pareceu um pouco constrangido. – Eu devia ter explicado antes de sair. Desculpa. É que... estou nervoso, e, quando fico nervoso, eu... às vezes pulo algumas etapas.

Ele estava com aquela cara de cachorrinho que caiu da mudança de novo. Uma expressão vulnerável, como se tivesse feito algo de errado.

Senti meu rosto suavizar.

– Não fica nervoso. Vamos dar conta. Vai dar tudo certo.

Ele me olhou como se não acreditasse em mim.

– Vai, sim. E não se preocupe com a história do guaxinim. Para ser sincera, nem foi a coisa mais bizarra que já aconteceu comigo num encontro. Está tudo bem.

Ele riu, embora estivesse constrangido. Então voltou a ficar meio sério e desviou o olhar.

– Não quero que você ache que eu faço isso sempre.

– Recolher animais mortos?

Ele voltou a olhar para mim.

– Não. Mentir para minha família.

Eu me virei no banco para encará-lo.

– Jacob, *não precisa* me dizer que tipo de pessoa você é. Eu sei.

Ele ficou me olhando por um bom tempo. Era aquele olhar pensativo e quieto que me lançava às vezes, e me dei conta de que por trás daquela expressão as engrenagens de seu cérebro deviam estar girando sem parar. Tentando avaliar a situação, se preocupando, pensando demais, como eu sabia que Benny fazia às vezes. A ansiedade rondando. As garras de um pânico interno que ninguém mais via.

Mas *eu* via. Porque vi em meu irmão a vida inteira.

Acho que foi por isso que o diagnóstico foi tão difícil para Benny. Ele não estava vivendo somente o presente. Estava vivendo o que *poderia* acontecer. Um *e se* infinito, alimentado pela ansiedade, várias possibilidades ao mesmo tempo, corroendo-o, aterrorizando-o, atormentando-o. E depois que começou a trilhar esse caminho foi difícil impedir o avanço. Era um círculo vicioso de destruição emocional.

Um círculo que o gesto generoso de Jacob interrompeu.

Jacob deu a Benny um motivo para suspender a gritaria interna e olhar para um único caminho adiante, em vez de para todas as piores hipóteses que seu cérebro criasse. Jacob deu a ele *esperança*. E, ao fazer isso, deu paz à sua mente inquieta.

E eu vi, naquele momento de silêncio na caminhonete, que a gritaria também acontecia dentro de Jacob. Ele não precisou dizer uma palavra sequer para que eu soubesse. Estava preocupado com o que ia acontecer com a família naquele dia e com o que eu pensava dele. Estava lidando com o fato de que a ex ia se casar com o irmão dele, e provavelmente tinha medo de ser pego na mentira.

Naquele momento decidi que minha função seria acalmar aquilo tudo. Eu seria um amortecedor. Um apoio emocional. Eu o protegeria como um colete à prova de balas. Eu o poria sob minha proteção.

– Olha só, vai ficar tudo bem – falei. – Estamos preparados. Minha maquiagem está perfeita, temos vinho e o bicho morto...

Os cantos de seus lábios se curvavam só um pouquinho.

– Vamos sorrir e comer, ninguém vai saber o que estamos fazendo, e *vai dar tudo certo*. Confia em mim.

Jacob exalou profundamente pelo nariz.

– Tá.

Dessa vez, ele pareceu acreditar. Ou pelo menos pareceu *querer* acreditar.

Avançamos mais algumas quadras, e ele parou em frente a uma bela casa de dois andares com meia dúzia de carros estacionados na entrada. Ficou parado olhando para a casa pelo para-brisa.

– Vai ser um caos lá dentro – disse, quase para si mesmo.

– Tudo bem. Sei lidar com o caos.
– Eu não – resmungou.
Inclinei a cabeça, olhando para ele.
– Que tal um jogo?
Ele arqueou uma sobrancelha.
– Um jogo?
– É. Acho que você vai gostar. Eu jogava com o Benny quando íamos a eventos assim.
– Tá...
– Eu solto um bordão e você tem que encaixá-lo numa conversa. Quando conseguir, tem direito a uma folga da interação social. A gente sai para se sentar na escada com o cachorro ou coisa do tipo.
Ele olhou para mim.
– Um bordão? Tipo o quê?
Contraí os lábios e olhei para o lado.
– Tipooo: "Comigo não, violão" – falei, de um jeito afetado.
Ele deu um sorrisinho.
– Benny gostava dessa brincadeira porque assim tinha no que se concentrar e se obrigava a conversar com as pessoas.
Ele pareceu pensar.
– Tá bom. Vou tentar.
– Ótimo! – Tirei o cinto. – Alguma dica de última hora?
– Sim, não dê cigarros ao meu avô, não importa o que ele diga. Ele é muito convincente. E nunca, em nenhuma circunstância, fale de brinquedos sexuais com minha mãe. Nunca mais vai conseguir sair da conversa. Ninguém vai poder salvar você.
– Hum, por algum motivo não acho que o tópico *brinquedos sexuais* vai aparecer quando eu estiver falando com sua mãe.
– Acho que você vai se surpreender com a facilidade com que ela insere o assunto na conversa – resmungou ele.
Jacob empurrou a porta com o ombro e saiu para pegar o Tenente Dan.
Peguei minha bolsa e o encontrei na frente da caminhonete.
– Devemos ir de mãos dadas? – perguntei em voz baixa. – Tipo, até a porta? Caso alguém esteja olhando pela janela ou tenha uma câmera ou coisa assim?

Ele balançou a cabeça.

– Você ter que me tocar não deveria fazer parte do acordo. Acho que conseguimos convencer sem isso.

– Eu não ligo.

Ele balançou a cabeça de novo.

– Acho que vai dar tudo certo.

Quando chegamos à porta, ele não bateu. A porta não estava trancada, ele simplesmente abriu. Foi como entrar num salão de festas. Música, risadas, crianças gritando, um videogame com o volume alto demais, um liquidificador funcionando. O aroma acolhedor de comida no fogo.

Um papagaio sobrevoou a entrada e eu desviei.

– Eita!

Ele pousou em cima do cabideiro e gritou:

– FILHO DA PUTA!

– Desculpa – disse Jacob, já alvoroçado. – Esse é o Jafar.

Então duas crianças chegaram correndo do nada.

– Tio JJ! – gritaram em uníssono.

Ele sorriu e se agachou para envolvê-las num abraço de urso e as levantou. As crianças colocaram os braços ao redor do pescoço dele.

– E as meias?

Ele sorriu, e os cantos de seus olhos de mel se enrugaram.

– Sapos, como vocês pediram.

– Eba!

Ele se virou para que pudessem me ver.

– Carter, Katrina, essa é a Briana.

O garotinho olhou para mim.

– Oi.

Eu sorri.

– Oi.

A garotinha me olhou com curiosidade.

– Você é bonita.

– Obrigada! Gostei do seu colar.

Ela não respondeu. Eles se desvencilharam do abraço como se tivessem feito algum acordo silencioso de aterrissar, desceram para o chão e sumiram, gritando que o tio JJ tinha chegado com uma mulher de cabelo comprido.

Jacob olhou para mim.

– São os gêmeos da Jewel e da Gwen. E essa vai ser a conversa mais fácil da noite.

– A coisa das meias de animais é *muito* fofa – falei.

– Às vezes eles não chegam a um consenso e tenho que usar dois pés diferentes.

Eu ri.

Então adultos começaram a surgir. Vieram pelo corredor numa onda humana e se espalharam ao meu redor, todos sorrisos e cumprimentos animados.

Eu praticamente sentia o corpo de Jacob tenso ao meu lado, e tive um impulso de segurar sua mão para que ele soubesse que estava tudo bem, mas não pude, porque eles o afastaram para se aproximarem de mim. Estava completamente cercada. Um gato começou a se esfregar em minhas pernas, os gêmeos pulavam ao redor da multidão e Jafar gritava obscenidades de cima do cabideiro enquanto as pessoas apertavam minha mão, se apresentando mais rápido do que eu conseguia acompanhar.

Uma garota jovem e bonita chamada Jane com um vestidinho rosa. Jewel, que eu já conhecia; sua esposa, Gwen, uma mulher asiática de cabelo azul com um piercing no nariz. Jill, uma mulher pequena com o mesmo cabelo ruivo de Jacob, de calça cápri e camisa branca recatada, e seu marido robusto, Walter, um homem negro com a camiseta de um abrigo de pit bulls. Um homem mais velho se aproximou numa cadeira de rodas elétrica com um tubo de oxigênio, esbarrou na minha perna e ficou ali me olhando em silêncio. Alguém o apresentou como Vovô. Ele me ignorou quando o cumprimentei.

O homem que imaginei ser pai de Jacob hesitou atrás da multidão como se estivesse esperando o caos diminuir para dizer oi. Então uma mulher mais velha de blusa leve com estampa paisley, brincos grandes e os braços cheios de pulseiras barulhentas saiu do meio da multidão e veio direto para um abraço.

Eu poderia dizer que tudo aquilo foi esmagador, mas, quando minha mãe nos levava a El Salvador, era exatamente o que acontecia, elevado à décima potência, em todas as reuniões de família. Eu demorava uma hora só andando pelo lugar e cumprimentando todos os meus primos e as respectivas famílias. Aquilo ali era fichinha. E as regras dessas reuniões eram universais e simples: você sorri, cumprimenta todo mundo e pergunta como pode ajudar com o que quer que estejam fazendo. Eu sabia como lidar com isso e estava completamente relaxada. No entanto, ao olhar para Jacob, notei que ele estava prestes a ter um ataque de pânico por minha causa. Abri um sorriso tranquilizador para ele por cima do ombro de sua mãe antes que ela se afastasse.

– Eu sou a Joy – disse a mulher, com um sorriso acolhedor.

Parecia meio familiar, mas eu não saberia dizer de onde a conhecia. Talvez fosse só parecida com Jacob.

– É um prazer conhecer você – continuou ela.

Dei um sorriso.

– O prazer é meu.

O homem mais velho se aproximou quando o restante da multidão começou a se dispersar. Parou ao lado da esposa.

– Sou o Greg, pai do Jacob. É um prazer receber você.

Jacob se parecia muito com o pai. Eles tinham a mesma energia suave.

Assenti para Jacob, que tinha se aproximado e parado ao meu lado depois que encontrou espaço.

– Pegamos um guaxinim para o senhor no caminho – falei.

Greg se animou.

– É mesmo?

– Está na caminhonete – disse Jacob.

O pai dele esfregou as mãos uma na outra.

– Bom, vamos pegar.

Passou por mim e saiu pela porta da frente com Jacob, me deixando com o Vovô, o cachorro e Joy.

Um despertador tocou em algum lugar. Joy olhou na direção do som.

– Ah, preciso ver isso. – Ela fez um gesto indicando que eu a seguisse. – Vem, vamos pegar uma bebida para você – disse, já avançando pelo corredor com Tenente Dan nos calcanhares.

Estalei os dedos.

– Droga – falei ao me lembrar. – Deixamos o vinho na caminhonete do Jacob. Vou lá buscar rapidinho.

– Tudo bem. A cozinha fica no final deste corredor – avisou ela, sem parar de andar.

Então, entrou por uma porta e desapareceu, e eu fiquei sozinha com o velho. Sorri para ele, que ficou me encarando.

– Me dê um cigarro, senão vou dizer ao Jacob que você deu em cima de mim. Você tem cinco minutos.

Dei uma risada abafada.

– Como?

– Um cigarro, e você me leva até o gazebo e me dá cobertura.

Balancei a cabeça olhando para ele.

– O senhor está com um *tubo de oxigênio*.

– E o que você tem a ver com isso? Eu vou morrer mesmo! Já estou semimorto. Um cigarro. Se me conseguir um maço inteiro, eu te dou minha medalha Coração Púrpura.

Tive que me esforçar para não rir.

– Infelizmente não posso fazer isso pelo senhor.

Ele semicerrou os olhos úmidos.

Nesse momento, Jacob entrou com o vinho que tínhamos deixado na caminhonete. O pai não estava com ele. Vovô apontou o dedo para mim.

– Ela está dando em cima de mim!

Jacob parou, seu olhar indo e voltando entre mim e o avô.

– É verdade – falei. – Ele é um charme. Não consegui me conter.

O velho fez uma careta. Fez de conta que ia vir para cima de mim com a cadeira. Depois se virou, me olhou fixamente, sem piscar, e saiu.

Eu me virei para meu namorado de mentirinha e sorri. Aquilo era *muito* divertido, de verdade.

Jacob largou o vinho num banco perto da porta, parecendo exausto.

– Desculpa.

Eu ri.

– Pelo quê?

– Por aquilo? – Ele apontou com a cabeça na direção em que o Vovô tinha saído.

– Quem disse que ele está mentindo?

Ele soltou uma risadinha abafada.

– Eu disse que seria complicado – disse ele.

– Jacob, eu tenho vinte e dois primos de primeiro grau em El Salvador

– falei, tirando os sapatos e colocando-os ao lado de todos os outros. – Isso não é *nada*. Pode relaxar.

Apontei com a cabeça para a direção de onde ele tinha vindo.

– Vai fazer alguma coisa com seu pai, tipo esfolar o guaxinim morto. Eu vou conversar com sua mãe na cozinha.

Ele balançou a cabeça.

– Não. Não quero deixar você sozinha com eles.

– O que pode acontecer?

Ele enfiou as mãos nos bolsos e olhou para mim, sem falar nada, e imaginei as engrenagens girando mais uma vez, conjurando todas as situações que poderiam acabar em desastre.

– Tudo bem – falei. – Então venha comigo. Mas relaxa. Estou me divertindo.

Ele claramente não acreditou em mim.

Soltei um suspiro. Estava feliz por ter ido com ele àquele jantar, porque, se aquilo já era demais, o evento seguinte com o irmão e a ex seria uma catástrofe.

Aquele lugar era certamente o pesadelo de um introvertido. Barulhento, lotado. Muitas expectativas sociais amontoadas numa janelinha de tempo e combinadas com o estresse de apresentar uma pessoa nova à família. A preocupação de não conseguirmos sustentar a farsa.

Na próxima vez não seria tanta pressão, porque já teríamos tirado as apresentações do caminho. Ainda teríamos que lidar com todo o restante, mas pelo menos nós dois já conheceríamos as armadilhas daquele acordo.

Apontei para o interior da casa com a cabeça.

– Vamos. Me mostra a casa.

A sugestão foi proposit, para que ele pudesse relaxar antes de voltarmos a nos juntar ao grupo. Logo de cara percebi que foi a decisão certa. Ele soltou um suspiro que pareceu de alívio e fez um gesto de cabeça indicando que eu o seguisse.

A casa era enorme. Tive a sensação de que era o coração daquela família, construída para a diversão. O porão tinha um bar completo e a piscina também. Havia um escorregador na piscina e uma edícula com uma boa churrasqueira ao ar livre. Havia uma sala de cinema e uma sala de estar bem grande e confortável, onde os gêmeos estavam jogando PlayStation. Por fim, uma sala de jantar ampla com uma mesa para vinte pessoas, além de muitos quartos de hóspedes.

– Você chegou a morar aqui? – perguntei quando passamos pela porta aberta de um quarto de hóspedes cheio de brinquedos dos gêmeos.

– Eu cresci aqui.

– Aaaaah. – Eu me virei para ele e sorri. – Me mostre seu quarto.

– Não é mais o mesmo de quando eu era criança. Agora é meu pai quem usa.

– Quero ver assim mesmo.

Parei em frente a uma estante no corredor. Havia porta-retratos em meio aos livros – incluindo uma foto de Jacob no nono ano, com o cabelo todo arrepiado, aparelho e os dentes de cima projetados para a frente.

Caramba. A puberdade o atingiu *em cheio*. A transformação foi uma coisa de *louco*.

– Ah, olha só – falei ao ver um livro que eu conhecia. – *Amar é estar presente*. Já li esse.

Dei uma batidinha na lombada.

– Minha mãe escreveu esse livro.

Fiquei paralisada.

– *Quê?*

– Ela é terapeuta conjugal e sexual. Autora best-seller. Tem Ph.D. em sexologia clínica. E também é obstetra e ginecologista.

Eu me virei devagar e olhei para ele, horrorizada. Então o empurrei para o quarto mais próximo e fechei a porta.

– Por favor, me diga que está brincando – sussurrei.

Ele piscou várias vezes, confuso.

– Sua mãe é a Dra. J. Maddox? Especialista de renome mundial em relacionamentos? Você está falando sério, Jacob? Não achou que deveria comentar isso em algum momento?

Ele parecia absolutamente perplexo. Balancei a cabeça.

– É literalmente *o trabalho dela* descobrir a nossa farsa.

– Eu disse para ela que estávamos nos conhecen...

– Jacob, eu nem sei como é o seu pênis.

– Bom, não vou mostrar...

– Não estou pedindo para me mostrar! Estou argumentando! – Levei uma das mãos ao peito. – Eu achei que ia vir aqui e seu pai ia me chamar de Brenda ou Bianca o tempo todo e eles iam bater papo comigo e eu voltaria para casa e teríamos mais três semanas antes da festa de noivado para aperfeiçoar a farsa. Em vez disso, estamos numa consulta de duas horas com uma best-seller especialista em *sexo*. Ela vai dar só uma olhada em mim e já vai saber que nunca vi você pelado. Ela vai ver na minha cara!

Olhei para Jacob, arrasada. Ele pareceu pensar na questão.

– Quem sabe a gente ainda não transou? Quem sabe estamos indo devagar? – sugeriu.

Fiz que não com a cabeça.

– De jeito nenhum. *Com certeza* a gente já transou. Você foi para o Royaume para ficar mais perto de mim e a gente ainda não dormiu juntos? Quem ia acreditar nisso? O objetivo é fazer com que eles achem que estamos superapaixonados. Como você superou a Amy se não está num chamego gostoso e pervertido com sua nova namorada?!

Ele começou a rir.

– Não tem graça! – exclamei.

– Tem um pouquinho.

– Não tem, não! E que quarto é este?! – perguntei, abrindo os braços.

Mil olhos de vidro me encaravam. O quarto estava cheio de coisas de taxidermia. CHEIO. E era *muito estranho*.

Um esquilo de chapéu e calça de vaqueiro montado numa tartaruga. Um rato branco com um manto de mago e óculos lendo um livro, um coelho com galhadas de veado, um furão numa minibanheira lavando as costas com uma bucha. Um coiote morto vestido como uma garota-propaganda famosa, com penteado bufante, batom vermelho e tudo. Era engraçadíssimo, mas estranho.

– É meu antigo quarto. São as coisas do meu pai – disse Jacob. – É aqui que ele guarda as peças de taxidermia.

Voltei ao problema em questão.

– É uma catástrofe, Jacob – sussurrei. – E se sua mãe me mandar uma solicitação de amizade no Instagram? Não tem nenhuma foto de nós dois juntos. É como se não existíssemos antes de hoje. – Balancei a cabeça.

– Entramos aqui como renegados. Não sei o bastante sobre você para dar conta. Não sei nem quantos anos você tem. Você dorme com o ventilador ligado? Como gosta do seu café? Você ronca?

– Tenho 35 anos e durmo com o ventilador ligado – disse ele, calmo. – Descafeinado quando a ansiedade está alta, com leite e açúcar, e não que eu saiba.

Balancei a cabeça diante daquele homem lindo e sem noção nenhuma parado à minha frente. Ele não estava percebendo a gravidade da situação.

– Você disse que sua mãe conhece a Jessica, né? – perguntei.

– Conhece. E o Zander e o Gibson.

– Vamos ter que fingir que estamos juntos para todos eles. Vamos ter que manter o namoro no trabalho. Vou ter que contar ao Benny. Precisamos informar o RH.

Sua expressão se fechou.

– Tudo bem, eu não ligo – acrescentei. – Só é mais complexo do que eu pensava.

Por sorte, Jessica não conversava tanto assim com Joy e o salto de "odeio esse cara" para "estou apaixonada por esse cara" não entrou na conversa.

– Vamos ter que nos dedicar, Jacob. Bastante. No livro da sua mãe ela diz que a intimidade está nas pequenas coisas – sussurrei. – Colocar a mão nas minhas costas quando entramos num cômodo ou olhar na minha direção quando estamos juntos. Você vai ter que encostar em mim. E precisa fazer isso de propósito, mas tem que parecer natural, como se me tocar fosse algo comum para você, porque gosta disso. E vou ter que fazer a mesma coisa.

Ele colocou as mãos nos bolsos.

– Tá bom...

– Vamos ter que passar muito mais tempo juntos. Se sua mãe não perceber a farsa até o fim desta noite, daqui a três semanas Amy vai perceber se a gente não tirar isso de letra. Vou precisar ver sua casa. Você vai ter que ver... *a minha*. – Engoli em seco ao pronunciar a última palavra. – Você precisa almoçar comigo todos os dias.

Acho que vi os cantos de seus lábios se contorcerem.

– Talvez você devesse ir comigo ao chalé – sugeriu ele.

– SIM. *Tudo*.

Suspirei lentamente.

— Meu Deus. Não foi à toa que você me avisou sobre os brinquedos sexuais.

Embora talvez eu quisesse, sim, conversar com ela sobre isso...

Eu já tinha lido o livro de Joy. Duas vezes. Era bom. Ela sabia do que estava falando. Também foi o livro que me fez perceber que Nick me dava muito pouco. Que fazia muito tempo que havia algo de errado no relacionamento. Eu achava que o problema era eu. Estava tentando consertar algo sem saber onde residia a rachadura.

Então descobri.

— É melhor voltarmos — falei, mordendo o lábio.

Ótimo. Eu *também* estava nervosa. Nós dois estávamos. Perfeito.

— Desculpa. Não sei por que não pensei nisso tudo — disse ele, desanimado.

Fiz um gesto indicando que estava tudo bem, tentando não enlouquecer por estar na casa da Dra. J. Maddox. Só um homem mesmo para não perceber a amplitude da situação.

Ele ficou ali parado por um instante constrangedor, como se não soubesse o que fazer. Então estendeu a mão, oferecendo-a como se lamentasse que eu fosse obrigada a aceitar.

Soltei um suspiro ao perceber sua expressão de culpa. Não queria que ele se sentisse mal por aquilo. Teria concordado em ajudá-lo mesmo se soubesse quem era sua mãe. Contar a todo mundo que eu estava namorando era apenas uma reviravolta inesperada. Eu não estava pronta para o quanto aquela encenação precisaria se estender. E fui sincera quando disse que não ligava que ele me tocasse. Para mim, não havia o menor problema.

Dei um sorriso para tranquilizá-lo.

— Vai ficar tudo bem, Jacob. Vamos dar um jeito.

Peguei a mão que ele ofereceu e fiquei surpresa ao sentir um friozinho na barriga com o contato.

Não era a primeira vez que o tocava. Já o tinha abraçado no depósito, mas aquele toque parecia íntimo, embora fosse de mentirinha. Senti um rubor tímido subir pelo meu pescoço.

Pigarreei.

– Nada de beijo na boca – sussurrei.
– Nada de beijo – concordou ele.
Então saí do quarto com meu "namorado".

19

Jacob

Estávamos na cozinha. Jill, Jane, Jewel e Gwen sentadas ao balcão bebendo vinho, cortando a massa fresca e pendurando no varal, enquanto Walter lavava a louça e minha mãe mexia uma panela. Meu pai tinha voltado da oficina e estava preparando o pão de alho. Meu avô, sentado em sua cadeira, olhava para o quintal pela janela. Aperitivos estavam dispostos: uma tábua de frios em formato de pênis que minha mãe ganhou de Natal da melhor amiga e um arranjo comestível.

Quando voltamos para a cozinha, Briana logo começou a secar a louça.

No mesmo instante, relaxei um pouco. Ela parecia entender naturalmente o esforço comunitário que era o jantar em família.

Parecia entender *muitas* coisas.

Minha ansiedade tinha voltado com força total nas últimas horas. Uma bola de neve ganhando ímpeto a cada acontecimento inesperado que era aquele dia.

Eu não havia me preparado para ser desmascarado quanto à doação. Não tinha problema algum, mas era uma mudança mental para a qual não estava pronto. Nem para o "encontro" em que estávamos.

Não tinha planejado pedir a Briana que fizesse aquilo por mim, mas era o que estava acontecendo, e eu não havia tido tempo de processar aquilo tudo nem de me acostumar com a ideia de que a farsa estava mesmo em curso. Além de tudo, não imaginava o quanto aquilo ia me deixar incomodado.

Eu nunca tinha mentido para minha família. E, embora soubesse que estava fazendo isso por um bom motivo, o medo de ser pego no flagra era o suficiente para me fazer perder a cabeça.

Se conseguíssemos convencer, seria bom para todos. Mas, se fôssemos pegos, minha família saberia o quanto eu estava desesperado. Pensariam que menti porque não tinha esquecido Amy e não estava bem. Que tive que inventar uma namorada porque não conseguira uma de verdade. A pena seria insuportável. O risco era muito alto. E, acima de tudo, eu me sentia péssimo por ter pedido isso a Briana.

Parte de mim sabia que ela se sentia obrigada a aceitar, e eu não gostava disso porque nunca saberia como ela realmente se sentia. Será que era um incômodo? Será que ela estava rangendo os dentes e aguentando firme? Estremecendo por ter que segurar minha mão? Desejando nunca ter sabido quem era o doador de Benny, para que não se sentisse obrigada a aceitar aquele pedido idiota?

Eu gostaria que ela tivesse tomado a decisão antes de saber que eu era o doador, porque saberia que ela fazia por livre e espontânea vontade. Fiquei tão preocupado com isso que quase cancelei tudo logo antes de ir buscá-la.

A partir de então, não tinha mais jeito. E não havia como voltar atrás.

Mesmo que "terminássemos", já tínhamos proposto a mentira – na verdade, já tínhamos dado início a ela. Montado a farsa. E, pior, eu havia pedido a Briana que participasse. Tinha feito dela cúmplice em minha tramoia. Feito dela uma mentirosa.

Mas já era, e eu só podia mesmo me sentir culpado, embora reconhecesse que era a atitude certa. Pelo menos para minha família.

O estresse disso tudo trouxe a energia caótica de volta. Ela estralava, soltava faíscas e disparava por meus dedos, e foi ficando pior conforme nos aproximávamos da casa. Então parei para recolher um *guaxinim morto*, porque é claro que eu faria algo no piloto automático e pareceria ainda mais estranho. E todas as excentricidades da minha família nos receberam logo na porta. Jafar, meu avô e a turba da minha família zelosa em excesso. E senti tudo aquilo me pressionando por dentro, como um grito querendo sair da boca.

Mas Briana estava secando a louça. E minha família conversava com ela e ria.

Se ficou nervosa após descobrir quem era minha mãe, não demonstrou. Não sei por que não pensei nisso. Acho que estava tão ocupado pensando demais em todo o restante, que deixei o mais importante passar. Mas

Briana parecia ter se recuperado. Parecia à vontade, e aquilo que estávamos fazendo dava a impressão de ser fácil e crível, e pela primeira vez comecei a sentir o alívio que imaginei que sentiria quando bolei o plano. Por não sentir aquele peso em meus ombros. Por todos acreditarem que eu estava bem. E, na verdade, aquilo *realmente fazia* com que eu me sentisse bem, porque não estava mais passando por tudo sozinho.

Comecei a encher uma panela com água para a massa e Briana sorriu para mim.

Sorri também.

O engraçado é que foi mais fácil acreditar que eu iria doar um órgão do que aceitar que Briana Ortiz estava naquela cozinha com minha família inteira, fingindo ser minha namorada. Mais que isso, era difícil acreditar que ela estava fazendo isso porque Amy ia se casar com Jeremiah. Acho que se o Jacob de um ano antes pudesse ver o que estava acontecendo naquele momento, teria morrido de susto.

– Então – disse Jewel, abrindo mais massa. – Vocês não vão contar como se conheceram?

Briana sorriu.

– Ah, essa história é ótima. Jacob, posso contar?

Coloquei a panela no fogão e acendi o fogo.

– Vai em frente.

Ela deu uns pulinhos e se virou de frente para todos, o pano de prato ainda nas mãos.

– Então, meu irmão estava no hospital, eu saí correndo para ir até o quarto dele e esbarrei num cara que estava saindo de um quarto. Quebrei o celular dele.

Eu me engasguei um pouco com a risada.

Todos olharam para mim.

– É verdade – falei. – Ela quebrou mesmo.

Briana continuou:

– Eu nem parei para pedir desculpa, estava com muita pressa. Nem olhei para ele direito. Cinco minutos depois, um médico entrou no quarto do meu irmão... e era o cara em quem eu tinha esbarrado, e ele era *tão* gato. Meio sem jeito, sabem? Mas de um jeito muito fofo, do tipo "não percebo o quanto sou charmoso".

Senti meu rosto corar. Tive que me abaixar em frente a um armário e fingir que estava procurando uma tampa para que ninguém percebesse.

– O que você achou dela? – perguntou Jane, olhando para mim quando me levantei com a tampa na mão.

Briana olhou para mim, esperando pela resposta.

Fiz uma pausa, pensando no que dizer. Então decidi que o melhor era falar a verdade.

– Achei que era a mulher mais linda que eu já tinha visto.

– *Aaaaaaaah!* – exclamaram minhas irmãs em uníssono.

Briana sorriu.

– Mas eu não dei meu telefone – disse.

– Por que não? – perguntou Jane.

Briana levantou as duas mãos.

– Ele não pediu.

– Ele é *tão* tímido – comentou Jill.

Jewel assentiu.

– Demais.

Briana deu um sorriso travesso.

– Mas sabe o que ele fez? Me escreveu uma carta.

Jill arquejou.

– Ele te escreveu uma *carta*?

Briana assentiu.

– Aham.

– É *tão* romântico – disse Jane.

– Jacob tem uma letra linda – afirmou minha mãe, mexendo o pesto. – Sempre achei isso.

– Por que uma carta? – perguntou meu pai.

Todos olharam para mim.

Pensei na resposta com cautela. Então decidi, mais uma vez, que o melhor era dizer a verdade.

– Eu queria falar com ela, mas não sabia como.

Briana sorriu.

– Então escrevi de volta. E ele me escreveu de volta. E de repente eu só conseguia pensar em quando receberia a próxima carta... Aí fucei o

Instagram do Jacob e mandei uma mensagem pedindo o celular dele. Ele estava no chalé. Eu liguei e passamos metade do dia no telefone.

Jill pareceu confusa.

– Ele falou com você quando estava no chalé? – Ela se virou para mim. – Não tem sinal de celular lá.

Dei um pigarro.

– Eu estava no restaurante no fim da rua.

Foi a vez de Briana ficar confusa.

– Você estava num restaurante? Mas... ficamos umas três horas conversando.

Pigarreei mais uma vez.

– Pois é. – Fiz uma pausa. – Eu queria falar com você.

Ela sustentou meu olhar por um bom tempo. Então pareceu deixar o detalhe de lado para continuar a história.

– E ele nunca me chamava para sair – disse, olhando para mim, curiosa. Tive que desviar o olhar. – Então finalmente convidei ele para almoçar. E o resto é história.

Todas as mulheres sorriram para mim e suspiraram.

Bom, até ali tudo bem.

Todos conversaram casualmente durante a meia hora seguinte. A água ferveu, comecei a cozinhar o macarrão, os acompanhamentos foram servidos, e nos sentamos para jantar.

Vovô se sentou ao lado da minha mãe, como sempre, mas acabou ficando bem à nossa frente, e usou essa posição para encarar Briana. Ela, porém, pareceu não se importar.

– E o que você faz? – perguntou minha mãe a Briana, passando-lhe um prato de pão de alho.

– Sou médica de emergência, igual ao Jacob – respondeu ela, pegando duas fatias e passando o prato para mim.

– Sabe, ele nem sempre quis ser médico – disse minha mãe. – Queria ser veterinário.

Briana olhou para mim.

– Dá para imaginar. Por que você mudou de ideia?

Passei o pão de alho para Jane.

– Eu não aguentaria ver animais maltratados ou negligenciados.

Briana riu.

– Em vez disso, vemos humanos maltratados e negligenciados.

– Para cuidar dos humanos, temos mais recursos.

Ela assentiu.

– Verdade.

– E o que seus pais fazem? – perguntou meu pai.

– Bom, meu pai foi embora quando eu tinha 8 anos. Minha mãe é enfermeira. Está aposentada. Veio de El Salvador para cá aos 18 anos.

– Ah! Você fala espanhol? – perguntou meu pai.

Eu me dei conta de que não sabia a resposta para essa pergunta. Briana tinha razão. Não tínhamos nos preparado.

Ela assentiu.

– Falo, sim. É minha língua materna.

– Hmong é minha língua materna – disse Gwen. – Tive muita dificuldade na escola.

– Eu até que fui bem. – Briana deu de ombros. – Acho que foi mais difícil para minha mãe. Ela não tinha família aqui, nem ninguém. – Ela se virou para Walter e apontou para a camiseta dele. – Você trabalha no abrigo?

– Sou o proprietário.

Briana sorriu.

– Que incrível!

– É, estamos com quase trinta cães neste momento. A primavera é a pior época.

– Vou fazer uma doação. Qual é a conta? – perguntou Briana, pegando o celular.

Walter estava direcionando Briana ao site do abrigo quando Jafar começou a andar entre nossos pés embaixo da mesa. Ele estava falando sozinho, recitando cada palavrão que conhecia, intercalando com a palavra *Bieber*. Era especialmente vergonhoso porque, segundo minhas irmãs, era a palavra de segurança dos meus pais. Eu estava *rezando* para que Briana não perguntasse nada.

Dava para sentir Jafar passando por cima de nossos dedos. Soube o exato instante em que ele chegou aos pés de Briana porque ela deu um gritinho de surpresa ao meu lado.

– Então, vocês têm fotos do Jacob bebê? – perguntou ela, obviamente tentando não reagir ao papagaio em cima do seu pé.

– Ah, *muitas* – respondeu minha mãe, servindo o Vovô. – Mostro depois do jantar. Espera só para ver a fantasia de Halloween que ele usou no quarto ano. *Tão* fofo!

Gemi por dentro.

Briana estava tentando parecer interessada em mim, o que eu tinha certeza de que não era verdadeiro. Fiquei de consciência pesada por ela ter que aguentar aquilo. Eu *não* fui uma criança bonita. Era desajeitado e tinha acne. A puberdade só veio aos 15 anos.

Eu seria capaz de apostar que Briana era popular na escola. Não conseguia imaginá-la passando por uma fase estranha. Ela devia comandar a escola, assim como comandava a emergência. Popular e querida por todos. Garotas assim nunca falavam comigo – ou talvez eu estivesse assustado demais para falar com elas.

Não tinha mudado muito.

– E como ele era na infância? – perguntou Briana à minha mãe, enrolando o macarrão no garfo.

– Ah, ele era um menino muito bonzinho – respondeu minha mãe, colocando salada no prato. – Tão independente, mesmo quando era novinho. Passava *horas* brincando sozinho. Adorava abraço… Era uma criança muito sensível. Não suportava usar roupas com etiqueta nem ficar de cabelo molhado. Lembra disso, Greg? Ele não conseguia usar nada que pinicasse.

Meu pai assentiu.

– É. Eu tinha que comprar cuecas sem etiqueta, senão ele tirava e saía correndo pelado.

Jewel riu.

– Eu me lembro de quando ele fazia cocô na calça na escola.

– Jewel! – exclamou Jill, chamando sua atenção.

Olhei torto para Jewel, que revirou os olhos.

– O quê? Faz 25 anos. Supera.

– Só aconteceu umas oito ou nove vezes – disse Jill. – Do jeito que você fala parece que era todo dia.

– Vocês duas… – resmungou Jane, parecendo constrangida por mim.

Fiquei vermelho e Briana bebeu um golão de vinho ao meu lado.

– Ele tinha o intestino sensível – explicou minha mãe. – Estava sempre na enfermaria, coitadinho. O desfralde foi meio difícil. Mas era um doce de menino.

Debaixo da mesa, Jafar gritou o mais alto que pôde:
– BIEBER!!!
E todos começaram a rir.

Em meio a isso, à cueca sem etiqueta e à diarreia na escola, eu quis me encolher e desaparecer. Parecia uma competição da minha família para ver quem conseguia me deixar com mais vergonha, e até o papagaio estava participando.

Tenente Dan se levantou de onde estava, ao meu lado, e apoiou a cabeça em meu colo. Mas, quando fui acariciá-lo, Briana colocou a mão sobre a minha e a apertou, para me passar segurança. Meu coração acelerou como quando estávamos no quarto de taxidermia do meu pai.

Olhei para ela, que sorriu para mim.

– Sabem – disse Briana, voltando a olhar para as pessoas à mesa –, li um estudo que dizia que crianças muito inteligentes dão mais trabalho no desfralde.

Jewel pareceu pensar.

– É. Faz sentido. Ele é inteligente pra caramba.

– Com certeza – concordou Jill.

– Eu dizia aos meus amigos que meu irmão mais velho era um gênio – contou Jane. – Ele é, tipo, a pessoa mais inteligente que eu conheço. Ele não pulou um ano no colégio?

– Pulou – respondeu meu pai. – E passou voando pela faculdade de medicina.

Briana apertou minha mão mais uma vez. Deixei um sorrisinho se abrir. Meus pais trocaram um olhar que não consegui decifrar do outro lado da mesa.

Uma hora depois, a noite acabou. Minha mãe obrigou Briana a ver apenas um álbum de fotos. Consegui encaixar o bordão na conversa quando minha mãe passou o arranjo comestível para Briana na hora da sobremesa, e vi que tinha melão no meio.

– *Comigo não*, violão! – avisei, antes de pegar a fruta como se ela fosse pular do arranjo e morder Briana. Foi meu grand finale de constrangimento.

Depois disso, Briana cumpriu a promessa de me arranjar uma folga e anunciou que precisava ir para casa dar comida ao gato, para que pudéssemos ir embora.

Todos a abraçaram antes de sairmos. Pareciam ter gostado muito dela, como eu sabia que aconteceria. Tínhamos conseguido. Pelo menos por enquanto.

Mas fiquei imaginando o quanto ela estava arrependida de ter aceitado...

20

Briana

Eram quase dez e meia da noite quando Jacob me acompanhou até a porta da minha casa.

– Bom, foi um pesadelo – disse ele, enfiando as mãos nos bolsos. – Obrigado por não desistir.

– O quê? – falei, procurando a chave na bolsa. – Eu me diverti *muito*. E acho que nos saímos muito bem. Quer dizer, o bordão foi meio forçado. – Peguei a chave e me virei para ele. – Acho que você pode se dedicar mais à transição da próxima vez, mas dou nota seis.

Ele pareceu achar graça.

– Além disso, aquelas fotos de você no Halloween são *tão* fofas! Não acredito que você foi de sereia.

– Serei*o* – disse ele, fingindo estar sério. – Eu era um serei*o*.

Eu ri, o que o fez rir também, e os cantos de seus olhos se enrugaram. Eu gostava quando ele se soltava. Parecia mais leve depois de aquilo tudo ter passado. Sua expressão tinha um quê de alívio, de "fui salvo de uma experiência de quase morte".

– Obrigado pelo comentário sobre desfralde – disse ele. – Pelo jeito, tirar sarro de mim faz parte do processo de iniciação familiar.

– É, eu inventei aquilo. Mas no contexto é verdade. Você é *mesmo* muito inteligente.

– Quero que saiba que faz um bom tempo que venci o desfralde. Tenho muito orgulho disso.

Ri mais uma vez e ele deu um sorriso tímido.

Caramba, como ele era lindo. Parecia clichê, mas seu sorriso iluminava mesmo o lugar. Era reluzente e deslumbrante – e ele não sorria muito. Era preciso provocar, merecer.

Eu gostava de merecer aquele sorriso.

E me dei conta de que, se aquilo fosse um encontro, eu estaria me divertindo muito. Tipo, *muito*. E teria aceitado ir para a casa dele.

Por que os caras dos aplicativos de namoro não eram como ele?

Mas eu sabia por quê. Porque Jacob era introvertido demais para se expor assim. E, mesmo que fizesse isso, algo me dizia que ele não era do tipo que procurava amizade colorida, transa casual – que era o único tipo em que eu me interessava. Seu perfil provavelmente diria que ele estava procurando uma parceira para a vida. Que queria se casar e ter filhos. Eu teria arrastado para a esquerda.

Mas podia apreciar a vista.

– Então amanhã a gente conta para todo mundo no trabalho – falei. – Acho que vou almoçar com Jessica para contar a ela.

Ele assentiu.

– Tá bom.

– Quando você quer vir dar uma olhada na minha casa?

Ele olhou para a porta.

– Não posso fazer isso agora?

– *Nããão*. – Balancei a cabeça. – Não, não, não. Preciso limpar primeiro.

E queimar sálvia, arrancar o piso e tirar os pôsteres do meu quarto, que estavam lá desde o nono ano.

– Tá bom – repetiu ele. – Que tal sexta depois do trabalho?

– Claro.

Então ficamos ali, olhando um para o outro, como fizemos aquele dia no depósito do choro.

Concordando em sermos inofensivos um para o outro.

A noite estava quente e calma. Sapos coaxavam e grilos cricrilavam em algum lugar. Mariposas esvoaçavam na luz da varanda, e o arbusto de lilás supercrescido perto do poste – em que eu precisava muito dar um jeito – estava coberto de flores.

O balanço da varanda parecia convidativo. Eu quase quis convidá-lo a ficar e sentar-se um pouco para conversar. Só que nós dois tínhamos que trabalhar pela manhã, e Jacob devia estar cansado de tanta interação. Mas bem que eu gostaria de ficar mais um tempo com ele. Gostava dele.

Ele olhou para o balanço como se estivesse pensando o mesmo que eu. Então pigarreou e apontou para trás com o polegar.

– Preciso ir.

– Ah. Sim. – Coloquei o cabelo atrás da orelha. – Até amanhã.

– Até amanhã.

Ele se deteve um pouco antes de descer os degraus, como se fosse dizer mais alguma coisa, mas então pareceu pensar melhor e seguiu em direção à caminhonete.

Cruzei os braços e fiquei olhando para ele.

– Jacob?

Ele parou e se virou para mim, aqueles olhos castanhos e gentis.

– Você passou mesmo três horas num restaurante só para conversar comigo?

Ele fez aquilo de ficar em silêncio.

Eu estava começando a perceber que essas pausas eram um reflexo de autoproteção. Ele sempre pensava muito bem antes de falar. Como se estivesse ponderando a fala, decidindo o que deveria revelar.

Jacob era uma fortaleza, e tive a sensação de que não deixava as pessoas entrarem com frequência nela. Mas era *fundamental* que eu entrasse. Primeiro, para que aquilo tudo fosse crível para a família dele. Em segundo, porque eu *queria* entrar. Queria muito conhecê-lo melhor.

Ele me intrigava.

Que tipo de pessoa protege a ex e o irmão mais novo das consequências de suas próprias escolhas egoístas? Pensa nos sentimentos da família antes de pensar em seus próprios sentimentos?

Doa um rim a um estranho anonimamente?

Zander disse que Jacob daria a roupa do corpo a alguém que precisasse, e essa analogia me parecia muito inapropriada depois que entendi como ele era de fato.

Ele tinha seu próprio código de ética.

Eu não tinha aquele tipo de bondade. Meu caminho do bem estava em construção.

Mas isso me fazia gostar muito dele. E todas as histórias que sua família tinha me contado também. Eu queria voltar no tempo e pegar o Jacob bebê no colo, ser sua amiga na escola e mandar todos os valentões para aquele lugar. Eu meio que queria mandar Jewel para aquele lugar também...

Ele esperou mais um pouco antes de responder à minha pergunta.

– É – disse. – Passei três horas num restaurante.

Assenti.

– Mas... *por quê?*

Ele brincou com as chaves, olhando para o caminho da entrada.

– Eu queria conversar com você – respondeu, simplesmente repetindo a minha pergunta.

Então voltou a olhar para mim e ficamos ali, olhando um para o outro.

Sendo inofensivos um para o outro.

Aquilo não queria dizer nada de mais. Eu também queria conversar com ele naquele dia, e não tinha nenhum interesse especial. E ele estava apaixonado por outra pessoa, era literalmente por isso que estávamos naquela situação. Mas senti um friozinho na barriga mesmo assim.

Talvez tenha sido porque, qualquer que fosse o motivo, Jacob gostava de mim. E ser alguém de quem Jacob gostava era importante, porque ele era muito tímido. É como quando o bichinho de estimação de alguém vem ficar com você, não com a pessoa que cuida dele, e você se sente a escolhida. Eu me senti especial, como se ele enxergasse alguma coisa em mim, embora eu não conseguisse nem imaginar o que seria.

– Tá bom – falei. – Bom, que ótimo. Eu também queria conversar com você.

Os cantos de seus lábios se contorceram e ele olhou para baixo, para os próprios sapatos.

– Boa noite.

– É. Boa noite.

Fiquei olhando Jacob entrar na caminhonete e ir embora, e só então entrei.

♥

– Achei que você detestasse o Jacob – disse Jessica, categórica.

Estávamos almoçando no refeitório. Ela estava comendo uma salada de frango e eu, um wrap de salada caesar.

– Acho que era tensão sexual...

Ela olhou para mim com os olhos semicerrados.

– Pois é, sabe o quanto a linha entre o amor e o ódio é tênue? Essa coisa toda. É tudo verdade. Quem diria.

– Achei que você tivesse dito que nunca namoraria alguém do trabalho.

– Isso era mais uma diretriz, não uma regra.

Ela contraiu os lábios, espetou um tomate cereja com o garfo e mastigou devagar, olhando para mim.

Tínhamos feito o anúncio oficial naquela manhã. Contamos a Gibson, que pareceu em parte surpreso e em parte aliviado, porque a partir de então, mesmo que ele não tivesse deixado o segredo do rim escapar, Jacob teria que me contar, por ser meu namorado e tal.

A única pessoa que sabia do esquema era Zander, com quem Jacob pelo jeito já tinha conversado sobre a situação toda. Então perguntei se podia contar para a *minha* melhor amiga, e ele concordou, porque era justo.

Aquela foi uma ligação interessante.

Alexis disse que parecia uma comédia romântica e pediu que eu contasse quando chegássemos à cena do só-tem-uma-cama.

A família inteira de Jacob me enviou solicitação de amizade no Instagram. Teríamos que começar a publicar fotos juntos, agora que nosso "relacionamento" era público.

Quando cheguei do trabalho, comecei a arrumar a casa. Jacob iria até lá no dia seguinte. Para falar a verdade, não havia muito que eu pudesse fazer no que dizia respeito à aparência do lugar. Não estava sujo, só era muito velho.

Mas eu podia fazer algumas melhorias em meu quarto. Para começar, não precisava dormir embaixo da colcha surrada que minha mãe tinha me dado no meu aniversário de 15 anos. Podia tirar as estrelas que brilhavam no escuro do teto. E também não precisava dos pôsteres de *Smallville* colados por toda parte. Na adolescência eu tinha uma obsessão assustadora por Tom Welling.

Comecei tirando os pôsteres. A tinta verde-azulada que, aos 14 anos, insisti que queria tinha desbotado ao redor dos pôsteres após 20 anos de sol. As manchas eram horríveis, mas eu não teria tempo de pintar. Queria comprar outra colcha, mas também não teria tempo para isso.

Eu me afastei, olhei para meu quarto patético e me dei conta do que Jacob pensaria. Era vergonhoso. Era *triste*.

Joguei os pôsteres no lixo e desisti.
Meu celular tocou quando me joguei na cama.

JACOB: Qual é o plano para o jantar amanhã?

EU: Não sei. Podemos pedir alguma coisa.

... Jacob está digitando...

JACOB: Preciso de mais informações.

Liguei para ele, que atendeu na hora.
– O que você tem em mente? – perguntei, sem cumprimentá-lo.
– Na verdade, tanto faz. Só gostaria de saber o que vamos comer.
Eu seria capaz de apostar que era por causa da ansiedade. Ele devia se sentir melhor quando sabia para que se preparar. Guardei essa informação.
– Muito bem – falei. – Que tal Taco Bell?
Ele resmungou.
– Tem que ser?
– Quê? Por que não? Faz um tempão que eu não como Taco Bell. Nick às vezes comprava de surpresa a caminho de casa. Trazia com flores.
– Taco Bell? Essa é sua ideia de uma noite romântica? Todo mundo com diarreia?
– Por acaso eu *gosto* de Taco Bell. E, só para você saber, não tem demonstração maior de amor que alguém trazer comida sem a gente ter que pedir. Um homem que traz comida sem a gente pedir é atencioso. É um cuidador por natureza, está cuidando da gente. Isso é revelador. *Mesmo* que seja Taco Bell.
– Ele parece bacana.
– Ele é um babaca.
Jacob deu uma gargalhada.
– O que você pede do Taco Bell? – perguntou ele, com um quê de risada ainda na voz.
Dei de ombros.
– Uma chalupa e dois Taco Supremes com molho de pimenta.

– Esses tacos são simplesmente os piores que já inventaram.
– O coração quer o que ele quer, Jacob.

Percebi um sorriso na voz dele.

– Posso fazer uma contraproposta? – perguntou.
– Pode.
– Hambúrguer Juicy Lucy. Eu levo. Quando chegar à sua casa, o queijo vai estar frio o suficiente para comermos.

Era uma consideração importante no que dizia respeito ao Juicy Lucy. Era um hambúrguer com queijo escaldante dentro. Levava uma eternidade para esfriar.

– Pode ser – respondi.
– Tá. Vou te mandar o cardápio. O que mais vamos fazer?

Deitei de barriga para cima e fiquei olhando para o teto, para o ventilador antigo feito de latão e imitação de madeira.

– Não sei. Assistir à TV? Vai ser bem informal. Eu vou estar de pijama. Não vou me maquiar nem usar sutiã, então não venha arrumado demais. Se quiser pode trazer o Tenente Dan, o gato não tem medo de cachorro.
– Tá bom.
– Preciso avisar que minha casa é *muito* feia.
– Anotado. Onde eu estaciono?
– Em frente à garagem atrás do toldo.
– Tá. Você não está chateada porque eu não vou levar comida que dá diarreia, né?
– Estou muito chateada. Mas, sempre que eu ficar brava com você, é só usar a desculpa do rim.

Ele riu e desligamos.

Três minutos depois, ele me mandou uma foto do Tenente Dan. Estava com a língua para fora e parecia estar sorrindo. Dei um sorriso largo. Respondi com uma foto embaçada do Ranheta correndo pelo corredor numa de suas raras aparições diurnas desde a mudança. Ele ainda passava a maior parte do tempo escondido.

Jacob mandou o emoji do gato com olhos de coração. Foi a última mensagem que recebi dele aquela noite.

No dia seguinte, Jacob e eu éramos os únicos dois médicos da emergência, o que significava que não poderíamos almoçar juntos porque não teria ninguém para cuidar dos residentes. Mas ele me deixou uma carta por volta do meio-dia, ao lado do meu computador, presa num saco de papel marrom.

> Caríssima Briana,
>
> Seu mau gosto é inexplicável. Mas o coração quer o que ele quer.
>
> Jacob

Abri o saco de papel. Era Taco Bell.
Dei risada e, quando levantei a cabeça, vi que ele estava do outro lado da emergência olhando para mim com um sorriso. Joguei um beijo e ele fingiu pegar – um gesto brincalhão bem incomum para os padrões dele. Caí na gargalhada. Vários enfermeiros e alguns pacientes soltaram um *Aaaaaaaah*.
Estávamos *de parabéns* naquela coisa de fingir estarmos apaixonados. Todos estavam engolindo a encenação.
Depois do meu intervalo, deixei um bilhete em seu computador.

> Se eu estiver no banheiro quando você for lá para casa, saiba que morri comendo o que adoro. E também que a culpa foi sua.
>
> Briana

Ele comprou até o molho de pimenta.

21

Jacob

Sabendo que iríamos comer hambúrgueres Juicy Lucy, planejei com cuidado o horário que teria que sair para pegar a comida e chegar à casa dela na hora. Calculei no Google Maps. Não queria aparecer cedo demais, antes de ela estar pronta. Caso chegasse cedo, meu plano era esperar no carro até dar a hora – mas não em frente à casa. Em algum lugar mais afastado na rua. Se esperasse em frente à casa, ela poderia me ver chegando e até ficar estressada por eu estar lá fora, mesmo que eu não batesse à porta – e pensar em estressá-la *me deixava* estressado.

Mas no fim das contas acabei chegando atrasado porque meu último paciente vomitou em mim.

Isso atrasou todo o meu plano em 27 minutos. Cheguei com 27 minutos de atraso. Fiquei frustrado, e, quando parei em frente à casa de Briana, estava ansioso, embora houvesse mandado mensagem contando o que tinha acontecido e ela não tivesse parecido se importar com o fato de eu ainda não estar lá.

Quando toquei a campainha já eram quase oito da noite e meu nível de ansiedade zumbia baixinho. Mas, quando ela abriu a porta, o sentimento foi silenciando e desapareceu com um *plim*.

Ela vestia uma calça de pijama preta felpuda com estampa de caveira e uma camiseta azul-marinho que dizia ESTÁ TUDO PÉSSIMO. Seu cabelo estava preso no alto da cabeça num coque bagunçado e, como prometido, ela não usava sutiã.

Era difícil ficar ansioso numa situação tão informal. E eu estava começando a perceber que era difícil ficar ansioso perto dela. Na maioria das vezes, ficava ansioso antes de encontrá-la, mas não quando estava com ela, e era só porque me preocupava demais.

Falando em me preocupar...

Tinha uma coisa martelando minha cabeça desde o jantar na casa dos meus pais. Briana disse que ficava esperando receber as cartas. Fiquei me perguntando se ela tinha inventado isso só para reforçar a farsa. Porque *eu* ficava esperando pelas cartas. Ansioso.

Acho que isso importava tanto para mim porque era algo de antes da notícia sobre o rim. Sua reação às cartas não se relacionava ao que eu estava fazendo por Benny, era uma coisa que só existia entre nós dois. Intocada pela gratidão.

A partir de então, nada mais estaria intocado. Eu nunca saberia se suas falas e seus gestos eram genuínos ou só porque sentia que tinha uma dívida comigo.

Queria saber lidar melhor com a situação e distinguir uma coisa da outra.

Briana havia mesmo gostado das cartas? Se ela não estivesse tentando fazer com que nosso relacionamento parecesse autêntico, o que eu estaria fazendo ali? Será que ela teria conversado comigo no telefone como na noite anterior? Quanto do tempo que ela me dedicava era só por causa do namoro falso, por se sentir obrigada?

Eu detestava não saber.

– Oi – disse ela, abrindo a porta para mim e Tenente Dan.

Entrei e ela se agachou para fazer carinho no meu cachorro, que saltitou com a perna da frente solitária e soltou barulhinhos fofos. Ele gostava dela.

Olhei ao redor enquanto Briana acariciava a cabeça dele. Ela não estava brincando quando falou sobre a casa. Era... *velha*.

Eu gostava de coisas velhas. Meu chalé era velho. Mas aquele não era o tipo de coisa nostálgica que envelhece bem. Era do tipo datado que precisa muito de uma reforma. O carpete era marrom e felpudo, o teto tinha textura. Havia uma mesinha de centro com pernas reluzentes de latão. Um arranhador de gato enorme ficava num canto perto de uma janela coberta por persianas baratas e tortas. O sofá rosa com estampa floral estava coberto por um plástico grosso e havia um quadro reluzente da Virgem Maria pendurado atrás dele.

Briana colocou as mãos na cintura e examinou a casa comigo.

– Bom, é isso aí.

– É…

– Não minta para mim. Pensando bem… Minta, sim.

Dei uma risadinha. Ela indicou o sofá com a cabeça.

– Vamos comer. Depois eu mostro o restante.

Tirei os sapatos e ela foi até o sofá. A calça do pijama estava do avesso.

– Sua calça está do avesso – falei, indo atrás dela.

– Eu sei. O lado de fora é mais felpudo. Me siga para mais dicas de moda.

Dei um sorriso.

Eu tinha decidido usar minha roupa de treino – uma camiseta cinza e uma calça preta da Nike.

Demorei um dia inteiro só para decidir o que vestir.

Ela se jogou no sofá e deu umas batidinhas no lugar ao seu lado. Eu me sentei e o plástico rangeu. Comecei a desembalar a comida na mesinha de centro e ela ligou a TV enquanto Tenente Dan xeretava o lugar. Ele começou a cheirar embaixo da saia do sofá e a abanar o rabo. O gato devia estar ali.

Então me sentei no chão e apoiei as costas na almofada do sofá.

– O que você está fazendo? – perguntou ela.

– Tentando conhecer seu gato.

– Ele está aí embaixo?

– Acho que sim.

Entreguei um hambúrguer a ela. Ela pegou uma manta e puxou sobre o colo. Então cruzou as pernas, e seu joelho encostou em meu ombro.

Fingi que não percebi, mas percebi. *Mesmo.*

Iríamos passar a nos tocar. Por obrigação, mas iríamos nos tocar. E teríamos que fazer isso na frente da minha família.

Minha reação a isso foi a mesma que tive ao restante: gostei, mas detestava não saber se ela havia gostado.

Ela aumentou o volume da TV. Dois atores atravessavam um estacionamento enquanto um prédio explodia atrás deles.

– Esse tipo de coisa me dá um ranço – disse ela, largando o controle remoto e abrindo o recipiente para viagem.

– É o maior besteirol – falei.

– Na vida real eles não sairiam andando assim. No mínimo ficariam com o tímpano estourado – continuou ela.

– A alteração na pressão romperia um pulmão. Os tecidos moles ficariam lesionados.

Briana comeu uma batata frita e sorriu para mim como se gostasse do fato de eu saber aquelas coisas e podermos reclamar delas. Eu também gostava.

– Pesquisei uns jogos para a gente se conhecer melhor – disse ela. – E acho que a gente deveria jogar "O que você prefere".

Soltei uma risada seca.

– O que foi? – perguntou ela.

– O último jogo que a Amy propôs foi "Pênis" – resmunguei, abrindo uma embalagem de ketchup com os dentes.

– O jogo em que a gente se reveza gritando "pênis" num lugar público cada vez mais alto até o outro desistir por vergonha? Isso seria sua ideia número um de inferno.

Assenti.

– É, sim. Não sou muito divertido, infelizmente.

Ela bufou.

– Você é divertido, sim. Esse jogo é uma merda. A que outro tipo de tortura ela sujeitou você? Por acaso também gostava de mandar mensagem dizendo "Precisamos conversar"?

Fiz uma pausa.

– Pior que gostava – admiti.

Briana revirou os olhos.

– Ela organizou uma festa de aniversário surpresa para mim ano passado – contei. – Não entendeu por que fiquei tão horrorizado, já que eram só minha família e o Zander e ela encomendou meu bolo favorito. – Balancei a cabeça. – Eu não gosto de festas. Principalmente se forem festas para mim, e com certeza não gosto quando não posso me preparar mentalmente para elas. Foi meu pior pesadelo em dose tripla.

Briana mordeu a ponta de uma batata.

– Qual era o problema dela? Eu conheço você há três semanas e já sei que detestaria isso.

Tirei um pedacinho do hambúrguer e fiquei segurando-o embaixo do sofá. Logo uma boquinha macia o pegou.

– Não é culpa dela. Ela sempre teve boas intenções. É só uma pessoa extrovertida, gosta de festas. Eu é que sempre estragava tudo.

Senti Briana me observando e levantei a cabeça.

– O que foi?

– Você sabe que não tem culpa de não gostar dessas coisas, né? Não tem nada de errado com você.

Eu não soube o que dizer em resposta.

Ela se virou para me olhar de frente.

– Você já ouviu aquele ditado que diz que, se julgarmos um peixe por sua habilidade de subir numa árvore, ele vai passar a vida inteira achando que é burro?

– Já...

– Parece que a Amy gosta muito de subir em árvores – disse ela. Dei uma risadinha. – Eu nunca vou te julgar pelo jeito como você sobe numa árvore, Jacob. E saiba que você é um peixe *excepcional*.

Ela sustentou meu olhar, e eu sorri e olhei para baixo, para meu colo. Não sabia que precisava ouvir aquilo, mas precisava.

Eu me culpava tanto pelo que tinha acontecido entre mim e Amy que nem pensava em olhar para a situação por outro ângulo. E por um instante me deixei acreditar que talvez eu realmente fosse um peixe burro.

– Tá – disse Briana, recostando-se no sofá. – Vamos jogar. Preparado?

Tirei mais um pedacinho do hambúrguer e segurei-o embaixo do sofá.

– Preparado.

– Você prefere ser um centauro ao contrário ou um sereio ao contrário?

– Tipo um homem com cabeça de cavalo ou de peixe?

– Correto.

Pensei um pouco.

– Centauro. Não gosto de ideia de não poder piscar.

– Nem respirar. Você teria que viver na água. Ia ficar tudo *bem* enrugadinho.

Eu ri.

– Sua vez – disse ela, dando uma mordida exploratória no sanduíche.

– Preciso pesquisar as perguntas. Não consigo pensar numa boa do nada – falei, pegando o celular. Dei uma olhada numa lista de perguntas na internet. – Tá. Você prefere lutar contra macacos voadores ou formigas infinitas?

Ela engoliu em seco.

– Macacos voadores – disse, sem pensar. – As formigas nunca iam parar. Essa foi muito fácil, manda outra.

Dei mais uma olhada na lista.

– Você prefere saber a história de tudo que tocar ou ser capaz de conversar com animais?

Ela franziu o rosto inteiro.

– Não gosto de nenhuma dessas opções. Em qualquer uma eu me sentiria obrigada a resolver mistérios pelo resto da vida. Mas, se tenho que escolher, animais.

– Você não gosta de resolver mistérios?

– Gosto, mas não quero que seja minha obrigação resolver eles. Só resolvo mistérios de assassinato por diversão.

Olhei para ela, achando graça.

– Minha vez – disse Briana. – Você prefere colocar o nome que quiser no seu filho ou colocar o nome de um provedor de internet nele em troca de 18 anos de wi-fi grátis?

Eu ri.

– Que nome seria? Infinity ou coisa do tipo?

– Isso.

– Infinity não é tão ruim – falei.

– Então é um sim? Você faria isso?

– Quando custa esse wi-fi grátis que eu vou ganhar?

Ela balançou a cabeça.

– Bom, supondo que você ganhe o plano premium por dedicar seu primogênito a eles… uns 75, talvez 100 dólares por mês?

– Ao longo de dezoito anos isso deve dar uns 20 mil dólares de economia. É. Eu topava.

Ela olhou para mim boquiaberta.

– Você faria seu filho passar a vida inteira com esse nome por uma economia de 20 mil dólares? Eu pagaria 20 mil dólares para *não dar* esse nome ao meu filho.

– Qual é o problema? Eu não escolhi Fibranet nem nada assim. Infinity é um nome bonito.

– Para um cavalo num filme da Disney.

Eu me virei para olhar para ela com o rosto sério.

– Não tem nenhum problema a Infinity colaborar um pouco. Criar um filho sai caro.

– Uau. É triste ver você se vender por tão pouco. Pelo menos ela vai poder buscar terapeutas no Google.

– A gente poderia usar um apelido e ela teria como mudar de nome quando fizesse 18 anos.

– Qual seria o apelido? Senha?

Dei um sorriso largo.

– Bom, qual apelido *você* daria a ela?

– Ava – respondeu ela, sem nem parar para pensar.

– Por que Ava?

– Porque gosto desse nome. Se um dia eu tiver uma cachorra, o nome dela vai ser Ava.

O gato saiu de baixo do sofá.

Briana olhou para ele perplexa.

– Ora, quem diria...

Ranheta me cheirou. Depois, cheirou Tenente Dan. Em seguida, voltou, esfregou a cabeça em minha mão e deixou que eu o acariciasse.

– E aí, carinha?

Ela balançou a cabeça.

– *Como* você fez isso? – perguntou, boquiaberta. – Faz semanas que ele está se escondendo.

– Se mexa devagar, fale baixinho e ofereça comida – respondi, falando baixinho com o gato.

Briana pegou três batatas fritas, mergulhou no ketchup e mordeu as pontas.

– Estou impressionada.

Olhei para ela e sorri, gostando do fato de tê-la impressionado.

– Então, como é seu encontro dos sonhos? – perguntou ela, dando mais uma mordida numa batata. – Que tipo de coisa vamos fazer enquanto estivermos juntos de mentirinha?

Dei de ombros.

– Isso.

Ela olhou para mim.

– É mesmo? Você gosta disso? De ficar sem fazer nada?
– Adoro.
Ela assentiu.
– Eu também. É um passatempo subestimado. E fazer trilha e acampar.
– *Isso*.
– Nick nunca queria ir comigo. Eu sempre tinha que ir sozinha.
– Eu vou com você – falei, rápido demais, e me arrependi imediatamente, porque ela não estava me convidando.
– Ah, meu Deus, eu ia *adorar*.
Os cantos dos meus lábios se curvaram para cima.
– Tem muitas trilhas boas perto do chalé.
– Ótimo, está combinado. Ah! Isso me lembra... Acho bom eu apagar todos os aplicativos de namoro. Não quero que ninguém me veja no Bumble e ache que estou traindo você. – Ela pegou o celular. – Você devia apagar os seus também, para não dar match com alguma das enfermeiras ou algo assim.
– Não tenho nenhum.
Ela olhou para mim por cima do celular.
– Sério? Nenhum?
Balancei a cabeça.
– Não.
– Bom, onde conheceu a Amy?
– No trabalho. E a namorada que tive antes dela também.
– Uau. Poupado dos horrores do namoro on-line. Sortudo.
– Eu nem sei como são esses apps. Nunca entrei num deles.
– Quer ver o meu?
– Claro – respondi, voltando a me sentar no sofá.
O gato me seguiu e pulou em meu colo.
Briana deu alguns toques e me passou o celular, aberto em seu perfil.
A foto principal era dela nas Cataratas de Minnehaha com o boné cinza e óculos escuros.
Suas informações eram escassas. Bebe socialmente, nunca fuma, não tem e não quer ter filhos. Sua biografia dizia:

Em busca de algo casual. Alguém com quem me divertir. Precisa adorar tacos.

E saiba que vou pesquisar você no Google e que sou muito boa nisso, então, se for mentiroso, nem vem. Não quero nada sério e você não vai me convencer, então não se apaixone.

– Você não quer nada sério? – perguntei, olhando para ela.
– Não.
– Agora? Ou nunca?
– Nunca.
Ah.
Será que o divórcio foi tão ruim assim? Amy também me magoou, mas eu não queria desistir. Ainda não estava preparado para namorar, mas um dia, sim.
Devolvi o celular.
– Você mentiu ali.
– Hã, sobre *o quê*?
– Você disse que gosta de tacos. Mas aquilo que você gosta não são tacos de verdade.
Ela fez uma expressão indignada.
– Ah, para.
– Como está seu estômago? Tudo bem? – perguntei, sorrindo para ela com uma das mãos nas costas do gato.
– Cuide. Da sua. *Vida*, Jacob. Encantador de gatos. Vou te levar ao Taco Bell um dia e vou comer dez tacos e você vai ficar impressionado e não vai achar nem um pouco nojento.
Dei uma gargalhada e ela riu comigo.
Como era fácil.
Imaginei se ela também percebia isso. Ou talvez todas as suas amizades fossem assim. As minhas não eram. Ter esse tipo de troca com alguém tão rápido era incomum para mim.
Briana dava um jeito de fazer com que eu fosse a melhor versão de mim mesmo quando estava com ela.
Ela parou de rir e sorriu para Ranheta em meu colo.
– Por que você e a sua ex terminaram? – perguntou, acariciando o gato.
Soltei um suspiro.
– É difícil de explicar.

Ela esperou. Continuei:

– Era como se… como se eu fosse um adereço.

– Um *adereço*?

– É. Como se ela fosse a personagem principal e eu fosse o coadjuvante. Tudo sempre girava ao redor dela. O que ela queria fazer, as coisas de que ela gostava. Eu estava ali só por estar. E, quando finalmente toquei no assunto, ela foi embora. – Dei uma risadinha seca. – O engraçado é que o Jeremiah é *mesmo* o coadjuvante. E gosta disso. Eles gostam das mesmas coisas e ele fica muito feliz só de facilitar o que ela quiser fazer.

– Ah, eu entendo perfeitamente. Minha mãe e o Gil são assim. Ele fica atrás dela feito um cachorrinho. Como seu irmão e a Amy se conheceram?

– Eles trabalham juntos. Na verdade, eles se conheciam desde antes. Ela é pediatra e ele é enfermeiro clínico de pediatria no Memorial West.

– Foi por isso que você saiu de lá?

– Foi. – Soltei mais um suspiro longo. – E você? O que aconteceu entre você e o Nick?

Ela comprimiu os lábios e olhou para o gato em vez de olhar para mim.

– Bom, passamos doze anos juntos. Dez casados. E ele passou dois desses anos tendo um caso com uma amiga nossa. Pois é.

Olhei para ela.

– Sinto muito.

– É. Foi bem difícil. Kelly e eu saíamos juntas. Ela me mandava mensagem quase todos os dias, o que fez com que a situação fosse ainda mais detestável. Tenho quase certeza de que o envolvimento emocional começou muito antes do físico. Acho que ele basicamente passou quase todo o nosso casamento querendo que eu fosse ela. – Ela riu de leve. – Eu nunca disse isso para ninguém além da Alexis. É constrangedor.

– Não é, não. É só muito mau gosto da parte dele e falta de caráter da parte dela.

Ela assentiu, mas não olhou para mim.

– Enfim… Depois disso, ele começou a ferrar comigo de todas as formas possíveis. A casa era dele de antes do casamento, e meu nome não estava na escritura. Era da avó dele, e ele me fez assinar um acordo pré-nupcial abrindo mão da casa, então saí sem nada. Metade das coisas dentro eram minhas. Isso eu ganhei. Mas eles estavam morando lá, então estava tudo contaminado e nojento e eu não queria mais nada, então tive que brigar com ele na Justiça durante mais de um ano para que ele pagasse pelas coisas.

Seu rosto ficou sem expressão.

– É difícil descobrir que a pessoa que a gente ama não tem o menor problema em botar fogo na nossa vida e ir embora – comentou Briana.

Analisei seu rosto.

– Entendo o que quer dizer. Amy nunca nem tentou. Fomos a uma sessão de terapia. Ela saiu de lá e pronto. Terminou comigo.

Ela piscou várias vezes.

– No *mesmo* dia?

Assenti.

– No mesmo dia. Sem olhar para trás.

– O que foi que aconteceu nessa sessão de terapia?

– Eu fui sincero sobre não estar feliz.

– E a reação dela foi simplesmente desistir?

Ela balançou a cabeça. Desviei o olhar.

– Passei muito tempo me sentindo traído – falei. – Então ela começou a sair com o Jeremiah e me senti traído mais uma vez. Aí eles ficaram noivos… e me vi sofrendo ainda mais do que já tinha sofrido.

Ela ficou em silêncio por um instante. Depois, olhou para mim e disse:

– Sabe no que eu penso? Em correspondências perfeitas. Você sabe que na doação de órgãos a compatibilidade perfeita não é perfeita de verdade. Ainda existe chance de rejeição, mesmo que todas as estrelas estejam alinhadas, como aconteceu com você e o Benny. Nada *nunca* é perfeito. Existem só compatibilidades que têm maior chance de dar certo que outras. Talvez vocês fossem assim. Poderia ter dado certo, mas vocês teriam que passar a vida inteira insistindo.

– Talvez. Você deve ter razão. – Olhei para ela. – E se a sua correspondência perfeita estiver por aí? Você não vai procurar?

Ela bufou.

– É tarde demais. Eu cansei. Já sofri o suficiente para uma vida inteira.

Sustentei seu olhar, mas ela quebrou o contato visual.

– Enfim… É triste eu querer que a Amy fique com ciúme? – perguntou ela. – Talvez eu esteja projetando minha amargura nisso tudo, mas meio que quero que ela se arrependa do dia em que terminou com você. Precisamos emitir sérias vibrações de Morticia e Gomez Addams quando eu a conhecer. Como se não conseguíssemos tirar as mãos um do outro, como se tivéssemos parado no caminho para dar uma rapidinha.

– Acho que a esta altura ela já passou do ponto de ligar para o que eu faço. Mas obrigado pelo comprometimento.

Uma porta se fechou em algum lugar da casa. Os degraus rangeram e Benny surgiu no corredor.

O rosto de Briana se iluminou.

– Oi, aonde você vai?

Ele parou do outro lado da mesinha de centro.

– À casa do Justin. Ele comprou um PlayStation. Oi, eu sou o Benny – disse ele, com um aceno discreto. – É um prazer.

– Jacob. O prazer é meu.

Ele estava melhor que da última vez. Continuava frágil, mas Briana tinha razão: parecia mais animado, mais firme.

Era meio estranho olhar para aquela pessoa sabendo que em alguns meses teria um de meus rins em seu corpo. Mas não tive muito tempo para ficar pensando nisso porque Briana se aproximou e se aconchegou ao meu lado.

Eu não conseguia nem respirar.

– Vamos assistir a um filme – disse, colocando a mão em meu peito. – Ligue o alarme se chegar depois que eu já estiver na cama, tá?

– Tá. Até mais tarde.

Ele acenou para nós com a cabeça e saiu. Quando fechou a porta, Briana ergueu a cabeça e sorriu para mim.

– E aí? Como foi?

Os lábios dela estavam *muito* próximos dos meus. Pigarreei.

– Foi bom.

– Viva! – disse ela, animada, e se afastou de mim. – Precisamos praticar os toques antes de eu conhecer a Amy. Assim não vamos parecer rígidos e esquisitos.

– Certo. Boa ideia.

Meu coração ainda estava batendo forte. Aquela cena toda me atirou no silêncio. Briana me deixou mudo, mais uma vez.

Fingi que precisava comer minhas batatas de repente e me inclinei para pegá-las na mesinha de centro. Comemos sem falar enquanto assistíamos à TV e meus batimentos cardíacos finalmente se estabilizaram.

Depois de alguns minutos, ela terminou seu hambúrguer, largou a embalagem e limpou as mãos com um guardanapo. Então dobrou as pernas de modo que encostou o rosto nos joelhos, e olhou para mim.

– Sabe em que esses silêncios me fazem pensar? – perguntou.

Olhei para ela.

– Em quê?

– Sempre penso que quando ficamos em silêncio estamos concordando em ser inofensivos um para o outro. Que estamos só dividindo o mesmo espaço e deixando o outro existir exatamente como ele é, e que nenhum de nós vai machucar nem perturbar o outro.

– Inofensivos um para o outro? – Olhei para ela com transparência. – Gosto disso.

Ela deu um sorrisinho.

– Ótimo. Eu também.

22

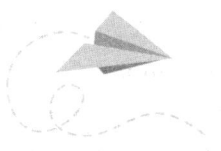

Briana

Três semanas. Fazia três semanas que Jacob e eu estávamos em nosso relacionamento falso. E eu estava *adorando*.

Meu Deus, como eu gostava dele. Tipo, gostava *muito* dele.

Passávamos quase todos os dias de folga juntos – principalmente com a família dele ou em lugares onde pudéssemos tirar boas selfies para o Instagram. Fomos jantar com Jill e Walter no Outback. Passamos no trabalho de Jane, que administrava um pequeno café, para tomar um *latte* e dar um oi. Um dia, levamos os gêmeos ao parque para que Jewel e Gwen pudessem passar algumas horas sozinhas – Carter rolou morro abaixo, ficou tonto e vomitou *em cima* de Jacob. Foi engraçadíssimo. Jacob tirou de letra. Eu adorava vê-lo com as crianças. Ele era tão paciente e doce com elas.

Saímos para fazer caminhadas e tomar um café, levamos o Vovô para almoçar fora. Ele ficou o tempo todo me atormentando, pedindo cigarros, mas ainda assim foi divertido.

Sempre que Jacob parava a caminhonete em frente à casa, eu ficava animada. Tinha alguém com quem sair. Com quem comentar o dia. Com quem jantar fora, assistir a um filme e passar o tempo nos dias de folga.

Fazia *tanto* tempo que eu não tinha esse tipo de companhia. Mesmo antes da separação, Nick era muito distante.

Quando não estávamos juntos, Jacob e eu trocávamos mensagens, conversávamos por telefone ou por carta. Estávamos tão preparados para a festa de noivado que não tinha nem graça. Já havíamos dominado a arte da demonstração pública de afeto. Ele era bem carinhoso quando estava à vontade. Sempre que havia alguém por perto, ficávamos de mãos dadas ou bem pertinho um do outro. Era muito fácil. Principalmente porque eu o adorava. Literalmente, eu o *adorava*.

Ele era tão doce, e gentil, e engraçado, e modesto, e fofo de um modo meio desajeitado. Eu sentia uma necessidade imensa de cuidar dele, mimá-lo e simplesmente enchê-lo de amor.

Naquela noite, eu iria à casa dele pela primeira vez. Ele ia me buscar e faríamos uma parada lá, depois seguiríamos até a casa dos pais dele para a festa de noivado. Eu ainda não tinha ido à casa dele. Precisava vê-la antes de conhecer Amy, caso alguém tocasse no assunto. Eu estava superentusiasmada.

Jacob foi me buscar às quatro, e eu corri até a caminhonete para encontrá-lo.

– Oi.

Ele sorriu quando joguei a bolsa no banco e entrei e me ofereceu um pacote.

– Comprei um donut red velvet para você.

Abri um sorriso largo.

– Sério?

– Preciso te dar comida, senão você fica mal-humorada e improdutiva.

Arquejei, bem dramática.

– Eu *nunca* fico improdutiva.

Ele riu, e eu coloquei o cinto. Então deu a ré, saindo da entrada da garagem enquanto eu atacava o pacote.

– Cadê o Tenente Dan? – perguntei.

– Em casa. Não quis deixar ele na caminhonete enquanto pegava seu donut. – Ele olhou para mim. – Você está bonita.

– Obrigada.

Olhei para meu vestido vermelho frente única de estampa floral que ia até o joelho. A festa de noivado seria um luau. Eu estava com um hibisco vermelho falso no cabelo. Jacob usava uma camisa havaiana com grandes aves-do-paraíso estampadas. Era bem exagerado e não tinha *nada* a ver com Jacob. Ele provavelmente teve que comprar só para a festa.

Segundo ele, aquela festa era exatamente o tipo de coisa que Amy adorava. Temática, barulhenta e cheia de gente.

Dei uma mordida no donut. Então estendi o doce para ele, que também deu uma mordida.

– E aí, qual é o plano? – perguntei, lambendo a cobertura do polegar. – A que horas as pessoas vão chegar lá?

Ele mastigou e engoliu.

– A festa começa às seis. A família da Amy vai estar lá, e alguns dos amigos dela também. Meus pais contrataram um bufê. Deve ir até as nove, mais ou menos. Acho bom ficarmos até o final.

– Entendido. Você está nervoso?

Ele fez uma pausa. *Estava* nervoso.

Eu já o conhecia tão bem em razão da convivência naquelas semanas que ele nem precisou responder. Eu conhecia sua linguagem corporal, suas expressões faciais e todos os seus silêncios.

– Olha só – falei. – Não vou mentir e dizer que não vai ser uma droga. Mas a gente consegue.

Ele me olhou com um sorriso grato, mas não totalmente convencido.

Eu detestava que ele fosse obrigado a passar por aquilo. *Eu* não conseguiria. Se tivesse que ir à festa de noivado de Nick e Kelly, eu chegaria com meu vestido de casamento para botar fogo no lugar.

Mas Jacob não era assim. Ele era diplomático e nada mesquinho. Estava mais inclinado a tomar uma atitude nobre e assumir a culpa quando alguém o tratava mal do que a admitir publicamente que alguém havia passado a perna nele.

Eu não tinha problema *nenhuuum* em contar a todo mundo que Nick tinha me passado a perna. Ele que se danasse.

Entramos na rua da casa de Jacob e estiquei o pescoço para ver. Ele morava num bairro tranquilo e arborizado em Minnetonka, a alguns quarteirões do lago. Eu não sabia o que estava esperando, mas assim que vi a casa percebi que era exatamente aquilo.

O lugar era pequeno, algo engraçado tendo em vista o terreno grande e cheio de árvores; era quase como um galpão convertido em casa. Já devia ter sido uma casa de veraneio, tão perto assim do lago mais conhecido. A primeira impressão foi muito boa. O jardim organizado e bonito, com arbustos de hostas e lilases podados e bem-cuidados de verdade – bem diferente do meu quintal.

Saímos da caminhonete e andamos pelo jardim primeiro. Ele me mostrou a bacia de banho para os pássaros e o balanço na varanda que ficava de frente para a mata.

Então voltamos até a porta da frente e ele a abriu, revelando um Tenente Dan animado e uma sala quente e ensolarada. Era uma planta aberta, com uma cozinha estilo fazenda recém-reformada à esquerda e uma mesinha com duas cadeiras. Em frente à TV, onde normalmente haveria um sofá, ele tinha duas poltronas sofisticadas de couro bege.

– Que lindo – falei, acariciando o cachorro e olhando ao redor. – Mas você não tem sofá.

– As poltronas são confortáveis.

– É, mas não dá para assistir à Netflix e relaxar. Como se aconchegar? E só duas? E se vier mais gente?

– Eu não quero que venha mais de uma pessoa por vez.

– Dá para ver. Imagina que horror.

Ele olhou para mim, parecendo achar graça.

– Eu gosto mais das pessoas quando elas estão longe. Com exceção dessa que está comigo agora.

Eu ri.

Tenente Dan se afastou de mim e pulou numa das poltronas, e eu olhei para Jacob.

– Ah, meu Deus. A poltrona é *dele*? Você só tem duas poltronas e uma delas é para o *cachorro*?

Ele deu de ombros e abriu um sorrisinho.

Balancei a cabeça e caminhei por ali observando as coisas enquanto ele me seguia em silêncio. Havia uma estante de livros que ia do chão ao teto, com alguns porta-retratos. Várias plantas. Na cozinha, um frasco de remédio para ansiedade estava ao lado da cafeteira.

Jacob nunca falou que tomava ansiolítico, mas eu meio que imaginava. Gostei do fato de ele cuidar da saúde mental. Melhor que sair socando paredes.

Peguei o frasco e chacoalhei.

– Ajuda?

Ele assentiu.

– Ajuda, sim. Muito.

– Que bom.

Larguei o frasco.

Havia muita cor em sua casa. Paredes amarelas, toques de azul, revestimento colorido na cozinha, belas obras de arte. Ele tinha um lustre lindo acima da mesa e vitral colorido numa das janelas.

Ele se manteve logo atrás de mim, em silêncio. Como se a inspeção fosse um teste e ele estivesse esperando a nota que eu daria.

– Não é como imaginei que seria – comentei, pegando uma vela de baunilha para cheirar.

– Como você imaginou que seria? – perguntou ele atrás de mim.

Dei de ombros, largando a vela.

– Sei lá. Do jeito que a casa de homens é. Fria, cinza e séria. Ou completamente vazia, e eles dormem num colchão no chão – respondi, me virando para ele.

Os cantos de seus lábios se curvaram para cima.

– Você mesmo decorou? – perguntei.

– Isso.

– Ficou ótimo. Precisa de um porta-retratos com uma foto nossa, caso sua família venha aqui.

– Já tenho. Fica ao lado da cama.

Levei a mão ao peito.

– Ah, querido, você pensou em *tudo*.

Ele abriu um sorriso largo. Indiquei o corredor com um gesto da cabeça.

– Posso ver seu quarto?

– Claro.

Eu o segui por um corredor com várias fotos da família penduradas, passando por um lavabo pequeno à esquerda. Ele abriu uma porta no final do corredor e deu um passo para trás para que eu entrasse.

O quarto era grande, estava limpo e arrumado – piso de madeira com um tapete de desenho asteca embaixo da cama. Uma estante ocupava uma parede inteira, com mais livros. Havia uma poltrona verde com uma almofada ao lado da janela. Mais um banheiro no fim do quarto e uma cama de cachorro grande para o Tenente Dan num canto. Ele tinha uma pequena área para fazer exercícios com um aparelho de remo e um suporte de pesos organizado, com um tapetinho de ioga enrolado e apoiado nele. Havia algumas plantas, um quadro abstrato acima da cabeceira – e a cama, com um edredom branco e uma manta mostarda dobrada como peseira.

Assim que vi a cama, meu coração deu uma pequena cambalhota. Era ali que ele dormia.

É aqui que ele transa...

Pensar nisso me deixou meio sem fôlego. Porque eu estaria mentindo se dissesse que não pensei em Jacob e em sexo durante aquelas três semanas. Pensei *muito*.

Eu o achava *bem* atraente. Ele estava em ótima forma. Mas eu era obcecada por sua clavícula. Era uma coisa superaleatória. Eu não sabia que uma clavícula podia ser sexy até conhecer Jacob. Acho que eu via tão pouco de seu corpo que achava eróticas as partes que via. Os braços, o pescoço, o pomo de adão. Certa vez, no parque, ele estava brincando com um dos gêmeos e sua camiseta subiu, e eu quase morri ao ver os cinco centímetros de barriga e a trilha de pelos.

E eu *adorava* seu cheiro. Quando estávamos com pessoas conhecidas e tínhamos que parecer um casal, a primeira coisa que eu fazia era me aproximar o bastante para poder cheirá-lo. Era cheiro de roupa limpa e sabonete. O quarto também tinha o mesmo cheiro. O lugar inteiro era Jacob, concentrado.

Imaginei nós dois naquela cama. Imaginei que voltávamos de um dia juntos, talvez um pouco bêbados, e talvez ele me beijasse, e talvez...

Talvez...

Era uma palavra perigosa, *talvez*. E eu andava pensando nela. O tempo todo.

Não podia negar o que estava começando a sentir.

Era como se eu fosse um dos animais maltratados que Jacob resgatava. Como se ele estivesse ganhando minha confiança com comida, palavras suaves e pequenas carícias, e eu estivesse começando a me sentir segura. E meu NÃO firme quanto a me relacionar com alguém de novo estava começando a virar um talvez...

Mas só com *ele*.

Não que ele estivesse interessado. Não que fosse uma boa ideia, ainda que ele fosse bom. Ainda estava apaixonado por Amy. Trabalhávamos juntos, ele iria doar um rim para Benny. Se alguma coisa desse errado entre nós, eu não queria que isso afetasse nosso relacionamento no trabalho nem seus sentimentos a respeito do que estava fazendo por meu irmão. Não era uma boa ideia confundir as coisas ou ultrapassar limites.

Mas eu também não queria que mais ninguém se deitasse naquela cama com ele.

Pensar nisso me fez sentir uma espécie de pânico.

Eu não queria que mais ninguém recebesse cartas escritas à mão. Não queria que ele sorrisse para outra mulher, nem que passasse um tempo com outra mulher. Tinha um sentimento de posse estranho, o que era igualmente ridículo e assustador, porque quanto daquele nosso universo era real?

Ele estava passando um tempo comigo para que pudéssemos sobreviver ao escrutínio sob o qual passaríamos quando Amy estivesse por perto. E provavelmente só saía comigo para tirarmos as fotos de que precisávamos e nos conhecermos o bastante para convencer a todos sobre o namoro falso. Se isso não estivesse em questão, será que ele iria querer sair comigo?

Ele falou atrás de mim:

– Eu não disse que tinha uma cabeceira?

Eu ri um pouco alto demais. Quando me virei, ele estava apoiado no batente da porta, de braços cruzados, olhando para mim com aqueles olhos castanhos e gentis.

Há algo muito íntimo em entrar no quarto de um homem. Provavelmente porque só existe um motivo para isso...

Dei um pigarro.

– Você não tem um quarto de plantas? – perguntei.

– Tenho. – Ele assentiu. – Vem comigo.

Saiu da porta e me levou pelo corredor. Quando abriu a outra porta, inspirei fundo, chocada.

Era lindo.

Devia haver uns cem vasos de plantas lá dentro.

Era um solário com uma escrivaninha antiga encostada numa janela que dava para o jardim arborizado. Ele tinha trepadeiras, suculentas roliças, plantas de folhas largas e cestos de samambaias pendurados. Uma pequena fonte gotejava num canto. Era meio úmido e cheirava a terra.

Aquele lugar era um jardim secreto encantado.

Mas então me dei conta de que sua vida inteira era assim.

Aquele era seu universo particular e quase ninguém tinha acesso a ele. A entrada era permitida apenas com convite, e era projetado para ser pequeno, escondido e exclusivo. Eu me sentia privilegiada por estar ali.

Havia uma garrafa grande de vidro sobre um suporte de madeira no canto, com várias plantas dentro. Estava tampada com uma rolha.

– O que é isso?

– Um terrário – respondeu ele, atrás de mim.

– E como se rega?

– Não se rega. É um ecossistema autossustentável. Ele se rega sozinho.

– Ah. Legal. Meu tipo de planta. – Eu me virei para ele. – Você tem uma vida muito bonita, Jacob.

Uma expressão que não consegui interpretar passou por seu rosto.

– Obrigado – disse ele, baixinho.

Apontei a escrivaninha com a cabeça.

– É aqui que você escreve para mim?

Ele colocou as mãos nos bolsos.

– É.

Dei um sorriso. Gostei de pensar que suas palavras nasciam ali, naquele quarto mágico. Isso era tão *Jacob*.

Ele sabia exatamente quem era. Parecia tão bem formado. *Adulto*.

Sua vida era feita de centenas de milhares de pequenas escolhas, cada coisa que havia nela tinha sido selecionada por ele e só por ele, então tudo era exatamente o que ele queria.

Imagine ser a mulher que Jacob escolheu para se juntar a ele ali. Ser escolhida por um homem gentil como ele para fazer parte de seu universo particular e insular. Ser tão especial quanto cada uma das coisas com que ele se cercava com tanto cuidado. Que sortuda essa mulher. E fiquei pensando como Amy podia não se sentir assim, como podia ter o amor de um homem como aquele e não o querer.

Sorri com carinho olhando para o quarto.

O fato de que Jacob soubesse muito bem do que gostava me agradava. Ele sabia do que precisava e tinha construído uma vida que refletia isso.

Uma vez, também fiz isso. Construí uma vida.

Escolhi móveis e porta-retratos e coloquei lembranças de viagens em prateleiras. Então o homem com quem fiz isso deu essa vida para outra mulher. E passei a viver nos resquícios estilhaçados e desbotados de minha infância, com um piso de linóleo descascado, um carpete felpudo e móveis feios que eu detestava.

Eu quis ser inteira assim de novo. E seria. Assim que Benny estivesse com saúde, eu seguiria em frente. Sairia daquela casa, encontraria um lugar para construir, como aquele. Seria como Jacob.

Seria como a velha Briana.

Funguei e me virei para ele.

– Este quarto me lembra uma coisa que minha mãe sempre dizia.

– O quê?

– *Un hombre que puede mantener viva una planta tiene la paciencia de aguantar tus mierdas.* Quer dizer: "Um homem capaz de manter uma planta viva tem paciência para aguentar suas merdas."

Jacob sorriu.

– Nunca tinha ouvido você falar espanhol – disse ele. – É muito bonito.

Não sei por quê, mas isso me fez corar um pouco. Talvez pelo modo como ele me olhou ao falar, como se estivesse dizendo que *eu* era bonita. E gostei muito disso. Porque, a julgar por aquela casa, Jacob sabia reconhecer o que era belo.

Ele olhou para o relógio.

– É melhor a gente ir.

Mas não se afastou da porta.

A parte divertida do dia tinha chegado ao fim. Passaríamos à segunda parte, o evento principal. Três horas de socialização.

E Amy.

Ele estava nervoso. E provavelmente um pouco magoado. Ter que ver a ex comemorar o noivado com o irmão dele enquanto todos o olhavam para ver se ele iria morrer de desgosto não seria fácil.

– Você precisa de um abraço? – perguntei.

Ele franziu as sobrancelhas.

– Quê?

– Parece que você precisa de um abraço. Posso te abraçar?

Em geral, não nos tocávamos, a não ser que fosse parte da farsa, truques para a plateia. Mas ninguém estava ali para ver isso, e eu sinceramente não sabia nem se ele deixaria.

Ele fez uma de suas pausas silenciosas. Depois assentiu.

– Pode.

Eu me aproximei e o envolvi nos braços.

– Conte comigo – sussurrei. – Vamos passar por tudo isso juntos e vai ficar tudo bem.

Ele respondeu me abraçando também. Então encaixou minha cabeça debaixo do seu queixo, e senti suas mãos me puxando mais para perto. Um ninho quente e firme do qual eu não queria sair. E ele também não devia querer, porque aquela ampulheta minúscula que rege os abraços entre familiares e amigos acabou, e nós… ficamos ali.

E eu me deixei derreter.

Ele era firme. Forte. Mas também, de alguma forma, macio, como se fosse possível colidir com ele e não se machucar. Senti a pulsação de seu pescoço em meu rosto. O cheiro da pele dele tão próxima me instigou e algo quente formigou dentro de mim ao sentir seu corpo abraçado ao meu.

E eu só conseguia pensar no quanto estávamos perto do quarto dele. Que embaixo daquele vestido eu estava só de fio dental e um sutiã sem alças, bem facinho de tirar.

Senti sua respiração fazer cócegas em meu ombro. Sua boca estava *bem* ali.

Imaginei se ele queria me tocar. Se também estava pensando nisso. Se estava gostando do *meu* cheiro, da minha aparência e da sensação do meu corpo junto do seu.

Ou talvez, para ele, aquilo fosse exatamente o que devia ser: nada mais que um acordo platônico.

Pior.

Quando eu o tocava, talvez ele quisesse que eu fosse *ela*.

Esse pensamento foi o que bastou para me fazer despertar da fantasia, e acabei me afastando primeiro.

Quando o soltei, suas mãos escorregaram até minha cintura, e ficamos assim por uma fração de segundo. Pigarreei e me afastei mais um passo. Suas mãos caíram.

– Pronto? – perguntei, um pouco alto demais.

Ele olhou para mim, analisando meu rosto por um instante, e assentiu.

– Pronto.

23

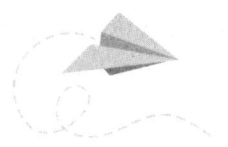

Jacob

– Aqueles filhos da puta estão sempre aprontando alguma – disse Briana.
Estávamos parados em frente à casa dos meus pais.
Balancei a cabeça.
– Não. Quero outro.
– Não. Vai ser esse. "Aqueles filhos da puta estão sempre aprontando alguma." Esse é o bordão do dia.
– Não posso dizer isso – falei.
– Por que não?
– Não é assim que eu falo.
– Jacob, não é para ser fácil. Você tem que *fazer por merecer*.
Ela me lançou um olhar sério e não consegui não sorrir. Ela era tão, *tão* linda.
– Não vou conseguir inserir a expressão *filhos da puta* – falei, abaixando o tom de voz ao dizê-la – numa conversa casual.
– Por quê? Jafar faz isso o tempo todo.
Soltei uma risada quase bufando.
– Esse é o bordão – insistiu ela. – Tem que ser difícil, senão você vai usar assim que chegar lá. Tem que se esforçar para conseguir um tempo "sozinho com o cachorro na escada". – E me lançou um olhar brincalhão.
– Tá bom. Mas estou te falando, pode ser que eu não consiga.
– É claro que vai conseguir. Eu acredito em você e na sua vontade de se livrar de um compromisso social.
Eu ri.

Tínhamos acabado de chegar, vindo da minha casa. Foi a primeira vez que ela esteve lá, e gostou do que viu.

Eu *queria* que ela gostasse.

Passei dias cuidando para que tudo ficasse perfeito. Comprei um edredom novo e um tapete para a entrada. Tirei o pó de todas as plantas e lavei a pia com água sanitária. Capinei o jardim e organizei meus livros. Eu queria impressioná-la.

– Espere só um pouquinho, vou retocar o batom – disse ela, abaixando o quebra-sol.

Deixei meu olhar passear por seu corpo enquanto ela não estava prestando atenção. O vestido tinha levantado um pouco e meus olhos se fixaram nas coxas por uma fração de segundo, até eu me obrigar a desviar o olhar.

Quando ela estava em meu quarto, meu coração bateu mais forte do que *nunca*. Só o fato de ela estar ali me deixava excitado. Tive que ajeitar a parte da frente da calça.

Não conseguia parar de pensar nela. Nela toda. O tempo todo. E piorava a cada dia.

E o abraço...

Eu conhecia a ciência por trás do que tinha sentido. A pressão do contato enviou sinais para meu sistema nervoso autônomo, aplacando a reação de luta ou fuga, e a oxitocina liberada criou uma sensação de calma e conexão.

Mas outras coisas também tinham acontecido. Coisas que não teriam acontecido se eu tivesse abraçado uma das minhas irmãs.

Eu ainda sentia seu perfume em minha camisa. Ainda sentia onde seu corpo tinha encostado no meu, e não conseguia ignorar o quanto havia gostado disso. O quanto achava que ela estava linda e seu cheiro era gostoso. O quanto estava grato por ela estar fazendo aquilo, qualquer que fosse o motivo. E tudo isso aumentava meu desejo de retribuir o favor que era uma retribuição pelo *meu* favor. Tudo que eu queria fazer naquelas últimas semanas era mostrar a ela o quanto gostava dela e valorizava sua amizade. Minha cabeça tinha deixado de se preocupar com o casamento e com tudo que aquela situação implicava, e agora se dedicava a pensar em como eu poderia cuidar de Briana. Uma observação silenciosa de seu bem-estar tinha crescido dentro de mim como acontecia com as pessoas de quem eu gostava. Mas não exatamente do mesmo jeito.

Não mesmo.

Ela fechou o quebra-sol e estalou os lábios.

– Pronto.

– Acho que está na hora – falei.

– Vamos. Preparado?

– Nunca estou preparado para uma festa. Só aceito o fato de que tenho que entrar.

Ela riu.

– Por que estão fazendo a festa aqui? – perguntou, pegando a bolsa. – Não podiam alugar um restaurante ou um salão, ou sei lá?

– Todos fazem tudo aqui. Minha mãe gosta assim. É o jeito dela de manter a gente por perto.

– Hum. Bem pensado, acho. Eles não vão se casar aqui, né?

– Não. Acho que vai ser num hotel na Costa Norte.

Tenente Dan choramingou, impaciente, no banco de trás. Ele queria ver minha mãe.

Soltei um suspiro.

– Tá. Vamos lá.

Quando entramos, a casa estava vazia. A festa era na piscina, um leitão assado com tema de luau. Todos estavam lá fora. Atravessamos a sala até as portas de vidro que davam para a varanda e vimos a turma toda. Deixei Tenente Dan sair para procurar minha mãe, mas Briana e eu paramos para observar.

Minha família inteira estava lá fora, e também os pais e a irmã de Amy. Alguns de meus primos estavam à beira da piscina com a melhor amiga da minha mãe, Dorothy. A melhor amiga de Amy, Shannon, e a amiga com quem ela havia dividido o quarto na faculdade estavam no bar. Alguns colegas de trabalho de Amy e os amigos de Jeremiah ocupavam as mesas. Havia tochas acesas e luzes penduradas pelo quintal. Minha mãe tinha contratado um bartender, e havia drinques dentro de abacaxis e cocos por toda parte. Os gêmeos corriam entre as mesas e o Vovô andava tão rápido com a cadeira de rodas, que as pessoas tinham que sair do caminho às pressas.

Amy estava no meio da multidão com Jeremiah, acariciando Tenente Dan. Meu irmão estava de camisa havaiana vermelha, contando uma história animada, e Amy estava com um vestido branco e um colar havaiano no pescoço, rindo do que quer que ele estivesse dizendo.

Aquela era apenas a segunda vez que eu os via juntos como um casal. A outra tinha sido no bar, quando me contaram que iam se casar. Mas dessa vez era diferente, não doía como da primeira. Na verdade, eu não estava sentindo nada.

Não. Eu sentia alívio – porque aquele poderia ser *eu*, na minha festa de noivado com ela. E teria sido o maior erro da minha vida.

Eu estava feliz por não estarmos mais juntos.

Acho que foi a primeira vez que me senti assim. Estava *feliz* por não estarmos juntos.

Não sentia saudade dela. Vê-la com outra pessoa não me incomodava. Nem um pouco. Talvez porque pela primeira vez na vida eu estava passando meus dias com alguém que parecia me compreender, e a comparação só destacava o quanto Amy e eu não dávamos certo juntos. Então fiquei pensando por que tinha deixado o relacionamento se arrastar por tanto tempo.

Quantos anos desperdiçara sendo tão infeliz… tão solitário? Por que esperei tanto tempo para fazer alguma coisa? Para dizer alguma coisa? Para dizer a ela como eu me sentia? Eu simplesmente fui ficando, e estava infeliz.

– Tudo bem? – sussurrou Briana.

Balancei a cabeça, pensando em todo o tempo que tinha perdido.

– Não.

Eu ainda não estava livre daquilo. Porque ainda teria que suportar aquele dia. A festa era de Amy e Jeremiah, mas *eu* era a atração.

– Todos vão olhar para mim – falei baixinho.

– Não. Eles vão olhar para *mim*. E eu vou olhar para você. Assim.

Ela colocou as mãos em meu peito e me olhou com carinho. Os cílios compridos. Os olhos castanho-escuros.

Linda.

Meu coração começou a bater mais forte, como quando ela estava no meu quarto. Como quando ela ligava, ou eu via uma carta dela, ou a via sair de casa e descer os degraus correndo.

Ela estava me olhando como se me amasse.

Eu sabia que não era verdade. Mas *parecia* verdade. E todos achariam que era.

Também olhei para ela. Ela sustentou meu olhar e deu um sorriso suave, e naquele momento eu quis me aproximar e beijá-la, exatamente como quis quando ela estava na minha casa.

O que ela faria se eu fizesse isso?

Queria saber se ela já tinha pensado em mim como eu pensava nela. Se ficava entusiasmada ao me ver. Se tinha sentimentos por mim para além da amizade, ou se já havia pensado em sermos mais que amigos. Queria saber se algo naquilo tudo era real. Porque estava começando a *parecer* real. Pelo menos para mim.

Dei um pigarro e desviei o olhar.

– Venha. Vamos acabar logo com isso – falei.

Quando saímos para o quintal, estava tocando The Beach Boys. Havia um liquidificador ligado. Acho que havia pelo menos cem pessoas ali, e a festa era barulhenta, mas tudo pareceu silenciar quando descemos a escada.

Todos olharam para nós.

Briana segurou minha mão e apertou, e me dei conta do quanto aquilo seria insuportável sem ela. Se tivesse ido sozinho, eu não daria conta.

– Eles chegaram! – disse minha mãe ao nos ver.

Veio em nossa direção com uma bebida de coco numa das mãos e um colar havaiano na outra, Tenente Dan saltitando a seus pés.

– Estava esperando que vocês chegassem para cortar o porco – disse, abraçando Briana e colocando o colar de flores frescas em seu pescoço. Ela me cumprimentou com um beijo e os barulhos da festa recomeçaram.

Gwen, Jewel e Walter vieram até nós. Minha mãe saiu para cumprimentar outros convidados e fiquei em silêncio enquanto Briana batia papo com as pessoas por mim, minha ansiedade zumbindo baixinho.

Eu teria que apresentar Briana a Amy e Jeremiah e dizer oi. Logo.

Nada seria tão estranho quanto aquele momento. Eu sabia que precisávamos vencer aquela apresentação inicial, deixar que todos olhassem para nós, e o resto ficaria cada vez mais fácil. Mas estava apavorado, tentando reunir coragem para ir até lá. No fim, no entanto, Amy e Jeremiah vieram até nós.

– Vocês vieram! – disse Amy, aproximando-se e fazendo o grupo se abrir.

– Obrigado por terem vindo.

Jeremiah irradiava alegria e se aproximou para um abraço com aquele jeito autoconfiante de sempre. Era o comportamento espontâneo de um extrovertido levemente embriagado cercado pelas pessoas de quem gostava em sua própria festa.

Eu me sentia paralisado.

Mais uma vez sobrecarregado, como naquele dia no quarto de Benny no hospital. Emudecido pela dinâmica complicada daquela situação impossível e por todo mundo que me observava. Cada uma das pessoas daquela festa estava segurando a respiração, pensando: *Como Jacob vai reagir ao ver Amy com o irmão?*

Meu cachorro empurrou minha mão com a cabeça.

Os olhos de Amy iam e voltavam entre mim e Briana.

– E esta é…? – perguntou ela, porque não as apresentei.

– Briana – respondeu Briana, sorrindo para minha ex. – Parabéns pelo noivado.

Dei um pigarro.

– É minha namorada – dei um jeito de dizer.

– Eu sei! – anunciou Amy, com uma alegria um pouco exagerada. – Disseram que você estava namorando. A gente mal conseguiu acreditar.

Acho que não era bem assim que ela queria que essa fala saísse, mas foi assim que saiu.

– Entendo perfeitamente – disse Briana, um tanto brusca. – Quando Jacob me disse qual era o motivo dessa festa, eu também não consegui acreditar.

O queixo de Amy caiu. Walter enterrou o nariz no copo de cerveja, Gwen puxou o ar por entre os dentes e Jewel sussurrou baixinho:

– Caramba. Duplo homicídio.

Jeremiah se remexeu, inquieto.

– Eu estava contando para a Amy que vocês trabalham juntos – disse, tentando mudar de assunto.

– É – falei, recuperando um pouco da compostura. – Briana também é médica na emergência do Royaume.

– E você gosta? – perguntou Amy com um sorriso forçado, claramente tentando puxar papo para consertar o mau começo.

– De trabalhar com ele? *Adoro* – respondeu Briana, e olhou para mim com um brilho nos olhos. – Sabe o que ele me disse esses dias? Vocês vão adorar essa história. A gente teve um paciente que sofreu praticamente um escalpelamento. Metade do rosto dele tinha sido arrancado, bem sangrento. Enfim, costuramos o cara, depois o Jacob me agarrou e me puxou para dentro de um depósito, me olhou nos olhos e disse: "Briana, eu te amaria mesmo se você não tivesse rosto."

Quase engasguei de rir. A história foi tão inesperada que me tirou totalmente da espiral de ansiedade.

Amy olhava de mim para Briana, da Briana para mim, como se estivesse tentando descobrir se ela estava brincando.

Dei uma tossidinha, ainda sorrindo.

– É verdade. Eu disse isso mesmo.

Amy comprimiu os lábios.

– Que fofo – disse, sem graça.

Briana agarrou meu braço.

– Ele sempre diz essas coisas para mim. É *tão* romântico. – Ela sorriu para mim por um instante, depois voltou a olhar para Amy. – A gente está morando junto.

Virei a cabeça para ela de repente.

Mais uma vez, Amy olhou de mim para Briana, da Briana para mim.

– Vocês estão… *morando* juntos – disse devagar, como se talvez não tivesse entendido.

– É. Ele praticamente implorou – disse Briana. – Aí eu disse: "É, você tem razão, as paredes da minha casa são *muuuito* finas, a gente não deixa os vizinhos dormirem…" E esse coitado está sempre desidratado demais para voltar para casa depois… Enfim, foi um *prazer* conhecer vocês – disse Briana. – Mas preciso de uma bebida. Jacob? Quer uma bebida?

– Claro?

Então ela me arrastou até o bar e deixou todos plantados ali.

Bom, *aquilo* acabou.

– *Odiei* a Amy – sussurrou Briana assim que ficamos fora do alcance.

– Não odeie – falei, ainda rindo. – Tenho certeza de que isso também não é fácil para ela.

Ela resmungou alguma coisa em espanhol. Depois, me puxou para um lugar tranquilo perto da edícula, fechou os olhos e soltou um suspiro comprido com os lábios franzidos, como se estivesse tentando se acalmar. Quando voltou a olhar para mim, balançou a cabeça.

– Desculpa – disse, com a voz mais suave. – Sempre tenho vontade de proteger as pessoas de quem gosto. E *não* gostei daquele papo.

– Tudo bem – respondi, tentando esconder o quanto tinha gostado de saber que ela gostava tanto de mim.

Ela cruzou os braços.

– Quer dizer, qual é a dela? Precisava mesmo dizer aquilo? MaL cOn-SeGuI aCrEdItAr QuE vOcÊ tInHa nAmOrAdA – disse Briana, com uma voz afetada que supostamente seria de Amy. – Por que é tão difícil assim acreditar? Você é nota *dez*. Qual é o motivo da surpresa?

Arqueei uma sobrancelha.

– Você acha que eu sou nota dez?

– Nota onze.

Olhei para ela, sorrindo.

– Então você me amaria mesmo que eu não tivesse rosto?

Isso arrancou dela uma risada, apesar da irritação.

– De onde você tira essas coisas? – perguntei, sorrindo.

– Sou *muito* boa de improviso. Mas sério. Espero que não se deixe afetar por nada do que ela diz.

– Ela não é má pessoa. Acho que não falou assim de propósito.

– É, bom, ela precisa aprender a ter um pouco mais de cuidado quando falar de você, porque não vou aceitar esse tipo de coisa. Eu estava a dois segundos de subir nas tamancas.

Olhei para ela, achando aquilo divertido.

– Sabe, na verdade você me assusta um pouco...

– Você não *faz ideia* do quanto eu posso ser assustadora.

Cruzei os braços.

– Você sabe que agora vai ter que morar comigo de verdade, né?

– Ah, *rá, rá*.

– Estou falando sério. Minha família me visita sem avisar o tempo todo. Vão saber que você mentiu.

Ela levantou uma das mãos, fazendo pouco caso.

– Coloque uma escova de dentes rosa no banheiro.

– Não vai resolver.

O engraçado era que eu *queria* que Briana ficasse comigo. Não gostava quando ela ia para casa à noite. Não gostava nem quando saíamos do trabalho, entrávamos em carros separados e só nos encontrávamos mais tarde para jantar. Eu adoraria se ela ficasse na minha casa, ainda que fosse apenas por um subterfúgio.

Ainda que fosse apenas por um tempo.

Uma hora e meia depois já tinham cortado o porco. Uma fonte de chocolate com abacaxi e morangos foi servida e os malabaristas tinham terminado o número de fogo. Minha mãe sabia *mesmo* dar uma festa.

Eu estava relaxado. Passamos o tempo conversando com Jill, Jewel, Walter e Gwen sentados a uma mesa comprida de piquenique perto das tochas.

Acho que Briana impressionou Jewel quando a conheceu, porque minha irmã se aproximou dela como se tivesse encontrado uma nova integrante de sua matilha. Jewel era atraída por lideranças femininas fortes.

Briana estava sentada tão perto de mim que sua perna encostava na minha. Eu estava com a mão em seu joelho e toda hora ela apoiava o braço no meu. Quase esqueci que estava na festa de noivado da minha ex. Ou que estava numa festa.

Briana fazia isso comigo.

Era estranho dizer, mas ela fazia com que eu me sentisse sozinho – ou melhor, *como* me sentia quando estava sozinho: calmo e espontâneo. Como se estivéssemos só nos dois ali, e não em meio a uma centena de pessoas.

Eu gostava de ficar sozinho. Com *ela*.

O karaokê começou. Briana se aproximou para sussurrar tão perto do meu ouvido que eu poderia ter virado a cabeça para beijá-la.

– Esta festa é um oferecimento dos Quatro Cavaleiros do Apocalipse – disse baixinho.

– Você não gosta de karaokê? – perguntei, me virando até nossos lábios ficarem a uma fração de centímetro de distância.

– Gosto. Mas hoje estamos no seu inferno, não no meu.

Eu estava rindo quando minha mãe e meu pai vieram até a mesa com Amy e Jeremiah logo atrás deles, segurando pratos de frutas cobertas de chocolate. Todos se sentaram. Amy deu um sorrisinho tenso, e Briana retribuiu.

Jeremiah cutucou a noiva.

– Vou subir no palco. O que será que eu canto?

Amy mordeu o lábio como se estivesse pensando.

– "500 Miles", dos Proclaimers.

– *Aaaaah*, que fofo! – disse Jill.

Meu irmão virou o resto da bebida e correu até o palco.

– E aí, como seu irmão está? – perguntou meu pai a Briana. – Faz um tempo que quero perguntar. Você disse que ele estava no hospital quando vocês se conheceram?

Briana e eu nos olhamos por uma fração de segundo. Ainda não tínhamos contado à minha família sobre Benny. Acho que estava na hora. Assenti discretamente.

Ela olhou para cada um deles.

– Bom, na verdade, temos um pequeno anúncio a fazer a esse respeito. Meu irmão, Benny, está com falência renal. Ele faz diálise. O tipo sanguíneo dele é raro, e parecia que nunca iria conseguir um doador. – Ela fez uma pausa e entrelaçou o braço com o meu. – Mas o Jacob vai doar um rim para ele.

A mesa inteira ficou paralisada.

– Jacob... – disse minha mãe, e arquejou.

Jewel levou as mãos à boca.

Jill piscou várias vezes, olhando para mim.

– Que presente mais *lindo*.

Amy se limitou a ficar nos encarando.

Os olhos de Briana se encheram de lágrimas.

– Ele fez todos os exames sem me falar nada. Só foi lá e fez. – Então, olhou para minha mãe. – Ele disse que ia fazer isso por sua causa. Porque um dia alguém fez o mesmo por você.

Minha mãe levou a mão ao coração.

– Que homem bom – disse minha mãe. – Ah, Jacob, estou tão orgulhosa de você.

Deixei que um sorriso discreto e relutante desse as caras. Todas as minhas irmãs estavam sorrindo. Walter assentia. Meu pai sorria para mim, parecendo orgulhoso.

E Amy estava recostada na cadeira com os braços cruzados.

Olhei para Briana. Ela olhava para mim, radiante.

– É como eu sempre digo – declarou minha mãe, enxugando as lágrimas. – Amar é estar presente. É assim que sabemos que o amor é verdadeiro. E que jeito lindo de estar presente para alguém, Jacob. – Então ela olhou por sobre minha cabeça. – Minha nossa. Alguém deu um cigarro ao Vovô. – E se levantou. – Devem ter sido seus primos.

– Aqueles filhos da puta estão sempre aprontando alguma – falei.

Briana soltou uma risada, e eu me aproximei dela e ri entredentes. Estava me divertindo muito.

Ela sorriu para mim, ainda dando risadinhas.

– Jacob, pode pegar minha bolsa? Acho que deixei no quarto de taxidermia.

Ela estava me oferecendo uma oportunidade de fazer uma pausa. Eu me levantei.

– Claro.

Trocamos olhares antes que eu saísse. Ela viria atrás de mim. Deu para perceber. Eu não via a hora de ficar sozinho com ela. *Essa* era a recompensa. Não escapar da festa nem sentar na escada com o cachorro, mas ter Briana só para mim.

Entrei no quarto de taxidermia, esperei cinco minutos e, quando a porta se abriu, me virei e sorri. Mas não era Briana.

Era *Amy*.

24

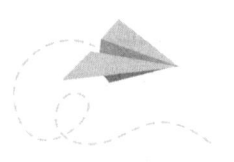

Jacob

Amy entrou e fechou a porta.
– Você tem um tempinho? – perguntou.
Olhei para ela piscando, confuso.
– Está tudo bem?
– Só preciso conversar com você.
Continuei olhando para ela.
– Tá bom…
Nem imaginava sobre o que ela poderia querer conversar. Mal nos falávamos desde o término. Ela demorou um pouco a começar.
– O que você está fazendo, Jacob?
– O quê? Como assim?
– "Eu te amaria mesmo se você não tivesse rosto"? Usando o termo *filhos da puta*? Vocês estão morando juntos? – Ela balançou a cabeça. – O que está *fazendo*?
Senti o coração acelerar.
– Não entendi.
– Estou preocupada com você – disse ela. – Você está vulnerável. Acabou de passar por um término difícil, e aí conheceu essa mulher e ela mora com você? Já?
Cruzei os braços.
– E você já vai se casar com Jeremiah.
Ela também cruzou os braços.
– Eu conheci Jeremiah dois anos antes de conhecer *você*, e trabalhamos juntos todos os dias…

– Briana e eu também trabalhamos juntos.
– E em menos de seis meses ela vai morar com você?
Meneei a cabeça.
– Por que você está preocupada?
– E se ela tiver segundas intenções?
– Por exemplo?
– Por exemplo, fazer você doar um rim para o irmão dela.
As palavras me atingiram como um tapa.
– Vocês começaram a namorar antes ou depois de ela saber que você ia fazer isso? – perguntou ela.
Fiquei quieto. E meu silêncio confirmou sua acusação.
– Só estou dizendo para você tomar cuidado. Parece estranho ela estar tão apaixonada, sendo que vocês acabaram de se conhecer.
Fiquei eriçado.
– Por que é tão difícil acreditar que alguém pode me querer? – retorqui.
– Só porque *você* não quis?
Seu queixo caiu.
– A questão *nunca* foi eu não querer você. Você sabe disso. Não estava dando certo. Não tinha mais como consertar nosso relacionamento...
– Você *não quis* consertar.
– Você não conversava comigo sobre nada! Parecia que eu estava numa conversa unilateral nos últimos dois anos e meio...
– Pois é! Obrigado por finalmente ter percebido!
Ela abaixou o tom de voz.
– Você está sendo *muito* injusto. Eu me dispus a fazer terapia. Aí fomos para aquela sessão e você disse que não queria ter filhos comigo, não queria morar comigo e não queria se casar. Como fazer dar certo se você estava tão infeliz? Você me odiava tanto...
– Eu *nunca* odiei você. Não queria ter filhos enquanto não nos entendêssemos melhor. Isso não é nenhum absurdo. E por que estamos falando sobre isso? Acabou.
Ela assentiu.
– Certo. Acabou. Mas ainda me importo com o que acontece com você. Me importo se alguém tirar vantagem de você. Quer acordar daqui a seis meses e se dar conta de que foi enrolado para doar um rim a alguém com

quem nem conversa mais? Quer dizer, como você sabe que ela é quem diz ser...

– Para. *Agora mesmo.*

Fiquei parado ali, respirando com dificuldade. Não queria ouvir mais nenhuma palavra.

Eu não estava irritado por causa das coisas antigas sobre as quais estávamos discutindo. Àquela altura, não me importava nem um pouco com o que tinha dado errado entre nós, nem com os ressentimentos de Amy, nem com o que poderia ter salvado nosso relacionamento. Eu estava chateado por ela estar colocando em palavras meu pior medo.

Eu não sabia o que Briana sentia – se é que sentia alguma coisa.

Talvez ela estivesse *mesmo* fazendo aquilo só pelo rim. Eu não sabia, sinceramente. E me preocupava que Amy enxergasse algo que eu não tivesse visto. Talvez fosse óbvio de doer que Briana não poderia estar interessada em mim, e todos soubessem disso, menos eu. Isso me deixou em pânico e na defensiva, me sentindo exposto e desesperado.

Porque eu estava me apaixonando por ela.

Essa era a verdade. Eu estava me apaixonando.

Tinha receio de lidar diretamente com o que estava acontecendo entre nós, por medo que desaparecesse. E não estava gostando do fato de Amy questionar ou desacreditar – principalmente porque *eu* não sabia se aquilo significava alguma coisa para Briana além do teatrinho que combinamos de encenar.

Ouvi um barulho no corredor. Jafar gritou:

– Achou, filho da puta! Bieber! Bieber!

Amy ficou parada ali, magoada. Nem conseguia me olhar nos olhos. Seu queixo estremeceu e imediatamente me senti mal por ter sido tão grosseiro com ela.

Passei a mão no cabelo.

– Olha só. Nada disso importa mais. Acabou. E quer saber? Que bom que acabou, porque agora você está com a pessoa certa. – Fiz uma pausa. – E eu também.

– Eu sei – respondeu ela, baixinho. – É que eu... me sinto responsável por você. Não quero que se machuque. Eu detestaria isso. – Ela olhou para mim. – Só quero que você fique bem. Quero que seja feliz. Tão feliz quanto eu sou.

Assenti discretamente.

– Eu sei – falei, em voz baixa. – Acredito nisso.

Ela ficou em silêncio. Depois pareceu tomar uma decisão, chegou mais perto e me deu um abraço.

– Desculpa, Jacob – sussurrou. – Desculpa por ter magoado você.

Soltei um suspiro longo.

– Não estou magoado – respondi, retribuindo o abraço. – Já passou.

E era verdade. Porque aquilo não me importava mais.

Eu amava Amy, mas não estava apaixonado por ela. Passei a entender isso. Tinha superado completamente o que havia acontecido. Não estava com raiva. Nem ressentido. Aquele abraço foi tão platônico quanto seria se eu estivesse abraçando uma das minhas irmãs – e eu estava.

De repente me dei conta de que o universo tinha colocado alguma coisa nos eixos quando ela escolheu Jeremiah. Que era assim que tinha que ser, desde sempre. Amy seria parte da família e da minha vida, mas ela não era para *mim*. E eu sabia muito bem quem era.

– Não precisa se preocupar comigo – falei, apoiando o queixo em sua cabeça. – Porque eu estou feliz. E o que está acontecendo entre mim e Briana é pra valer.

Mas não sabia se isso era mesmo verdade. De todo modo, iria reunir a coragem necessária para descobrir naquele dia mesmo.

25

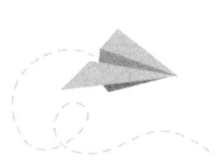

Briana

Esperei cinco minutos e pedi licença para ir atrás de Jacob no quarto de taxidermia.

Ninguém percebeu que tínhamos saído da mesa. A festa estava a toda. Jeremiah cantava "500 Miles" no palco e todos acompanhavam o refrão. Entrei na casa e segui pelo corredor, e foi quando ouvi as vozes. Jacob e Amy. Os dois estavam discutindo.

Meu coração *despencou*.

Recuei até a estante de livros e fiquei ouvindo. Mal conseguia respirar.

– A questão *nunca* foi eu não querer você... – disse Amy.

Mais discussão abafada.

– ... conversa unilateral nos últimos dois anos e meio. – Amy de novo.

– Pois é! Obrigado por finalmente ter percebido! – gritou ele.

Eu nunca tinha ouvido Jacob com raiva. Nem meio irritado. Eu nem sabia que ele era capaz de sentir raiva.

Mas é claro que era capaz. Porque era *ela*.

Foi exatamente como todas as vezes que peguei Kelly e Nick discutindo. Brigando porque não podiam ficar juntos, porque estavam apaixonados e frustrados, porque isso doía. A gente não briga se não está nem aí para a pessoa.

Jacob ainda era apaixonado por ela.

Não tinha superado o fim.

Mas o pior era que ela também não.

Amy devia tê-lo seguido até ali, esperando até poder ficar sozinha com ele para encurralá-lo sem que Jeremiah percebesse.

Ou talvez não. Talvez *ele* a tivesse encurralado.

E assim meu *talvez a gente pudesse namorar* virou um *não* retumbante.

E fiquei muito, *muito* decepcionada. Como se alguém tivesse puxado meu tapete.

De repente lembrei que aquele acordo era exatamente o que Jacob disse ser – um acordo.

Ele não estava se apaixonando por mim. Nada daquilo era real. Ele estava sofrendo por outra pessoa. E essa outra pessoa também tinha sentimentos não resolvidos por ele, embora estivesse noiva do irmão dele.

Senti vontade de chorar. Que bela confusão.

Algo me disse que eles voltariam a ficar juntos. Que eu estava testemunhando o momento em que ambos perceberam que ver o outro com alguém era difícil demais.

Amy devia ter ficado com ciúme quando nos viu juntos. Aquilo tudo devia estar ficando palpável demais para ela – o casamento chegando, Jacob "partindo para outra" –, e ela havia se dado conta de que tudo estava mesmo acabado entre os dois, e não conseguia lidar com isso.

Eu já sabia o que *ele* sentia. Ele me disse no dia em que concordei com aquela farsa: *Eu amo a Amy.*

Um amor não resolvido sempre volta. Continua vivo. Inflama. Cresce dentro de você até derramar, e então apodrece todo o resto. Faz com que você se ressinta da pessoa ao seu lado porque ela não é quem você ama de verdade e nunca vai ser. Faz você comparar e se decepcionar sempre que se dá conta de que ninguém é tão bom quanto *ela*.

Eu sabia disso melhor que ninguém. Já tinha vivido aquela história.

Algo caiu atrás de mim.

– Achou, filho da puta! Bieber! Bieber!

Jafar tinha derrubado um porta-retratos da estante. Eu estava tão concentrada ouvindo a conversa, que não percebi quando o papagaio entrou.

Saí antes que a porta se abrisse e voltei para a festa.

Meia hora depois, Jacob e eu estávamos no carro voltando para casa em silêncio. Ele saiu do quarto quieto e ansioso. Amy saiu após mais alguns minutos, e parecia ter chorado.

Era tão óbvio que ele estava incomodado que não falei que tinha ouvido a briga com Amy nem perguntei o que havia acontecido. Para dizer a verdade, estava chateada demais para perguntar.

Fiquei imaginando o que tinha feito para ser condenada a reviver a dinâmica do meu casamento de merda.

Não era culpa de Jacob. Ele deixara claro desde o início que ainda amava a ex. Eu sabia disso quando aceitei o acordo. Não podia nem ficar brava. Mas era um saco. Só o que eu queria era chegar em casa para poder me torturar e sentir pena de mim mesma.

Tinha batom no colarinho dele.

A mancha estava perto de uma flor vermelha da estampa, então não era óbvia, mas *eu* vi. Amy estava de batom vermelho.

Juro que senti o perfume dela nele. Devia ser minha imaginação, mas eu sentia um aroma leve de peônia sempre que ele se mexia. Me dava vontade de vomitar.

Será que ele a tinha beijado? Será que *ela* o tinha beijado? O que tinha acontecido naquele quarto? Parei de respirar pelo nariz e fiquei olhando pela janela. O que tinha acontecido não era da minha conta.

Chegamos à minha casa e mal esperei que a caminhonete parasse para sair.

– Até amanhã – falei, sem emoção nenhuma, ao sair.

Ele não se despediu de mim.

Quando entrei, Benny estava na sala com Justin.

– Oi – cumprimentei e fui direto para meu quarto.

Precisava administrar a diálise, mas queria tirar aquele vestido idiota e a flor besta que tinha colocado no cabelo. Minha roupa parecia contaminada, assim como aquela noite.

Eu havia me sentido tão bonita, mas então só me sentia invisível. Porque a única pessoa que eu queria que me visse não me viu. Ele só via Amy.

Arranquei a flor do cabelo e joguei o vestido numa cadeira, lavei o rosto e atirei o sutiã no cesto. Vesti a calcinha de vovó mais alta que encontrei e a calça de pijama felpuda com uma camiseta surrada.

Quando saí para conectar Benny à máquina, ele fez um gesto de cabeça.

– Olha, seu namorado está na varanda andando de um lado para o outro.
– O quê? – falei, ligando a máquina.
– Faz uns vinte minutos que ele está ali. O aplicativo da câmera não para de apitar.

Olhei para o aparelho, surpresa.

– Ele está só andando de um lado para o outro na varanda?
– Às vezes ele desce os degraus correndo e volta.

Justin riu.

Peguei o celular, olhei o aplicativo e ali estava ele, andando de um lado para o outro que nem um tonto.

Tecnicamente, estava a uns cinco metros de distância. Eu podia simplesmente abrir a porta e falar com ele. Mas, em vez disso, abri o alto-falante do aplicativo.

– Jacob? O que está fazendo aí fora?

Ele parou e olhou para a câmera.

– Eu tenho um aplicativo no celular – falei. – Estou vendo você. Fazendo... isso aí que você está fazendo.

– Pode vir aqui fora? – perguntou ele.

Soltei um suspiro longo. *Tá bom.* Joguei o celular no sofá.

– Nada de me espionar – resmunguei para meu irmão e seu lacaio.

Saí para a varanda e fechei a porta.

– O que foi? – perguntei, cruzando os braços.

Ele parecia nervoso. Sua ansiedade estava alta. Devia ser por causa da briga/pegação com Amy. Ele provavelmente queria conversar sobre isso, o que era o mínimo que eu podia fazer, levando em consideração que éramos amigos e ele daria um órgão para meu irmão. Mesmo assim, precisei me preparar emocionalmente.

Ele não falou nada.

– Jacob?

Ele engoliu em seco.

– Eu, é... queria perguntar... – Fez uma pausa para lamber os lábios. – Eu queria perguntar se você gostaria de ir a um encontro comigo. Um encontro de verdade.

Suas palavras me atingiram como uma tonelada de tijolos. Arrancaram meu fôlego. Eu me senti triste e derrotada.

– Jacob, não.

Ele ficou boquiaberto. Tive que fechar os olhos e respirar fundo, para me acalmar.

– Por quê? – perguntei, voltando a olhar para ele. – *Por que* você quer sair comigo? Qual é o motivo desse convite? Aqui, agora, nesta noite?

Ele parecia quase confuso.

– Eu... eu gosto de você. Gosto da sua companhia. Eu...

– Me deixe adivinhar. Você está pronto para superar a Amy? Está na hora de partir para outra, deixar esse relacionamento para trás?

Ele piscou várias vezes.

– Bom... É.

Suspirei. Ele não estava me convidando porque queria mesmo sair comigo, mas, sim, porque tinha acabado de ter uma conversa complicada com a ex, que foi um soco em seu estômago. Ele estava louco para esquecê-la e queria uma distração que o fizesse se sentir melhor. E *eu* estava ali. Um prêmio de consolação de carne e osso. Uma espécie de substituição desesperada.

Eu não queria ser o estepe de Jacob. Não queria ser um passatempo enquanto ele tentava superar aquilo tudo ou se resolver.

Não queria ser sua segunda opção.

– Jacob, sei o quanto deve ter sido difícil para você fazer esse convite – falei, tentando não deixar que ele percebesse a emoção em minha voz. – Mas já topei essa de "amar a pessoa que está ao seu lado". E nunca mais vou topar. Vamos só viver os próximos meses, fazer o que combinamos, ser inofensivos um para o outro. E aí o casamento vai passar e você pode namorar alguém de verdade. Tá?

Ele ficou sem expressão. Completamente.

Eu sabia que as engrenagens em sua cabeça estavam girando. Provavelmente fazendo hora extra. E me sentia péssima, porque ele devia ter criado coragem para me fazer aquele convite e eu tinha recusado, e ele devia estar arrependido de ter tocado no assunto. Mas eu precisava ser clara. Não ia ser estepe nem amizade colorida.

Eu seria apenas sua amiga.

– Desculpa – disse ele, finalmente. – Não queria deixar você constrangida. Nunca mais vou propor isso.

Tive vontade de chorar.

O fato de ele não dizer mais nada – nada sobre seus sentimentos – era quase uma admissão de culpa. Como se reconhecesse que o motivo pelo qual tinha me chamado para sair era exatamente o que eu imaginava.

Desviei o olhar e assenti.

– Obrigada.

Ele ficou em silêncio olhando para mim. Como se eu pudesse mudar minha resposta se ele ficasse ali tempo suficiente, esperando.

– Boa noite – disse, por fim, então se virou e voltou para a caminhonete.

Entrei, me encostei na porta e enterrei o rosto nas mãos. Eu queria arrancar os cabelos, jogar alguma coisa na parede, gritar numa droga de travesseiro.

Odiava tanto aquilo. *Odiava.*

– Por que seu namorado te chamou para sair e você disse não? – perguntou Benny.

Levantei a cabeça e olhei para ele.

– Falei para você não me espionar.

– Eu não te espionei. Você deixou o aplicativo aberto no celular. Desliguei assim que percebi.

Revirei os olhos e fui até o sofá pegar meu celular.

– Sério, por quê?

– Olha... Não me encha o saco agora. Tá? É complicado.

Ele me analisou por um instante, mas deixou para lá.

Acho que eu devia ter ficado feliz porque meu irmão tinha voltado a ser quem era a ponto de dar a mínima para o que *eu* estava fazendo.

Meu Deus.

Preparei a diálise, me esforçando para não chorar na frente de Benny e Justin, que ainda estava sentado ali com ele assistindo à TV.

Quando terminei, fui para o quarto e liguei para Alexis.

– Oi.

Ela atendeu ao primeiro toque.

Funguei.

– Posso ir aí?

Ela estava lavando a louça.

– Claro. Quando?

– Hoje.

Imaginei Alexis olhando para o relógio.

– Você só vai chegar depois da meia-noite.

– A uma hora. Talvez a uma e meia. Preciso terminar a diálise do Benny. Você não precisa ficar acordada. É só deixar um cobertor no balanço da varanda e abrir para mim quando acordar de manhã.

– O que *aconteceu*?

Afastei o celular da boca por um instante enquanto engolia o nó que tinha se formado em minha garganta.

– Não posso contar agora, senão vou cair no choro. Posso pedir para o Benny fazer a diálise na clínica por uns dias. Tenho mais dois dias de folga. Só preciso sair daqui e ir para outro lugar.

Ouvi Alexis fechar a torneira.

– Tudo bem. Mas vou te esperar acordada.

– Não. É sério. Não faça isso. É só deixar a porta aberta.

Desligamos. Fiz minha mala, terminei a diálise de Benny e saí.

Jacob não mandou mensagem nem ligou como geralmente fazia à noite. Isso me deixou com dor de estômago. Parecia que eu tinha terminado um relacionamento.

Até então eu vinha conseguindo fingir que talvez Jacob passasse tanto tempo comigo porque estava um pouco interessado em mim de verdade.

E talvez estivesse *mesmo*. Eu acreditava que os sentimentos pudessem se sobrepor, que ele pudesse estar apaixonado por Amy e talvez também ter uma quedinha por mim.

Mas não era o bastante.

Eu não queria que houvesse espaço para outra mulher no coração do homem que eu amava. Já tinha passado por isso muitas vezes. Estava cansada de arranjar desculpas para aceitar menos do que merecia. No mínimo, eu merecia ficar com alguém que estivesse com os sentimentos bem resolvidos. E Jacob não estava. Isso era óbvio.

Cheguei à Casa Grant por volta da uma e quinze da manhã – e Alexis abriu a porta antes que eu alcançasse os degraus da varanda.

– Ai, eu falei para você não esperar – resmunguei.

Ela me abraçou, encostando sua barriguinha de grávida em mim.

– Sou uma conselheira de guerra. Não dormimos na função.

Daniel e o cachorro me cumprimentaram quando cheguei à porta. Ele também tinha esperado acordado, e me senti ainda pior por isso. Ele me abraçou. Depois, beijou a cabeça da esposa e foi para a cama.

Eu queria que Alexis fosse dormir, mas ela me levou até um dos quartos de hóspedes, acendeu uma vela, se acomodou no colchão ao meu lado e ajeitou um travesseiro atrás da cabeça.

– Pode ir contando.

E eu contei.

Contei tudo. E chorei como um bebê.

– Eu gostava dele de verdade – falei, fungando e enxugando as lágrimas.

– E agora não gosta mais?

– Gosto. Mas eu me deixei ficar toda animada e esqueci o que estávamos fazendo. Estou ali cumprindo uma missão, não é de verdade. Sabia que eu cheguei a pensar que podia até namorar ele? – Soltei um ruído de incredulidade. – Mas Jacob não está interessado em mim. Só quer que eu o ajude a *superar a ex*.

– Ele se explicou? Falou sobre a briga com a Amy?

– Não. E eu não disse que ouvi. Para quê? Ele só ia negar, tentar me convencer de que eu não ouvi o que acho que ouvi… ou ia confirmar tudo, dizer que a Amy sempre vai ser o amor da vida dele, mas que está pronto para seguir em frente, o que não é verdade. – Balancei a cabeça. – Você precisava ouvir o quanto ele estava chateado, o jeito como eles discutiam. Ele não fica assim, Ali. Ele é todo comedido e reservado. Quieto.

– E ela, como é?

Revirei os olhos.

– Perfeita. Parece a Rosamund Pike, só que até mais bonita.

– Você também é bonita – disse ela, fechando os olhos.

– Rá.

E daí que eu era bonita? Ou inteligente? Ou que ele gostava da minha companhia, confiava em mim e se apoiava em mim?

Porque, exatamente como tinha acontecido com Kelly, eu não era *ela*.

26

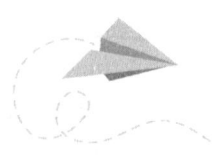

Jacob

Voltei para a casa dos meus pais depois de levar Briana para casa. Encontrei minha mãe sozinha na cozinha, lutando para tirar o saco de lixo da lixeira.

– Jacob – disse ela quando entrei com Tenente Dan. – Eu achava que vocês tinham ido embora há horas.

– Mãe, deixa comigo.

Peguei o saco de lixo, fechei com um nó e o coloquei ao lado da lixeira para levar quando saísse. Olhei em volta.

– Cadê meu pai?

– Está limpando a piscina. Não foi tão ruim, já estamos quase acabando.

Fiquei ali parado, com as mãos nos bolsos, olhando para o chão. Não sabia por que tinha voltado, só sabia que não queria ir para casa. Não iria conseguir dormir.

– O que foi, querido? Você parece chateado.

Chateado era pouco. Eu estava arrasado. Constrangido. Abatido. Decepcionado como nunca antes.

Minha mãe esperou e, como não respondi, indicou a porta dos fundos.

– Venha. Vamos nos sentar na varanda e ver seu pai tirar o calção de banho do Carter da piscina.

– Ele saiu da piscina pelado?

– Nu em pelo. Ficou uns cinco minutos correndo no pátio até a Gwen pegar ele. Eu juro, entre os gêmeos e o seu avô, perdi uns dez anos de vida.

Abri um sorrisinho. Fomos até a varanda e nos sentamos no sofá. O luau tinha terminado. As tochas ainda estavam acesas, e havia colares havaianos e copos descartáveis coloridos espalhados por toda parte, como num fim de carnaval tropical. Meu pai estava lá embaixo com a rede de piscina, limpando o fundo enquanto os copos rolavam ao sabor do vento.

Tenente Dan deu um pulo e colocou a cabeça no colo da minha mãe, e fiquei olhando para suas mãos enquanto ela o acariciava. Eram mãos artríticas.

O lúpus não atacava mais como antes, mas já tinha causado danos em seu corpo. Ela era durona. Aguentava a dor e continuava fazendo o que amava. E, quando não conseguia, nós ajudávamos.

Ela me lembrava muito Briana, na verdade. As duas eram fortes. E teimosas – e conheciam bem a si mesmas. Briana não teria dito "não" se não quisesse dizer "não". E ela disse rápido. Ao me lembrar, voltei a me encolher.

– Você e a Briana brigaram? – perguntou minha mãe, interrompendo meus pensamentos.

Eu não sabia como explicar que minha namorada na verdade não gostava de mim, não queria sair comigo e tinha a intenção de cumprir sua promessa como um contrato que perderia o valor após a conclusão do trabalho.

Não conseguia acreditar que Briana tinha dito aquilo. Que só precisávamos cumprir o acordo e depois eu poderia sair com outra pessoa. Como se qualquer mulher pudesse substituí-la. Como se "namorada" fosse apenas um cargo a ser ocupado.

Eu não queria outra pessoa.

Ela disse que já tinha topado a coisa de "amar a pessoa que está ao seu lado". É o que ela faria comigo se namorássemos? Conformar-se?

A mágoa bateu com tudo de novo. A humilhação.

Esfreguei as mãos no rosto.

– Acho que a Briana não sente por mim o que sinto por ela – falei. – E não sei o que fazer.

Minha mãe ficou em silêncio ao meu lado.

– Posso fazer uma pergunta? – Esperou até que eu olhasse para ela para continuar. – Por que você deixou que as coisas se arrastassem tanto tempo com a Amy? Você estava tão infeliz... Todo mundo percebia.

Fiquei um bom tempo olhando para a piscina.

– Eu tinha medo da mudança – respondi finalmente. – E achava que o problema era eu. Achava que qualquer relacionamento que eu tivesse seria difícil por causa de quem eu sou. De *como* eu sou.

Ela balançou a cabeça.

– Jacob, já ouviu dizer que, se você ficar com alguém que não fala sua língua, vai passar o resto da vida tendo que traduzir sua alma? Amy nunca falou sua língua. Só isso. Não tem nada de errado com nenhum dos dois. Vocês são só pessoas que não combinam. É por isso que eu sei que a Briana é diferente. Ela te entende, mesmo quando você não diz nada.

Olhei para minha mãe. Ela havia percebido isso?

– Precisava ver o jeito como ela te olha – continuou – quando você não está vendo. Briana te olha como se você fosse a melhor coisa que aconteceu na vida dela.

Aquilo não era amor. Era gratidão pelo que eu iria fazer pelo irmão dela. Alívio.

Ou talvez só atuação, sem base em nenhum sentimento.

Minha mãe me olhou com carinho.

– Amar é estar presente, Jacob. Esteja presente.

Balancei a cabeça.

– Mas *como*? E se ela não quiser?

Minha mãe riu.

– Aquela mulher é perfeitamente capaz de dizer o que quer ou não. Pergunte a ela. Se ela impuser um limite, respeite. Mas, se você se dispuser a estar presente e ela aceitar, *esteja presente*. E não desista dela. Porque faz muito tempo que não te vejo feliz assim.

Fiquei olhando para a piscina. E me dei conta de que não tinha escolha, de que a vontade de estar ao lado de Briana era tão forte que driblava tudo. O orgulho. O bom senso. A humilhação. Até mesmo minha ansiedade.

Minha ansiedade...

Por muito tempo deixei que minha vida fosse ditada pela ansiedade. Tudo que fazia girava em torno de não me sentir constrangido, não sair do meu espaço seguro. Não tive as conversas difíceis que devia ter tido com Amy, e não terminei o relacionamento por medo do desconhecido que viria depois. Permaneci onde estava porque qualquer novidade era assustadora e eu não me sentia disposto a arriscar. Precisava da minha vida tranquila, fácil, estática.

Mas não faria isso com Briana. Por ela eu sairia da zona de conforto. Tinha que sair, porque não era lá que ela estava. E por ela eu iria a qualquer lugar.

Mesmo agora, rejeitado e destruído, eu ainda queria orbitar seu mundo, ainda que ela não me deixasse aterrissar.

E entendi que só *poderia* orbitar seu mundo por mais alguns meses. Enquanto o acordo me possibilitasse isso. Exigisse isso, até. Porque depois...

Depois o combinado chegaria ao fim.

27

Briana

Meu celular estava vibrando.

O sol entrava pelas cortinas. Levei um tempo para me lembrar de onde estava. Papel de parede floral. Cama de dossel. Alexis dormindo ao meu lado.

Eu estava na Casa Grant.

Peguei o celular e olhei para a tela com os olhos semicerrados. Eram oito e meia da manhã, e Jacob estava ligando.

Atendi.

– Alô – sussurrei.

– Oi. Bom dia.

Esfreguei os olhos.

– Bom dia.

Alexis começou a se mexer.

– Eu queria te convidar para tomar café da manhã – disse ele.

Quê?

Isso foi inesperado. Eu achava que ele fosse ficar constrangido por alguns dias. Que fosse se isolar como os introvertidos fazem depois de uma interação desagradável, e que eu precisaria entrar em contato primeiro.

– Não estou em casa – falei.

– Ah. Onde você está?

Alexis sentou-se e bocejou nas costas da mão.

– Estou em Wakan – respondi, apontando para o telefone com um gesto exagerado e articulando a palavra *JACOB* com os lábios para que minha melhor amiga soubesse quem era. – Vou passar uns dias aqui.

– Ah – disse ele, de novo. Então: – Posso ir aí?

Pisquei, perplexa.
- Você quer... vir? *Aqui?*
- É. Se não tiver problema.
Alexis começou a assentir com vontade.
- Mas... você não conhece meus amigos – falei, como se ele tivesse esquecido quem era. – Você só gosta de encontrar pessoas que já conhece.
- Tudo bem. Não ligo.
Mas o quê...?
- Hã... claro?
- Tá. Posso levar o cachorro? Se não, deixo ele com a Jewel.
Afastei o celular dos lábios.
- Ele pode trazer o cachorro? – sussurrei.
Alexis fez que sim.
- Sim, tudo bem, ele pode vir – respondi.
- Ótimo. Me mande o endereço. Estou saindo em trinta minutos.
E desligamos.
Eu me virei para Alexis.
- Ele está vindo – falei, incrédula.
Ela abriu um sorriso largo.
- Pois é.
- *Por que* ele está vindo? Ele não gosta de coisas desconhecidas. Nem lugares. Nem pessoas. Nem de mudanças de planos.
- Não, mas ele com certeza gosta de *você.*
Ela abriu um sorriso mais largo ainda.
Fiquei ali parada, balançando a cabeça. Aquilo tudo era confuso, tão atípico... Será que ele estava tentando me mostrar que não guardava ressentimento? Ele podia ter demonstrado que já havia superado a situação com uma mensagem. Não precisava vir até Wakan.
Talvez estivesse tão angustiado com o que tinha acontecido com Amy que precisasse de uma distração, não importava qual fosse.
Devia ser isso. Eu podia não ser "a pessoa certa" para ele, mas com certeza nos divertíamos juntos.
Qualquer que fosse o motivo, aquele era um ato de desespero. Fiquei um pouco desanimada ao pensar que a vinda a Wakan era apenas uma extensão do impulso que o fez me chamar para sair na noite anterior.

Suspirei.

– Preciso tirar uma foto da entrada – resmunguei, me levantando.

– Da entrada? – perguntou Alexis.

– Ele precisa saber onde estacionar. É um hábito.

28

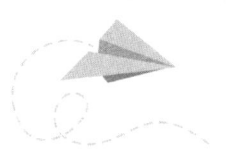

Jacob

Eu estava jogando tudo na mochila que usava para minhas viagens até o chalé quando as mensagens chegaram. Quando vi, tive que me sentar na beirada da cama.

> **BRIANA:** Tem duas pessoas aqui, Alexis e o marido dela, Daniel. Daniel é carpinteiro e gosta de cuidar do jardim. Ele também é o prefeito. Alexis era médica de emergência, mas agora é a médica da cidade na clínica-satélite do Royaume em Wakan. Geralmente só ficamos por aqui, mas talvez a gente ande de bicicleta na trilha ou caminhe até o centro para beber no Bar dos Veteranos. Algumas pessoas da cidade podem estar lá, mas eu mantenho o Doug longe de você. Ele é o único extrovertido que pode te incomodar. Ou talvez não, já que você não tem peitos. 😆😆😆

> **BRIANA:** Quando chegar aqui, vai ter um quarto e um banheiro só para você. Estou mandando uma foto do seu quarto, outra de onde estacionar e uma da Alexis e do Daniel. A Casa Grant era uma pousada, e talvez ainda seja possível pesquisar no Google se você quiser ver a casa e ter uma ideia de como ela é antes de chegar aqui. A gente se vê daqui a pouco!

Larguei o celular no colo.
Ela sabia que eu precisava dos detalhes. Não tive que pedir, não tive que explicar – ou não explicar e lidar com o fato de não saber os detalhes.
Ela te entende, mesmo quando você não diz nada...

Era disso que minha mãe estava falando. Era *isso* que ela via.

Fui tomado pela emoção. Depois voltei a ficar abatido. Porque, ainda que ela falasse minha língua, isso não queria dizer que também queria ficar comigo.

29

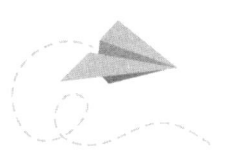

Briana

Alexis e eu estávamos sentadas no balanço da varanda bebendo café quando Jacob chegou.

Meu coração acelerou no instante em que o vi. Levei a mão ao peito.

– O que foi? – perguntou Alexis, olhando para mim, enquanto eu olhava para Jacob estacionando a caminhonete.

Balancei a cabeça.

– Não sei.

Mas sabia, sim.

Eu era doida por aquele homem.

Ele tinha me virado do avesso. Só de olhar para ele eu ficava feliz. Minha vontade era descer os degraus correndo, pular nele e beijar seu rosto como um cachorrinho animado.

Fiquei onde estava.

Ele saiu da caminhonete com uma mochila pendurada no braço e Tenente Dan saltitando logo atrás. Segurava uma planta nas mãos.

Tenente Dan me viu e subiu os degraus saltitando para me encontrar. Eu o acariciava quando Daniel abriu a porta e Hunter saiu correndo. Hunter ficou dois segundos cheirando o traseiro do Tenente Dan, desceu os degraus saltitando e fez aquela coisa de pular em cima de Jacob com beijos molhados que *eu* queria poder dar.

Jacob soltou a mochila e se agachou para fazer carinho no cachorro. Aquela provavelmente seria a melhor parte do dia para ele. O resto, ele detestaria. As pessoas desconhecidas, a socialização e o lugar novo.

Eu ainda não entendia por que ele tinha vindo.

Jacob olhou para mim, rindo enquanto Hunter soltava um uivo longo e entusiasmado, e, juro por Deus, toda a minha determinação de não ser estepe se dissolveu no ar. Eu não conseguia nem tirar os olhos dele.

Às vezes parecia que Jacob e eu éramos dois ímãs que alguém ficava virando sem parar, nos aproximando e nos afastando, nos aproximando e nos afastando.

Me aproximando...

Alexis chegou mais perto e sussurrou:

– Ele é um gato.

– Pois é – resmunguei. – É claro que é. Só para deixar tudo ainda mais difícil.

Desci os degraus até ele.

– Oi – falei, parando à sua frente.

Ele levantou e pendurou a mochila no ombro.

– Oi.

E ficamos ali, olhando nos olhos um do outro, por algum motivo. Por que parecia que deveríamos estar nos beijando?

Aff. Alguém precisava abrir uma mangueira de água gelada em cima de mim.

Daniel desceu os degraus com Alexis para me salvar de mim mesma, graças a Deus, e eu os apresentei.

Jacob entregou a plantinha a Daniel.

– Briana disse que você gosta de jardinagem – falou. – Então trouxe isso.

Daniel arregalou os olhos.

– Uma orelha-de-elefante variegada.

Jacob sorriu, como se tivesse acabado de sair de uma festa de aniversário num bar.

– Eu mesmo fiz a muda.

– Uau, é mesmo? Obrigado – disse Daniel, virando a planta nas mãos, admirado. – Sei exatamente onde vou pôr. Que linda!

Jacob pareceu aliviado por ter acertado no presente e se virou para mim com aquela cara de cachorrinho que sempre fazia minha expressão se suavizar.

– Vou te mostrar onde fica seu quarto – falei, chamando-o com um gesto de cabeça.

Ele deixou Tenente Dan saltitando pelo quintal com Hunter e me seguiu. Paramos no patamar para ver o vitral grande na janela.

– Que lindo – disse ele, analisando o vitral.

Era um urso-negro numa clareira na mata. Os laterais eram uma floresta verde e densa com árvores altas de tronco marrom.

– Aposto que é original da casa – continuou Jacob. – Estranho não estar no site, é tão excepcional.

– A Casa Grant foi construída em 1897 – falei, voltando a subir a escada.

– Eu sei. – Ele veio atrás de mim. – Li tudo sobre ela. Adoro lugares como este.

Levei-o ao segundo quarto de hóspedes. Ele largou a mochila sobre o baú aos pés da cama e olhou ao redor.

– Muito bonito.

– É.

Quando seus olhos se voltaram para os meus, eu estava parada em frente à lareira com as mãos nos bolsos de trás da calça, e mais uma vez tive vontade de abraçá-lo. Ao mesmo tempo que estava feliz por ele estar ali, queria que estivéssemos na casa de seus pais, para que tivéssemos um motivo para nos tocarmos.

Dois dias em que eu não poderia nem abraçá-lo. Meu corpo gritava pedindo que eu o tocasse. Queria sentir sua mão quente na minha ou seu corpo junto do meu. Queria sentir o cheiro da pele dele, nem que fosse só para apagar a memória do perfume de Amy da noite anterior.

Então voltei a ficar muito, muito triste.

Ele não era meu.

Estava ali comigo, mas seu coração estava em outro lugar.

Não se esqueça disso.

– Ei, talvez a gente devesse postar uma selfie – disse Jacob.

Dei um pigarro.

– É. Boa ideia. Podemos dizer que estamos numa pousadinha romântica.

Ele apontou para trás de si com a cabeça.

– Que tal sentados na cama?

– Sim. Com certeza. Para todo mundo achar que vamos passar o fim de semana inteiro nela.

Era onde eu *queria* que passássemos o fim de semana inteiro...

Ele se sentou na cama e eu me sentei do outro lado. Era uma cama de solteiro, então tivemos que ficar bem juntos. Ele se recostou na cabeceira e abriu o braço para eu me aconchegar, e meu corpo inteiro derreteu com aquele contato.

Isso.

Era disso que eu precisava. Seria capaz de ficar ali para sempre.

Ele se acomodou nos travesseiros, e eu me apoiei em seu peito. Seu cheiro era caloroso e familiar, e entendi por que ele conseguia converter cães que odeiam homens e atrair gatos tímidos que se escondem embaixo de sofás.

Jacob fazia com que eu me sentisse segura. Ele era como uma canção de ninar de carne e osso. Uma palavra sussurrada. O cheiro de café e torrada de manhã, ou uma mantinha aconchegante. A chuva batendo no telhado num dia em que não precisamos ir a lugar nenhum.

Eu me perguntei se transar com ele seria como entrar na água quente. Envolvente e perfeito. Aposto que o beijo também seria assim. Ele era tão gentil e cuidadoso... Aposto que seu beijo seria suave. E depois firme. Eu colocaria a mão em seu rosto e sentiria a barba por fazer, e então levaria a mão até sua nuca para puxá-lo mais para perto. Conseguia imaginar a sensação dos lábios, da língua e dos dentes dele. Sua respiração em minha boca e seu peito subindo e descendo contra o meu como naquele momento...

Estava tão perdida em meus pensamentos que precisei lembrar a mim mesma o que eu *deveria* estar fazendo. Dei outro pigarro e apontei a câmera, demorando mais que o necessário, só para poder ficar mais um segundo em seus braços.

Mas Jacob não olhou para a lente. Inclinou a cabeça encostando o nariz em meu cabelo e fechou os olhos. A foto ficou ótima, como se aquele fosse um momento íntimo com um homem apaixonado por mim e estivéssemos registrando isso num clique espontâneo.

Senti uma vontade absurda de largar o celular, virar a cabeça na direção dele e ver o que aconteceria.

Em vez disso, tirei a foto e pulei da cama.

Precisei fingir que estava ocupada postando a foto no Instagram para não ter que olhar para ele enquanto meu coração desacelerava.

Era mesmo uma ótima foto. Doce. Íntima.

Então me dei conta de que Amy veria a foto e isso deixaria a situação entre eles ainda mais tensa. Talvez aquele até fosse exatamente o momento da virada.

A família de Jacob parecia muito tranquila. Se Amy viesse a trocar de irmão de novo, eu sabia que eles superariam. Haveria um momento de tensão. Jewel provavelmente protestaria mais que todos. Ela parecia não ter tempo para drama e conversa fiada, e com certeza daria sua opinião. Mas depois dariam de ombros, aceitariam e seguiriam em frente.

Eu sinceramente não achava que o casamento com Jeremiah fosse acontecer.

Quer dizer, eu faria o combinado, seria a namorada de Jacob enquanto isso. Mas depois levaria um pé na bunda. De novo.

Eu estava feliz por ele estar ali. Porque tínhamos pouco tempo para continuar fingindo.

30

Jacob

– Você me daria um soco na cara por 1 bilhão de dólares? – perguntou Briana.

Estávamos no Bar dos Veteranos em Wakan. Eram nove da noite, e fazia algumas horas que estávamos ali, após termos jantado no Jane's, um restaurante pequeno na rua principal. Passamos o dia andando pela cidade, fomos a antiquários, tomamos sorvete, fomos à feira. Estávamos em uma mesa no fundo do bar com Alexis e Daniel.

Briana esperou pela resposta como se aquela fosse uma pergunta séria.

– Se fôssemos casados – perguntou de novo – e alguém oferecesse 1 bilhão de dólares para você me dar um soco na cara, com toda a sua força, com a minha permissão, você faria isso?

– Não – falei. – Eu não te daria um soco na cara.

Ela arregalou os olhos.

– É *bom* que você me dê um soco na cara, Maddox. Eu *daria* um soco na sua cara.

– Por 1 bilhão de dólares eu aceitaria na boa.

Ela arquejou.

– Ah, então você pode levar um soco na cara, mas eu não? Que machista.

– Não é a mesma coisa – repliquei. – Sou mais forte que você. Posso quebrar sua mandíbula.

– E eu não poderia quebrar a *sua*? Estamos falando de 1 bilhão de dólares. Infinity precisa fazer faculdade.

Dei uma gargalhada.

– Quem é Infinity? – perguntou Daniel, levando o copo de cerveja à boca e olhando para mim e Jacob.

– Nossa filha fictícia e traumatizada cujo nome escolhemos para ganhar internet grátis – disse Briana e olhou para mim. – Diga que você me daria um soco na cara, Jacob.

Retribuí o olhar, achando graça.

– Eu pensei que tínhamos combinado ser inofensivos um para o outro.

– Você é o único motivo para eu não ser bilionária. Isso não é inofensivo. Isso me prejudica muito.

Balancei a cabeça.

– Não posso te machucar. Eu pagaria 1 bilhão de dólares para *não* te machucar.

Ela deu um sorrisinho relutante.

Doug veio até nossa mesa com um violão nas mãos.

Briana revirou os olhos.

– Doug, você sabe qual é a definição de loucura? – perguntou ela, falando alto para que ele ouvisse antes mesmo de chegar à mesa.

Ele pareceu indignado.

– Não é para você – disse, levantando o violão. – Já teve a sua chance.

Briana bufou.

– Tem carne fresca no bar. – Ele apontou com a cabeça para duas mulheres bebendo cerveja.

Briana esticou o pescoço de modo a olhar para elas.

– Ah. Bom, não esqueça de dizer que são carne fresca na cara delas. As mulheres gostam disso.

Doug pareceu pensar a respeito.

– Boa ideia. Vou fazer isso. Obrigado.

Todos riram, e Doug fez um aceno de cabeça para Daniel.

– Ô, me vê 20 dólares?

Daniel abriu a carteira e pegou uma nota.

– Valeu – disse Doug, pegando a nota e enfiando-a no bolso da camisa. – Me deseje sorte. – E saiu.

– Ele vai precisar de mais do que sorte – comentou Briana.

– Você nunca mais vai ver esses 20 dólares... Sabe disso, né? – disse Alexis para o marido.

– Sei – respondeu Daniel olhando para a cerveja. – Mas pelo menos as coitadas vão ganhar bebidas de graça.

Briana balançou a cabeça.

– Esse cara dispara mais alertas que uma cidade em rota de furacão.

Alexis riu, e Briana se virou para mim.

– Quer voltar? Estou aqui para relaxar e tirar sarro do Doug, e agora não tem mais Doug.

– Nós dois vamos ficar mais um pouco – disse Alexis, passando a mão na barriga. – A casa está aberta, podem entrar.

Deixei dinheiro sobre a mesa, então nos levantamos e fomos em direção à porta. Eu queria ir embora, mas não por ir embora. Queria ficar sozinho com Briana.

Eu estava me divertindo. Briana tinha dito que, se eu me sentisse sobrecarregado a qualquer momento, poderíamos ir embora, o que ajudou bastante.

Quando eu era criança, minha mãe sempre tentava me persuadir com gentileza a me envolver em atividades novas. Ela nunca me forçava. Mas dizia que se eu fosse à festa de aniversário, ou ao passeio da escola, ou à colônia de férias, ela esperaria no carro, e se eu quisesse ir embora antes do fim do evento poderia. Na maioria das vezes, eu me divertia e acabava ficando. Então, depois de um tempo, ela não precisou mais esperar. Saber que tinha a opção de ir embora me dava a coragem para tentar.

Briana era o mesmo tipo de rede de segurança. E aposto que ela nem se dava conta do quanto isso mudava tudo para mim.

Amy sempre me jogou nas situações me empurrando, e depois não entendia por que eu ficava ansioso e retraído e queria ir embora logo no início. Mas com Briana eu sentia que era imerso aos poucos. Que era solto com gentileza. E me sentia à vontade, provavelmente como as outras pessoas se sentiam. Calmo, relaxado e normal. Isso fazia com que a vida útil da minha bateria interna durasse mais. E acho que na maioria das vezes ela nem percebia que estava fazendo isso. Acho que era um gesto natural.

Era apenas uma das coisas maravilhosas a respeito dela.

Saímos no ar quente do início de junho e fomos em direção à casa. Tive que lutar contra o desejo de segurar sua mão.

Tocá-la em público tinha passado a ser natural para mim. Mas era porque, na maioria das vezes que saíamos em público, alguém da minha família estava junto, e o toque era necessário para sustentar nossa farsa. Não tínhamos essa necessidade em Wakan. Daniel e Alexis sabiam do acordo, então eu não tinha nenhuma desculpa para colocar a mão nas costas de Briana, ou tirar o cabelo de seu rosto, ou me sentar perto o bastante para que minha perna encostasse na dela. Era a única coisa que eu detestava em Wakan.

Sugeri que tirássemos uma foto para colocar no Instagram só para ganhar o abraço que não pude ganhar quando cheguei. E não queria que aquele abraço acabasse. Queria que pudéssemos fechar a porta e ficar naquela cama. Queria hibernar com ela. Esquecer que o resto do mundo existia.

Vi algo grande parado sob a luz de um poste do outro lado da rua.

– Aquilo é... um *porco*?

– Ah, é – respondeu ela. – É o Kevin Bacon. É do Doug. É tipo a mascote da cidade. Ele corre por aí e tira selfies com os turistas.

O porco era enorme. Tinha pelo menos uns 130 quilos e usava um colete refletivo.

– Podemos fazer carinho nele? – perguntei.

– Claro, vamos.

Atravessamos a rua e o porco grunhiu para nós quando nos aproximamos. Ele era enorme e cor-de-rosa. Eu me agachei e passei a mão em sua cabeça, e ele fuçou à nossa volta, procurando comida. Encontrou as balas que eu tinha no bolso. Eu as peguei, desembrulhei e o deixei comer da minha mão.

Seu colete tinha uma inscrição #KEVINBACON e um código para pagamento.

– Preciso admitir, o Doug é esperto – disse Briana, olhando para o código. – *Doug* me daria um soco na cara por 1 bilhão de dólares.

– Aí eu teria que dar um soco na cara do Doug de graça.

Ela me encarou boquiaberta, tentando parecer séria, mas estava escondendo a risada.

– Você vai socar a pessoa errada. *Eu* sou o soco de 1 bilhão de dólares... Entendo o impulso de socar o Doug por nada, mas mesmo assim.

Dei risada, acariciando o pelo arrepiado de Kevin.

– Não, sério – continuou ela –, precisamos entrar num acordo.

Balancei a cabeça.

– Não vou fazer isso. Não vou socar minha mulher.

– Nick socaria.

– Bom, parece que tem muitas coisas que o Nick aceitava fazer com você que eu nunca faria.

Ela assentiu.

– Tá. Bom argumento.

– E por que o dinheiro é tão importante assim? – perguntei, ficando de pé. – Você ganha bem. Não precisa de 1 bilhão de dólares.

Ela olhou para mim.

– Jacob, minha infância foi pobre. Muito, *muito* pobre. Tipo, insegurança alimentar. Por mais dinheiro que eu tenha, nunca vou recusar a chance de não precisar mais passar por isso.

– Ah. Eu não sabia que sua infância tinha sido tão difícil assim.

Ela deu de ombros, olhando para o porco.

– Foi. Quer dizer, foi boa. Mas foi difícil. Tive que começar a trabalhar muito nova para ajudar minha mãe. Antes de se formar em enfermagem ela fazia faxina, e eu ajudava.

– Quantos anos você tinha?

– Uns 10, 11.

Meu Deus. Eu não conseguia imaginar o que era trabalhar com essa idade.

– Para o Benny foi melhor – disse ela. – Quando ele tinha uns 10 anos, minha mãe já havia conseguido um emprego bom e eu estava trabalhando na Starbucks e em outros lugares servindo mesas. Fico feliz que para ele tenha sido mais fácil.

Eu também ficava feliz por isso, mas detestava que ela tivesse tido que lutar tanto.

Eu daria tudo para que ela não precisasse lutar tanto.

Fomos até a trilha de bicicleta que levava de volta à casa. A lua estava alta no céu. Caminhávamos sob algumas árvores à beira do rio, e diminuí um pouco a velocidade para que demorasse mais. Quando chegássemos à casa, provavelmente iríamos para a cama, e eu não a veria mais até o dia seguinte.

– E seu pai, onde estava em meio a isso tudo? – perguntei.

Ela inspirou fundo pelo nariz.

– Ele tinha ido embora. Meus pais se divorciaram quando minha mãe estava grávida do Benny. Faz quase trinta anos que não vejo meu pai.

– Onde ele está?

Ela deu de ombros.

– Vai ver, voltou para El Salvador. Não sei mesmo. Não ligo. Acho que ele tem, tipo, uma nova família. Enfim, minha mãe sempre teve mais de um emprego antes de começar a trabalhar como enfermeira. Depois foi contratada por uma família branca e rica quando a avó deles ficou velha demais para morar sozinha. Eles confiavam nela. Minha mãe passou seis anos cuidando daquela senhora. Ela era muito boa nisso. Quando morreu, a senhora deixou um dinheiro para ela. Minha mãe usou o dinheiro para me ajudar a pagar a faculdade e comprar a casa que a gente alugava. A casa onde estou morando agora. – Ela olhou para mim enquanto caminhávamos e disse: – Qualquer pessoa que diz que o dinheiro não é tudo nunca teve que viver sem ele.

Caminhamos em silêncio por um tempo.

– Bom, ainda assim eu não te daria um soco na cara – falei. – Mas trabalharia bastante para que você sempre tivesse tudo de que precisa. Eu passaria fome para você poder comer.

Ela olhou para mim, achando graça.

– Eu não te deixaria passar fome por minha causa – disse.

– Eu sei. Por isso eu nunca te contaria.

– Você *não me contaria*?

– Os sacrifícios de verdade são aqueles sobre os quais ninguém sabe.

Ela fez uma pausa.

– Jacob, você é puro demais para este mundo.

Dei uma risadinha, e ela olhou para mim com um sorriso discreto.

– Sabe, o pior é que eu acredito que você faria isso, e quase sempre que os homens dizem esse tipo de coisa eu não acredito.

Olhei para a via pavimentada. Briana nem imaginava as coisas que eu faria por ela.

– Depois de tudo isso, estou meio surpreso por *eu* ter batizado nossa filha de Infinity para economizar, e não você – comentei.

– Eu me sacrificaria numa boa, mas jamais sacrificaria um filho – disse ela. – O objetivo é dar a eles uma vida melhor do que a vida que a gente teve.

– Ela poderia ter uma vida boa mesmo que se chamasse Infinity.

– É, mas talvez fosse uma vida maravilhosa se tivesse um nome normal, como Ava.

Dei um sorriso.

– Tá bom – falei, olhando para ela. – O nome dela vai ser Ava.

Ela contorceu os lábios num sorriso.

– Ótimo. Ava Infinity... *Ortiz*. Não vou usar o sobrenome de um homem, e também não vou deixar meus filhos usarem.

– Você não pegou o sobrenome do Nick? – perguntei, olhando para ela.

– Peguei. E tive que voltar para o meu. Quando minha mãe se casou, ela também pegou o sobrenome do meu pai, e teve que mudar de nome de novo quando ele foi embora, e mudou o meu também, que é claro que era o sobrenome do pai *dela*. Tive três sobrenomes diferentes ao longo da vida, tudo para seguir uma tradição patriarcal idiota. Nunca mais vou fazer isso.

Dei de ombros.

– Tudo bem. Eu pego seu sobrenome, então.

Ela deu risada, mas eu não estava brincando. Olhei para ela.

– Sabe, se quiser mesmo esfregar na cara da Amy, a gente *pode* arrastar um pouco mais essa história. Quem sabe dizer que estamos noivos. Casar. Ter uns filhos.

Viver felizes para sempre...

– Rá. Não me provoque. Sou mesquinha e adoro um golpe de longo prazo.

Eu ri. Meu celular vibrou no bolso. Peguei o aparelho e olhei para a tela. Jill.

– Espera, preciso atender. Jill? – falei, atendendo a ligação.

– Cadê você?

– Em Wakan. Com a Briana. Por quê?

– Estou na sua casa.

Dei um sorrisinho torto.

– Espera um segundo. – Coloquei a chamada no viva-voz. – Pronto. Pode repetir, por favor?

– É... estou na sua casa?

Olhei para Briana.

– Então você está dizendo que foi até a minha casa sem avisar e sem ser convidada tarde da noite.

– É... aham. Por quê? Eu sempre faço isso. Preciso da sua máquina de pão emprestada.

Olhei para Briana como quem diz "eu avisei".

– Chego amanhã.

– Aff. Tá bom. Ah, Jane deixou um pacote de café na sua varanda. Diga à Briana que mandei um oi.

Desliguei e dei um sorrisinho malicioso para Briana.

– Jill mandou um oi.

– Você faz pão? – perguntou ela.

– Sério? Foi isso que você tirou dessa conversa?

– Tá, entendi – disse ela. – Eles vão até sua casa o tempo todo e você está com medo que descubram que não estou morando lá. Eu também posso ir lá o tempo todo.

– E se eles bisbilhotarem?

– Por que fariam isso?

– Porque são intrometidos e entediados e não têm nenhum limite.

– Eu deixo algumas coisas lá. Coloco uma caixa de absorventes embaixo da pia. Deixo um sutiã pendurado numa cadeira.

Balancei a cabeça.

– É pouco.

– *Jaaacob* – resmungou ela. – Não posso ficar na sua casa. Eu me sentiria muito mal.

– Por quê?

– Porque você gosta de ficar sozinho.

– Não gosto, não – respondi rápido, até demais. Pigarreei. – Morei com o Zander por quase seis anos. Não ligo de morar com alguém. – *Com certo alguém...* – Acho que é uma boa ideia deixar minha família nos ver morando juntos.

Ela olhou para mim.

– Acha mesmo?

– Acho. Quer dizer que é sério. Eu nunca morei com a Amy.

Ela pareceu estranhar.

– Não? Por que não?

– Porque passar todo esse tempo com ela me esgotava – respondi.

– E passar todo esse tempo *comigo* não te esgotaria? – Ela me lançou um olhar de descrença. – Trabalhamos no mesmo horário. Ficaríamos juntos literalmente 24 horas por dia, sete dias por semana.

Eu sei.

– Estou falando a verdade, eu não me esgotaria de passar tanto tempo assim com você – falei.

– Você só está dizendo isso para eu não me sentir mal por ter te encurralado, porque agora ou você mora comigo, ou explica para sua família por que essa história de morarmos juntos não deu certo.

– Estou dizendo isso porque é verdade.

Briana ficou em silêncio por um tempo, depois perguntou:

– Você conversou com a Amy recentemente?

Era uma pergunta estranha.

– Conversei um pouco com ela ontem no luau.

– Ah, é? Em que momento?

– Quando fui no quarto – respondi.

Ela assentiu olhando para a trilha.

– Sobre o que vocês conversaram?

Inspirei fundo pelo nariz.

– Para falar a verdade, foi uma discussão.

– Sobre o quê?

Fiz uma pausa.

– Assunto velho. – *Você.* – Não foi nada de mais.

Eu não queria falar sobre isso. Não queria dizer a Briana que Amy não acreditava que ela me quisesse – porque ela não queria mesmo. Não queria falar sobre a ironia da acusação de Amy.

Como não me alonguei, Briana continuou:

– Ela devia estar com ciúme.

Dei uma risada.

– Não estava, não.

– Acredite, ela estava. Deve ter pensado que você fosse sofrer por ela pelo resto da vida, e agora que está com uma namorada nova que é obcecada por você, ela não está sabendo lidar com isso.

Tive que desviar o olhar. Porque a Briana obcecada por mim estava tão longe da realidade que me doía só de pensar.

– Acho que ela ainda é apaixonada por você – disse ela.

Deixei escapar um ruído de incredulidade.

– Não é, não.

– É, sim. Eu tenho um ranço *enorme* dela.

– Não tenha ranço dela.

Briana ficou quieta ao meu lado.

– Como você se sentiu? – perguntou depois de um tempinho. – Com a briga?

Pensei em como queria responder. Decidi pela verdade.

– Péssimo.

Briana não falou nada. O que ela *fez*, no entanto, foi estender a mão e entrelaçar os dedos nos meus. Meu coração deu um salto com o toque inesperado. O calor irradiou por todo o meu corpo.

Ela apertou minha mão e se apoiou em meu braço até eu olhar para ela.

– Sinto muito que alguém tenha feito você achar que é difícil te amar – disse ela.

Meu peito ficou apertado. Ela olhou para mim com tanta sinceridade que eu quis parar e beijá-la ali mesmo.

Mas não era amor aquilo em seus olhos. Era pena. Ou companheirismo. Ou amizade. Era como o abraço que ela me deu dias antes. O objetivo era me consolar, só isso.

Eu sabia disso, e nada mudava. Ainda queria beijá-la.

Eu era meu maior inimigo, porque sabia como aquilo ia acabar e não estava movendo um dedo para me salvar. Não conseguia.

Não precisava ter ido até lá. Poderia ter erguido um muro entre nós e ficado em casa. Não precisávamos passar tanto tempo juntos fora do trabalho ou de eventos da minha família. Mas como eu poderia abrir mão de vê-la ou conversar com ela por um momento que fosse? Não conseguia justificar isso.

Eu teria ido para qualquer lugar onde Briana estivesse, para o que quer que ela estivesse fazendo. Teria ido encontrá-la numa festa. Ou num bar cheio ou numa balada. Meu desejo de vê-la anulava meus instintos de autopreservação – de várias maneiras.

Chegamos à casa e ela soltou meu braço. Abri a porta para deixar Tenente Dan e Hunter saírem para se aliviarem e ficamos na varanda esperando por eles.

– Escuta – falei, enquanto observávamos os cães cheirando o gramado. – Você deixou sua blusa na caminhonete ontem. Eu trouxe.

– Ah, obrigada. Posso pegar agora? Na verdade, eu estava procurando por essa blusa.

– Claro.

Deixamos os cães do lado de fora. Tenente Dan não fugiria. Ele era movido demais a petiscos para fazer qualquer coisa que não fosse voltar assim que terminasse o que precisava fazer.

Subimos até meu quarto e abri a mochila para pegar a blusa enquanto ela esperava ao lado do baú.

Deixei a blusa no banco do carona na ida até lá para poder sentir o cheiro de Briana. Queria ficar com ela.

Se ela morasse comigo, haveria coisas assim por toda a casa, o tempo todo. Seu xampu ficaria no meu chuveiro. Ela usaria minhas canecas de café. Sua escova de dentes ficaria ao lado da minha na pia.

Eu queria tanto essas coisas simples que não conseguia mais suportar. Nunca quis tudo isso com Amy. Ela tinha razão quando destacou esse fato. Eu passava muito tempo afastando-a de mim, mantendo-a a uma distância segura. Mas eu *procurava* Briana. Queria que minha vida fosse desejável para ela, para que ela quisesse fazer parte. Pretendia comprar um sofá para a sala porque quando foi à minha casa ela disse que não dava para assistir à Netflix e relaxar nas poltronas. Eu sabia que a chance de Briana se aconchegar comigo num sofá era de menos de um por cento – mas queria ter o sofá só por garantia.

Para ser sincero, o que eu queria mesmo fazer com ela nem dependia da sala.

Queria deitá-la na minha cama com aquele vestido vermelho que ela usou no luau e realizar tudo que vinha imaginando nas semanas anteriores. Queria tirar sua calcinha, subir o vestido até o quadril, enterrar o rosto entre aquelas pernas…

Eu precisava deixar isso de lado.

Parecia falta de respeito. Como se eu estivesse violando Briana só de pensar nessas coisas. E andava pensando *muito* nelas. Não conseguia evitar.

Uma rajada forte entrou pelas cortinas e a porta do meu quarto bateu.

Briana deu um pulo.

– Ah, meu Deus, que susto – disse, levando uma das mãos ao peito.

Devia ter sido vento encanado. Talvez Alexis e Daniel tivessem acabado de entrar pela porta da frente.

Peguei a blusa e entreguei a Briana.

– Obrigada.

E ficamos ali parados. A porta fechada. As luzes baixinhas.

Só nós dois e uma cama.

Parecia o fim de um encontro. Um encontro maravilhoso com uma química absurda, em que você quer convidar a pessoa para entrar e ficar a noite toda porque ela ir embora parece prematuro e errado.

O tipo de encontro que nunca termina. Vira café da manhã no dia seguinte e jantar na noite consecutiva, e, finalmente, depois de tantas vezes dormindo um na casa do outro, vocês vão morar juntos porque é tudo tão orgânico que fazer qualquer outra coisa seria absurdo.

Briana sair daquele quarto parecia absurdo.

Tive que me obrigar a lembrar que ela não sentia o mesmo que eu. *Ela* não sentia a química. *Ela* não sentia nenhuma atração nem apego por mim.

Ela estava cumprindo uma missão.

Se ela tivesse aceitado sair comigo, eu teria mergulhado de cabeça. Teria tratado a oportunidade como uma chance única. Seria algo precioso para mim. Nunca na vida eu me dedicaria tanto a uma coisa quanto à menor possibilidade de convencê-la a me considerar uma opção.

Mas demonstrei meu interesse, e ela deixou claro seu desinteresse.

E pronto.

Ela pigarreou.

– A gente se vê amanhã. Boa noite.

Enfiei as mãos no bolso.

– Boa noite.

Vi Briana ir até a porta como se estivesse assistindo ao final errado de um filme que eu amava e sabia de cor.

Mas, quando ela tentou sair, a porta estava emperrada.

31

Briana

– Como assim está emperrada? – perguntei.

Jacob esfregou a nuca.

– Está emperrada. Não consigo abrir.

Fiquei olhando para ele, atônita. Então voltei até a porta e comecei a puxar a maçaneta desesperadamente. Era como tentar abrir o cofre de um banco.

– Não... – falei baixinho. – Não, não, não, não, não...

– Você tem claustrofobia? – perguntou ele, parecendo preocupado.

Não. Eu não tinha.

– Tenho – menti.

– Mas a gente almoça num depósito...

– Aquela porta não fica trancada!

Peguei o celular e liguei para Alexis, andando de um lado para o outro em frente à lareira enquanto Jacob abria as janelas e a porta do banheiro para me ajudar com o medo fictício de lugares fechados.

Ela atendeu no segundo toque.

– Oi...

– Ali? Estamos trancados no quarto do Jacob.

– O quê?

– Passou um vento estranho, a porta bateu e agora não quer abrir.

Ouvi Alexis entrando pela porta da frente e contando tudo para Daniel.

– Acabamos de chegar, já vamos subir.

Quarenta e cinco minutos depois, ainda estávamos presos.

Jacob tentava resolver a questão pelo lado de dentro, mas o problema não era a fechadura. A porta tinha inchado. Assim como um dedo quebrado incha ao redor de uma aliança.

– Vou ter que cortar – disse Daniel, resignado, no viva-voz do meu celular.

– Não, não corta – respondeu Jacob, ligeiro.

Olhei para ele, pasma.

– Como assim *não corta*?

Ele indicou a porta com um gesto de cabeça.

– É uma porta antiga. Deve ser original da casa. É insubstituível.

– Estamos presos aqui!

Ele olhou para mim com calma.

– Olha só, esse tipo de coisa acontece no meu chalé o tempo todo. O alicerce assenta e a casa muda. A umidade emperra as portas. Choveu ontem, deve ser por isso.

Jacob ergueu o tom de voz.

– Daniel, você tem um desumidificador?

– Tenho, no porão.

– Certo. Liga no corredor. Vamos deixar funcionando durante a noite e ver se a madeira seca um pouco. Se não conseguirmos abrir a porta de manhã, vemos o que fazer.

– Boa ideia – disse Daniel do outro lado da porta.

Olhei para Jacob, desanimada.

– A noite toda? Vamos ficar aqui a noite toda?

– A gente já ia dormir mesmo – disse Jacob. – Temos um banheiro, água, acabamos de comer. Não precisamos de mais nada…

– Eu preciso! Eu preciso… do meu *aparelho*! – falei, desesperada. – Não fico sem ele!

Ele olhou para mim como um pai que ouve uma história maluca de uma criança de 3 anos e acha graça.

Eu não podia passar a noite naquele quarto com Jacob. Não podia dormir na mesma cama que ele. Olhei para a cama quase em pânico. Nunca tinha visto uma cama tão pequena – aquilo não tinha sido uma pousada? A especialidade das pousadas não são as camas de casal? Aquilo era um quarto de criança?!

– Eu posso colocar uma escada – disse Daniel pelo viva-voz. – Mas vocês teriam que sair pelo telhado…

– Sim. Com certeza. – Assenti com entusiasmo. – Vamos fazer isso.
– Você *não* vai sair pelo telhado – disse Jacob.
– Por que não?
– Porque você pode cair. E olha essas janelas. Elas só abrem uns dez centímetros. Sair por ali seria como um parto, você ficaria presa.
– Concordo, Bri – disse Alexis no telefone. – É perigoso demais. Acho que o plano é bom, fiquem onde estão.
Olhei para Jacob desesperada.
– Com licença – falei. Levei o celular para o banheiro e fechei a porta. – Alexis, me tira do viva-voz e vai para o seu quarto – sussurrei.
Houve uma pausa e ouvi uma porta se fechando.
– Pronto. Você não está mais no viva-voz.
– Não posso passar a noite aqui.
– Por quê?
– Porque eu vou transar com ele.
Ela riu.
– Não tem graça – sussurrei-sibilei. – Sua casa me trancou numa armadilha do sexo e eu estou tão sedenta que não vou conseguir dizer não. Assim que ele respirar perto de mim, minhas pernas vão se abrir, tipo daquelas cabras que desmaiam de susto. Estamos numa crise!
Percebi que ela afastou o celular dos lábios para que eu não ouvisse a risada – que ouvi mesmo assim.
– Ali, o homem literalmente me fez uma proposta ontem.
– Ele te chamou para sair – disse ela, ainda rindo. – Ele não propôs transar.
– Propôs, *sim*. A gente já sai. Todos os dias. Ele não estava me pedindo para me envolver emocionalmente, porque não está disponível emocionalmente e já viu meu perfil nos aplicativos de relacionamento e sabe que eu também não estou, então *na verdade* ele estava perguntando se eu queria transar com ele.
– Fiquei tonta só de tentar entender esse argumento...
– E agora estou presa num quarto com um homem por quem estou meio apaixonada e *extremamente* atraída, que quer transar comigo, e me desculpa, mas eu tenho a força de vontade de um pedaço de brócolis.
Ela não conseguiu se segurar. Demorou um minuto até parar de rir o suficiente para responder.

– Olha só, tem escovas de dentes extras na gaveta embaixo da pia – disse, ainda ofegante. – Posso passar seu aparelho por debaixo da porta, e vamos cuidar do Tenente Dan. Além disso, fique sabendo que as paredes são *bem* grossas...

Soltei um gemido e me sentei com força na tampa fechada do vaso sanitário.

– Eu *não* acredito que isto está acontecendo...

– Eu acredito.

– O que quer dizer com isso? – resmunguei.

– Digamos que às vezes acontecem umas coisas aqui que eu não consigo explicar.

Apoiei a testa na mão.

– Meu Deus. E por que essa cama é tão pequena?

– Daniel está pintando a cama antiga. Ele colocou essa no quarto enquanto a outra não fica pronta.

– Podia muito bem ser uma rede.

Ela voltou a rir.

– Bri? Acho que você chegou à cena do "só tem uma cama".

– *Rá, rá.*

Quando desliguei o celular e saí do banheiro, Jacob estava agachado em frente à lareira com uma haste de metal.

– O que você está fazendo?

– Acendendo a lareira – disse ele, levantando-se. – Vai ajudar a secar o ar do lado de dentro.

Claro. Vamos dividir uma cama minúscula, *e* tem uma lareira romântica acesa. Perfeito.

Ele ficou ali me olhando, de novo, com aquela cara de cachorrinho que caiu da mudança. Sabia que eu não queria estar ali. Soltei um suspiro e tentei não parecer tão consternada. Não era culpa dele.

Jacob olhou para a cama por cima do ombro e voltou a olhar para mim.

– E aí... Que lado você prefere? – perguntou.

Lado? A gente ia ter que dormir empilhado um em cima do outro.

Soltei mais um suspiro.

– De que lado você costuma dormir?

– Direito.

– Tá. Eu durmo no esquerdo.

Olhei para minha roupa. Eu estava de regata e calça jeans. Meus peitos se espalhariam assim que eu deitasse.

– Posso te emprestar uma camiseta – disse ele, lendo meus pensamentos.

– Obrigada.

– A gente só vai dormir – continuou.

Rá. Tá bom.

Vesti a camiseta que ele me deu. Tinha o cheiro dele e deixava aquela situação toda um milhão de vezes pior. Por baixo da porta, Alexis passou meu aparelho, que eu não queria usar na cama com Jacob, mas tinha feito tanta questão dele que tive que colocar. O aparelho me fazia cecear.

A camiseta era comprida o bastante para me cobrir. Mas no limite. Pensei em dormir de calça jeans, mas essa ideia *realmente* era claustrofóbica, então me enfiei embaixo da coberta o mais rápido possível para evitar que ele acabasse vendo minhas partes.

Quando Jacob se deitou, toda a lateral de seu corpo tocou o meu. Depois de algumas movimentações desajeitadas de nós dois que pareciam voltas a manter o pênis dele o mais longe possível de mim, concordamos em dormir de costas um para o outro. Teria sido mais fácil dormir de conchinha, ou ele deitar de barriga para cima e eu dormir de lado aconchegada em seu braço, mas eu não faria isso de jeito nenhum. Era perigoso *demaaaaais*.

Meus joelhos estavam metade para fora da dama. Tenho certeza de que os joelhos *dele* estavam metade para fora da cama.

Ele pigarreou.

– Sabe, ficaria melhor se a gente...

– Não – cortei.

Ele continuou:

– A gente se abraça o tempo todo. Não é uma coisa sexual.

Tive que segurar uma gargalhada maníaca.

– Não é isso. É que eu tenho... *muita* claustrofobia – menti. – Não posso abraçar ninguém agora, senão a coisa vai piorar.

Ele ficou em silêncio por um instante.

– Tá bom.

Virou o rosto para seu lado do quarto, mas logo voltou a me olhar por cima do ombro, dizendo:

– Quer ficar acordada e conversar um pouco? Pode ser difícil dormir se você estiver ansiosa.

Suspirei longamente. Então me virei de barriga para cima e ele também.

– Sobre o que você quer conversar? – perguntei.

– Você podia fazer aquelas suas perguntas esquisitas.

– Minhas perguntas não são esquisitas – respondi, ceceando por causa do aparelho idiota.

Ele se apoiou no cotovelo.

– "Você prefere beber a água do vaso sanitário ou comer areia de gato suja?" Isso não é esquisito?

– É uma maneira ótima de quebrar o gelo, destinada a chegar ao cerne de quem você é como pessoa.

– Aham.

Os cantos dos olhos dele estavam enrugadinhos.

– Bom, e as suas perguntas? Também são uma porcaria.

– Minhas perguntas são ótimas. Você é que não leva a sério.

Arquejei.

– Eu levei *todas* as suas perguntas a sério.

Ceceei muito com a palavra *sério*.

Ele pareceu achar engraçado.

– É mesmo? Sua experiência de quase morte foi quando suas coxas ficaram roçando uma na outra na Disney no seu aniversário de 25 anos...

– EU ESTAVA QUASE MORRENDO, JACOB.

Ele riu e seu peito retumbou em meu braço. Retumbou em meu corpo inteiro. Ele estava tão pertinho...

Estávamos sozinhos...

Juro que os olhos dele desceram até meus lábios por um instante e de repente me dei conta de que, se ele me beijasse naquele instante, eu não o rejeitaria. Não seria capaz. Parecia um feitiço. Eu tinha força suficiente apenas para não me mexer, mas não para me salvar se ele avançasse. *Rezei* pedindo que Jacob fosse Jacob e continuasse respeitoso. Ele sempre era respeitoso. Mas e se não fosse?

Uma parte bem específica de mim *esperava* que ele não fosse. Minha vagina traidora estava fazendo pinturas de guerra e soprando uma corneta viking como se estivesse prestes a saquear a vila de Jacob.

Pigarreei.

– Essas perguntas são muito importantes para nosso relacionamento de mentira.

– E o que exatamente você aprendeu quando me perguntou que tipo de mullet eu seria?

– Aprendi que seu cabelo cresce encaracolado e que você tem uma risada linda?

Ele gargalhou de novo. Ainda estava sorrindo quando continuamos.

– Você devia me perguntar coisas de verdade. Com substância.

– Você não está pronto para minhas perguntas com substância. Acredite. Elas são extremamente invasivas.

Ele se ajeitou sobre o cotovelo.

– Experimenta.

Também me apoiei no cotovelo e olhei para ele.

– Você não aguenta.

– Aguento, *sim*.

Semicerrei os olhos.

– Não.

Voltei a me deitar.

– O quê? Como assim, não?

– Não. Eu não tenho uma piscininha rasa, Jacob. Vou direto do "você prefere" para o fundo do poço. É "verdade ou desafio" com esteroides. Não chegamos a esse ponto. Talvez nunca cheguemos.

– Só para eu entender a hesitação, você acha que eu não vou estar disposto a responder às perguntas difíceis que você pode fazer?

– É isso que eu estou dizendo.

– Estou disposto.

Virei a cabeça e olhei para ele, que me encarou com firmeza.

– Estou falando sério. Pergunta o que quiser. O que quer saber?

Eu me sentei, apoiada na cabeceira.

– Quero saber o que tem no seu histórico de busca.

– O quê?

Ele gargalhou. Dei de ombros.

– É o que eu quero saber. Isso vale por mil perguntas.

Era aí que ele ia pular fora. Nunca que aquele homem ia me deixar ver a pornografia esquisita a que ele gostava de assistir.

– Tá bom.

Ele se sentou, pegou o celular na mesinha de cabeceira e me entregou. Fiquei olhando para o aparelho, chocada.

– É...

– Minha senha é 7438.

Fiquei literalmente sem palavras.

– Por que você concordou? Eu estava só dobrando a aposta.

Ele olhou em meus olhos.

– Não existe nada em mim que eu tenha medo de que você saiba.

Fiquei olhando para ele.

Meu coração se apertou e eu não conseguia nem explicar por quê – mas acabei entendendo. Foi porque durante tantos anos meu próprio marido fez questão de ser um estranho para mim. Ele tinha toda uma vida sobre a qual eu não sabia nada. E ali estava aquele homem que *queria* que eu o visse. Por inteiro. Ele não queria segredos entre nós. Tinha acabado de me dar a droga da senha do seu celular.

Peguei meu celular na mesinha de cabeceira e entreguei a ele.

– Então você também pode ver. Minha senha é 9008.

– Tá. E, só para você saber, eu nunca troco minha senha – disse ele.

– Tá bom.

– Isso significa que você sempre vai ter acesso ao meu celular. E meu cartão de débito.

Olhei para ele, boquiaberta.

– Jacob! Você acabou de me passar a senha do seu cartão de débito? Não pode fazer isso!

Ele olhou para mim parecendo achar muita graça.

– Por quê? Não posso confiar em você?

– É claro que você pode confiar em mim.

Ceceei muito na palavra *você* e ele sorriu.

– Bom, se posso confiar em você, qual é o problema?

Soltei o ar com força pelo nariz.

– Sua senha do banco não devia ser a mesma do seu celular. Deviam ser duas senhas diferentes.

– Tá bom. – Ele tirou o celular da minha mão, mexeu em algumas coisas, digitou um número e me devolveu o aparelho. – Pronto. Mudei minha senha. Agora é a mesma que a sua.

– Jacob!

– O que foi? – Ele estava rindo. – Agora você não vai esquecer.

– Por que eu preciso saber sua senha?

– Para ver uma mensagem para mim quando eu estiver dirigindo, para abrir meu celular para tirar uma foto, para ver minha agenda e ver se estamos disponíveis no mesmo dia...

Eu o encarei. Ele continuou:.

– Que foi? Estamos passando muito tempo juntos. Vai acontecer uma situação em que você vai precisar abrir meu celular. Se não quiser usar, não usa, mas pelo menos vai ter como se precisar.

Olhei para o celular na minha mão, senti meu rosto se contorcer levemente e um nó crescendo em minha garganta. Fiquei tanto tempo olhando para a tela preta que ele percebeu.

– Tudo bem? – perguntou, abaixando a cabeça para olhar para mim.

Não. Nem um pouco.

Acho que aquela ia ser a primeira verdade difícil que eu ia revelar como parte do exercício.

– Eu não sabia a senha do meu marido – admiti em voz baixa. – Porque ele me fez acreditar que eu era paranoica e controladora só por pedir.

Ergui o olhar até o dele e vi a compreensão mudar seu rosto.

– Você e eu – disse ele, com a voz suave. – Nós somos diferentes. Concordamos em ser inofensivos um para o outro.

As palavras partiram meu coração. A promessa de Jacob de ser inofensivo para mim parecia mais sincera que meus votos de casamento tinham sido.

Eu acreditava que ele queria ser inofensivo para mim. Mas principalmente porque era inofensivo para todo mundo.

Ele ficou me observando por um bom tempo, provavelmente para ter certeza de que eu estava bem. Mas eu parecia estar presa numa espécie de transe hipnótico e não conseguia desviar o olhar. Via as manchinhas em seus olhos. Sentia sua respiração fazendo cócegas em meu rosto. Ele estava a uma pequena distância de poder me beijar.

Eu não conseguia imaginar como Amy podia ter tido o amor e a devoção dele e não ter feito nada para preservá-los. Não quis, ou não viu o quanto aquilo era precioso.

Desviei o olhar e quebrei o feitiço.

– Tem certeza de que quer fazer isso? – Funguei. – É superinvasivo.

– Tenho certeza. Não ligo.

Engoli em seco e respirei fundo. Muito bem. Aqui vamos nós.

Peguei o celular dele e abri o histórico de pesquisa. A maior parte da primeira página era de buscas sobre Wakan. Sorri quanto vi que ele pesquisou todos os lugares sobre os quais falei antes de vir.

Antes das buscas por Wakan havia várias buscas por... sofás?

Olhei para ele.

– Você está procurando um sofá?

– Estou – respondeu ele, apoiado na cabeceira. – Na verdade, eu queria te mostrar e ver o que você acha.

Ele deu uma olhada no próprio histórico de pesquisa e abriu um link. Apareceu um sofá azul-marinho.

– Este. O que você acha?

– Por que você está procurando um sofá?

– Para substituir as poltronas, como você disse.

– Você vai substituir as poltronas porque eu fui à sua casa uma vez e disse que você devia ter um sofá?

– Eu quero ter uma sala de que você goste.

Minha expressão se suavizou.

Ele estava fazendo planos por minha causa?

Planos permanentes, que envolviam móveis – e éramos só amigos.

Nick não se comprometia nem em jantar com minha mãe quando ela estava na cidade. Provavelmente porque passou a segunda metade do nosso casamento com o pé fora da porta. Eu não fazia parte de seus planos de longo prazo. E Jacob estava ali como que dizendo: "A gente se conhece há dois meses, pode ser que você volte à minha casa, que sofá você quer?" Isso me fez rir.

– Gostei – respondi. – Mas por que você não testa ele primeiro? Vai que é todo duro?

– Se eu for ver, você vai comigo?

– Você quer que eu vá?

– Quero.

– Tá bom. – Assenti. – Vamos testar sofás.

Jacob sorriu e voltei a olhar seu celular enquanto ele olhava o meu.

Ele estava muito quieto.

Eu não conseguia lembrar o que tinha pesquisado na última semana. Nada escandaloso. Acho que passei um bom tempo pesquisando coletores menstruais. Mas me recusava a ficar constrangida com produtos menstruais, e Jacob não se importaria nem um pouco com isso. Eu não conhecia nenhum médico que se importasse. E, mesmo que houvesse algo humilhante ali, eu meio que queria que ele visse. Queria que visse o que havia de feio em mim, meus segredinhos sujos. Tipo, aqui estão todas as minhas neuroses. Aqui estou eu, mergulhada até o pescoço na internet às duas da manhã, pesquisando médiuns no Google depois de ter visto um TikTok que dizia que um médium tinha solucionado um assassinato no Alabama. E veja! Em vez de dormir depois disso, pesquisei pequenos pênis de plástico que queria colocar nos interruptores do quarto de Benny para pregar uma peça nele. O que acha disso? É esquisito o bastante para você?

Era como se eu quisesse ver se ele ainda iria me querer por perto depois de me conhecer de verdade. A Briana sem filtros. A Briana real. Bagunçada.

Talvez porque em algum momento Nick me conheceu assim, e decidiu que preferia outra pessoa.

Eu me lembrei de quando vi o histórico de busca de Nick, quando entrei escondida em seu laptop e finalmente vi o que ele estava fazendo após sua vida dupla ter vindo à tona. Era como uma linha do tempo de enganação, um relato detalhado de todas as mentiras que ele contou.

Ali estava ele pesquisando qual hotel de cinco estrelas ficava mais próximo do escritório para poder transar com Kelly em lençóis de mil fios no horário do almoço. Pesquisando floriculturas para enviar buquês que não eram para mim. Ah, e ali estava o Nick pesquisando passagens de primeira classe para Cancun enquanto eu dormia ao seu lado na cama. Eram para uma viagem romântica com sua namorada que ele planejava me dizer que era uma viagem a trabalho.

Quando *nós* íamos de avião para algum lugar, ele comprava na classe econômica.

Sabe o que não vi nas buscas de Nick? Nada sobre gravidez. Nem paternidade. Nem berços, cadeirinhas para carro ou nomes de bebês...

Enfim.

O celular de Jacob dava uma experiência *bem* diferente de histórico de pesquisa.

Gostei de ver o que ele fazia quando ninguém estava olhando porque era exatamente o que *dizia* fazer. Incluindo a pesquisa sobre o viveiro de plantas que ele disse que visitaria para comprar roseiras para o quintal, a pesquisa no IMDB sobre os atores de *Schitt's Creek* e o site do pet shop em que ele comprava os petiscos para o Tenente Dan.

Jacob era quem dizia ser. O tempo todo. E, para mim, os homens nunca eram quem diziam ser. Mas aquele, pelo jeito, meio que *era*.

E isso me deixava morta de medo.

Acho que eu me sentiria melhor se seu histórico se resumisse a citações de gurus machistas e seis horas diárias de pornografia virtual, porque aí eu não teria a impressão de que precisava ficar sempre alerta para não cair na pegadinha. Não teria que continuar me preparando para a grande decepção quando Jacob Maddox me mostrasse quem era de verdade. Poderia simplesmente pensar: *Ah, pronto. Aí está.* E meu coração voltaria a produzir os blocos de cimento para subir os muros que eu gostava de manter à sua volta.

Acho que, inconscientemente, era isso que eu esperava. Queria que ele me decepcionasse. Queria enxergar além da fachada que todos mostram para o resto do mundo e ver como ele realmente era, sem filtro.

Mas o plano saiu pela culatra. Porque eu estava apaixonada pelo Jacob sem filtro.

Eu amei ver que, todas as vezes que saímos para comer na semana anterior, ele pesquisou o cardápio para saber o que pedir quando chegássemos ao restaurante. Amei o fato de ele ter pesquisado El Salvador e depois a cidadezinha onde eu disse que minha mãe tinha nascido. Amei ver que, no dia em que levamos os gêmeos ao parque e Carter disse que queria que Jacob usasse meias de guaxinim, ele saiu numa cruzada atrás das meias. Amei o fato de ele pesquisar plantas. Amei. Isso me fez querer agarrá-lo por ter um passatempo saudável que não incluía transar com outra pessoa.

Eu amava tudo isso.

Eu amava *Jacob*.

Então fiquei paralisada.

Ah, meu Deus... Eu *amava* Jacob.

Mas como poderia não amar? Ele era o homem mais amável do planeta. Acho que seria difícil encontrar qualquer pessoa em sua vida que *não* o amasse.

Mas eu *amava*, eu o amava. Não por amizade. Não por admiração. Mas porque *se-você-não-estivesse-apaixonado-por-outra-pessoa-eu-te-daria-uma-chance*. Porque *eu-te-daria-tudo*.

Mas ele *estava* apaixonado por outra pessoa. E no dia anterior eles discutiram aos sussurros num quarto cheio de animais empalhados, e ela deixou uma mancha de batom e o próprio perfume na camisa dele.

Jacob voltou para casa abalado e triste porque ela ainda exercia esse poder sobre ele.

Então eu deveria parar de pensar nisso e pronto, porque o fato de eu amar Jacob não importava enquanto ele amasse Amy.

Devolvi o celular.

– Toma.

Ele também devolveu o meu.

– Preciso saber. Você comprou aquele coletor?

– Rá. Você preferia que tivéssemos ficado nas perguntas sobre mullet?

Ele fez que não com a cabeça.

– Não. Gosto das suas atividades superinvasivas e absolutamente inadequadas para conhecer alguém.

Dei uma risadinha.

Ele sustentou meu olhar.

– Qualquer coisa que quiser saber sobre mim, é só perguntar.

Você vai voltar para Amy quando chegar a hora?

Você sente alguma coisa por mim?

Se pudesse me amar, você nunca me magoaria nem iria embora?

Se eu engravidasse, você pesquisaria gravidez no Google?

Fiquei sorrindo para ele por um bom tempo, e seus olhos voltaram a se concentrar em meus lábios por um instante.

– Escuta – disse ele, ainda olhando para a minha boca.

– Quê? – respondi, olhando para a dele.

– Quer um pouco de bourbon?

Ergui o olhar.

– Você tem *bourbon*?

– Tenho. Eu trouxe para o Daniel e a Alexis, mas aí vi que ela está grávida e fiquei em dúvida se não seria falta de consideração dar esse presente a ela, então guardei. Podemos abrir.

– Mas você não bebe.

– Bebo, sim. Só não bebo quando minha ansiedade está alta.

– Estamos praticamente em situação de reféns… Sua ansiedade não está alta?

Ele balançou a cabeça.

– Não.

Um sorriso largo se espalhou por meu rosto. Então nós dois nos levantamos da cama ao mesmo tempo.

32

Jacob

Estávamos sentados no chão em frente à lareira, encostados no baú aos pés da cama. Fazia uma hora que eu tinha tirado o bourbon da mochila, e Briana estava muito, *muito* bêbada.

Estávamos no meio de um jogo de bebida com um baralho que encontramos na mesinha de cabeceira. Tentávamos jogar uma carta na lareira e, se errássemos, tínhamos que beber. O placar estava quatro a um, não para ela.

Ela estava encostada em meu ombro, e tirei a garrafa de suas mãos.

– Acho que já deu – falei, fechando a garrafa e colocando-a ao meu lado.

– Queria que a gente tivesse uns salgadinhos de queijo – disse ela, ceceando por causa do aparelho.

Dei uma risadinha e ela virou a cabeça para olhar para mim.

– Não ria de mim. Com esse seu... seu rosto perfeitamente simétrico e seus dentes bonitos e essa coisa de cachorrinho que caiu da mudança.

Dei um sorriso. Eu não sabia o que ela queria dizer com "coisa de cachorrinho que caiu da mudança", mas aceitei de bom grado o elogio aos dentes e ao rosto simétrico.

Eu nunca tinha ficado tão feliz por estar preso num quarto.

Ela estava com a minha camiseta, que ficaria com seu cheiro quando me devolvesse. Eu não via a hora. Mas a camiseta estava meio curta, e às vezes dava para ver coisas que eu provavelmente não devia ver. Eu gostava disso, mas também sabia que ela estava bêbada demais para se preservar, então peguei o cobertor da cama e a envolvi nele.

Ela soltou um soluço.

– Você precisa vomitar? – perguntei.

Ela fez que não com a cabeça.

– Eu nunca vomito. Nunca.

– Nunca?

– Não. Nem o norovírus é capaz de me derrubar. Eu tenho um estofo... um *estômago* de ferro... Você já ouviu falar do teste das duas cervejas e um cachorrinho?

Fiz que não com a cabeça, sorrindo para ela.

– Não.

Ela esfregou o nariz.

– Você se pergunta se beberia duas cervejas com a pessoa e se deixaria ela cuidar do seu cachorrinho por um fim de semana. Algumas pessoas são sim/sim. Outras são não/não. Meu ex era sim/não. Ele era divertido, mas eu não podia confiar nele.

– Amy era não/sim. Ela era confiável, mas me esgotava.

– Eu ando pensando que para mim você é sim/sim – disse ela. O que saiu foi "xim/xim".

Sorri para ela com ternura.

– Você também é sim/sim para mim.

– Ótimo. Porque quero te dizer uma coisa. Porque acho que você precisa saber que tipo de pessoa eu sou, sabe? Tipo, do que sou capaz?

– Tá bom...

– Pode ser que você não goste mais de mim depois disso.

Olhei para ela com curiosidade.

– Tenho certeza de que vou continuar gostando de você.

Ela balançou a cabeça.

– Não. Isso é bem ruim. Tipo, é *muito* ruim. É sobre o que eu fiz com o Nick. Quando descobri.

Olhei para ela. Briana parecia tão séria que virei o corpo inteiro para ficar bem de frente para ela.

– Me conta.

Ela ficou me olhando por um tempo, como se estivesse repensando a ideia. Então se inclinou sobre meu colo para pegar a garrafa, tirou a tampa, tomou um gole e voltou a largá-la.

– Eita, foi tão ruim assim?

Ela voltou para onde estava e olhou para mim e fungou.

– Então, na época da faculdade, eu trabalhava na Starbucks, né? E, quando um cliente era grosseiro, eu deixava a bebida dele melhor ainda. Tipo, usava café prensado a frio no Frappuccino em vez do concentrado de café, sabe esse tipo de coisa? E eu não contava o que tinha feito para que eles nunca mais conseguissem pedir igual. Assim, pelo resto da vida, a bebida deles nunca mais seria tão boa e eles ficariam para sempre tentando voltar àquele pedido e nunca mais conseguiriam curtir a bebida da mesma forma.

– *Tá booooom...*

– Não é essa a história – disse ela. – Isso tudo é só para você entender, tá? Para você ver o quanto eu sou diabólica.

Eu ri.

– Certo...

Briana me olhou com tristeza. Arqueei uma sobrancelha.

– *O que* você fez?

Ela respirou fundo. Então resmungou alguma coisa baixo demais para que eu conseguisse ouvir.

Abaixei a cabeça.

– O quê? Não ouvi.

– Eu disse que despejei glitter pela casa inteira.

Soltei uma risada.

– *O quê?*

– Uns vinte quilos de glitter. Também coloquei nas pás dos ventiladores de teto. Para depois. Subi numa escada e peguei uns punhados enormes e despejei em cima das pás, para que quando eles ligassem o ventilador...

Tive um ataque de riso.

– Não tem graça, Jacob! Não tenho orgulho disso, não é assim que gente racional se comporta!

– Não, tem razão – respondi, enxugando os olhos. – Você devia estar presa. Vou chamar a polícia.

– Jacob!

Tive que cobrir a boca com a mão para não acordar Alexis e Daniel, de tanto que gargalhava.

Em parte era efeito do bourbon, em parte da história, mas principalmente do jeito sério e sombrio como ela contava a história. Como se estivesse confessando um assassinato.

– Não foi só isso. – Ela engoliu em seco. – Eu roubei o prato do micro-ondas. E a lâmpada da geladeira. Levei a tampa do liquidificador, as luvas de cozinha e o controle da garagem, desafinei o violão dele e arranquei as últimas cinco páginas do livro que ele estava lendo. Coloquei suco de pozinho vermelho no chuveiro e tirei o rótulo de todas as comidas enlatadas e coloquei camarão cru no varão da cortina que fica ao lado da cama... *Pare de rir!*

Eu estava quase chorando.

– Lá no trabalho chamam isso de dar uma de Briana Ortiz – contou ela, triste. – É tão constrangedor. Acho que as enfermeiras contam essa história para os namorados como forma de eles andarem na linha...

Fui obrigado a puxá-la para perto e beijar o alto de sua cabeça. Não consegui evitar. Ela parecia tão desanimada.

– Eles tiveram que trocar o tapete – sussurrou. – Não conseguiam tirar os brilhos.

– Bom, em sua defesa, acho que ele mereceu – falei, rindo junto ao cabelo dela.

Ela assentiu em meu peito.

– Ele mereceu. Mereceu mesmo.

– Onde você comprou vinte quilos de glitter?

– Na Amazon. – Fungada. – Prime.

– Ah, claro. Você se arrependeu?

– Não.

Soltei uma gargalhada.

Ela ficou ali por um instante, fungando na minha camiseta. Então se endireitou e tirou o cabelo do rosto.

– Me conte alguma coisa que ninguém sabe sobre você.

– O quê?

– Eu contei isso. É minha história mais constrangedora. Então agora você me conta alguma coisa.

Apoiei as costas no baú e pensei um pouco.

– Tá. – Olhei para ela. – Quando entrei no quarto do Benny no hospital, fiquei paralisado de tão linda que você era.

Seu queixo caiu.

– O quê?

– Eu não conseguia nem falar.

Ela riu.

– Para! – Empurrou meu joelho. – Você só está dizendo isso para eu me sentir melhor com a história do glitter.

Olhei para ela bem firme.

– Estou falando sério.

Ela ficou boquiaberta e eu sorri.

– Bom, não consigo parar de olhar para sua clavícula – disse Briana.

Eu a encarei com curiosidade.

– Minha clavícula?

– Acho tão sexy. – Ela ceceou ao dizer *sexy*. – E seus braços. Adoro seus braços.

Bom, eu *nunca* mais usaria manga comprida. O inverno seria complicado.

– Quando eu estava sentado no restaurante conversando com você aquele dia, choveu – falei. – Eu estava no terraço. Fiquei encharcado.

Seu queixo caiu mais uma vez.

– Você ficou na chuva só para falar comigo?

Fiquei um bom tempo olhando para meu colo antes de voltar a olhar para ela.

– Eu faria muito mais que isso por você.

Briana ergueu o olhar para encontrar o meu e ficamos nos encarando em silêncio.

O fogo crepitava e aquecia a lateral do meu rosto, as chamas dançavam nos olhos dela e eu queria tanto beijá-la, que cada centímetro do meu corpo gritava.

E aquele foi o momento.

A primeira vez que meu cérebro registrou conscientemente o que meu coração vinha dizendo nas últimas semanas.

Eu não estava me apaixonando por ela.

Já estava apaixonado.

É engraçado o quanto o desejo se parece com a dor. Embora ela estivesse ali, eu só conseguia pensar no que faltava. No que eu nunca teria.

Estava destinado a amá-la de perto e depois a distância, e ela nunca saberia nem retribuiria meu amor.

Isso roubava o ar dos meus pulmões. Roubava a força de meus braços e minhas pernas. E me deixava fraco de decepção e desesperança, porque eu sabia que sempre carregaria comigo a dor que estava sentindo naquele momento.

Briana era um acontecimento catastrófico. Uma coisa que mudava tudo. Eu nunca mais seria o mesmo. Todas as mulheres que conhecia e todas as que viria a conhecer não chegariam a seus pés.

Eu era todo dela.

E não era porque eu estava levemente alegre, ou me sentindo emotivo, nem pelo modo como o fogo iluminava seu rosto, nem por como minha camiseta colava em seu corpo. Eu era *todo* dela. E desconfiei que sempre seria, não importava como aquilo tudo terminasse.

Nada poderia ter me preparado para *ela*.

Estendi a mão e toquei seu rosto. Uma regra quebrada. Um limite ultrapassado. Não tinha motivo para tocá-la assim. Ninguém estava olhando.

Mas ela não se afastou. Só fechou os olhos e se entregou ao toque, e tentei despejar todo o amor que estava sentindo naquele contato minúsculo, como se talvez ele pudesse me ajudar a alcançá-la. Quem sabe ela percebesse meu sentimento e isso pudesse mudar algo que na verdade eu achava que nunca mudaria.

– O que *este* significa? – sussurrou ela.

– Este o quê? – falei baixinho.

Ela abriu aqueles olhos lindos e olhou para mim.

– Este silêncio – disse, sonhadora. – Conheço todos os seus silêncios. Sei que, quando está sozinho comigo e fica em silêncio, é porque sua mente está calma. E que, quando você está em público e fica em silêncio, é porque sua mente está agitada. Mas não conheço este. O que é?

Sustentei seu olhar.

– Este é você.

Ela sorriu, se aproximou e se apoiou em mim, e pude abraçá-la. Ela se aconchegou no meu corpo e aquele momento foi tudo. Meu universo inteiro se condensou num único lugar e num único instante.

– Jacob? – sussurrou ela.

Encostei o rosto em seu cabelo.

– O quê?

Uma pausa longa.

– Eu te amo – disse ela.

Suspirei em seu cabelo e fechei os olhos.

Ela estava bêbada. Todo mundo ama os outros quando está bêbado. Embora aquilo não significasse para ela o que significava para mim, quase falei que também a amava. Mas então sua respiração ficou profunda e percebi que ela estava dormindo.

Não importava.

Nada que tivéssemos falado naquela noite seria verdade no dia seguinte. Pelo menos não para ela. Mas pude abraçá-la. Isso foi de verdade. Foi alguma coisa.

O fogo virou brasa e fiquei ali até minhas costas doerem de ficarem apoiadas no baú. Então peguei Briana no colo e a levei para a cama. E, aninhada em meus braços, ela resmungou alguma coisa sobre se teletransportar.

33

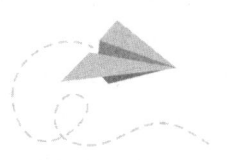

Briana

A porta estava aberta.

Acordei esparramada, meio em cima do Jacob e com dor de cabeça, a boca seca como nunca, e *algo* bem duro embaixo da minha coxa.

Ah, meu *Deus*. Eu me levantei de um salto, pulando para fora da cama. Jacob se sentou, ainda meio dormindo.

– O que aconteceu?

– Nada. A porta está aberta. O plano funcionou – falei, pegando minhas roupas sem olhar para ele.

Então me dei conta de que, sempre que me abaixava, minha bunda aparecia por baixo da camiseta que ele tinha me emprestado. Puxei a parte de trás para baixo com uma das mãos e fugi do quarto agarrando minhas roupas e o que restava da minha dignidade com a outra.

Não conseguia me lembrar de metade do que tinha acontecido na noite anterior. Minha memória ficou nebulosa mais ou menos depois da terceira dose. Acho que contei sobre o glitter. Aff.

Tomei o banho mais longo da minha vida, engoli um pouco de água e um ibuprofeno, então desci para encarar o esquadrão de fuzilamento. Alexis imediatamente me encurralou na cozinha, mas eu não tinha nenhuma fofoca além do fato de ter apagado bêbada e acordado com aquilo duro embaixo da minha perna.

À mesa, no café da manhã, Jacob não parava de olhar para mim.

Eu levantava a cabeça e o encontrava meio que me encarando em silêncio. Geralmente sabia o que ele estava pensando quando ficava quieto assim, mas não dessa vez, o que me fez ter *certeza* de que eu tinha contado sobre o glitter e que ele provavelmente estava assustado com o fato de que sua namorada de mentirinha poderia muito bem ser uma *serial killer*.

Ele devia ter me levado para a cama. Nunca que eu teria conseguido ir sozinha. Apaguei no chão e ele provavelmente teve que me carregar.

Jacob era tão afável e gentil que eu nunca pensava no quanto era forte fisicamente. Ele me lembrava aqueles cavalos doces e dóceis que eles usam em aulas de equitação para crianças. Você esquece que pesam quase uma tonelada e são capazes de puxar uma carroça cheia.

Queria ter estado consciente o bastante para me lembrar dele me carregando. Deve ter sido bem sexy.

Depois do café da manhã, Jacob e eu fomos para casa, cada um em seu carro.

No caminho, pensei no pênis. Pensei *muito* no pênis.

Eu sabia que aquilo ia rolar. Sabia.

Sabia clinicamente que aquela ereção não queria dizer nada. Ele estava dormindo. Era apenas sinal de um sistema cardiovascular e nervoso em bom funcionamento, nada com que me entusiasmar. Mas também sabia que, na próxima vez que pegasse meu vibrador, eu com certeza pensaria nele. Jacob, quente e sonolento na cama comigo. Eu, acordando com ele duro. Mas na minha fantasia eu não corria do quarto. Colocava a mão debaixo do cós da cueca para acordá-lo...

E se a gente transasse e pronto?

A gente podia se pegar enquanto o acordo estivesse vigente. Dois adultos com necessidades e um combinado, só isso. Amizade colorida.

Como se ele fosse só isso...

Esse era o maior motivo pelo qual eu não podia ultrapassar esse limite. Achava que não conseguiria separar o sexo de tudo que estava sentindo.

Não. Eu *sabia* que não conseguiria.

E não podia me permitir me apaixonar ainda mais por um homem que estava apaixonado por outra pessoa. Não podia ser sua segunda opção, seu plano B.

Mas, meu Deus, como eu queria poder.

Deixaria aquele homem me virar do avesso. Fazer o que quisesse de mim, me virar como uma panqueca. Queria que ele fizesse comigo coisas que eu nunca tinha feito com *ninguém*. Ele me deixava acesa de um jeito que aguçava minha criatividade. Eu comeria uma torrada bem lambuzada de geleia, nua, em seu peito também nu.

Não sabia que era possível amar alguém tanto assim e ao mesmo tempo me sentir tão atraída pela pessoa. Que era possível adorar alguém, querer cuidar da pessoa e colocar band-aids em seus machucados e também querer fazer um bate-estaca com ela contra a cabeceira da cama. Queria que ele sussurrasse palavras doces para mim depois de me torcer como um pretzel em todas as posições possíveis, e depois queria ficar vendo-o dormir e olhando para aquele rosto como um emoji com olhos de coração.

Essas duas coisas nunca haviam coexistido para mim.

Não assim.

Eu me sentia atraída pelo meu marido. Era *apaixonada* pelo meu marido. Mas não como era pelo Jacob. Nem de longe. E imaginei se era assim que Nick se sentia em relação a Kelly.

E *detestei* isso.

Porque... se fosse, eu entendia. Entendia mesmo.

Nick devia ter terminado o casamento comigo antes. Não devia ter me traído. Mas se eu sentisse tudo isso pelo Jacob quando era casada com Nick... seria tortura. Eu teria questionado se estava mesmo com a pessoa certa.

Teria sido o suficiente para acabar com um casamento.

Eram duas horas quando finalmente parei o carro em frente à minha casa. Saí do carro me arrastando, pensando em dormir para tirar o resto da ressaca, mas, quando abri a porta, logo percebi que algo estava errado.

Muito, *muito* errado.

O ar cheirava a *chicharrón*.

Minha mãe estava lá.

Articulei um palavrão em silêncio e a cabeça de Benny apareceu no batente da porta da cozinha.

– Oi, BRIANA. Que bom que você voltou, BRIANA.

Lancei um olhar mortal para meu irmão e um segundo depois minha mãe surgiu atrás dele. Ela estava com o antigo avental e com os cachos rebeldes e grisalhos presos no topo da cabeça.

– ¡Hola, mi hija!

– *Hola, mamá* – respondi, abraçando-a.

Benny olhava para mim por cima do ombro dela. Também vestia avental, e eu soube de cara que estava de ajudante desde que ela chegou.

Ela se afastou um pouco, olhou para mim e balançou a cabeça em sinal de reprovação.

– Tão magrinha! Você não está comendo direito? Cadê seu namorado? Ele não te dá comida?

– Dá, sim, *mamá*.

Ela franziu os lábios.

– Ele também deve ser muito magrinho. Vocês, médicos, nunca comem direito. Estou fazendo *pupusas*, venha me ajudar com a *masa*.

Ela voltou para a cozinha sem me esperar.

Desabei. Benny me lançou um olhar vingativo. Era a *minha* vez de sofrer.

Eu amava minha mãe. Ela era uma mulher incrível. Forte, potente, uma sobrevivente de diversas maneiras – mas ela era *excessiva*.

Minha mãe vivia para cuidar dos outros. E, quando as pessoas que ela amava estavam em crise, seu instinto aflorava. Tinha voltado para visitar uma filha recém-divorciada e aparentemente emaciada e um filho doente com insuficiência renal. Ela ia esfregar cada superfície daquela casa e nos alimentar até implorarmos por misericórdia.

Benny olhou para a cozinha por cima do ombro e veio até mim.

– Não *acredito* que você ligou para ela – sussurrou. – A gente tinha um acordo.

– *Ela* me ligou semana passada. Por acaso eu devia deixar cair na caixa postal? – sussurrei de volta. – Eu disse a ela que você tinha conseguido um doador e que estava bem. Não disse para ela vir!

– Eu estou fazendo *curtido* desde as oito da manhã. Pelo jeito estou doente o bastante para ela atravessar o país, mas não o bastante para não cortar repolho.

Eu ri disso, o que me rendeu um olhar mais severo.

– Quanto tempo ela vai ficar? – perguntei em voz baixa.

Ele levantou dez dedos. E começou a fechar e abrir as mãos. Vinte, trinta, quarenta, cinquenta… *Dois meses*?!

Resmunguei baixinho.

– *Por quêêê?*

— Para cuidar de mim até eu ficar saudável. — Ele apontou o dedo para mim. — Isso é culpa *sua*...

— Culpa *minha*? — sussurrei. — Por quê?

— Você me obrigou a abrir mão do meu apartamento — respondeu ele, também sussurrando. — Estou preso aqui.

Cruzei os braços.

— Bom, se isso faz você se sentir melhor, eu também estou presa aqui.

— Não me sinto melhor, não, Briana. Que saco!

— Gil não veio? — perguntei.

— Não.

Aff. Gil atenuava o clima. Era sempre melhor quando ele vinha. Ele *gostava* de ser mimado e receber ordens. Era o que os conectava.

— Talvez seja legal? — falei, esperançosa.

Benny me lançou um olhar que dizia: "Não, NÃO VAI ser legal."

— A cozinha está uma zona. Parece que o mercado inteiro explodiu aqui. Ele tirou o avental e enfiou nas minhas mãos.

— *Mamá, me siento un poco cansado* — gritou, já saindo. — Vou deitar um pouco.

— Tudo bem, *mi hijo*. Briana me ajuda! — berrou ela da cozinha.

Ele deu um sorrisinho malicioso, e revirei os olhos para ele. Estava com uma ressaca forte demais para aquilo.

Passei as horas seguintes ajudando minha mãe a fazer *pupusas* suficientes para alimentar um pequeno exército. Também tiramos e lavamos todas as roupas de cama e reorganizamos todos os armários da cozinha. Minha mãe anunciou que ia dar um banho no gato assim que ele saísse do esconderijo, e entendi que nunca mais veríamos Ranheta sair de baixo do sofá.

Eu sabia por que ela era assim. Cozinhar e limpar era sua reação ao estresse. Quando éramos crianças, ela não podia nos dar muita coisa, mas, mesmo que não tivéssemos dinheiro, ela sempre nos dava uma casa limpa. E queria nos alimentar por todas as vezes que não conseguiu — e foi o que fez. Em quantidades que tentavam compensar os anos de escassez, multiplicadas por um milhão.

Aquela dedicação extrema se atenuaria assim que a casa estivesse do jeito que minha mãe queria. A comida não cessaria, mas ela pararia de limpar os ventiladores de teto quando sentisse que estavam bem-cuidados.

Minha mãe seria uma ótima avó. Seria a maravilhosa Mamá Rosa – era uma mãe maravilhosa. É que Benny e eu não precisávamos mais daquele nível de maternidade. Mas, quando houvesse crianças por perto, ela seria uma avó dos sonhos.

Eu me sentia culpada por nunca ter dado netos a ela, e sempre me sentiria.

Contamos as novidades enquanto cozinhávamos e limpávamos. Contei a ela sobre meu "namorado". Ela quis conhecer Jacob. *E* a família dele.

A família não seria problema, mas eu estava preocupada com Jacob. Ele seria o centro das atenções e provavelmente se sentiria sobrecarregado.

Não conseguia decidir se seria melhor apresentá-lo à minha mãe na casa dos pais dele, onde ela teria mais distrações e não se concentraria tanto em Jacob, ou sozinho, quando o estresse que envolvia Amy e Jeremiah não o afetasse, porque os dois provavelmente estariam presentes se fôssemos à casa da família dele.

Então, por um momento, fiquei pensando se devia mesmo apresentá-los. Afinal, em alguns meses Jacob e eu terminaríamos o relacionamento. Mas então me dei conta de que, se não os apresentasse, minha mãe iria achar que eu não queria que ele a conhecesse, ou que ele não queria conhecer a sogra.

Eu teria que fazer minha mãe acreditar que era verdade, como tive que fazer com todos. Precisava construir a fundação que um dia teria que derrubar.

A mentira ficava cada vez maior. E eu detestava isso. Não por ter que contá-la, mas porque gostaria que não fosse mentira.

Mostrei à minha mãe como preparar Benny para a diálise. Precisava admitir que essa era uma grande vantagem de tê-la em casa. Minha mãe era enfermeira, e extremamente capaz de dividir esse fardo comigo. A presença de nós duas ali garantia ao Benny a flexibilidade de fazer a diálise praticamente na hora em que ele quisesse, mesmo quando eu estivesse no trabalho. Não precisaria esperar que eu chegasse em casa.

Quando finalmente fui para a cama, eram onze horas e tinha recebido quatro mensagens de Jacob. Uma perguntando se eu havia chegado bem em casa, outra me agradecendo por deixá-lo ir a Wakan, e outras duas com selfies que tiramos lá. Sorri ao olhar para as fotos.

Adorei tanto aqueles dois dias... Adorava ficar com ele. Conversar com ele, fazer as coisas com ele. Quando eu estava com Jacob, não importava onde fosse, não havia outro lugar em que eu gostaria de estar. Ele era como aquele terrário em seu quarto de plantas: um ecossistema autossustentável. Tudo de que eu precisava ou que eu queria num único ser humano. Isso nem parecia possível.

Então entendi que a verdadeira compatibilidade devia ser assim. Fácil. Estar com Jacob era fácil de uma maneira que eu nem sabia que existia. E isso me fez perceber o quanto meu casamento havia sido forçado. Nunca tínhamos nenhum assunto para conversar. Ele não parecia gostar da minha família nem fazia o menor esforço para conhecê-los, nem para conhecer Alexis. Quando viajávamos, eu queria explorar o lugar e ele queria relaxar. Essas coisas pareciam insignificantes na época, só pequenas diferenças de opinião ou preferências mínimas, mas passaram a se destacar, como provas de que algo estava errado, e sempre estivera. De que talvez eu tivesse me casado com um cara nota seis de dez na escala de compatibilidade – o que pode dar certo com algum esforço. Mas Jacob era dez de dez.

Um sim/sim. Jacob não demandava esforço.

Ele era perfeito.

Coloquei uma das fotos como fundo de tela e tirei todos os ícones do rosto dele para que não ficasse coberto. Eu gostava de ver seu sorriso olhando para mim da tela do celular.

Teria que tirar a foto dali quando terminássemos. Não seria mais adequado usá-la. Mas por enquanto podia deixar.

Quando liguei, ele atendeu na hora.

– Oi. Você não estava dormindo, né? – perguntei.

– Não. Só escrevendo em meu diário. Chegou bem em casa?

Subi na cama.

– Cheguei. Minha mãe está aqui.

– Ela veio do Arizona?

– É. – Ajeitei um travesseiro embaixo da cabeça. – Para o transplante do Benny.

– Ah. A gente pode se conhecer?

Dei uma risadinha.

– Você quer conhecer *mais* pessoas da minha vida? Não cansou ainda?

– Bom, não gostei muito do Doug, mas da Alexis e do Daniel, sim.

– Tá, Doug *não* é uma pessoa da minha vida.

Ele riu.

– Na verdade, minha mãe quer mesmo conhecer você – falei. – E sua família.

– Ótimo. Vamos combinar tudo.

Mais uma vez ele se entusiasmou para conhecer as pessoas que me cercavam. Aquele homem estava mesmo se dedicando à farsa.

– E se sua família der com a língua nos dentes? – perguntei, abaixando o tom de voz. – Sobre o rim. Benny e minha mãe não sabem que você é o doador.

– Podemos contar a eles.

Franzi a testa.

– Contar a eles? Eu achava que você não queria que um monte de gente soubesse.

– Dou conta de mais dois.

Comprimi os lábios.

– Não sei, não...

– O que foi?

– Essas duas pessoas vão ser intensas. Acho que vão chorar e querer abraços.

– Tudo bem.

Era meio estranho o quanto ele estava disposto a fazer aquilo. A fazer tudo aquilo. Quer dizer, *eu* precisava conhecer sua família, mas ele não precisava conhecer a minha. Parecia trabalho extra para ele.

– Você anda tão sociável – comentei.

– Quero conhecer seus amigos e sua família.

Não sei por quê, mas essas palavras atingiram meu coração em cheio. Acho que porque era o que um namorado de verdade iria querer. Conhecer as pessoas que eu amava. Ele devia estar fazendo isso porque apresentar minha família à dele deixaria o relacionamento falso mais autêntico. Eu não conseguia pensar em nenhum outro motivo para ele querer que nossas famílias se conhecessem, principalmente porque conhecer pessoas não era sua atividade favorita.

– Tá – falei. – Como quer fazer isso? Quer que eu conte que você é o doador antes? Acho que se eu fizer isso na sua frente pode ser constrangedor.

– Claro.

– Quando você quer fazer o encontro das famílias?

– Vou ligar para minha mãe e perguntar que dia é bom para ela.

– Tá bom.

Bocejei. Depois ficamos no celular um tempo, sem dizer nada.

Àquela hora na noite anterior, eu estava na cama com ele em Wakan. Gostaria de estar na cama com ele de novo. Eu o veria no trabalho no dia seguinte, mas não era a mesma coisa.

– Jill veio de novo hoje – disse ele.

Foi estranho, porque senti que ele disse isso para me lembrar de que deveríamos estar morando juntos. Como se também estivesse pensando em mim lá com ele.

– Quando sua mãe conhecer minha família, ela vai dizer que você está morando em casa – continuou ele.

Ah, *merda*. Eu não tinha pensado nisso.

– A gente também pode contar a verdade a ela – falei. – A verdade verdadeira. Que não estamos namorando.

– Não – respondeu ele, ligeiro. – Melhor não. Vai vazar.

Suspirei.

– Tudo bem. Me deixe pensar um pouco. Vou encontrar uma solução. – Esfreguei os olhos. – Preciso dormir. A gente se vê amanhã, tá?

– Tá. Até amanhã. Boa noite.

Mas não desligamos.

Esperei pelo momento da desconexão. Queria que ele desligasse.

Não podia ser eu, não desta vez. Mas não aconteceu.

Ficamos em silêncio no celular. Trinta segundos. Um minuto. Dois.

Ele devia ter esquecido de desligar. O celular devia estar em cima da mesa e ele, escrevendo no diário, sem perceber que a ligação ainda rolava. Mas não ouvi nenhum barulho de escrita. Só o fluxo suave da fonte no quarto das plantas.

Quem sabe ele havia largado o celular e saído? Mas, por um instante, me deixei acreditar que ele estava fazendo o mesmo que *eu*: aproveitando mais um instantezinho precioso.

Eu me deixei atravessar o silêncio. Em minha imaginação, estava olhando para ele. Seus olhos suaves e ternos, a curva dos lábios. O tique na mandíbula quando ele ficava naquele silêncio que eu não conhecia.

Eu o sentia através do celular. Sentia seu cheiro. Ele estava quase em 3-D, modelado pela minha memória da análise constante do rosto, dos movimentos e dos humores dele. Flutuava à minha frente como um fantasma, através da conexão tênue de nossos celulares.

Eu queria correr até Jacob. Sair daquela casa, pegar o carro e ir direto para sua casa. Entrar no quarto de plantas onde ele estava sentado à escrivaninha, me jogar em cima dele e aceitar o que quer que estivesse disposto a me dar, por menor, mais temporário ou mais insignificante que fosse. Sentia meu corpo, meu coração e minha mente brigando. Um gritando por ele, o outro com medo demais para agir, a última argumentando que seria uma ideia simplesmente terrível.

E ele nem sequer devia estar lá. Era só um celular abandonado sobre a mesa. E eu, inventando coisas.

Afastei o celular da orelha e olhei para a tela. Então desliguei.

Desligar aquela ligação e ir para a cama sozinha foi a coisa mais triste que já fiz na vida.

Esperei até o jantar depois do trabalho para conversar com minha mãe e com Benny. Ela havia preparado um *pollo encebollado*, coxas de frango numa cama de tomate e cebola. Era meu prato favorito. Claro que ela fez dez vezes mais do que conseguiríamos comer, e todo o restante iria para o congelador que ficava na garagem. Bom, pelo menos eu não ia continuar desperdiçando dinheiro com entrega de comida.

Tinha pensado bastante naquela situação com Jacob. Decidi morar com ele, só por alguns meses.

Ele tinha razão. Minha mãe ia mesmo entregar nosso disfarce para a família dele se eu continuasse morando em casa. Morar com ele era a única maneira de garantir que sua família não descobriria a mentira que eu tinha contado. Que besteira. Eu não devia ter dito aquilo. Mas Amy me deixou tão irritada que eu quis esfregar naquela cara idiota dela.

Enfim.

Eu tinha prometido a Jacob que nosso relacionamento falso seria crível. E fui eu quem disse que estávamos morando juntos. Ele com certeza estava estressado com isso, ou não insistiria tanto. Além disso, minha casa estava lotada com a presença de minha mãe e Benny. Ela podia fazer a diálise de Benny; eu não precisava estar ali. Então, iria para a casa do Jacob depois do jantar.

Estávamos terminando de comer. Limpei a boca com um guardanapo.

– Então, tenho uma coisa para contar – anunciei.

Minha mãe parou o garfo que estava a caminho da boca.

– Você está grávida?

– Não, não estou grávida.

Não pude deixar de perceber que ela pareceu decepcionada.

Minha mãe era muito tradicional. Se eu engravidasse sem estar casada, ela não ficaria feliz. Mas, pelo jeito, não ter filhos nem estar casada na minha idade era ainda pior.

Dei um suspiro longo e olhei para meu irmão.

– Benny, Jacob é o seu doador.

Ouvi o garfo da minha mãe cair no prato.

– Ele não queria que ninguém soubesse – falei. – Mas me deu permissão para contar a vocês. Também me chamou para morar com ele, e eu aceitei. Estou indo embora. Hoje.

Meu irmão parecia chocado. Minha mãe estava com as mãos sobre a boca. Então levantou e foi direto até a geladeira.

Eu me virei na cadeira.

– O que está fazendo?

– Embalando comida para ele. Briana, faça um prato.

– Mãe, eu não vou *agora*...

– *Si, claro que se lo vas a llevar!* – Ela estava tirando várias Tupperwares da geladeira. – Se você não der comida para aquele homem agora mesmo, eu mesma vou ter que fazer isso.

Soltei um gemido. Jacob ainda não sabia disso, mas seu congelador estava prestes a ficar cheio de comida salvadorenha. Para sempre.

Olhei para Benny. Ele estava olhando para mim, piscando muito.

– Não precisa fazer um auê por causa disso – falei para meu irmão. – Ele também é introvertido. Não vai gostar de um grande gesto de gratidão nem nada assim.

Minha mãe pegou uma sacola térmica e foi até o congelador que ficava na garagem. Quando a porta da garagem fechou, Benny umedeceu os lábios.

– Você não está fazendo nenhuma idiotice por mim, né?

Franzi a testa.

– Como assim?

– Você não está, tipo, namorando com ele por causa disso. Né?

Balancei a cabeça.

– Não.

Percebi por seu olhar que ele não acreditou em mim.

– Por que ele propôs um encontro? – perguntou Benny. – Aquele dia?

Eu me aproximei.

– Benny, preciso que você acredite quando digo que o Jacob nunca faria nada para se aproveitar de mim. Eu estou *muito* apaixonada por esse homem. E só uns cinco por cento disso se devem ao que ele está fazendo por você.

Percebi naquele momento que isso era verdade.

Era incrível. Jacob tinha tantas qualidades que doar um órgão ao meu irmão representava o menor dos motivos pelos quais eu o amava.

Benny olhou para mim por um instante. Depois desviou o olhar e assentiu.

– Desculpa por deixar você aqui com a mãe – falei.

Ele fungou.

– Tudo bem. Eu entendo. Diga a ele que eu agradeci.

– Digo, sim. – Coloquei a mão sobre a dele. – Mas quero que saiba que eu teria feito o que fosse preciso por você.

Ele assentiu mais uma vez.

E acho que eu meio que já estava fazendo. Porque, ao aceitar aquele acordo com Jacob, estava me dispondo a partir meu próprio coração.

34

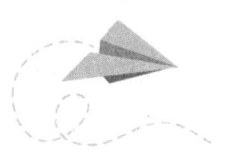

Jacob

Alguém bateu à porta. Tenente Dan se levantou de um salto e começou a latir.

Eu estava no quarto das plantas, escrevendo em meu diário. Eram quase nove da noite. Devia ser Jewel. Minhas outras duas irmãs já tinham aparecido nas últimas 24 horas.

Soltei um suspiro, larguei a caneta entre as páginas e fechei o caderno. Eu me levantei e abri a porta para... Briana?

Ela estava com duas malas, um cooler, uma mochila e uma bolsa térmica.

– Oi...

– Vim morar aqui – disse ela. – Mas só por alguns meses.

Um sorriso enorme se abriu nos meus lábios. Felicidade *instantânea*.

Ela entrou carregando a mochila e o cooler, com um Tenente Dan entusiasmado saltitando a seus pés.

– O que tem no cooler? – perguntei.

– Mais comida salvadorenha do que você e eu jamais seríamos capazes de comer. E vem mais por aí.

Eu estava radiante. Levei a mala dela direto para o armário do meu quarto, abri um espaço para ela no cabideiro e esvaziei algumas gavetas.

Eu nem seria capaz de descrever o quanto fiquei feliz por ela estar ali. Seria a última pessoa que eu veria antes de dormir e a primeira, assim que acordasse.

Imaginei meu banheiro, cheio de vapor depois de ela tomar banho, cheirando ao seu perfume e ao seu xampu. As coisas dela espalhadas pela casa. Uma blusa pendurada numa cadeira. Seus sapatos à porta. Seu batom em minhas xícaras. Coisinhas normais que pareciam enormes e cheias de significado.

Voltei pelo corredor quando ela saía da cozinha.

– Consegui guardar tudo no congelador – disse ela.

Então olhou para a sala com as mãos na cintura.

– Acho que vai caber aqui.

– O que vai caber aqui?

– O colchão de ar.

Ela começou a tirar uma maçaroca de borracha amassada e uma bomba de ar preta da mochila. Meu sorriso se desfez. Pensei que ela fosse dormir no meu quarto. Na minha cama. Comigo.

– Não precisa dormir no chão – falei. – Podemos dividir minha cama. É grande o bastante.

– Não. Acho que é melhor não dividirmos o quarto.

– Mas já fizemos isso antes. E aquela cama era bem menor...

– É melhor assim, Jacob.

Havia algo de definitivo em seu tom. Ela conectou a bomba e começou a encher o colchão enquanto eu olhava, desanimado.

Embora eu fosse passar mais tempo com Briana, ainda não era suficiente. Ainda não era de verdade.

Fiquei ali torcendo para o colchão não caber na sala. Coube.

Quando terminou, ela se sentou nele e deu um pulinho.

Franzi o rosto.

– Bom, o que vamos fazer se alguém bater à porta?

Ela deu de ombros.

– Eu enfio o colchão no quarto das plantas.

– E acha que consegue fazer isso rápido o bastante?

– Claro.

Então, quase como se tivesse sido combinado, alguém bateu à porta. Ela olhou para mim e arregalou os olhos. Então levantou-se de um salto e pegou o colchão, virando-o de lado.

– Me ajuda! – sussurrou.

Cruzei os braços.

– Você não acha que precisa estar preparada para executar esse plano sozinha? Eu posso não estar disponível. E se eu estivesse no banho?

– Você não está no banho!

Ela estava se arrastando de lado, segurando o colchão desajeitadamente entre as pernas.

– Bom, precisamos nos planejar para o pior, né?

Ela derrubou um abajur.

– Jacob!

Eu estava com um sorriso largo.

– Não.

Ela soltou um som gutural e estridente e derrubou um vaso. O vaso caiu de lado e a terra se espalhou pelo chão de madeira.

Comecei a gargalhar.

Ela se espremeu pelo corredor, e foi derrubando porta-retratos no chão até o quarto das plantas. Foi tão engraçado, que nem me importei com o fato de ela estar deixando um rastro de destruição por onde passava.

Logo depois uma porta bateu, e ela voltou afobada. Parou na minha frente respirando com dificuldade, o rabo de cavalo torto, e apontou um dedo para meu peito.

– Você e eu estamos prestes a ter nossa primeira briga.

Tive que me esforçar para manter a expressão séria.

Voltaram a bater à porta.

Ela me olhou com os olhos semicerrados, pisou firme até a porta e abriu. Era Jewel.

– Oi! Que surpresa boa! – disse Briana, um pouco alegre demais. – Entra!

Minha irmã entrou e parou para observar a cena. Um abajur no chão, porta-retratos espalhados pelo corredor, uma planta de lado, o cabelo de Briana todo bagunçado. Vim por trás dela e coloquei um braço em sua cintura.

Jewel olhou para nós.

– É... O que é que vocês estavam fazendo? A casa está destruída.

Briana ajeitou o cabelo.

– Estávamos transando. A coisa ficou meio fora de controle.

– Você precisa ver o que ela fez com a cama – falei.

Briana soltou uma risada meio bufada.

Jewel assentiu devagar.

– *Tá boooom*. Bem, que *ótimo*. Gwen disse que vocês parecem frustrados nesse quesito.

Briana e eu empalidecemos.

– Aqui está o boleador de melão que peguei emprestado. Já vou indo.

E foi embora.

Eu me virei para Briana depois que a porta se fechou, e pigarreei.

– Não sou frustrado no quesito sexual – menti.

– Bom, *eu* sou – respondeu ela, rindo.

Senti um calor subir por minha nuca. A solução era tão fácil…

Ela cruzou os braços.

– Vou ficar cinco minutos sem falar com você. Estou muito irritada.

– Vou ser atacado com glitter?

Ela puxou o ar por entre os dentes.

– Você está por um triz, Maddox.

Meus lábios se contorceram e ela tentou não sorrir, mas não conseguiu evitar.

Foi para o meu quarto, imagino que para guardar suas coisas no armário. Abri um sorriso largo.

Uma hora depois eu estava à mesa da cozinha com Briana, comendo um prato da comida que ela havia levado. Era a melhor refeição que eu fazia em nem sei quanto tempo. Coxas de frango com um molho grosso. A mãe dela era uma excelente cozinheira.

– Você disse que vamos ganhar mais dessa comida?

Ela apoiou o queixo no joelho.

– Jacob, você vai precisar dobrar o espaço livre que tem no congelador.

Brinquei um pouco com a comida.

– Sinto muito que você tenha que ficar aqui sendo que sua mãe está na cidade.

– Não ligo de ficar aqui.

Olhei para ela.

– Não?

– Não. Nem um pouco. Vai ser muito legal. E podemos ir juntos para o trabalho.

– Podemos terminar de ver *Schitt's Creek* – falei.

– E podemos levar o Tenente Dan para passear juntos, e procurar aquele sofá... Vai ficar ótimo no Instagram. Também quero que você saiba que não vou invadir seu espaço. Se quiser desaparecer no quarto de plantas ou sei lá onde, entendo perfeitamente.

Eu duvidava que faria isso com frequência. Não queria desaparecer quando ela estava por perto. Queria estar onde ela estivesse.

Dei uma chave, lençóis, um cobertor e travesseiros para ela. Preparei a cafeteira para a manhã seguinte, como sempre fazia – mas coloquei o dobro do que em geral colocava, e até esse pequeno detalhe me fez sorrir.

Ficaríamos juntos o tempo todo, no mesmo lugar. Pensar nisso me deixou exultante.

Nunca pensei que pudesse querer isso. Nunca imaginei querer alguém o tempo todo comigo. E nem isso era o bastante, porque ela ficaria em outro cômodo à noite, e não comigo.

Daquele dia em diante, e pela primeira vez na vida, dormi com a porta aberta.

Na semana seguinte, entramos numa rotina, e nunca fui tão feliz.

Compramos um sofá. Só seria entregue depois de uma semana, mas levamos as velhas poltronas até o chalé assim mesmo e passamos a noite lá. Fomos nadar no cais e ela me obrigou a fazer aquela pose icônica do filme *Dirty Dancing* com ela, e pude tocá-la, ainda que não houvesse ninguém lá para ver. Ganhei o dia. Depois nos secamos e fomos caminhando até o restaurante, onde jantamos. Ela não falou da história que contei sobre ter conversado com ela ali na chuva, o que quer dizer que não lembrava. Bom, tudo bem.

Depois de comer, voltamos, nos sentamos nas poltronas em frente à lareira e ficamos conversando até não conseguirmos mais manter de olhos abertos.

Amy sempre dizia que o chalé era chato porque não havia bares perto nem quartos suficientes para levar amigos. Quando contei isso a Briana, ela me olhou, confusa, e disse:

– Como pode ser chato se *você* está aqui?

Eu amei cada minuto que passamos juntos. Ca-da mi-nu-to.

Briana e eu estávamos de volta ao trabalho. Jantaríamos com sua mãe e seu irmão na casa dos meus pais naquela noite.

Eu estava do outro lado da emergência, à porta do quarto de um paciente, olhando para Briana no balcão dos enfermeiros. Ela estava sentada com Jocelyn, atualizando o prontuário dos pacientes. Zander veio e parou ao meu lado.

– O que está fazendo?

– Olhando para Briana. Mandei flores, estou esperando chegarem.

– Por que mandou flores para ela?

Dei um sorriso.

– Ela está brava comigo.

– Por quê?

– Ela perguntou se eu a comeria se ela fosse uma balinha de goma. Eu disse que sim.

Ele gargalhou e Briana desviou o olhar do computador para mim, com os olhos semicerrados. Ela fez um sinal de negativo com os dois polegares para baixo e eu ri.

Zander olhou para mim.

– Isso tudo ainda é de mentira, certo? – perguntou ele, em voz baixa.

Meu sorriso diminuiu.

– É. Ainda é tudo de mentira.

– Tem certeza?

Suspirei.

– Chamei Briana para sair há algumas semanas. Ela disse não.

– Ela disse *não*? – Zander olhou para ela, que olhou para mim e balançou a cabeça, tentando não sorrir. – Bom, você vai tentar mais uma vez?

– Não. Não foi um não temporário. Se tivesse mudado de ideia, ela me falaria. Não gosta de mim desse jeito.

Ele olhou para mim.

– Você gosta dela desse jeito?

Fiquei em silêncio por um tempo.

– É. Gosto, sim.

Vi as flores chegando pelo corredor e recuei um pouco mais porta adentro. No instante em que Briana levantou a cabeça e se deu conta de que as flores eram para ela, recebi minha dose diária de serotonina. Seu lindo rosto se iluminou, ela pegou o cartão e abriu o envelope. Fiquei observando enquanto ela lia e ria. O cartão dizia:

Caríssima Briana,

Minhas mais sinceras desculpas. Eu obviamente não entendi a pergunta.

—J

Ela voltou a levantar a cabeça e procurou por mim com o olhar, então deu um sorriso reluzente ao me ver, e meu coração se expandiu.

Eu faria aquilo todos os dias. Passaria o resto da vida procurando maneiras de fazê-la sorrir assim para mim. Viveria por isso.

Quando ela se aproximou, todos estavam olhando para nós, como de costume. Eu sabia que ela daria um show. Não podíamos nos tocar muito no trabalho. Era proibido fazer demonstrações públicas de afeto. Então o que fazíamos era agir como se quiséssemos nos tocar, mas as regras não permitissem. Ela ficava bem pertinho de mim, me olhando como se dissesse que, se não estivéssemos no trabalho, me beijaria.

Era o que eu mais adorava. Quando ela fazia isso, parecia que também me amava. Eu me deixava acreditar.

Ela parou a um centímetro de poder me abraçar.

— Zander — disse, acenando para ele com a cabeça. Então cruzou os braços e olhou para mim. — Obrigada pelas flores, Dr. Maddox.

— Então você me perdoa?

Abri um sorriso largo.

Ela deu de ombros de brincadeira e desviou o olhar.

— E se eu te pagar um jantar no sábado?

Seus olhos deslizaram de volta até os meus.

— Quero comida chinesa.

— Tudo bem.

— Eu faço o pedido e você vai buscar.

— Justo.

Ela arqueou uma sobrancelha.

— Vou pedir metade do cardápio.

— Claro.

Estávamos cada vez mais próximos um do outro, sorrindo.

– *Dios mío*, arranjem um quarto – disse Hector, passando por nós.

Rimos um pouco e nos afastamos, mas sem romper o contato visual. Éramos muito bons nisso.

Era difícil acreditar que um de nós estava apaixonado e a outra apenas fingia bem.

– Olha, tem um paciente chamando por você no quarto 3 – avisou Hector a Briana.

Ela me lançou um último olhar sedutor.

– O dever me chama – disse, correndo para trás. – A gente se vê na hora do almoço.

Fiquei olhando para ela, sorrindo como um idiota, até ela desaparecer atrás das portas de correr do quarto 3.

– E você tem *certeza* de que é de mentira... – disse Zander.

Meu sorriso se desfez.

– Tenho, sim. – *Para ela, pelo menos.*

Éramos apenas amigos. Aquilo tudo chegaria ao fim algumas semanas após o casamento. E, ao pensar nisso, meu coração se partia um pouco mais a cada dia.

Faltavam quatro semanas para o casamento. Cinco para o transplante de Benny. Imaginei que manteríamos as aparências por algumas semanas depois disso. Então tudo acabaria.

Seria o fim.

Voltei ao trabalho.

Hector voltou dez minutos depois, quando eu estava lendo um prontuário.

– Olha, tem um *pendejo* dando em cima da sua garota.

Olhei para ele.

– O quê?

– É, ele está lá todo "Me dê seu número, vamos sair".

Fiquei olhando para ele.

– E ela deu?

– Deu. Acho que eles se conhecem de algum lugar. Estou falando, é melhor você ir até lá. O cara está em cima dela, e ela está curtindo. E ele é um gato. Quer dizer, não tão gato quanto você, mas chega bem perto.

Por um instante, olhei para a porta do quarto em que ela estava. Então larguei o prontuário e fiz de tudo para não correr.

35

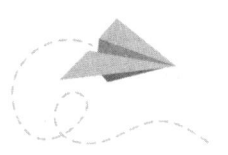

Briana

Jacob me mandou flores.

Eu sabia que era só para eu postar no Instagram, mas ainda assim gostei. Ainda que não as tivesse enviado pelo motivo que eu gostaria, ele deve ter passado o dia todo escolhendo as flores. Ele era assim. Eu conseguia imaginá-lo preocupado com isso, lendo avaliações do florista antes de se comprometer com a compra, talvez até ligando para a loja e pedindo uma rosa de outra cor ou um vaso diferente do que aquele que aparecia no site.

Esse tipo de coisa fazia com que eu desejasse ainda mais que tudo fosse verdade. Talvez se Jacob fosse menos atencioso, ou menos agradável à noite, ou menos gentil com seus pacientes, eu não estivesse tão entregue.

A quem eu estava enganando? Ainda que ele fosse metade do homem que era, eu estaria em apuros.

De manhã, ele se escorava na porta do corredor, segurando uma xícara de café e conversando comigo, eu sentada no colchão de ar. Ele vinha de cabelo bagunçado, com a calça do pijama amassada e uma camiseta que devia ter seu cheiro. Ficava tão... adorável. Aquele era um dos momentos mais difíceis por não poder abraçá-lo, já que não havia ninguém por perto. Aposto que ele estaria quentinho e sonolento. Aposto que seus lábios estariam macios e que seu hálito teria sabor de café, e eu poderia passar os dedos por seus cabelos.

Mas ficava apenas sentada naquela cama inflável idiota, fingindo estar feliz por dormir no chão da sala em vez de me aconchegar com ele no quarto.

Eu amava morar com ele. *Amava*.

Gostava do fato de ele sempre ouvir música clássica baixinho. Usava esferas de perfume na lava-roupas, e suas toalhas sempre tinham cheiro de lavanda. Eu gostava do fato de ele acender velas quando chovia. Gostava de quando falava baixinho com o cachorro, que era tão apaixonado por Jacob quanto eu. Gostava de ouvir seus passos vindo pelo corredor, ou sua cama rangendo quando ele acordava pela manhã. Gostava de quando ele entrava na cozinha em silêncio, sem me acordar, para ligar a cafeteira, e de quando eu estava quase dormindo em frente à TV com ele na cama e ele me cobria com uma manta e apagava a luz.

Jacob era atencioso e gentil. Paciente e generoso. E sua casa era como um convite para entrar num belo ninho, onde eu me sentia protegida e segura. Mas acho que no fundo eu sabia que aquilo de que mais gostava na casa de Jacob era o próprio Jacob. Ele era o elemento-chave no ecossistema autossustentável que era sua vida. Nada funcionava sem ele.

Abri a porta de correr do quarto 3 para ver o paciente que perguntou por mim.

– Levi!

Abri um sorriso na mesma hora. O homem sentado na maca com a gaze ensanguentada na mão também sorriu.

– Eu achava mesmo que você trabalhava aqui.

– O que está fazendo em Minnesota? – perguntei, fechando a porta.

Ele levantou a mão.

– Abrindo um talho na mão com uma faca de cozinha.

Puxei o ar por entre os dentes.

– Pode deixar que eu termino – falei para os residentes que estavam preparando Levi para o atendimento.

Eles saíram, e eu calcei as luvas para dar uma olhada no corte.

– Ah, sim – falei, tirando a gaze. – Você aprontou uma mesmo. – Lancei um olhar fingidamente sério para ele. – Vai ser corajoso enquanto eu costuro isso? Nada de chorar.

– Sério? Você quer que eu me apoie na masculinidade tóxica? Você? Se doer, eu *vou* chorar.

Balancei a cabeça, rindo. Meu Deus, Levi. Bonito e charmoso como sempre.

Voltei a cobrir sua mão com a gaze.

– Como vai sua mulher? – perguntei.
– Bem. A gente se separou.
Dei um passo para trás.
– É mesmo? Vocês pareciam tão felizes no Instagram.
– Pois é. Bom, não deu certo, mas continuamos amigos. Vi que você também se separou. Fiquei chateado quando soube.
Dei de ombros, tirando as luvas.
– Essas coisas acontecem. Fazer o quê?
– Se lembra da Cindy? – perguntou ele.
Joguei as luvas no lixo.
– Cindy Baker? Sua vizinha? Claro. A gente jogava *Guitar Hero* com ela na sala da sua casa depois da aula.
– Foi por causa dela que voltei.
Levantei as sobrancelhas.
– Sério?
– Sério. Ela me adicionou no Facebook ano passado no meio do meu divórcio. Estamos morando juntos há duas semanas.
Balancei a cabeça.
– Quem diria! Sua alma gêmea era sua vizinha de porta.
– Pois é. Que loucura.
A porta de correr se abriu, e Hector voltou.
Levi deu um sorriso largo.
– Nós dois divorciados. Quem teria imaginado? Espero que não se importe se eu disser que seu marido era um idiota.
– Ah, você não faz ideia do quanto.
Ele olhou para mim com um ar de aprovação.
– Mas você parece bem. O uniforme combina com você.
Dei um sorriso reluzente, me apoiando no balcão.
– Obrigada. Você devia me ver coberta de sangue e vômito.
Ele riu.
– Escuta, a gente devia sair para beber alguma coisa qualquer dia desses – disse. – Contar as novidades.
– Vamos, sim – respondi.
Levi assentiu para mim.
– Me dá seu telefone.

Peguei o celular e me virei para Hector.

– Pode limpar isso e aplicar um pouco de lidocaína? E preciso de uma bandeja de sutura.

– Claro, *chefe*.

Notei um tom de ressentimento na palavra *chefe*. Ele me lançou um olhar estranho com um beicinho e saiu.

Levi ficou olhando para ele.

– O que foi isso?

Revirei os olhos.

– Eu é que sei? Se não for dramático, ele morre.

Levi me deu seu número e mandei um oi para que ele salvasse o meu em seu celular quando estivesse com a mão livre.

– Pronto – falei, guardando o aparelho.

Ele me observou por um tempo.

– Sabe, eu fiz o teste de compatibilidade com o Benny.

Dei um sorriso.

– É mesmo? Obrigada.

– Ele conseguiu um doador?

Assenti.

– Conseguiu, sim. Vai fazer o transplante mês que vem. Compatibilidade perfeita.

Ele sorriu.

– Ótimo. – Então fez uma pausa. – Olha, é muito bom ver você.

Assenti mais uma vez.

– Digo o mesmo.

– Não estou dizendo que me esfaqueei de propósito para ter uma desculpa para vir atrás de você, mas com certeza foi o ponto alto do meu dia. Aposto que a Cindy também gostaria de fazer alguma coisa. Reunir a velha banda.

Eu estava rindo desse último comentário quando a porta voltou a se abrir. Mas dessa vez não era Hector – era Jacob.

– Oi, preciso de uma segunda opinião – disse ele, colocando a cabeça dentro do quarto.

– Claro. – Olhei para Levi. – Já volto.

Saí para o corredor.

– E aí, qual é o caso?

Ele apontou para trás com a cabeça por cima do ombro.

– Vou drenar um abscesso do tamanho de uma laranja. Achei que você podia gostar de ver.

Abri um sorriso largo.

– *Aaaaah*, um presente para mim? Infelizmente não posso, tenho uns pontos para dar. – Também apontei com a cabeça por cima do ombro.

– Peça a um residente.

– Não, eu mesma quero atender esse.

Ele assentiu devagar.

– Você conhece o cara ou...

– Conheço. Se lembra daquela família para quem minha mãe trabalhou quando eu era mais nova? Que contratou ela como enfermeira para cuidar da avó? É o filho mais novo. A gente meio que cresceu junto.

– Ah. Pode me apresentar?

Eu ri.

– Você quer *conhecer* ele?

Ele cruzou os braços.

– Quero, por que não? Quero conhecer um cara com quem você cresceu.

– Ele é um desconhecido. Você sabe disso.

– Acho que dou conta.

Dei de ombros.

– Tudo bem. Venha.

Voltamos para o quarto e Levi se endireitou quando entramos.

– Levi, este é meu amigo Jacob. Jacob, esse é meu amigo de infância Levi Olsen.

– Eu apertaria sua mão, mas... – disse Levi, mostrando o ferimento.

– Levi teve um desentendimento com uma faca de cozinha – expliquei.

Jacob assentiu, enfiando as mãos no bolso.

– Bom, você está em boas mãos.

E ele... ficou ali.

– Bom – repetiu depois de um tempo –, foi um prazer conhecer você.

Então olhou para mim.

– O jantar hoje nos meus pais é às oito.

– Tá...

Olhei para ele meio confusa. O jantar era para a *minha* mãe e o *meu* irmão, é claro que eu sabia a que horas seria.

Ele ficou ali tempo suficiente para que a situação ficasse constrangedora. Então saiu.

Olhei para Levi.

– É seu namorado? – perguntou ele.

Dei uma risadinha.

– É. É uma longa história.

Ele assentiu.

– Parece que ele está com ciúme.

Então eu ri *de verdade*.

– Não está, não, acredite.

Meu Deus, como eu queria que estivesse.

36

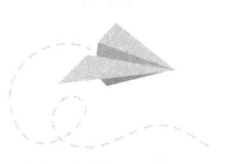

Jacob

Ela me apresentou como amigo. *Amigo.*

Oito horas depois, eu não conseguia parar de pensar nisso enquanto esperava Briana e sua família na casa dos meus pais.

Ela quis ir buscá-los e me encontrar lá. Não conseguimos almoçar juntos como tínhamos planejado, então não pude perguntar sobre Levi – estremeci ao pensar nele. Levi. Que tipo de nome é esse? Parece uma ferramenta de jardinagem.

Eles pareciam à vontade na presença um do outro. Ela demorou *muito* para dar os pontos. Fiquei olhando para a porta do quarto 3 até ter que ir mesmo drenar aquele abscesso – e quando terminei ela ainda estava lá.

Sobre o que estavam conversando?

Eu estava roendo a unha do polegar. Minha ansiedade tinha voltado a zumbir. Fazia semanas que não aparecia, mas estava de volta. Eu não sabia dizer se era por causa do jantar ou do *Levi*.

Amigo.

Eu devia estar exagerando. Tinha *certeza* de que estava exagerando. Quem sabe ela apresentasse namorados como amigos para todo mundo? Quer dizer, um namorado não deixa de ser um amigo. Não é? Não estava exatamente errado.

Mas o problema era que eu não era seu namorado. Não de verdade.

E talvez ela quisesse que ele soubesse disso.

Fiquei andando de um lado para o outro, esperando o carro dela parar em frente à casa para que eu pudesse recebê-la na porta. Naquela noite seríamos só nós, meus pais, Jane e meu avô. Todos os outros estavam trabalhando. Eu estava aliviado com o grupo menor, porque já me sentia esgotado. Por causa de *Levi*.

Quando Briana e sua família finalmente chegaram, estavam dez minutos atrasados. Enquanto vinham até a porta, respirei fundo e a abri com meu melhor sorriso.

– Oi, vocês chegaram.

– Desculpa, tivemos um pequeno imprevisto – disse Briana, entrando e beijando meu rosto.

Meu coração disparou. Não era comum eu ganhar beijos.

Pelo menos ela queria que a mãe e o irmão soubessem que eu não era seu amigo.

Ela deu um passo para o lado para me apresentar a mãe.

– Esta é minha mãe, Rosa.

– Olá...

A mulher se jogou em cima de mim.

– Nosso herói! – disse, com um sotaque leve. – Rezamos por você, e Deus o trouxe até nós. Obrigada.

Enquanto ela me abraçava, Briana deu de ombros para mim, com um sorriso.

– De nada – grasnei.

Rosa desgrudou o corpo do meu e me segurou pelos braços.

– Eu disse a Briana: você conseguiu um homem especial. Cuida bem dele. Dê a ele todo o prazer que...

Fiquei pálido.

– MÃE! – Briana ficou horrorizada.

Rosa pareceu confusa.

– O que foi? Vocês estão morando juntos, até parece que eu não sei.

Bem, Rosa ia *adorar* minha mãe.

Benny se aproximou atrás da irmã, que ainda estava balançando a cabeça. Fiz um aceno de cabeça para ele.

– Bom te ver de novo.

– É – respondeu ele, meio sem graça. – Obrigado. Pela coisa.

– De nada.

Briana pôs o braço em minha cintura e me abraçou de lado. Olhei para ela e fiquei perdido por um instante, como sempre acontecia quando ela me abraçava.

– Adorei seu perfume – disse, sorrindo para mim.

Eu quis poder abaixar a cabeça e beijá-la. É o que um namorado de verdade faria. Só um selinho e um sorriso. Em vez disso, falei:

– E eu o seu.

Em vez disso. Sempre que queria fazer alguma coisa com ela, eu fazia outra.

Meu avô veio pelo corredor em alta velocidade e me trouxe de volta à realidade. Passou tão perto da Briana que ela teve que sair do caminho com um pulo.

– Trouxe meus cigarros? – perguntou ele, olhando para ela.

– Não, mais uma vez eu não trouxe seus cigarros – respondeu Briana, cruzando os braços.

– Devia ter trazido? – perguntou Rosa.

Briana balançou a cabeça.

– Ele não pode fumar, mãe.

– Não posso, uma vírgula! – gritou ele. – Este lugar é uma prisão!

– Vô... – falei.

Então meus pais vieram com Jane pelo corredor para me salvar.

Apresentei meus pais. Benny se apresentou para minha irmã como Ben, por algum motivo. Então meus pais levaram Rosa e Benny para mostrar a casa com meu avô e Jane, e Briana e eu ficamos sozinhos por um tempo.

Ela desmontou assim que eles saíram de seu campo de visão.

– Desculpa por isso – falei. – Tranquei o Jafar, mas, no caso do meu avô, não posso fazer nada.

Ela soltou uma risada meio fungada.

– Tudo bem? – perguntei. – Vocês se atrasaram.

– É, escuta só o que *eu* fiz no caminho para cá. Vi um gambá morto. Então parei para pegar para seu pai... mas ele *não* estava morto.

Dei uma risada inesperada.

– Quando peguei o gambá, ele rosnou para mim e eu caí para trás. Minha mãe acha que agora eu enlouqueci de verdade. Caí num arbusto e ela teve que tirar as folhas do meu cabelo. Bati o cotovelo.

Ela levantou o braço e franziu o cenho.

Abri um sorriso largo.

– Quer que eu dê uma olhada?

Ela passou a mão no machucado.

– Não, está tudo bem.

Olhei para ela, achando graça.

– Não precisa trazer animais mortos para meu pai.

– Mas eu quero ser a nora favorita – resmungou ela.

Dei risada. Então olhei para ela. Tinha sentido sua falta, embora fizesse apenas uma hora que tínhamos saído do trabalho.

Àquela altura, já não parecia normal ficarmos separados. E, mesmo quando estávamos juntos, isso ainda não me bastava.

No que dizia respeito a Briana, eu estava sempre faminto. Vivia de migalhas, sem nunca me satisfazer. Naquele instante mesmo, naquele corredor, mesmo estando tão perto dela, não podia tocá-la, porque ninguém estava ali para ver. Tudo, tudo que eu conseguia, era encenação, e a privação me afetava um pouco mais a cada dia. O simples ato de dizer que eu a amava já seria alguma coisa. Parecia um desperdício amá-la tanto sem que ela soubesse, sem que soubesse que sua existência era o motivo do meu sorriso, da minha felicidade ao acordar pela manhã.

Seu celular tocou. Ela tirou o aparelho da bolsa e olhou para a tela, depois colocou no silencioso e guardou.

– Alexis? – perguntei.

– Não.

Ela não disse mais nada.

Benny e sua mãe estavam ali. *Eu* estava ali. Se não era Alexis, então quem era? Mas eu sabia.

Dei um pigarro.

– Então, eu estava pensando. Talvez seja melhor dizer a todos que estamos namorando. Só para garantir.

Ela inclinou a cabeça para o lado.

– Hã?

– Você me apresentou ao Levi como amigo.

Ela franziu a testa.

– Sério?

– É. Foi só uma coisa que pensei. Acho que precisamos ser coerentes, sabe?

– Desculpa. Lapso freudiano – disse ela. – Olha, e se eu contasse a verdade para ele? – disse ela, em voz baixa.

Meus batimentos aceleraram.

– Por quê?

– Ele não fala com ninguém que a gente conhece. Não quero mentir sem necessidade.

Ela queria dizer a ele que estava solteira. *Por que* queria dizer a ele que estava solteira? Senti o pânico se espalhando dentro de mim como ácido. Eu nem sabia o que dizer.

Ela mudou de assunto e apontou com a cabeça na direção que minha família tinha ido.

– É melhor a gente ir atrás deles, antes que minha mãe ache que eu a abandonei. – Então voltou a olhar para mim. – Ah, e vou ter que fazer seu prato hoje, senão ela vai achar que não estou te tratando bem.

Olhei para ela.

– Mas estamos na casa dos *meus* pais...

– Aceita e pronto, Jacob. Vou te tratar como o príncipe que você é. Minha mãe já deixou flores para a Virgem Maria para agradecer por ter te enviado. Você foi elevado ao status de santo.

Bom, pelo menos a mãe dela estava torcendo por mim. Eu aceitaria qualquer vantagem.

37

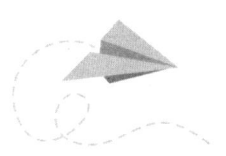

Briana

Eu estava levando minha mãe e Benny para casa. O jantar tinha corrido bem. Benny conversou com Joy sobre o transplante dela. Acho que isso fez com que ele se sentisse melhor. Benny nunca tinha conhecido ninguém que houvesse passado pela cirurgia.

– Por que o papagaio ficava gritando Bieber? – perguntou Benny no banco de trás.

– Ele acorda todos os dias e escolhe ser possuído pelo demônio – respondi.

– E aquele quarto estranho cheio de bichos mortos?

– Não gostei daquele quarto – disse minha mãe. – Todos aqueles olhos.

– O pai dele é taxidermista. Eu acho engraçado – falei, pegando a rodovia. – Você não gostou do guaxinim andando de skate? – perguntei ao meu irmão.

Vi pelo retrovisor Benny dando de ombros.

– Acho que sim.

– Briana, por que você não dá um cigarro ao velho? – perguntou minha mãe.

– Ele está no oxigênio, *mamá*. Pode ter hipóxia.

– E daí? Ele tem demência por acaso? Não pode decidir fumar até cair morto?

– Não, ele não tem demência.

– Então por que negar o cigarro? Diga a ele: "Olha só, se eu te der isso, você pode deixar de respirar. Quer assim mesmo?" Se ele disser que sim, então você dá o cigarro. *Você* devia dar um cigarro a ele.

– Joy não quer que ele fume.

Ela fez um gesto com a mão, desconsiderando o argumento.

– *Uno no lo va a matar.* Ele é um homem adulto, dê o que ele quer. Ele vai morrer, deixa ele morrer feliz. E isso também serve para mim. Não me diga que eu não posso fazer o que quiser porque está tentando me fazer viver para sempre. Quero morrer fazendo o que amo. Quero ser feliz até o fim.

– Tá bom, *mamá*.

– Quer ser feliz? – disse ela, continuando. – Case com um homem rico e feio que te ame mais do que você o ama. – Ela assentiu, olhando para o para-brisa. – Esse não é feio, mas o resto ele oferece. *Enculado.*

Dei uma risada.

– Jacob *não* está caidinho por mim.

Ela voltou a me olhar.

– *¡Estás ciega!* Desse eu gosto. *Nunca* gostei do Nick.

– Rá – falei, trocando de pista. – Agora que você me diz isso. – Soltei o ar pelo nariz devagar. – Jacob com certeza não me ama mais do que eu amo ele, *mamá*.

Ela bufou.

– Você está *mesmo* cega. Está se preocupando com a coisa errada. Tem que se preocupar com outra coisa.

– Por que ele nunca beija você? – perguntou Benny.

– Ele me beija, sim – respondi, na defensiva.

– Não beija, não. Sempre parece querer, mas nunca beija.

Eu me remexi no assento.

– Ele não gosta de demonstrações públicas de afeto.

– Mas está sempre segurando sua mão e tocando você.

– Beijar é diferente.

– Não é *tão* diferente assim... – resmungou ele.

– Se ele te pedir em casamento, aceite – disse minha mãe. – Não perca tempo, você não tem muito.

– Tá. *Mamá*? Eu acabei de passar por um divórcio horroroso e faz tipo cinco minutos que estamos namorando.

– E ele já vai doar um órgão ao seu irmão. *Dios mío*, o que mais você quer? Eu gostei dele. Bom emprego, boa-pinta. E muito educado.

– Ele é educado mesmo. – E generoso, e gentil. – Mas, só para você ficar sabendo, acho que nunca mais vou me casar.

Ela se virou para me olhar, como se eu estivesse falando grego.

– Por quê?

– Porque não acabou bem para mim, será?

Mais uma vez ela fez um gesto desconsiderando meu argumento.

– É só ser inteligente. Você precisa fazer ele comprar um anel caro, colocar seu nome em tudo, em todas as propriedades dele. Assim, se ele for embora, você fica com a casa.

– *Mamá*!

– O que foi? Foi o que eu fiz com o Gil. É por isso que sei que ele não vai me deixar. Ele não tem dinheiro para isso.

– Gil é obcecado por você e não saberia viver sem você – falei.

– Mas, se decidisse que sabe, ficaria sem a casa.

Ela deu de ombros.

Eu ri, depois olhei pelo retrovisor.

– E você, o que achou da família do Jacob? – Dei um sorrisinho torto para meu irmão. – BEN.

– Cala a boca – resmungou ele.

– A Jane é bonita, né? – perguntei, voltando a olhar para a estrada. – Ela está solteira – cantarolei.

– Eu sei. Ela me disse.

Fiquei boquiaberta.

– Você perguntou?

– Não. *Ela* perguntou para mim. E depois disse: "Eu também."

– E aí? O que você vai fazer a respeito? – perguntei, olhando para ele pelo espelho.

– Nada. Não assim – murmurou ele, apontando para o cateter embaixo da camisa.

Minha expressão suavizou.

– Só mais um mês, Benny.

– Gostei da família dele – disse minha mãe. – São gente boa.

– Falando em boas famílias – falei –, Levi Olsen foi ao hospital hoje.

– Levi? O Levizinho?

– É. Ele voltou para a cidade. Quer sair para beber alguma coisa.

Minha mãe olhou para mim.

– E o Jacob vai deixar?

– Tá. Primeiro: homem nenhum me diz o que eu *posso* fazer.

Ela cruzou os braços.

– Por que não? Você não diz a *ele* o que fazer?

– Hum, não. Eu não faço isso.

– Você não devia ir se tem namorado.

– Levi não está dando em cima de mim. Ele está namorando a Cindy Baker. Ela também vai.

– Leva o Jacob com você – disse minha mãe.

– *Por quê?*

– Para ele não ficar com ciúme.

Revirei os olhos.

– *Mamá*, ele não vai ficar com ciúme. E não é do tipo que gosta de sair para beber alguma coisa com uns amigos aleatórios. Ele não gosta dessas coisas.

Ela soltou um *tsc*.

– Os homens sentem ciúme, *mi hija*. Pelo menos convida ele, para que ele saiba que pode ir. Até parece que você nunca conheceu um homem na vida.

Eu não tinha como explicar para minha mãe que aquele homem não iria ficar com ciúme. Que não se importaria nem um pouco.

Porque aquele homem não era meu de verdade.

38

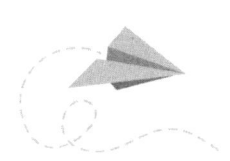

Jacob

Quando Briana chegou depois de ter levado a família para casa, atravessei o corredor para encontrá-la.

– Oi – disse ela, entrando. – Está tarde. Achei que você estivesse dormindo.

– Eu queria ter certeza de que você ia chegar bem em casa – respondi, me escorando no batente da porta.

Ela sorriu.

– Acho que meu irmão gostou da sua irmã – disse, tirando os sapatos ao entrar.

– Acho que minha irmã gostou do seu irmão.

Ela largou a bolsa em cima do aparador e veio até mim devagar com os pés descalços.

– Quer ver TV na sua cama?

– Quero – respondi, rápido demais.

Sem as poltronas e ainda sem sofá, a único lugar onde podíamos assistir à TV era na minha cama. Eu gostava tanto disso, que torcia para que o universo interferisse a meu favor e o sofá novo caísse do baú do caminhão de entrega.

A última vez que assistimos à TV na minha cama, ela pegou no sono. Quando acordei de manhã, ela já tinha ido para o colchão de ar, mas ainda assim...

Escovamos os dentes lado a lado em meu banheiro. Depois ela fechou a porta para vestir uma camiseta velha e uma bermuda de que eu gostava, voltou e entrou embaixo do meu edredom.

Momentos como aquele faziam meu coração arder mais que o normal, porque era fácil demais imaginar nós dois juntos. Apenas mais uma noite na vida diária de um relacionamento feliz. Um casal apaixonado, se arrumando para se deitar e ver TV na cama.

Mas não éramos um casal.

Éramos amigos. Talvez até menos que isso, já que não tinha como saber se ela estaria ali se eu não fosse o doador de Benny.

– Você parece cansado – disse ela. – Tudo bem?

Não, passei o dia todo imaginando cenas com você e Levi.

– Foi um dia longo, só isso.

Ela se virou de lado e se apoiou no cotovelo.

– Você vai estar bem amanhã? É muita socialização para dois dias seguidos.

A despedida de solteiro. Os caras iriam de bar em bar de limusine, e Amy tinha um evento com as garotas na casa dos meus pais.

– Vou ficar bem.

– Tem certeza? Limusine? Bares? Os extrovertidos se proliferam à noite, pode ser terrível.

Soltei uma risada.

– O convite que a Amy me mandou dizia que vamos fazer velas – disse Briana, com uma careta. – Ela não quis montar um touro mecânico com um véu de noiva? Fazer alguma coisa legal?

– Pelo jeito, não – respondi. – Talvez ela queira muito fazer velas.

Briana assentiu para mim.

– Vou fazer uma para você. De que óleo essencial você gosta?

Esfreguei a testa.

– Algum que seja bom para o estresse.

Foi legal Amy ter convidado Briana. Estava tentando incluí-la, e fiquei feliz por isso.

Eu, por minha vez, queria não ter sido convidado para a despedida de solteiro. Passar a noite numa limusine indo a bares barulhentos com um grupo de amigos bêbados do meu irmão me deixava exausto antes mesmo de ir. Quase não confirmei presença. Mas Briana argumentou que assim pareceria que eu não estava tranquilo. Eu era o único irmão do Jeremiah. Precisava ir. Principalmente se quisesse que achassem que eu apoiava o casamento.

Além disso, se eu não fosse, Briana não iria à festa da Amy.

Minhas irmãs e minha mãe estariam lá. Era importante para mim que Briana participasse das atividades da minha família. Que a acolhessem.

Ainda que nada daquilo fosse importar dois meses depois – não que conversássemos sobre o fim nem sobre o que exatamente aconteceria. Mas dali a dois meses o casamento teria passado e eu já teria completado um mês de pós-operatório. O acordo estaria cumprido.

Quanto tempo mais eu podia esperar que ela ficasse?

Fiquei quieto ao pensar nisso, olhando para o programa que estava passando na TV, mas sem prestar atenção.

O celular dela tocou no silencioso. Ela pegou o aparelho e riu.

– Quem é? – perguntei.

– Ah, é só o Levi.

Ela mordeu o lábio enquanto digitava uma resposta.

Levi.

– Está conversando bastante com ele hoje – comentei, tentando parecer despreocupado.

– É. Está sendo legal retomar o contato.

Pigarreei.

– Vocês já namoraram? – perguntei.

– Eu e o Levi? Não. – Então ela sorriu. – Minha mãe sempre brincava que eu ia me casar com ele um dia.

– Por quê?

– Ela achava que ele era apaixonado por mim. Sei lá.

Minha boca ficou muito seca.

– Você nunca quis sair com ele?

Ela olhou para mim.

– Isso vai parecer meio vitoriano, coisa do século XIX, mas a família dele não aprovaria.

– Por que não?

Ela me lançou um olhar incisivo.

– A gente era a criadagem, Jacob.

– Mas agora você não é mais.

Eu me arrependi assim que disse isso em voz alta. Parecia que estava dando uma de cupido, pelo amor de Deus.

Ela deu uma risadinha.

– Não, eu com certeza subi de nível desde o tempo da escola. – Ela voltou a olhar para o celular. – Vou beber alguma coisa na casa dele no próximo fim de semana. Estava pensando em ir no dia em que você vai levar o Tenente Dan ao veterinário. Quando você voltar eu já vou estar em casa.

Meu estômago se revirou. Ela iria à *casa* dele? Aquilo era um encontro?

Fiquei com medo de perguntar. Porque tinha medo da resposta.

Eu sabia que isso aconteceria em algum momento. Ela não me queria, então iria acabar saindo com alguém, e eu não podia controlar nada. Só achava que seria poupado disso por enquanto, protegido pelas regras do nosso acordo.

Mas ela era solteira. E queria que ele *soubesse* disso. Talvez já soubesse. Desde que ninguém que conhecíamos ficasse sabendo, qual era o problema de ela fazer o que quisesse?

Ela podia ir para a cama com ele. Pensar nisso fez o pânico se insurgir em meu peito.

Eu não tinha o direito de pedir para ela não ir. Não tinha o direito de ficar chateado. Aquilo tudo, eu e ela... era um *favor*. Não era de verdade.

Nós não éramos DE VERDADE, caramba.

O celular dela tocou de novo. E de novo. E de novo.

O toque não era alto, mas minha reação a ele era física. A cada mensagem, meus ombros se encolhiam um pouco mais, meu pulso acelerava. O som era tão estressante que parecia um tiro.

Ping.

Ping ping.

Ping ping ping.

– Quer saber? Na verdade, estou bem cansado – falei, pegando o controle remoto e desligando a TV. – Acho que vou dormir.

Seu sorriso se desfez.

– Ah.

Briana pareceu decepcionada. Não sei por quê. Não estava nem assistindo ao programa, e podia mandar mensagem na sala.

Ela se levantou.

– Tá bom. Boa noite.

E voltou para o colchão de ar.

Foi decepcionante porque ela não pegaria no sono em minha cama sem querer e a noite estava arruinada, mas eu não aguentava mais vê-la olhando para o celular.

Apaguei a luz, mas não consegui dormir. Em vez disso, minha mente se lançou numa espiral impiedosa. O que ele estava dizendo que a fazia rir tanto? Será que era mais engraçado que eu? Será que ela sentia um friozinho na barriga quando chegava uma mensagem? Eu teria que assistir ao namoro dos dois? No meio do nosso acordo?

Estava ruminando, isso não era saudável e não me levaria a lugar nenhum. Então usei as habilidades que aprendi na terapia. Redirecionei meus pensamentos. Tentei me concentrar no que eu sabia que era positivo e verdadeiro.

Foi Briana quem buscou a *minha* amizade no início, então ela devia gostar de mim. Ela disse que tem o instinto de me proteger. Ela ri quando brinco com ela. Ela me elogia. Diz que meu perfume é bom, que tenho um sorriso bonito.

E *era* possível que eu estivesse exagerando quanto à troca de mensagens com Levi. Eles haviam acabado de se reencontrar, provavelmente tinham muito papo para botar em dia.

Isso ajudou um pouco – mas não o bastante.

Peguei no sono por uma hora e acordei depois de um sonho agitado em que um urso me atacava numa trilha. Então fiquei deitado pensando que um avião iria cair na casa, ou que um dos gêmeos iria sofrer um acidente, ou que eu tinha perdido minha certidão de nascimento.

Será que eu *tinha* perdido minha certidão de nascimento?

Fui procurar a certidão, vasculhando o cofre em meu armário. Quando encontrei, eram duas da manhã, e eu estava a toda. Queria sair para correr. Atravessar as ruas a toda velocidade e esquecer aquele sentimento, ou chegar àquele ponto de exaustão em que ficava cansado demais para pensar. Mas não tinha como sair sem passar pela porta da frente, e não queria acordar Briana. Então usei o simulador de remo.

Depois de quarenta e cinco minutos, estava pingando de suor, mas não mais perto de conseguir dormir do que quando comecei. Tomei um banho e pensei em escrever em meu diário para processar o que estava sentindo, por isso fui até o quarto das plantas na ponta dos pés e escrevi. Depois de duas horas, finalmente me acalmei o bastante para pegar no sono por volta das seis, mas acordei às oito, bem no horário.

E ela passou o dia trocando mensagens com ele.

Na cozinha, quando eu estava preparando o café da manhã para ela. Na sala, no colchão de ar. No banheiro, enquanto passava maquiagem. E durante todo o percurso até a casa dos meus pais quando fomos às despedidas.

Não parou.

Briana tinha deixado o celular no silencioso, então eu não o ouvia tocar. E não perguntei se estava falando com ele, mas sabia que estava, e repassei todas as possibilidades terríveis em minha mente: ele estava flertando com ela e ela estava retribuindo. Ela não via a hora de nosso acordo acabar para poder sair com ele abertamente. A mãe dela ficaria feliz, porque sempre achou que eles se casariam, e quem sabe isso finalmente acontecesse.

Meus nervos estavam em frangalhos. Quando chegamos à casa dos meus pais, a dor na boca do estômago começava a me deixar enjoado. Eu sentia o corpo quente e suado. Ficava enxugando as mãos na calça. Tive que conferir três vezes se tinha puxado o freio de mão da caminhonete. Não conseguia lembrar.

– Muito bem – disse ela, finalmente largando o celular e se virando para ficar de frente para mim. – Vou anunciar o bordão de hoje. Preparado?

Eu não estava preparado. Não conseguia me concentrar.

– Preparado.

– "Com toda essa situação econômica?" – Ela sorriu. – É isso. Esse é o bordão.

Fiquei olhando para ela.

– Tá bom.

– É um bom bordão, Jacob.

– É.

Ela inclinou a cabeça.

– Está tudo bem?

– Está.

Não estava. Estava tonto. Parecia que minha mente estava se separando do corpo. Não conseguia respirar direito.

Queria dizer que ela não podia ir à casa do Levi no fim de semana seguinte. Queria que parasse de mandar mensagens para ele. Queria que o celular parasse de disparar em silêncio.

Mais que isso, queria que ela também me quisesse. Queria que aquilo fosse de verdade, que fosse diferente, e não ia ser diferente, e eu sentia que estava prestes a desmoronar de fora para dentro.

Já era difícil lidar com o fato de que Briana não sentia nada por mim, mas pelo menos tive aqueles meses. Pelo menos pude ficar perto dela, ainda que fosse só por um tempinho. Mas aquele espaço seguro tinha sido violado, e a água estava invadindo, e eu estava me afogando.

– Jacob?

Olhei para ela, piscando muito.

Ela estava me olhando de um jeito estranho.

– Você não precisa ir.

– O quê?

– À despedida. Você pode dizer que não está se sentindo bem. Podemos ir para casa.

– Eu... estou bem.

Ela me olhou com atenção.

– Parece nervoso.

– Não estou nervoso.

Briana semicerrou os olhos, mas desci do carro antes que ela pudesse insistir. Minhas pernas pareciam feitas de gelatina. Só o que eu podia fazer era fingir normalidade. Andar normalmente. Respirar normalmente.

Tenente Dan estava andando ao meu lado, encostando a cabeça em minha mão.

Quando entrei na casa, não consegui me concentrar. Os gêmeos pularam em cima de mim. Jafar se pavoneava pelo corredor gritando obscenidades, meu avô foi para cima de Briana, que não deixou barato, e a situação toda parecia estar acontecendo embaixo d'água. O tempo parecia elástico. Eu não saberia dizer quanto tempo havia que estávamos ali. Um minuto? Uma hora? A limusine já tinha chegado? Não, disso eu me lembraria. *Será que lembraria?*

De repente eu estava na sala, sentado no sofá com toda a família.

Amy e Jeremiah estavam ali, e mais umas vinte pessoas que tinham sido convidadas para as festas.

Briana segurava minha mão, mas eu seria capaz de jurar estar ouvindo seu celular tocar, embora soubesse que estava no silencioso. Com o coração acelerado e a boca quente enquanto Tenente Dan enfiava a cabeça debaixo do meu braço, me dei conta de que estava tendo um ataque de pânico.

Amy e Jeremiah estavam fazendo uma espécie de anúncio. Eu me sentia num aquário.

Vi os lábios de Amy se mexerem.

– Estamos grávidos.

De repente percebi que todos olharam para mim, e disse a única coisa em que consegui pensar porque precisava sair dali imediatamente.

– Com toda essa situação econômica?

E fugi da sala enquanto ainda conseguia obrigar minhas pernas a me levarem.

39

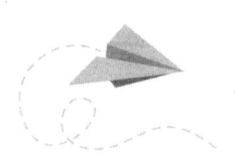

Briana

Assim que Amy fez o anúncio, Jacob desmoronou. A mudança foi palpável. Um copo de vidro virando na beira da mesa. Estilhaçado.

Ele tinha passado o dia todo ansioso. Provavelmente porque sabia que teria que ir à despedida e já estava esgotado por causa do jantar com minha família na noite anterior. Estava meio mal-humorado e distante desde que acordou. Tentei respeitar seu espaço, porque ele provavelmente estava cansado de gente, então passei o dia vendo vídeos no TikTok e trocando mensagens com Alexis para não ficar no pé dele. Mas, depois daquilo, o que eu queria era ter convencido Jacob a ficar em casa. Ele não receberia bem aquela notícia nem no melhor de seus dias.

Ele usou o bordão e praticamente correu até a escada que levava ao porão. Quando cheguei lá, ele estava sentando num sofá de futom no cômodo em que havia uma mesa de sinuca, chorando e arfando com as mãos no rosto.

Era um ataque de pânico. Um ataque de pânico de verdade.

Porque Amy estava grávida.

Meu coração se *estilhaçou*.

Parei à sua frente, vendo-o desmoronar naquele futom, e não saberia descrever o que senti ao vê-lo assim. Ao presenciar o momento em que ele se deu conta de que, com um bebê, estava tudo acabado de verdade, que eles até poderiam ter conseguido se entender antes disso, mas então estava tudo acabado.

Ela não ia deixar Jeremiah por ele.

Amy e Jeremiah seriam uma família.

Era o fim.

Todas as suas esperanças se esvaíram. Ele estava de coração partido, e eu também.

Eu estava bem ali. Estava *bem ali*, apaixonada por ele, e ele não se importava porque não conseguia enxergar ninguém além dela. Eu estava completamente apaixonada por Jacob, e ele estava completamente apaixonado por outra pessoa.

Também comecei a chorar.

Fiquei ali na frente dele, os ombros caídos, as lágrimas começando a cair.

Tenente Dan estava quase frenético, tentando se enfiar no espaço entre a barriga de Jacob e as mãos que cobriam na boca. E eu também queria me enfiar ali.

Dane-se. Foi o que fiz.

Afastei o cachorro e subi no colo de Jacob. Montei nele com meu vestidinho azul, abracei seu pescoço, aproximei os lábios de seu ouvido e fiquei repetindo a mesma frase sem parar:

– Eu te amo. Eu te amo. Eu te amo.

Ele reagiu na mesma hora, como se eu o tivesse encontrado na névoa, e se agarrou a mim antes que me perdesse outra vez. Ele me abraçou e enterrou o rosto em meu cabelo, e a sensação foi a de que os ímãs que tinham sido virados tantas vezes finalmente se encaixaram.

– Eu te amo – sussurrei. – Eu te amo tanto.

Mesmo que você não me ame. Mesmo que para você isso não importe ou não signifique nada ou não leve a lugar algum. Eu te amo.

Ele respirava com dificuldade.

Coloquei as mãos em seu rosto molhado, olhei dentro de seus olhos e comecei a recitar os exercícios que usava com pacientes que estavam tendo um ataque de pânico na emergência.

– Procure cinco coisas que pode ver – sussurrei. – Quatro coisas que pode tocar. Três coisas que pode ouvir. Duas coisas que tenham cheiro. Uma coisa que tenha sabor.

Mas ele não procurou nada. Só ficou olhando em meus olhos. Deve ter funcionado, porque, depois de um tempo, senti que ele estava se acalmando. A respiração estabilizou, os batimentos cardíacos desaceleraram.

Quando ficou claro que ele estava voltando a si, encostei a testa na sua e fechei os olhos.

Me ame. Me ame e pronto. Eu vou cuidar de você. Vou proteger você de qualquer coisa e vou ser tudo que você precisar. Vou ser inofensiva com você...

Ele balançou a cabeça, ainda encostada à minha, devagar, como se estivesse ouvindo meus pensamentos.

– Não posso mais fazer isso... – disse ele, soltando o ar.

Eu também não podia. Mas não tinha forças para me levantar do seu colo. O poder que aquele homem exercia sobre mim era assustador, porque havia muito pouco que eu *não faria* por ele. Fiquei feliz por ele nunca mais ter me pedido nada desde o dia em que me chamou para sair, porque eu não seria capaz de dizer não a ele. Ainda que fosse contra meus próprios interesses. *Principalmente* se fosse contra meus próprios interesses.

Por que eu passava o tempo todo fingindo que não estava apaixonada por um homem que estava apaixonado por outra pessoa? Por que estava fazendo isso? Por que eu estava me torturando? *Mais uma vez.*

Era tão injusto.

Fechei bem os olhos, tentando segurar o choro, mas um soluço me sufocou. Ele afastou a cabeça para olhar para mim, preocupado. Virei o rosto, mas ele segurou meu queixo.

– O que foi?

Eu só balancei a cabeça.

– Briana, *olha* para mim.

Abri os olhos. Seu rosto estava tão perto que vi as lágrimas em seus cílios e as bordas vermelhas das pálpebras. Respiramos no espaço um do outro e ele olhou para mim, um de seus silêncios, aquele que eu nunca conseguia interpretar.

Ele era tão perfeito.

Seu rosto era como arte para mim. O declive do nariz. O ângulo da mandíbula. As manchinhas pretas nos olhos, o volume do lábio inferior.

Eu o observei sem a menor discrição. Examinei-o de perto com tanto desejo que senti que meu coração ia ceder sob o peso de tanto amor.

Estava ciente de tudo. Cada ponto de contato. Minhas mãos naqueles ombros quentes e firmes. Meu vestido levantado, minhas coxas nuas encostadas às dele. Sua respiração em meu rosto, a fivela do cinto pressionando minha barriga.

Ele também olhava para mim, com o rosto torturado e cheio de dor, e detestei o fato de que ela havia causado aquilo. De que tinha esse poder.

Ficamos só olhando um para o outro. Eu amando Jacob, Jacob amando Amy. Ele levantou a mão, hesitante, e limpou uma lágrima do meu rosto.

– Briana... – sussurrou.

O som do meu nome acariciou meus ouvidos.

Havia algo muito íntimo pairando no ar entre nós. Eu estava hipnotizada. Pela proximidade, pela mão em minha pele e pelo modo como seus olhos tristes passeavam pelo meu rosto.

Seu olhar deslizou até meus lábios.

Ele encostou o polegar em meu lábio inferior e puxou-o para baixo, só um pouquinho. Em seguida, fez a pior coisa possível, que *jamais* poderia fazer. Puxou meu rosto e me beijou.

Apenas um leve toque de seus lábios nos meus. Um teste.

Eu falhei. Retribuí o beijo.

Depois disso tudo se desfez.

Qualquer limite, qualquer aparência de polidez ou civilidade que mantivemos durante aqueles meses, desapareceu de repente. Mãos passaram por meu cabelo e eu abracei seu pescoço, e o beijo virou uma extensão desesperada e frenética de tudo que já vínhamos fazendo – mas não havia ninguém ali para ver e nenhum motivo para fazer aquilo a não ser o fato de que eu não era capaz de negar nada a ele e nós dois tínhamos perdido completamente o juízo.

Aquele homem estava sofrendo. Estava buscando alguma distração ou fuga do que sentia, e eu sabia disso.

Mesmo assim, eu o devorei. E a avidez dele bateu mil por cento com a minha.

Sua língua mergulhou na minha, ele mordiscou meu lábio inferior, puxou e começou de novo. Abriu e provou, puxou e mordiscou, e beijá-lo era tudo que eu imaginava que seria, e ainda mais. Já sabíamos como fazer. Já tínhamos um ritmo, como se tivéssemos nos beijado de mil jeitos diferentes mais de cem vezes. Eu conhecia sua boca. Conhecia todo o seu corpo. Eu o conhecia por inteiro de olhos fechados depois de meses de espera e desejo, e ele também me conhecia. Eu sentia isso em cada toque.

Eu me aproximei ainda mais e suas mãos começaram a passear. Ele passou a mão em minha panturrilha, embaixo da minha coxa, e me puxou até a ereção crescente, agarrando minha bunda. Levantei sua camisa e apoiei os dedos em seu peito nu, balançando sobre aquela rigidez em seu colo. Quando ele deslizou os dedos para dentro da minha calcinha e começou a fazer círculos, beijando meu pescoço bruscamente, não tive nenhuma dúvida de que estava prestes a transar com ele naquele futom. Eu não tinha nenhum controle sobre aquilo e não me importava. Não conseguiria parar.

Nem queria.

Fui puxando seu cinto, até que ele assumiu a tarefa e abriu a calça. Levantou o quadril para tirar a calça o suficiente para eu o puxar para fora.

E de repente ele estava em minhas mãos. E estava tão duro.

Aquilo era por *minha* causa.

Talvez nada mais do que ele sentisse fosse meu, mas *aquilo* era. Fiquei excitada de pensar que o deixava excitado. Que, já que não teria mais nada, pelo menos era capaz de fazer aquilo com seu corpo. Deslizei a mão para cima e para baixo, acariciando-o. Ele colocou a mão sobre a minha com firmeza e me fez ir mais rápido.

Eu estava desmoronando. Aquilo ao mesmo tempo era demais e ainda não o bastante.

Quis ficar de joelhos e colocar a boca nele sentindo seu sabor, mas quando comecei a me levantar ele me agarrou pelo quadril e me puxou de volta. Levou a boca à minha com vontade, puxou minha calcinha para o lado e me posicionou em cima dele com cuidado. O barulho que Jacob fez no fundo da garganta ao deslizar para dentro de mim quase acabou comigo ali mesmo.

Eram fogos de artifício. Explosões. Nada mais existia.

Minha mente gritava *sim*.

Sim para *tudo*.

SIIIIIM.

Estávamos totalmente vestidos. Não me importei.

A porta provavelmente estava aberta. Não me importei.

Todos no andar de cima iam olhar para meu vestido amassado e minha boca inchada de tanto beijá-lo e saberiam o que fizemos ali... Não me importei.

Nem um pouco.

Fantasiei com aquele momento inúmeras vezes. Jacob me fez gozar de cem jeitos diferentes durante aqueles meses, mas sem nunca estar presente. E devo ter dito isso em voz alta no meio daquele delírio, porque ele sussurrou em meu ouvido:

– Eu também. – E continuou, com a voz rouca: – Você com aquele vestido vermelho no luau. Você com a minha camiseta. Você de uniforme. Sempre você...

Nossa respiração era superficial. Meu cabelo caía ao seu redor como uma cortina, e suas mãos levantavam minhas coxas nuas e me guiavam, subindo e descendo.

O impulso foi crescendo dentro de mim e estava tão gostoso que eu ia gritar seu nome se não mordesse os lábios, e ele gemeu e eu arquejei, e o senti pulsando dentro de mim e tive um orgasmo que me fez esquecer meu próprio nome.

Eu o amava tanto!

Queria morrer, de tanto que o amava. Queria entrar dentro dele e viver ali. Queria passar o resto da vida com ele. Adorando-o. Protegendo-o. Vivendo em todos os seus silêncios. Deixando que ele me tocasse como quisesse, sempre que quisesse.

A cabeça em seu ombro no cinema. Um beijo antes de dormir. Um abraço no escuro. Envelhecer e segurar sua mão.

O que ele quisesse. Do que precisasse. Eu queria ser tudo para ele.

Mas *não era*.

A realidade foi se impondo devagar, e de repente estava ali. O momento acalorado passou, minha mente começou a clarear e me dei conta do que tinha acabado de fazer.

Aquele homem estava apaixonado por outra pessoa.

Eu tinha prometido a mim mesma que nunca mais deixaria um homem me amar pela metade. Não sabia nem se tinha metade de Jacob. Não sabia se tinha a mínima porção dele.

Acho que Jacob nem estava ali.

– Ai, meu Deus, vocês estão *sempre* se pegando.

Nós nos viramos e vimos Jewel parada à porta.

– Ele está no porão! – gritou ela para trás. – Está só se pegando com a Briana. Como sempre. – Ela olhou para nós. – A limusine chegou.

Ela revirou os olhos, virou e saiu.

Olhamos um para o outro, sem ar. Meu vestido estava cobrindo seu colo, mas ele ainda estava dentro de mim. Meu rosto ardia por causa da fricção da barba por fazer, meu cabelo estava emaranhado e grudado em meu rosto molhado.

Seus olhos deslizaram até meus lábios e ele colocou a mão em minha nuca, mas, antes que se aproximasse para me beijar de novo, eu me afastei.

– Não – falei, ajeitando o vestido.

Estava tão indignada com o que tinha acabado de fazer que não conseguia nem olhar em seus olhos. Eu tinha transado com ele, ele estava pingando em minha calcinha, e de repente vê-lo fechar a calça pareceu íntimo demais.

Comecei a tremer. Não sabia se era o orgasmo, a adrenalina ou a decepção comigo mesma.

– Nunca mais podemos fazer isso – falei, finalmente reunindo a coragem necessária para olhar para ele.

Ele piscou várias vezes, amarrotado no sofá.

– *O quê?*

– Eu não devia ter feito isso... – falei baixinho. – Foi um erro. Sinto muito.

O silêncio entre nós era como um vácuo. Não era a ausência de som, era um mundo onde o som não existia. Eu não podia suportar o modo como ele estava olhando para mim.

Estava me esforçando *muito* para não chorar. Não queria que ele tivesse que lidar com Amy e com os meus sentimentos também.

– Você vai perder a limusine – disse, e minha voz falhou.

Ele balançou a cabeça.

– Não dou *a mínima* para a limusine. – Ele começou a se levantar. – Briana...

Dei um passo para trás.

– Não! Não encosta em mim.

Era incrível como seus olhos pareciam límpidos naquele momento. Um olhar afiado e focado. Como se uma tempestade tivesse passado, o sol tivesse saído e ele visse cada defeito em meu rosto. Cada defeito em minha personalidade.

Talvez estivesse finalmente enxergando o que fez com que Nick quisesse outra pessoa.

Eu não suportava aquele escrutínio. Não suportava a realidade.

Corri para o banheiro e tranquei a porta.

40

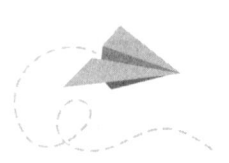

Jacob

Eu estava desnorteado. A sensação era a de que tinha me envolvido numa colisão emocional e sido ejetado do carro. *O que é* que havia acabado de acontecer entre nós dois?

Fiquei em frente à porta do banheiro sem saber o que fazer.

Briana disse que me amava. Disse várias vezes. E começamos a nos beijar e a puxar as roupas um do outro e de repente eu estava dentro dela, e foi a coisa mais maravilhosa que já senti – e acabou, ela ficou constrangida, e foi um *erro*? *O que* aconteceu?

Eu não queria entrar na droga da limusine. Queria que Briana saísse e conversasse comigo. Não conseguiria processar aquilo tudo sem mais informações. Não poderia decidir o que sentir enquanto não soubesse o que estava acontecendo com ela.

Por que tinha sido um erro? Como algo assim poderia ser motivo de arrependimento? E não falo só do sexo. Ela sentia alguma coisa por mim. Era óbvio. Eu senti, não imaginei aquilo tudo, sei que não imaginei. Ela disse que me amava. Ela *disse*.

Uma buzina longa soou no jardim.

Apoiei a mão na porta.

– Briana, por favor, me deixa entrar.

– Jacob, *vai embora*.

Ela estava chorando.

O que eu fiz? Foi algo de errado? Encostei a testa na porta e fechei bem os olhos.

Minha mente estava falhando. Tudo era caótico e nebuloso. Eu estava em algum lugar entre o fim de um ataque de pânico e um acontecimento extraordinário com a mulher que eu amava, e não conseguia pensar direito. Os estímulos eram muitos, eu estava perturbado e precisava me equilibrar.

Fiquei com a mão na porta por um bom tempo. Então peguei a chave da caminhonete e deixei-a na mesinha de centro para que ela pudesse ir embora se quisesse. Peguei o cachorro e saí.

Não entrei na limusine. Falei a verdade para Jeremiah – tive um problema com Briana e um ataque de pânico. Àquela altura não me importava se ele acreditaria ou não. Talvez meu irmão tenha pensado que o problema era o bebê. Também não me importei. Eu não dava mais a mínima para o que os outros pensavam.

Chamei um Uber.

Fui me acalmando na volta para casa. Quando cheguei, tinha parado de tremer.

Mandei mensagem para Briana assim que entrei.

EU: Vim para casa. Deixei a chave da caminhonete para você.

Ela não respondeu.

O colchão de ar estava vazio. Achatado e flácido no meio da sala. Fiquei ali olhando para ele. Parecia um mau sinal, um sinal de que tudo estava chegando ao fim. De que o tempo de Briana em minha casa tinha acabado.

Tive um pico de ansiedade.

Fiquei repassando tudo na cabeça, tentando identificar o momento em que tudo deu errado ou o motivo pelo qual ela transou comigo se não queria fazer isso.

Seu perfume ainda estava na minha camisa.

Ela estava tão molhada. Ainda sentia o balançar de seu corpo em cima do meu, ouvia seu gemido ao gozar. Ela queria aquilo tanto quanto eu. Praticamente subiu em cima de mim. Ela *subiu* em cima de mim.

Ela disse que me amava.

Ou será que não?

Quem sabe o sentido fosse outro. Vai ver ela disse que me amava como minhas irmãs diziam que me amavam. Para que eu me sentisse melhor.

Para que eu soubesse que se importava comigo. Talvez ela não tivesse dito com o mesmo sentido que *eu* diria.

Quem sabe eu tivesse ouvido o que queria ouvir.

Estava entrando em parafuso com as informações limitadas. Não havia nada que pudesse fazer para entender aquilo tudo. Não tinha como saber o que estava acontecendo enquanto ela não conversasse comigo. Só o que podia fazer era tentar me acalmar e me preparar para quando ela chegasse. Então fiz a única coisa que podia fazer: escrevi em meu diário.

41

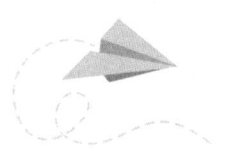

Briana

Eu me limpei e saí para me juntar à despedida de solteira quinze minutos depois de Jacob ter ido embora. Também pensei em ir, mas não queria que Amy achasse que seu anúncio tinha lançado Jacob num poço sem fundo e que eu precisava ir para cuidar dele. Quer dizer, *foi* isso que aconteceu, mas se eu ficasse pelo menos não pareceria tão impactante.

Quando subi, todas estavam na cozinha derretendo cera e ouvindo Michael Bublé. Jane, Jill, Jewel, Gwen, Joy e meia dúzia de mulheres que eu não conhecia mas reconhecia vagamente da festa de noivado.

Foi como entrar no cenário de uma série de comédia. Fiquei ali com o cabelo bagunçado de quem tinha acabado de transar na despedida de solteira da mulher por quem meu namorado de mentira estava apaixonado, enquanto Jafar ziguezagueava embaixo da mesa gritando:

– Alexa! Peça pão de alho!

E o Echo respondia que o pão de alho já estava na lista de compras. Tive que me esforçar para não rir freneticamente.

Alguém me deu um coquetel, que experimentei e fiquei segurando até o gelo derreter, porque era tequila pura com uma gota de xarope de goiaba. Então fiz uma droga de uma vela.

Precisava ir embora da casa de Jacob. Não poderia ficar com ele depois daquilo. Nem sabia como continuaríamos com o relacionamento falso pelas semanas que ainda restavam. Depois que atravessei aquele limite colossal, o simples ato de segurar sua mão seria muito constrangedor e fisicamente doloroso.

Eu estava tentando não pensar muito no quanto o sexo foi bom.

Mas não estava dando muito certo.

Ele beijava tão bem... Era absurdamente bom. Se ele já tivesse me beijado, eu teria me derretido semanas antes. Comecei a ficar excitada só de lembrar.

Só conseguia pensar em tocá-lo, em sentir o gosto de sua língua, e seu cheiro, e ouvir os sons que ele fez.

Pensei no jeito como ele me fez tocá-lo. Em como puxou minha calcinha para o lado. Com mais ímpeto do que eu teria esperado dele. Sem pedir licença. Ele não foi *nada* tímido comigo. Eu tinha a sensação de que havia apenas tocado a superfície, de que Jacob seria cheio de surpresas na cama. Quase consegui imaginá-lo me prendendo com aquele seu olhar sereno e reflexivo antes de me empurrar contra uma parede, abaixar minha calcinha, me dizer o que fazer...

Ah, meu Deus, está vendo, *esse* era o meu problema. Eu não conseguia nem me concentrar.

Olhei para minha vela. O pavio estava torto. Eu fazia aquilo com os dois únicos neurônios que não estavam se dedicando ao vídeo íntimo em loop em minha cabeça.

Eu estava perdida. Como poderia ser inofensiva com ele quando não conseguia ser inofensiva nem *comigo mesma*?

Uma pequena parte de mim dizia que, se começássemos um relacionamento sexual, talvez isso pudesse levar a algo a mais. Talvez Jacob acabasse esquecendo Amy e se apaixonando por mim. Já éramos amigos. Tínhamos química. *Muita* química. Tipo, uma quantidade desproporcional. Não havia amor, mas eram duas de três, né?

Patética.

Imagine tentar se convencer a topar uma situação de amizade colorida na qual você estivesse completamente apaixonada e soubesse que *ele* queria que você fosse outra pessoa.

Eu me *odiava*.

Meu mau humor foi interrompido quando uma bêbada chamada Shannon, que estava falando alto demais e usava um boné que dizia "madrinha", levantou-se e bateu o garfo na taça.

Todas olharam para ela.

– Um brinde! – berrou.

Ela mal conseguia ficar em pé. Aquilo ia ser divertido.

Amy sorriu e todas ergueram as taças.

Shannon oscilou por mais um instante.

– À Amy – disse, com a voz arrastada, erguendo o martíni. – Uma mulher que estaria casada há anos se o Jacob não tivesse enrolado ela! Viva!

A festa caiu num silêncio instantâneo. Amy largou a bebida sem álcool sobre a mesa.

– Shannon, isso não é verdade...

Shannon bufou.

– Como assim?! É *claro* que é?! Ele perdeu a melhor coisa que já aconteceu na vida dele porque é ansioso demais para funcionar como uma pessoa normal.

Ela riu do próprio comentário.

Todas as minhas emoções confusas e descompassadas de repente se organizaram e apontaram para ela como um laser.

– Ele funciona perfeitamente bem! – rosnei.

Todas arquejaram. Shannon olhou para mim piscando muito, como se tivesse acabado de perceber minha presença. Ela percorreu a cozinha com os olhos vermelhos, atrás de aliadas. Não encontrou nenhuma.

– O quê? – disse, levantando uma das mãos. – Ele nem entrou na *limusine*. Que tipo de homem não dá conta de uma despedida de solteiro?

Larguei na mesa minha taça intocada, que retiniu, e olhei para ela.

– Ele tem ansiedade social. Você espera que ele entre numa limusine com a turma barulhenta dos maridos de vocês, que têm diarreia verbal, e não entende por que ele não vira o rei dos extrovertidos de repente? Devia reconhecer que ele ao menos tentou. Você não faz ideia do quanto ele precisa se esforçar para simplesmente estar presente. E ele se empenha porque amar é isso... é *estar presente*. Ele esteve presente pela Amy *e* pelo irmão desde que isso tudo começou. Ele tem sido um *santo. Ele* não é o babaca. *Você* é que é!

– BABACA! – gritou Jafar em algum lugar embaixo da mesa.

Todas estavam boquiabertas. Amy arregalou os olhos, Jane ficou vermelha, Jill assentia, Jewel exibia uma expressão de quem tinha acabado de decidir votar em mim para presidente e Joy estava tentando não sorrir.

Fiquei encarando Shannon até ela desviar o olhar primeiro. Então tirei a chave da bolsa, me levantei e saí.

Fui até o posto de gasolina no fim da rua, comprei vários tipos de doces, um maço de cigarros e um isqueiro. Depois voltei até a casa, entrei de fininho pela porta da garagem e fui direto até o solário, onde o Vovô estava assistindo à TV.

– O que é que você quer? – resmungou ele quando entrei.

– Não vem com desaforo que eu mudo de ideia.

Saí com ele pelas portas de correr e levei-o até o gazebo telado na parte arborizada do quintal.

Tirei o oxigênio, afastei o tanque, abri o maço de cigarros e estendi um à sua frente, mas fora de alcance.

– Sei que o senhor está lúcido, então sei que entende quando eu digo que, se escolher isso, pode piorar a condição dos seus pulmões. O senhor estaria fumando contra meu conselho médico e provavelmente em detrimento da sua saúde.

Ele semicerrou os olhos.

– Cala a boca e me dá o cigarro.

Revirei os olhos, acendi o cigarro e entreguei a ele. Então me joguei numa cadeira e comecei a comer um Snickers como se fosse um burrito.

O velho olhou para mim.

– Noite difícil?

– O senhor nem imagina.

Ele deu uma tragada longa no cigarro e soltou a fumaça formando anéis.

– Algum problema com meu neto? Quer que eu diga umas verdades a ele?

Dei uma risada.

– Pode obrigar ele a me amar?

– Ele já não ama?

– Não. Não ama.

Ele deu mais uma tragada.

– E eu achando que ele era o inteligente da família.

Terminou o cigarro e ofereci mais um. Abri uma barra de chocolate ao leite bem recheada de caramelo e fiquei ali sentada comendo enquanto olhava através da tela para o abismo escuro do jardim, pensando em todas as minhas escolhas de vida questionáveis.

Jacob não disse que me amava.

Falei muitas vezes, e nenhuma vez ele respondeu "Também te amo". Mas ele *disse* que pensava em mim quando batia uma. Eu ficaria muito empolgada se *além disso* ele estivesse apaixonado por mim.

Se eu tinha alguma dúvida quanto ao que aquilo tudo significava para ele, essa era minha resposta.

Tive que esconder o rosto nas mãos.

A culpa era minha. Toda minha.

Desde o começo ele deixou claro que estava apaixonado por outra pessoa. A culpa era toda minha.

Talvez, se eu não tivesse inventado de dizer a Amy que estávamos morando juntos, não teria me mudado para a casa dele e não estaria tão exausta de resistir a ele com aquela calça de moletom cinza todos os dias.

Talvez, se tivesse tentado acalmá-lo de um jeito que não envolvesse montar no *colo* dele, eu tivesse conseguido dispor da força moral necessária para não transar com ele num futom no porão da casa da sua mãe.

Soltei um gemido. Eu tinha transado com ele. Num futom. No *porão* da casa da mãe dele.

Eu era uma paródia de mim mesma.

Ainda que fosse só sexo para Jacob, agora que eu não ia fazer aquilo de novo, ele iria se sentir rejeitado e achar que tinha feito algo de errado, porque ele era assim. E eu ficaria constrangida e acharia que não podia confiar na minha própria capacidade de tomar as decisões certas, principalmente em relação a ele. O único jeito de garantir que não aconteceria de novo era ficar longe.

Eu cumpriria minha promessa. Iria aos eventos da família até o casamento. Mas não poderia ficar com ele sozinha nem passar tempo com ele sem que fosse pelo acordo.

Eu havia estragado tudo. Tinha destruído o tempo que ainda nos restava.

Ainda estava com o rosto enfiado nas mãos quando ouvi passos. Um segundo depois, alguém abriu a porta do gazebo. Levantei a cabeça. *Amy* estava ali.

Ficamos olhando uma para a outra, surpresas. Então ela olhou para o Vovô fumando e ficou boquiaberta.

Meu maxilar se retesou. Que se dane.

– Vai em frente – falei, me ajeitando na cadeira. – Conta para a Joy. Eu nem ligo.

Amy piscou várias vezes para mim. Então levantou a mão. Um maço de Marlboro.

– Todo mundo dá cigarros para ele – disse ela, tímida. – Bom, as garotas dão. É meio que como a gente sabe que faz parte da família, sabe? Quando começa a dar cigarros para o Vovô escondido. Ele fuma um maço por semana.

– Dois – corrigiu ele, orgulhoso.

Eu me virei e fiquei olhando para ele, pasma.

– *O quê?*

Ele não respondeu, mas pareceu contente consigo mesmo. Voltei a olhar para Amy.

– Como é que a Joy não sabe?

Amy deu de ombros.

– Ela sabe. Ela disse ao Greg que, como não é ela quem está incentivando, não pode se sentir culpada. E disse que ele gosta da busca. Que assim continua afiado.

Vovô olhou para a ponta acesa do cigarro.

– Sempre convenci as mulheres a fazerem o que eu quisesse. Não perdi o charme.

Balancei a cabeça. *Inacreditável.*

– O senhor quase me atropelou com a cadeira de rodas. Várias vezes.

– Você saiu do caminho, não saiu?

Ele conseguiu me arrancar uma risada.

Amy ficou ali parada por um tempo, parecendo sem graça.

– Posso me sentar?

Soltei o ar pelo nariz e indiquei a cadeira à minha frente com a cabeça. Ela se sentou na beirada, como se eu pudesse mudar de ideia e obrigá-la a sair.

Ela umedeceu os lábios.

– Me desculpa pela Shannon – disse. – Ela passou dos limites. Estava muito bêbada, e mandei ela para casa.

Não respondi.

– Jacob nunca me enrolou – continuou ela. – Ele não fez nada de errado. E você tem razão. Nunca reconheci o quanto é difícil para ele estar presente... *Eu* não fiz o bastante para levar a ansiedade dele a sério. Mereci o que você disse. Provavelmente mais que qualquer pessoa.

Ela olhou para mim. Desviei o olhar.

– Quer um Twix? – murmurei.

– Meu Deus, quero.

Vasculhei a sacola plástica do posto e entreguei a barra de chocolate. Amy abriu e deu uma mordida. Fechou os olhos enquanto mastigava.

– Obrigada – disse, com um suspiro. – Estou morrendo de fome, o tempo todo.

Eu a analisei por um instante.

– Você está de quantas semanas? – perguntei.

– Oito. – Ela respirou fundo e olhou para mim. – Para falar a verdade, ando tão enjoada e exausta que nem queria essa festa.

– Foi por isso que fizemos velas em vez de ir fazer pole dance em algum lugar?

Ela deu uma risadinha.

– As velas ficaram horríveis, né?

– A minha tem um cabelo dentro.

Amy gargalhou e não pude deixar de sorrir. Ela terminou de comer o chocolate e apoiou a cabeça no encosto da cadeira.

Acendi mais um cigarro para o Vovô.

– Você não deveria entrar? – perguntei a ela.

– Não. Eu disse que estava enjoada e precisava me deitar um pouco. Joy levou todas para a sala e está mostrando os vibradores preferidos dela.

Olhei para a casa atrás de mim.

– Ah, cara! Eu estou perdendo isso?

– Como se você precisasse, né? – disse ela, como uma cara de nós-duas--sabemos-do-sexo-extraordinário-que-Jacob-está-te-proporcionando.

Assenti ao ouvir o comentário que, uma hora antes, eu teria que fingir que tinha entendido. Meu Deus.

– É verdade que ele não entrou na limusine? – perguntou ela. – Está tudo bem?

Não sei o que foi. Talvez ela parecesse vulnerável sentada ali, ou talvez tenha sido o olhar de preocupação genuíno que ela me lançou. Mas não quis mentir.

– A gente brigou.

Ela olhou para mim.

– Sinto muito. – falei. Ela não insistiu para saber mais, mas decidi dizer assim mesmo. – Acho que estou um pouco mais apaixonada por ele do que ele por mim.

Amy piscou várias vezes, chocada.

– Eu duvido *muito* disso.

Soltei uma risada triste.

– Não, estou falando sério – disse ela. – Eu *nunca* vi o Jacob agir como age com você. – Balançou a cabeça. – Ele nunca quis morar comigo, nem queria passar muito tempo comigo. Não olhava para mim como olha para você.

Ela estava enganada, é claro. Jacob não sentia nada daquilo por mim. Eu não estava morando com ele de verdade. Nem namorando com ele de verdade. Aquilo só mostrava o quanto estávamos indo bem no plano de fazer todos acreditarem. Mas gostei do fato de ela ter dito aquilo, de ter tentado fazer com que eu me sentisse melhor.

Ela colocou o cabelo atrás da orelha.

– Sabe, eu achei, no começo, que talvez você só estivesse com ele por causa do rim – contou, parecendo se sentir um pouco culpada. – Mas me enganei. Estou vendo que você ama ele de verdade e o quanto vocês se dão bem. – Deu um sorrisinho. – Fico feliz que ele tenha encontrado isso. Ele *merece*.

Analisei seu rosto. Ela estava falando a verdade. Queria mesmo que Jacob fosse feliz.

Naquele momento decidi gostar dela.

Amy era muito menos perversa do que eu imaginava. Na verdade, não era *nada* perversa. Quase consegui entender por que todos os caras da família Maddox estavam apaixonados por ela.

É um saco quando a gente gosta *da outra*.

É pior ainda quando isso acontece duas vezes.

♡

Uma hora depois, a festa acabou e fui para a casa de Jacob.

Quando entrei, larguei a bolsa no aparador, ouvi a porta do quarto das plantas se abrir e Jacob vir pelo corredor.

Tenente Dan chegou primeiro, Jacob veio logo atrás e parou à porta com as mãos enfiadas nos bolsos da calça do pijama. Ele analisou meu rosto, me lançando um de seus olhares silenciosos. Daqueles que diziam que as engrenagens estavam girando.

Meu colchão de ar estava vazio no chão entre nós dois. Tinha começado a esvaziar na noite anterior e agora estava oficialmente morto. Fiquei olhando para o colchão, enquanto Jacob olhava para mim.

Senti o aroma das flores que ele havia me mandado. Ele as colocara na mesinha de centro para que eu pudesse vê-las quando acordasse. Vê-las me deu vontade de chorar. Essa parte tinha chegado ao fim. Eu não conseguia acreditar que tinha estragado tudo. As coisas nunca mais seriam as mesmas. Eu tinha destruído o tempo que nos restava, e tinha também destruído nossa amizade. Agora ela estava confusa. Esquisita.

Não era esquisita para *ele*. Ele queria isso, acrescentar benefícios ao acordo. Provavelmente ficou feliz com a distração.

Era eu quem não conseguia lidar com a situação.

– Você pode dormir no meu quarto – disse ele. – Eu durmo no chão.

Mas balancei a cabeça.

– Não. Vou para casa.

Olhei em seus olhos.

Ele fez uma pausa longa.

– Por quê?

– Não posso ficar aqui.

Ele passou uma das mãos na boca e desviou o olhar. Quando voltou a olhar para mim, me envolveu com seus olhos castanhos e cansados.

– Briana. Olha... Vem deitar.

Meu estômago se revirou. Senti o poder de seu pedido como um sussurro em minha alma. *Vem, Briana. Vem...*

Senti meu coração querendo tocá-lo.

Meus olhos dispararam até seus lábios. Meus músculos de contração rápida se retesaram com o desejo de me jogar em cima dele e deixá-lo me carregar para o quarto e fazer tudo que quisesse comigo. Deitar em cima de mim, tirar minha calcinha e me beijar até meus lábios doerem de novo.

Mas neguei com a cabeça.

– Não.

Ele continuou olhando para mim.

– Por quê?

– Jacob, você precisa me ajudar, tá? Não tenta me beijar de novo. Nunca nem encoste em mim quando não estivermos com sua família. Vamos só aguentar até o casamento e acabar com isso. Tá?

– É isso que você quer?

– Foi o que eu acabei de dizer.

– Às vezes as pessoas dizem coisas que não querem de verdade.

Joguei as mãos para o alto.

– O que você quer de mim, Jacob?

Ele demorou a responder.

– Tudo. Eu quero *tudo*. Quero que seja de verdade.

Dei uma risada quase desvairada.

– Como assim? Você está apaixonado por outra pessoa!

Ele me encarou.

– *O quê?*

Balancei a cabeça.

– Olha só. Sei que seria conveniente para você. E fico feliz por você me achar atraente, de verdade. Mas não vou ser seu prêmio de consolação porque não deu certo com a Amy.

– Você acha que eu...

– Jacob, não se dê ao trabalho de negar. Ouvi você brigando com ela no dia do luau. Você saiu com batom e perfume na camisa e aí *me* chamou para sair para não ficar pensando naquilo. E hoje teve um ataque de pânico porque ela está grávida...

– Eu tive um ataque de pânico porque você estava trocando mensagens com o *Levi*.

Olhei para ele, atônita.

– Naquele dia no luau briguei com a Amy porque ela estava com medo de que você estivesse me usando por causa do rim, de que você não gostasse de mim de verdade. E eu te chamei para sair porque não queria acreditar nela. Queria que isso entre nós fosse verdadeiro, queria *fazer* com que fosse. Mas ela tinha razão. Não era verdadeiro.

Ele fez que não.

– Eu *não ligo* para a Amy, Briana. Eu não a amo. Acho que nunca amei.

Estou *feliz* por ela estar grávida, *gosto* de ser tio. E quer saber? Se você só estiver comigo por causa do rim, também não ligo. Porque estou tão apaixonado por você que topo tudo. Até isso.

Sua voz falhou na última palavra.

Fiquei olhando para ele. Pela primeira vez na vida, eu não sabia o que dizer.

– Me usa – disse ele, com o olhar resignado. – Me usa para o que você quiser. Mas *fica*.

Essas palavras me deixaram paralisada. Tive que reaprender a respirar antes de conseguir responder.

– Você não ama a Amy? – sussurrei.

Ele balançou a cabeça devagar.

– Não.

Ficamos ali parados por um momento de silêncio denso. Meu coração batia forte na quietude.

– Jacob, estou tão apaixonada por você que não aguento mais.

Vi essa informação mudar completamente sua expressão.

– O quê? – perguntou ele, baixinho.

– Também estou apaixonada por você. Achei que você quisesse ela. Achei…

– Repete. – Ele engoliu em seco.

– Eu… estou apaixonada por você.

Vi as palavras o atingirem como uma força física, arrancando o ar dos pulmões e enchendo o olhar de esperança.

Ele percorreu o espaço que havia entre nós em três passadas largas e me puxou para perto.

– Repete – sussurrou.

– Estou apaixonada por você – falei, ofegante.

– De novo.

– Estou apaixonada por você.

Ele riu, piscando em meio às lágrimas.

– Isso é de verdade? – perguntei.

Ele assentiu.

– *Sempre* foi de verdade.

Soltei um soluço, feliz.

De repente, senti a paixão em tudo. No modo como ele me tocava, na energia que emitia, em seu olhar. E percebi que sempre senti. Seu silêncio era *isso*. O silêncio que eu não conseguia decifrar. Era eu.

Fui atingida por uma chuva de meteoros de percepção. Eu poderia tocá-lo. Poderia dormir em sua cama, ficar abraçadinha com ele no sofá e segurar sua mão por motivo nenhum além do fato de que eu queria fazer isso. Poderia beijá-lo...

Ele devia estar pensando a mesma coisa, porque seus olhos desceram até meus lábios.

Ele estendeu a mão curiosa por me tocar, como se quisesse testar se podia mesmo. Parou por um instante, então passou a mão com gentileza em meu cabelo, em minha nuca, encostou a testa na minha e fechou os olhos. Sua respiração fez cócegas em meus lábios por um instante dolorosamente longo antes que ele deixasse a boca quente e suave tocar a minha. Cada *centímetro* do meu corpo ganhou vida.

Ele me beijou como se estivesse derramando tudo de si naquele ato belo, gentil, carinhoso. E me abraçou, um abraço quente e firme, e eu soube que sempre me lembraria daquela sala. As luzes suaves, o cheiro das velas de baunilha e o colchão de ar murcho aos nossos pés. "Clair de Lune" tocando baixinho numa caixa de som na prateleira, a camiseta branca simples e a calça de moletom que ele estava usando, com o cheiro do seu corpo e do seu sabonete.

Eu queria senti-lo. Queria explorar seu corpo como se me pertencesse. Queria conhecê-lo com todos os meus sentidos, com as mãos, os olhos e a boca. Queria ouvir seus batimentos cardíacos e sentir o cheiro do calor de sua pele.

E ele também queria.

Eu não conseguia acreditar. Era de verdade.

Meus olhos se encheram de lágrimas.

Jacob se afastou e olhou para mim.

– O que foi?

Eu não conseguia nem falar, só balancei a cabeça.

Ele tirou o cabelo da minha testa com um toque gentil do polegar.

– O quê? Me diz.

– Essa é a sensação de ser amada de verdade. Nunca senti antes. E acho que nem sabia disso até este momento.

Ele sorriu para mim com delicadeza.

– É. Essa é a sensação.

E ficamos ali abraçados, inseparáveis, imóveis, emaranhados como uma árvore que cresceu em volta de uma cerca de arame.

42

Jacob

– Não é justo, você está se inclinando – disse ela, sorrindo para mim, mordendo o lábio.

Eu estava me inclinando, sim. Briana tinha razão.

Ela estava de costas para a parede no corredor do hotel, e estávamos no meio do jogo em que ficávamos o mais perto possível um do outro, como se quiséssemos nos beijar. Tenente Dan estava sentado aos nossos pés. Estávamos esperando que Jewel e Gwen saíssem para descer para a cerimônia. Era o dia do casamento.

Eu estava a uns dois centímetros de Briana, usando terno. Ela estava com um vestido verde e sapatos de salto.

– Você não pode me beijar – disse ela, me provocando. – Estou de batom.

– Posso fazer isso? – perguntei, a voz baixa, me abaixando para encostar os lábios em seu ombro nu. – Ou que tal isso? – Avancei até a clavícula. – Ou isso? – O pescoço.

Ela já estava sem ar.

– É melhor você parar – sussurrou.

– Senão? – perguntei, meus lábios tão perto de sua pele que eu praticamente sentia a pulsação.

– Senão vai ter que me levar de volta para o quarto – respondeu, baixinho.

– Então vamos voltar para o quarto...

– Ah, meu Deus, parem com isso – gritou Jewel, saindo do quarto com Gwen e os gêmeos.

Briana e eu rimos, e me afastei dela.

Carter e Katrina correram até mim, e me abaixei para pegá-los no colo. Carter era o pajem, então estava de smoking com uma flor cor-de-rosa na lapela. Katrina era a daminha, e usava um vestido branco estilo princesa e uma coroa de flores frescas também cor-de-rosa.

– E a meia? – perguntou Carter.

– De jacaré. E veja o que a Briana tem.

Apontei para ela com a cabeça.

Briana tirou o cabelo dos ombros para mostrar os brincos de jacarés sorridentes.

Os gêmeos riram e se desvencilharam de mim para correr até o elevador. Jewel parecia exasperada.

– Preciso deixar esses dois com a mamãe no quarto da noiva. Vocês deviam ir se sentar. Jill e Walter já desceram.

– E a Jane? – perguntei.

– Foi encontrar o acompanhante na recepção – respondeu Gwen, ainda colocando um brinco.

– Jane tem um *acompanhante*?

Minha irmã era tímida e não levava namorados a eventos da família enquanto não tivessem passado um bom tempo juntos.

– Foi o que ela disse – respondeu Gwen. – Foi muito discreta a respeito.

Levantei as sobrancelhas para Briana.

– Um acompanhante,

Ela fez cara de "eita".

Eu adorava que Briana conhecesse minhas irmãs. Que nossos mundos estivessem se misturando. Adorava que pudéssemos dar as mãos quando ninguém estava por perto para ver. Eu podia tocá-la sempre que tinha vontade – o que, para falar a verdade, acontecia o tempo todo. Transávamos como se estivéssemos tentando compensar cada dia em que quisemos e não pudemos. Durante aquele mês, todo o meu cárdio foi na cama.

Trocávamos mensagens que diziam "eu te amo" cada um do seu lado da emergência. Deixávamos bilhetinhos dizendo isso. Sussurrávamos no escuro. Dizíamos no meio de uma conversa, só porque podíamos.

Minha vida era um conto de fadas.

Eu não deixava de valorizar um único segundo com ela. Jurei a mim mesmo que nunca deixaria. Poder me aconchegar com ela enquanto assistíamos a um filme, abraçá-la por trás enquanto ela tomava café ou colocar a mão em sua coxa embaixo da mesa – tudo isso era um presente. Um privilégio. E jurei sempre fazer jus a ele. Escrevia sobre isso em meu diário – quando tinha tempo para escrever. Estava ocupado demais vivendo o sonho que era minha vida para documentá-la. Mas estava tão feliz.

Chegamos ao pátio onde aconteceria a cerimônia e nos sentamos. Havia uma treliça florida onde Amy e Jeremiah fariam seus votos. O tempo estava perfeito, e o cheiro de rosas nos envolvia.

– A cerimonialista está de parabéns – disse Briana, olhando em volta. – Adoro casamentos.

Olhei para ela.

– Você gostaria de se casar de novo um dia? – perguntei.

Ela olhou para mim.

– Não é preciso se casar para passar o resto da vida com alguém.

– Você não quer se casar comigo?

Ela me lançou um olhar brincalhão.

– Está pedindo minha mão?

– O que você diria se eu pedisse?

– Diria que não posso me casar com um homem que acabei de começar a namorar. Por melhor que seja o sexo.

Sorri.

– Daqui a quanto tempo, então?

Ela riu.

– Não sei.

Eu me virei para olhar para ela de frente.

– Seis meses? Um ano?

– Você vai colocar um lembrete no celular?

– Estou falando sério. Acho que precisamos conversar sobre isso.

Sua expressão suavizou. Ela parecia estar prestes a responder, mas então olhou por cima do meu ombro.

– Ah, meu Deus...

Virei e vi Jane e seu acompanhante avançando pelo corredor para ocupar seus lugares. O acompanhante era *Benny*.

Briana abriu um sorriso largo.

– Oi, BEN.

Ele a ignorou e foi com Jane até a primeira fileira. Eu me virei para ela outra vez.

– Você sabia que eles estavam se falando? – perguntei.

Ela fez que não com a cabeça, ainda sorrindo.

– Ele deve ter pensado que eu ia encher o saco. E ia mesmo.

– Ele parece bem – comentei, olhando para Benny.

Briana assentiu.

– Ele está recuperando o peso, está se exercitando.

– Está namorando.

Ela olhou para mim.

– Ele está bem por sua causa. Por causa do que você está fazendo.

Coloquei a mão no rosto dela.

– Você ainda vai me amar quando eu não tiver mais órgãos para dar? – perguntei.

– Eu te amaria mesmo se você fosse uma cabeça falante num jarro – respondeu ela, olhando para os meus lábios.

– Eu te amaria mesmo se você não gostasse de cachorros.

Ela ficou boquiaberta.

– Eu te amaria mesmo se eu fosse uma balinha de goma e você me comesse – disse ela, baixinho.

– Eu te comeria mesmo se você não fosse uma balinha de goma...

– Gente, isso está ficando nojento – disse Jewel, sentada ao nosso lado com Gwen. – Tipo, a gente já entendeu. Vocês são obcecados um pelo outro. Já deu.

Nós dois rimos. Eu estava prestes a voltar à pergunta sobre o casamento, mas a marcha nupcial começou. Todos fizeram silêncio e se viraram para ver as pessoas entrando pelo corredor.

Primeiro a mãe de Amy. Depois Jeremiah, parecendo uma criança na noite de Natal. Os padrinhos e as madrinhas, lado a lado. Katrina jogando pétalas de flor, e Carter com a almofadinha das alianças.

Quando Amy finalmente entrou pelo corredor com o pai para se juntar a Jeremiah sob o caramanchão, todos nos levantamos.

Senti uma calma absoluta. Estava feliz por eles. Genuinamente feliz. O universo tinha se corrigido, e todos estavam como deveriam estar. Ninguém olhava para mim a fim de ver se eu iria implodir, e se olharam logo perceberam que eu estava ocupado vivendo minha própria história de amor e não voltaram a olhar.

Na verdade, passei semanas ansioso por aquela noite. Não via a hora de dançar com Briana, comer o bolo de casamento e depois ir para nosso quarto no hotel. Estava feliz pelas fotos de família que tiraríamos porque Briana estaria nelas, e eu poderia relembrar aquele dia como o início de nossa vida juntos.

Estava entusiasmado para viver todas as nossas primeiras vezes.

Olhei para ela.

– Queria que meu eu de hoje pudesse mandar uma mensagem para meu eu de três meses atrás – sussurrei.

– Ah, é? – Ela sorriu. – E o que você diria a si mesmo?

– Eu diria que, quando este dia chegasse, eu não ligaria para o casamento porque estaria perdidamente apaixonado por outra pessoa.

Ela riu baixinho.

– E você teria acreditado nisso?

Fiz que não com a cabeça, com um sorriso largo.

– Provavelmente não.

Porque era bom demais para ser verdade...

43

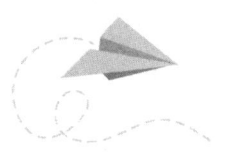

Briana

Aquele foi sem dúvida um dos melhores casamentos da minha vida *inteira* – bem diferente dos anteriores. Ninguém ficou me perseguindo com um violão. Meu acompanhante não bebeu demais porque estava apaixonado pela noiva, como Nick no casamento de Kelly. Naquela noite, meu acompanhante não conseguia tirar as mãos *nem* os olhos de mim.

Jacob estava relaxado e feliz. *Eu* estava feliz.

Ele dançou uma música lenta com Katrina. Foi a coisa mais fofa. Eu não conseguia parar de sorrir ao vê-lo olhando para mim, os cantos dos olhos enrugadinhos e uma garotinha de vestido de tule pisando nos sapatos dele.

Tenho certeza de que o Vovô ganhou muitos cigarros, e Joy ainda o levou para fora e lhe deu um charuto depois do jantar.

E o acompanhante de Jane era *Benny*.

Quando finalmente o encurralei, ele só deu de ombros e disse:

– Eu não contei porque você ia fazer um escândalo.

Ok.

Benny passou o casamento inteiro sorrindo. Sorria como alguém que tinha a vida inteira pela frente – porque tinha mesmo. Dentro de uma semana, teria um novo rim. Um novo começo. Estava saindo com alguém que o entusiasmava. Estava olhando adiante. Fui obrigada a chamá-lo de Ben a noite inteira.

Jacob deixou que eu comesse o bolo dele. Era da Nadia Cakes, um red velvet – e depois ainda peguei o buquê. Todos comemoraram e riram muito. Amy veio me dar um abraço. Jacob ficou radiante.

Senti que era uma das melhores noites da minha vida – o primeiro dia do resto dos meus dias, por algum motivo. E comecei a pensar no que Jacob disse sobre me casar com ele.

Era muito, *muito* cedo para isso. Nunca quis me casar de novo. Pelo menos achava que não. Mas, como tendia a fazer, Jacob transformou meu *não* num *talvez*.

Eu não detestava a ideia da família dele ser minha família. Nem de Joy ser minha sogra e Jewel, Jane e Jill, minhas cunhadas.

E *adorava* a ideia de ser esposa de Jacob. Ouvi-lo se apresentar como meu marido. Pensar nisso me deixou orgulhosa. *Esposa* talvez fosse, *sim*, um título que eu de repente queria de novo.

Então talvez. Só... *talvez*.

Ficamos até a última música.

Quando as luzes se acenderam e todos começaram a sair, Jacob segurou minha mão, peguei meu buquê e atravessamos a recepção do hotel até o elevador com Tenente Dan.

Eu estava segurando meus sapatos. A gravata de Jacob pendia em seu pescoço e os dois botões de cima da camisa estavam abertos. Ele havia dobrado as mangas e colocado o paletó em meus ombros.

Quando as portas do elevador se fecharam atrás de nós, ele me puxou para perto e me beijou. Sua boca tinha o gosto da champanhe do último brinde. Ele passou a mão em minha bunda e me puxou para ainda mais perto.

– Quando chegarmos ao quarto, quero que você sente na minha cara – disse com a voz rouca.

Eu estava arfando.

– Tipo, *sentar*, sentar de verdade?

– Sentar, sentar de verdade.

– Tá bom. Se você morrer, morreu.

Ele riu e me devorou de novo.

Quando chegássemos ao quarto, eu ia deixar aquele homem me dobrar ao meio. Eu queria quebrar a cama.

Naquele mês tinha transado mais do que nos últimos dois anos do meu casamento. Nos dias de folga só saíamos do quarto para pegar na varanda a comida que pedíamos e deixar Tenente Dan sair. As camisinhas acabaram tantas vezes que Jacob finalmente foi ao atacado comprar uma caixa.

O elevador parou dois andares antes do nosso. Paramos de nos beijar e ele colocou a mão na minha cintura em respeito a quem quer que entrasse, mas ainda estávamos ofegantes e olhando para os lábios um do outro quando a porta se abriu.

– O que acha de pedirmos serviço de quarto? – perguntou ele, baixinho, esfregando o nariz no meu.

– *Siiiimmm*. Estou morrendo de fome. – Fazia umas duas horas que meu estômago me atormentava. – Se pedirmos agora, vai chegar bem quando terminarmos – sussurrei.

Ele deu uma risadinha. Então percebemos que a porta ainda estava aberta, mas ninguém tinha entrado.

Jacob olhou primeiro. Depois também me virei. E meu sangue gelou.

Parecia a Torre do Terror na Disney no meu aniversário de 25 anos: as portas do elevador se abrindo para revelar algo terrível e confuso antes de me fazer despencar rumo à morte.

Eram Nick e Kelly.

Eles ficaram paralisados, como gazelas iluminadas pelos faróis de um carro. Ninguém se mexeu.

Estavam bem-vestidos. Ela com o braço enganchado no dele. O cabelo castanho de Nick estava mais curto. Ele parecia mais em forma. Estava bronzeado e de aliança no dedo. O cabelo loiro de Kelly caía nos ombros. Batom cor-de-rosa. Brincos grandes de ouro que pareciam folhas. Um anel de noivado com um diamante enorme. Ela estava reluzente.

E grávida.

Fiquei nauseada na hora. Tenente Dan choramingou em meio ao silêncio. O tempo parou.

Nick pigarreou.

– É... vamos pegar o próximo.

Fiquei ali parada durante um instante paralisante e doloroso. Então as portas se fecharam em câmera lenta.

A cena toda levou menos de quinze segundos. E a bomba foi nuclear.

– Briana? – disse Jacob, olhando para a lateral do meu rosto.

Não ouvi nada. Meus ouvidos zuniam. Meus joelhos estavam fracos, minha visão começou a escurecer...
    E vomitei nos sapatos dele.

44

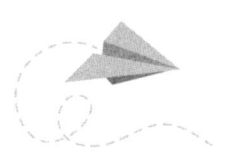

Jacob

– Você está bem? – perguntei.

Briana estava com a testa encostada no vidro da caminhonete. Estávamos quase em casa. Ela não falou muito durante o percurso de volta para casa, nem no quarto do hotel, enquanto fazíamos as malas naquela manhã. Em momento nenhum, na verdade, desde o encontro no elevador na noite anterior.

Demorou bastante até que ela me respondesse.

– Desculpa por ter vomitado no seu sapato – repetiu.

– Isso nunca me aconteceu antes... no escritório onde eu trabalho como contador.

Ela deu uma risadinha, mas sem alegria.

Tenente Dan estava sentado com a cabeça no colo dela. Ele reclamou tanto no banco de trás porque queria ficar com ela que acabei parando e deixando. Na noite anterior foi a mesma coisa. Tive que deixar ele dormir na cama.

– Foi a primeira vez que você viu os dois juntos? – perguntei.

Briana não respondeu. Estendi a mão para pegar a dela. Ela não segurou a minha. Havia algo errado.

Eu entendia por que ela estava chateada. Encontrar o ex-marido e a mulher por quem ele a deixou, ver que estavam casados e ela estava grávida devia ser chocante.

Mas não era só isso. Desde o incidente no elevador, ela não olhava em meus olhos. Isso deu um nó na boca do meu estômago e minha ansiedade disparou.

Será que eu estava preocupado com algo que não era nenhum motivo de preocupação? Ela só estava em choque, não se sentia bem e precisava de tempo para processar a situação.

Mas de manhã ela não recolheu o buquê. Ficou feliz ao pegá-lo na noite anterior. Disse que ia desidratar as flores, mas aí as deixou na cômoda do hotel. Quando fui pegá-las, ela disse que não queria. Pareceu uma espécie de mau agouro e eu não quis pensar demais nisso.

Ficamos em silêncio pelo restante do caminho. Quando parei na garagem, ela saiu. Tirei sua mala do bagageiro, mas Briana não deixou que eu a levasse até a porta para ela. Só resmungou que ela mesma levaria e saiu andando, arrastando a mala sem esperar por mim. Quando entrei, estava parada no meio da sala olhando para o sofá.

– Vou fazer uma sopa para você – falei, largando a mochila. – Que tal a gente ver um filme? Ou *Schitt's Creek*?

Eu me aproximei e a abracei por trás. Ela ficou tensa. Meu estômago se revirou.

– O que foi? – perguntei.

Ela se desvencilhou de mim devagar, como se tentasse tirar uma jaqueta suja sem encostar nela mais que o necessário. Depois, se virou para mim com os olhos vermelhos.

– Eu vou para casa.

Engoli em seco.

– Tudo bem... – falei. – Vou com você.

– Não.

Meu coração estava acelerado.

– Tá. Quando você volta?

– Eu nunca vou morar com você, Jacob. – Foi como uma adaga que surgiu do nada. – Nunca vou morar com você e nunca vou me casar com você. Se quer isso, procure outra pessoa.

– Eu... eu não quero outra pessoa...

– Bom, talvez devesse querer.

Ela olhou para mim com um ar desafiador. Como se de repente estivéssemos um contra o outro.

Balancei a cabeça.

– Por que está brigando comigo?

– Não estou brigando – respondeu ela, com a voz entrecortada. – Só estou dizendo como as coisas são.

Umedeci os lábios.

– Olha só, o que aconteceu ontem à noite foi traumático. Vamos conversar sobre isso...

– Não.

Analisei seu rosto.

– Briana – falei, com cuidado. – Eu não vou fazer o que ele fez com você. Se é com isso que está preocupada...

Ela caiu na gargalhada. Uma gargalhada grave e gutural que eu nunca tinha ouvido.

– Você não sabe o que pode fazer um dia – disse ela. – Talvez canse de mim. Talvez conheça outra pessoa e não consiga mais viver sem ela. E um dia eu vou chegar em casa mais cedo, meu Bluetooth vai se conectar com seu celular e vou ouvir minha amiga dizendo ao cara que é meu marido há dez anos o quanto ela gostou de transar com ele no meu edredom novo.

Ela voltou a cair na gargalhada, como se isso fosse engraçadíssimo.

– Ah – continuou, como se tivesse acabado de se lembrar de uma coisa. – Aí ele me larga para ficar com ela e, enquanto eles estão na minha casa, comendo nos meus pratos e dormindo na minha cama, eu perco nosso bebê. Sozinha. Na porcaria do meu quarto de infância com a porcaria dos pôsteres de *Smallville* nas paredes. Isso foi ótimo para ele, porque ele não queria mesmo um bebê *meu*.

Olhei para ela muito chocado.

– Eu... eu não fazia ideia de que isso tinha acontecido com você...

– Bom, *aconteceu*. E não, você não vai fazer isso comigo, Jacob. Porque *eu* não vou deixar. – Ela segurou a alça da mala e foi em direção à porta. – Eu não moro aqui. Quero ir para casa. Quero minha mãe.

Segurei seu pulso.

– Briana, eu não sou ele...

Ela puxou o braço para longe de mim.

– *Todo* homem é ele! Vocês são *todos* iguais! – Sua voz falhou na última palavra. – Não são, até *serem*. – Sua respiração saía trêmula. – Você não vai gostar de mim quando me conhecer de verdade, ou vai encontrar outra pessoa ou vai querer algo diferente, e *aí* você vai embora. Então faça isso agora. Me poupe desse trabalho.

Meu peito subia e descia, o pânico puro pulsava dentro de mim. Não sabia o que dizer. Tudo que eu falava piorava as coisas, e também não sabia o que fazer.

Sua expressão mudou uma dezena de vezes nos longos segundos que ficamos ali olhando um para o outro. Raiva. Mágoa. Tristeza. Medo. E finalmente uma expressão mais suave, resignada e fragilizada.

– Preciso ficar sozinha neste momento, Jacob – sussurrou ela. – Me deixa... ficar sozinha.

E foi embora.

45

Briana

Minha mãe me preparou um chá e colocou a mão em minha testa.
– Não tem febre. Deve ser só uma virose.
Ela se sentou na cama ao meu lado.
Segurei a caneca nas mãos e fiquei olhando para o líquido de cor âmbar com os olhos turvos. Eu me sentia oca. *Estava* oca.
Encarei Nick totalmente indefesa. A raiva que me protegera durante todo aquele tempo havia se desintegrado sem que eu percebesse, e quando precisei dela não tive nada com que me proteger.
Eles estavam casados. Ela estava grávida. Conseguiram seu pequeno "felizes para sempre".
Se minha gravidez tivesse ido até o fim, em que situação eu estaria? Seria mãe solo com um recém-nascido? Igual à minha mãe? Com uma criança com quem Nick não se importaria nem um pouco? Provavelmente ficara aliviado quando perdi o bebê.
As consequências de nosso divórcio ainda não tinham chegado ao fim. Tinham apenas evoluído. Nick nem era mais a questão. Agora aquilo tudo era um alerta para o relacionamento em que eu estava, porque… o que eu havia aprendido? O que era diferente desta vez? Eu estava perdidamente apaixonada – de novo. Estava morando numa casa que não era minha e que seria tirada de mim – de novo. Estava vulnerável e exposta, confiando completamente em alguém.
E estava grávida. De novo.
Eu não sabia até aquele momento no elevador. Senti aquela pequena onda de náusea, e foi como se uma lâmpada se acendesse e minha mente e meu

corpo percebessem ao mesmo tempo. E aconteceu quando eu estava cara a cara com Nick, Kelly e o lembrete de como tudo acabava quando eu achava que estava segura com alguém. Eu estava vendo exatamente o que acontece quando me entrego por inteiro, e me dei conta de que tinha feito isso de novo.

Não aprendera nada com Nick. Nada.

Meu relacionamento com Jacob era muito novo. É claro que ele me amava. Mas e quando eu não fosse mais divertida? Quando estivesse enjoada ou mal-humorada, ou quando a frequência do sexo diminuísse, ou se eu perdesse o bebê, porque talvez nem fosse capaz de manter uma gravidez, para começo de conversa? Será que ele ia me querer se eu não pudesse ter filhos?

As lágrimas vieram.

Fomos negligentes. Não sempre, mas o bastante. Demorei tanto para engravidar de Nick que não achei que pudesse acontecer com tanta facilidade. Era como se meus pobres óvulos abandonados tivessem percebido que era a última chance e se esforçado ao máximo.

Deixei a caneca na mesinha de cabeceira, dobrei as pernas e enfiei a cara nos joelhos.

Minha mãe colocou a mão em meu ombro.

– O que foi, *mi hija*?

Aspirei o cheiro do tecido do pijama. Senti o amaciante que Jacob usava e o creme com aroma de laranja que passei nas pernas depois do banho que minha mãe me obrigou a tomar quando cheguei em casa. Eu sabia que nunca mais conseguiria sentir nenhum daqueles aromas sem pensar naquele instante.

Minha mãe começou a acariciar minhas costas e isso me fez chorar mais ainda.

– Estou grávida, *mamá*.

As palavras quase não saíram. Era a primeira vez que eu as dizia em voz alta desde a última gestação, com Nick. Mas desta vez eu não estava entusiasmada. Estava aterrorizada.

– Tem certeza? – sussurrou ela.

Assenti sem erguer o rosto dos joelhos.

– Fiz dois testes quando cheguei em casa. Tenho certeza.

– De quantas semanas? – perguntou ela.

Levantei a cabeça, enxugando o rosto.

– A gravidez começa a contar no primeiro dia da última menstruação. Então cinco, provavelmente.

– Ele não quer?

Balancei a cabeça.

– Ele nem sabe ainda.

– Vocês não usaram proteção? Dois médicos, e não sabem como se faz um bebê?

Dei uma risada seca e apoiei a testa na mão.

Ela soltou um longo suspiro e ficamos sentadas em silêncio por um tempo. Depois, olhou para mim.

– Ele é um homem bom.

Meu queixo começou a tremer.

– Daria um bom *papá* – disse ela. – Um bom marido. E não digo isso sobre qualquer homem, *mi hija*.

– Não vou me casar com ele.

Ela me olhou perplexa.

– Por que não? Você vai ter um filho dele. – Apontou para minha barriga. – Não quer criar uma família?

É claro que eu queria criar uma família. Mas quando é que isso deu certo? Para mim, nunca – não na família em que cresci nem na que achei que estivesse construindo quando me casei com Nick. Por que desta vez seria diferente?

Mas *era* diferente. Era *pior*.

Amar Jacob era como cair para cima. Como se não houvesse nada que pudesse me deter, então eu continuaria subindo para sempre. Se não tivesse visto Nick e Kelly na noite anterior, talvez acontecesse exatamente isso. Eu teria continuado no estado de fuga em que me encontrava, um estado de ignorância alegre – porque Jacob me fez esquecer o que ele era. Mas eu estava lembrando.

Jacob era um *homem*.

E os homens fazem o que fazem.

De repente vi meu namorado doce e gentil como um animal selvagem criado em cativeiro. Manso e domesticado – mas um dia poderia morder, pelo simples fato de o instinto estar gravado em seus genes.

Não havia raiva suficiente no universo para me proteger se Jacob me magoasse. Isso me mataria. Eu nunca mais conseguiria me levantar.

– Nunca mais vou me casar. – Funguei. – Não vou fazer isso. Nem sei se devo mesmo ficar com ele.

Ela arregalou os olhos.

– O quê? Como assim não vai ficar com ele? ¡*Oye, estás siendo ridícula!*

– *Mamá*, pare.

– Grávida, com um homem bom que te ama... Você acha que ser mãe solo é divertido? Não lembra como foi para mim?

– Não posso, *mamá*.

– *Por quê?*

– Porque vai doer demais quando ele for embora! – retruquei.

Ela ficou em silêncio.

– Não posso passar por tudo isso de novo – falei, a voz vacilando. – *Não posso*. Principalmente agora. Você acha que não quero? Eu preferia que a ideia de estar grávida e morando com um homem por quem estou apaixonada não me deixasse apavorada. Nem sei o que sentir. Não sei. Nem sei se a criança vai *existir* daqui a uma semana. E, se existir, não sei se posso dar a ela a infância que tive. É melhor assim, porque quando ele for embora ela não vai ficar arrasada...

Desmoronei na última palavra e escondi o rosto nas mãos.

Eu me sentia como um brinquedo em curto-circuito. Faíscas saindo e fios desgastados. Antes eu estava bem, era um ser humano feliz e funcional. E de repente não era mais.

Fiquei sentada ali chorando. Meus soluços foram tão altos que fiquei feliz por Benny ter passado a ter uma vida e não estar em casa para ouvir.

Minha mãe apertou meu ombro e, depois de alguns minutos, comecei a me acalmar. Ela me entregou um maço de lenços.

– Sinto muito – disse, agora com a voz mais suave. – Eu não sabia que isso tudo tinha te afetado tanto. Sempre achei que fôssemos eu e você, e que nos saímos bem.

Respirei fundo algumas vezes, tentando me acalmar.

– Nós nos saímos bem, sim. É a *única* maneira que eu conheço de ficar bem. Estar sozinha. Sem ter que confiar em ninguém.

Minha mãe fez uma longa pausa.

– Briana... Sei que seu pai não era um homem bom e que o Nick também não foi. E talvez eu tenha te ensinado que nenhum homem é bom, e isso é culpa minha. Só queria que você soubesse se proteger, não que tivesse medo de se apaixonar de novo. Eu me apaixonei. Conheci o Gil. Sou feliz. A melhor vingança é ser feliz, ter uma vida boa. Então tenha uma vida boa. Com *ele*.

Respirei fundo uma vez. Depois outra. Olhei para minha mãe com os olhos cheios de lágrimas.

– Eu adoro a vida tranquila e mansa daquele homem tranquilo e manso – falei. – Quero ser corajosa o bastante para amá-lo de olhos fechados. Mas não sei se consigo.

Queria conseguir. Ou então amá-lo menos. Porque assim o risco não seria tão alto. A queda não seria tão grande se ele me magoasse – *quando* ele me magoasse. E eu já tinha passado muito desse ponto.

Jacob tinha conseguido me inserir em sua vida com tanta delicadeza, tanta perfeição, que nem percebi o quanto de mim eu já tinha entregado a ele até entrar em sua casa naquela manhã, absolutamente desperta de repente.

Quando olhei para a sala, foi como se tivesse desmaiado três meses antes e acordado grávida e numa união estável com um homem que tinha acabado de conhecer. Essa era a realidade. Eu havia *acabado* de conhecer Jacob. Não tínhamos nem vivido uma estação inteira juntos, e eu estava *morando* com ele e esperando um bebê, caramba.

Se eu não conhecia Nick depois de doze anos, como poderia conhecer Jacob depois de alguns meses? E, por melhor que a gente conheça alguém, pelo tempo que seja, nunca entramos na cabeça da pessoa. Nunca sabemos o que ela pensa de verdade. Mesmo que tudo pareça perfeito, mesmo que *ela* pareça perfeita, a perfeição na verdade não é perfeita.

Sempre existe a chance da rejeição.

Meu coração queria acreditar que talvez Jacob *fosse* diferente. Talvez fôssemos almas gêmeas, e por isso tudo foi tão rápido e tão fácil. Mas minha mente gritava que eu era simplesmente burra – que tinha tomado decisões impulsivas e irresponsáveis com um estranho. E uma coisa era fazer isso arriscando apenas o meu coração, mas fazer isso com uma criança era totalmente diferente.

Eu não tinha dúvida de que Jacob seria um pai maravilhoso. Ele iria querer estar na vida do nosso bebê para sempre. Mas provavelmente não ia *me* querer para sempre. E eu não queria que a criança tivesse que me ver estilhaçada em mil pedaços quando isso acontecesse, que testemunhasse a separação um dia, vendo o pai fazer as malas e ir embora como um dia vi o meu fazer.

Eu precisava tomar decisões cedo para protegê-la no futuro.

Olhei ao meu redor, piscando, enxergando através das lágrimas as manchas escuras nas paredes onde antes havia pôsteres.

Não conseguiria explicar minha reação de fuga intensa e assustadora. A necessidade de *correr*. De afastá-lo antes que ele me magoasse, como todos os outros homens importantes da minha vida tinham feito. Precisava me proteger antes que fosse tarde demais, me isolar antes que a história se repetisse.

Voltei a esconder o rosto nos joelhos.

Estava desesperada para ouvir Jacob me dizer que eu não tinha cometido um erro terrível. Queria que me fizesse todas as promessas e me dissesse que tudo daria certo, que eu estava segura, que era amada e que ele queria aquilo, e que me queria. Queria que ele me dissesse que nosso amor era diferente, e queria muito ser o tipo de pessoa sem mágoas profundas capaz de acreditar em algo assim.

Mas eu não era. E provavelmente nunca seria.

46

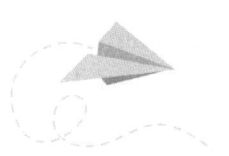

Jacob

Briana não foi trabalhar segunda nem terça. Seriam nossos dois últimos plantões antes da folga para a cirurgia.

Ela telefonou no mesmo dia em que foi embora, à noite. Pediu desculpa, às lágrimas, por ter estourado comigo e disse que só precisava de tempo para si mesma. Pediu que eu fosse até lá na quarta para conversarmos. Então esperei até quarta. Era só o que eu podia fazer.

A mudança parecia mais profunda que o choque de ver o ex com sua nova esposa. Havia mais alguma coisa acontecendo, e eu não conseguia entender o que era.

Sentia tanta saudade... Não sabia o que fazer. Estava vivendo entre a ansiedade e um ataque de pânico o tempo todo. Meu coração parecia tentar se agarrar a algo no escuro, procurando o dela, que antes estava ali, mas então não estava mais.

Eu não conseguia dormir sem ela. Ficava deitado na cama à noite, com a mente girando. Desabafava em meu diário, porque meus sentimentos não tinham mais para onde ir.

Nada estava bem. Nada.

Quando a quarta-feira chegou, misericordiosa, precisei fazer exames de sangue antes de ir encontrá-la. O transplante aconteceria na sexta. Eu iria até a Mayo Clinic às cinco da manhã para ser internado para o pré-operatório às sete.

Peguei um pão pita e uma sopa de que ela gostava e fui para sua casa. Rosa abriu a porta para mim e para Tenente Dan. Ela me abraçou, parecendo tão preocupada quanto eu.

– Estou feliz por ela concordar em ver você – disse ela, em voz baixa.

– Rosa, o que aconteceu? – perguntei baixinho. – Ela não fala comigo. Não sei o que eu fiz.

Ela parecia estar com pena de mim.

– Você não fez nada. Diga que a ama. Tá? Trate de fazer com que ela saiba disso.

Analisei seu rosto como se talvez pudesse extrair mais informações, mas a mulher só me deu um tapinha no ombro e me mandou seguir pelo corredor.

Quando cheguei ao quarto e vi Briana, quis correr até ela como meu cachorro. O ímpeto era tão forte que tive que me segurar no batente da porta.

Ela estava sentada na cama com uma camiseta larga e o cabelo comprido preso numa trança. Estava pálida, e, embora sorrisse e acariciasse Tenente Dan, parecia triste. Deixei a comida que tinha levado em cima da cômoda, dei a volta na cama, me sentei e a abracei. Ela se entregou como se estivesse tão aliviada quanto eu por tê-la em meus braços.

– Senti saudade – falei baixinho, com os lábios bem perto de seu cabelo.

Demorou um tanto, mas ela disse que também sentiu. Tive que fechar bem os olhos para não chorar de alívio.

Subi na cama, puxei Briana para meu peito e a abracei. Ela começou a chorar baixinho, e beijei o topo de sua cabeça, acariciando seu cabelo.

– O que foi? – sussurrei. – Me diga o que aconteceu.

Quando finalmente respondeu, ela estava com o rosto encostado em meu peito.

– Estou grávida, Jacob.

Fiquei paralisado.

– Você está *grávida*?

Eu me afastei para encará-la.

– Briana, isso… isso é maravilhoso – falei, com um sorriso radiante. – Isso…

Mas ela não estava sorrindo. Seu queixo tremeu.

– Não sei se consigo levar a gravidez até o fim. Da última vez não consegui.

Assenti e peguei suas mãos.

– Tudo bem. Tudo bem. Se algo acontecer, não vai ser culpa sua. Vamos lidar com o que vier. Volta pra casa. Volta pra casa, e vou cuidar de você.

Ela soltou um suspiro trêmulo.

– Jacob, não posso morar com você. Estou falando sério. Tudo que disse aquele dia foi sério. Eu não devia ter usado o tom que usei, mas *era* sério.

Balancei a cabeça.

– Eu... eu não entendo.

Ela comprimiu os lábios como se tentasse não chorar.

– Não sei se estou bem para viver um relacionamento.

Meu estômago se revirou.

– Do que você está falando? – Ela não respondeu. Minha boca estava seca. – Olha só, sei que seu casamento anterior foi difícil para você. Mas com a gente não vai ser assim. Eu te amo. Por favor, volta pra casa. Ou me deixa ficar aqui...

– Não. Não dá. Pensei muito sobre isso nos últimos dois dias. – Briana desviou o olhar. – Jacob, não sei mais mergulhar de cabeça. – Ela voltou a olhar nos meus olhos. – Acho que não sou capaz de fazer isso. Nem qualquer outra coisa que tenha a ver com isso. Principalmente agora. Não posso mais ser a pessoa despreocupada que jogava a cautela pelos ares antes do Nick. Não posso fingir que não sei como essas coisas acabam...

– Não vai acabar. Por que acabaria?

Havia muita tristeza nos olhos dela.

– Você é perfeito, Jacob. Mas eu não sou. Você não vai me querer para sempre e eu sempre vou estar preparada para isso. Nunca vou relaxar. Vou ficar esperando o inevitável. Nunca vou me sentir segura. Nunca vou confiar em você de verdade. Vou te afastar e vou ficar triste por isso e vou te deixar triste *também*.

– Eu fico triste sem você. *É isso* que me deixa triste. – Engoli em seco. – Olha só, eu entendo o que você passou. E não planejamos que as coisas acontecessem tão rápido assim. É inesperado e assustador para você. Entendo isso. Podemos ir mais devagar. Podemos dar um tempo se você quiser. Posso te deixar um pouco na sua, mas *nunca* vou te abandonar, Briana. Está entendendo? *Nunca*. Tudo que importa para mim neste mundo está nesta cama. Eu te amo.

Apertei suas mãos e ela ficou ali parada, olhando para as mãos entre nós. Seu queixo começou a tremer.

Por favor... acredite em mim.

– Jacob... é melhor...

– Não faça nada. Por favor. Espera. Não toma nenhuma decisão importante agora.

– Esperar pelo quê, Jacob? – murmurou ela e olhou nos meus olhos. – O que vai mudar?

O jeito como ela disse isso partiu meu coração.

– Quem sabe *você* mude – falei. – Quem sabe sua mente alcance seu coração.

– Não confio em meu coração. Esse é o problema.

Tenente Dan enfiou o focinho debaixo do braço de Briana e ela voltou a chorar baixinho. Eu queria levá-la e colocá-la num lugar onde pudesse mantê-la segura, envolvê-la em amor e isolá-la de tudo que a corroía.

Mas não podia fazer isso, então só a abracei. Eu a envolvi em meus braços, e ela agarrou minha camiseta como se estivesse com medo de que eu desaparecesse. Mas era *ela* que ia desaparecer, não eu.

Entrei em pânico. Não sabia como amá-la mais do que já amava. Como mostrar a ela que eu não era igual a seu ex e seu pai. Eu era dela por inteiro – não havia nada mais que eu pudesse dar – e, se isso não bastava para convencê-la, o que mais eu poderia fazer?

Ficamos alguns minutos abraçados. Quando ela finalmente parou de chorar, falou com o rosto encostado em meu peito:

– Me desculpa, Jacob. – Ela fungou.

– Pelo quê? – perguntei baixinho.

Ela ficou em silêncio por um bom tempo.

– Eu estou estilhaçada.

A desesperança com que disse isso fez lágrimas caírem de meus olhos.

– Todos estamos meio estilhaçados, Briana. Somos um mosaico. Somos feitos de todas as pessoas que conhecemos e todas as coisas por que passamos. Há pedaços de nós que são coloridos, sombrios, afiados e belos. E eu amo cada pedaço de você. Até mesmo os que você preferia que não existissem. – Eu me afastei para olhar em seus olhos. – Do que você precisa? Me diz o que fazer. Como posso dar um jeito nisso?

Ela ficou em silêncio.

– Você não pode me dar o que eu preciso.

– Me deixa tentar.

Ela analisou meu rosto.

– Preciso enxergar sua alma.

Balancei a cabeça.

– Eu te amo. Você sabe disso.

Mas vi em seus olhos que ela não acreditava em mim.

Briana não olhou mais para mim, mas me deixou abraçá-la e ficar ali. Já era alguma coisa.

Meia hora depois levei a sopa para ela na cama. Ela não comeu muito. Estava distante e retraída, e minha ansiedade pulsava e mostrava as garras.

A cirurgia aconteceria dali a dois dias, e saber que eu estaria indefeso quando Briana poderia precisar de mim me deixou em pânico. Eu não queria passar uma semana numa cama de hospital sem poder estar com ela. Se perdesse o bebê, eu não estaria a seu lado. Não queria ser incapaz de levá-la para a cama, ou de ir até sua casa se ela decidisse que queria me ver, ou de cuidar dela durante as duas semanas seguintes, porque eu estaria em pós-operatório.

Mas eu não podia fazer nada.

Quando ela pegou no sono aninhada em mim, também adormeci. Pela primeira vez em dias consegui fechar os olhos sem que minha mente girasse perguntando por que ela não estava comigo. Eu nem sabia o quanto estava exausto até que meu corpo finalmente cedeu.

Existe uma paz especial em dormir com a pessoa que você ama. Quando desliza para a escuridão abraçado a ela, acorda e a pessoa ainda está ali, e você sabe que só o que importa é abrir os olhos.

Quando senti suas mãos passeando por meu corpo, a luz não entrava mais pelas cortinas. Eu não sabia que horas eram. Acho que ela não estava acordada de verdade, nem eu, mas enfiei a mão embaixo de sua camiseta e ela pôs a mão dentro da minha calça e foi como um sonho, como um lugar entre o despertar e o sono, e foi tão bom tocá-la e ser tocado por ela. Ter alguma prova de que ela ainda me queria, ainda que fosse só assim.

Não conversamos. Falar teria posto um fim àquilo. Só nos beijamos, tiramos as roupas um do outro e fizemos amor no escuro. Mas ela parecia um fantasma fazendo o que costumava fazer quando estava viva.

Quando acordei de novo, já era de manhã. E ela pediu que eu fosse embora.

Eu não queria ir, mas impor minha companhia a uma mulher que não tinha certeza se me queria por perto só pioraria tudo. Então fui embora.

Rosa se despediu de mim como se fosse um pedido de desculpa. Depois, me entregou um *casamiento* – arroz e feijão à moda salvadorenha – e um sanduíche de ovo embrulhado em papel-toalha dizendo que eu precisava comer. Fui embora segurando aquilo e me sentindo mais desanimado do que quando cheguei.

Fiz o que pude para me concentrar pelo resto do dia. Escrevi no diário. Reguei as plantas e fiz a mala para o hospital. Me obriguei a comer. Preparei a casa para ficar duas semanas fora, já que passaria o pós-operatório na casa dos meus pais. Vi que Briana não estava bem para cuidar de mim enquanto eu me recuperava e não quis sobrecarregá-la. Fui deixar Tenente Dan com minha mãe. Ele correu na frente até ela, que estava na sala, lendo.

Ela sorriu para mim ao lado do meu cachorro entusiasmado.

– Jacob, está preparado? Amanhã é o grande dia. – Ela fechou o livro. – Tem certeza de que não quer que eu vá com você?

Eu me joguei no sofá ao lado dela.

– Não precisa. Daqui a uma semana vou estar em casa e você vai passar bastante tempo comigo. Vou precisar ficar aqui depois da cirurgia.

Ela pareceu confusa.

– Você vai se recuperar aqui? Briana vai cuidar do Benny? Pensei que a Rosa fosse fazer isso.

– Vai, sim.

– Está tudo bem? – perguntou ela.

Esfreguei a testa.

– Não – respondi.

Minha mãe largou o livro sobre a mesinha de centro e esperou. Contei tudo, exceto sobre o namoro falso – que Briana mudou depois de encontrar Kelly e Nick, o que Nick tinha feito com ela, que ela havia perdido um bebê no ano anterior. Que me falou que nunca se casaria comigo nem moraria comigo, que estava distante e melancólica.

E grávida.

Minha mãe ficou ali sentada, ouvindo. Quando terminei, ela soltou um longo suspiro.

– Como você está se sentindo a respeito da gravidez?

Eu me inclinei para a frente, apoiando os cotovelos nos joelhos, olhando para a lareira gelada.

– Feliz. Animado. Queria que Briana estivesse animada também, mas ela não está. – Olhei para minha mãe. – O que eu faço? Acho que ela vai me deixar.

– Jacob, ela está traumatizada.

Continuei olhando para ela.

– Briana está no primeiro relacionamento sério desde o divórcio, com uma gravidez não planejada, sendo que a última terminou num aborto traumático que ela teve que enfrentar sozinha. Ela vem de uma família desfeita e foi abandonada pelo próprio pai quando a mãe estava grávida do irmão. Está morrendo de medo e tentando se proteger... e talvez esteja com tanto medo que está disposta a sabotar o relacionamento para que acabe.

Balancei a cabeça.

– *Por quê?*

– Ela prefere terminar por vontade própria do que de repente ficar sem chão mais uma vez. Só assim ela consegue sentir que está no controle do que vai acontecer. É uma reação muito comum a um trauma, Jacob.

– Mas... mas eu nunca faria isso com ela – falei. – *Nunca.*

Ela olhou para mim com delicadeza.

– Eu sei, querido. Só que às vezes o mais difícil não é confiar no outro, é confiar *em si mesmo*. Ela não confia na própria capacidade de tomar a decisão certa. Dado o histórico de Briana com os homens importantes na vida dela, talvez até acredite que terminar o relacionamento com o pai do bebê é o melhor para a criança. Nenhum dos pais na vida dela ficou, Jacob. Ver o Nick seguir a vida com a esposa grávida deve ter sido muito difícil nessa circunstância. Se Briana não tivesse perdido o bebê, aquele homem seria o pai do filho dela. E ficou claro que ele não queria Briana nem o filho que quase gerou com ela. Por que com você seria diferente? Por que *você* seria o homem que fica?

Ela inclinou a cabeça.

– Briana já fez terapia? Ela conversou com alguém?

Eu me recostei no sofá e passei a mão na boca.

– Não sei. Ela não está fazendo terapia agora, disso eu sei. Mas não sei o que ela fez na época.

Minha mãe assentiu.

– Bom, se eu tivesse que adivinhar, sabendo o que sei sobre a Briana, diria que ela não fez terapia. Ela é durona. Autossuficiente. Deve ter tentado enfrentar tudo sozinha. Mas, quando não lidamos com o trauma, ele volta. Ela deve estar deprimida. E a depressão mente, Jacob. Nada do que a depressão está dizendo a ela é verdade, mas ela não tem como saber disso sem ajuda.

Olhei em seus olhos.

– O que eu faço, então?

– Você *sabe* o que fazer. O mesmo que fez com ele. – Ela apontou com a cabeça para o cachorro dormindo aos meus pés. – Vá devagar. Seja consistente. Dê segurança a ela. Faça com que ela se sinta amada e segura. *Esteja presente*. Não desista dela e mostre que nunca vai desistir. E tente convencê-la a fazer terapia.

Soltei o ar pelo nariz e assenti.

– Tá.

– Ela deve amar muito você.

– Não tanto quanto eu a amo. Acho que isso não seria nem possível – respondi baixinho. – É ela, mãe. – Olhei para ela. – Acho que eu soube no instante em que a vi. – Dei um sorrisinho. – Embora ela estivesse brigando comigo.

Ela sorriu com delicadeza e colocou a mão sobre a minha.

– Quero que você saiba que assistir a dois estranhos se apaixonando foi um dos grandes presentes da minha vida.

Fiquei paralisado.

– Como assim?

Ela deu um sorriso melancólico.

– Deixa disso, Jacob. É minha especialidade saber quando não é de verdade. E também saber quando é.

47

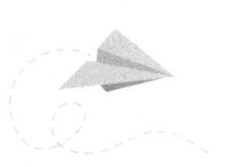

Briana

Chegou o dia da cirurgia. Minha mãe e eu internamos Benny na noite anterior. Jacob iria até lá com Zander.

Comi um pão seco do bufê de café da manhã do hotel, tomei um descafeinado e consegui manter as duas coisas no estômago. Percebi que, se nunca deixasse o estômago vazio, enjoava menos, então levei uma caixa de salgadinhos e fui comendo pequenos punhados de vez em quando, como se estivesse alimentado uma fogueira.

Tentei não pensar em me adaptar à gravidez. Eu não sabia se iria durar. Não sabia se estaria carregando salgadinhos por aí dali a uma semana. Estava lidando com a situação sem pensar em mais que um dia de cada vez. Um minuto. Um segundo.

Quando chegamos ao hospital, minha mãe correu até a lanchonete para pegar um chá para mim. Fui para a sala de espera da cirurgia, encontrei Alexis sentada numa das cadeiras cinza e praticamente me joguei nos braços da minha melhor amiga.

– Obrigada por ter vindo.

Eu já tinha contado tudo a ela pelo telefone na noite anterior, sozinha no estacionamento do hotel enquanto minha mãe dormia. Alexis tinha planos de fazer uma visita quando Benny e Jacob estivessem na recuperação, mas, depois de conversarmos, ela mudou os planos e foi mais cedo.

– Zander acabou de passar aqui – disse ela por cima do meu ombro. – Ele foi falar com o cirurgião. Jacob já foi internado.

Só de saber que Jacob estava por perto, as comportas voltaram a se abrir. Eu me joguei numa cadeira e escondi o rosto nas mãos.

Eu me sentia uma esponja encharcada. Não conseguia parar de chorar, e qualquer coisinha me espremia. Sabia que não estava bem. Mal conseguia suportar, e nada fazia a situação melhorar.

Não me importava que o transplante de Benny estivesse prestes a acontecer. Não me importava que eu continuasse grávida, de quase seis semanas, nem que Jacob ainda parecesse me amar – por enquanto. Por mais coisas boas que acontecessem ao meu redor, aquele medo me engolia e me mantinha em seu ventre escuro. Tudo parecia irremediável. E eu não sabia como *não* me sentir assim.

Senti Alexis se sentar ao meu lado.

– Ainda está pensando em terminar com ele? – perguntou, baixinho.

Funguei e assenti sem tirar o rosto das mãos.

– Ah, Briana...

– Pois é.

Não havia mais nada que eu pudesse dizer.

– É normal sentir medo – disse ela, com delicadeza. – Você foi magoada, é difícil se sentir segura de novo. Você está só recuando.

Enxuguei os olhos com a gola da camiseta.

– Talvez recuar seja a única coisa que impede a gente de se machucar de novo.

– Talvez recuar seja a única coisa que impede a gente de ser *feliz* – disse ela.

Olhei para Alexis e ela sustentou meu olhar com firmeza.

– Bri, você é a mulher mais corajosa que eu conheço. Seja corajosa.

Meu queixo tremeu. Ela estendeu o braço, tirou alguns lenços de uma caixa e colocou-os nas minhas mãos.

– Ele te ama de verdade. Deu para perceber antes mesmo que a gente se conhecesse. Deu para perceber pelo jeito como você falava dele. Até o Daniel percebeu.

Fiquei um bom tempo agarrada ao lenço em meu colo, olhando para as manchas translúcidas que minhas lágrimas deixavam ao cair.

– Tenho que ir – falei com a voz fraca. – Preciso ver o Jacob antes de ele entrar na cirurgia.

Reuni o pouco de força que me restava e fiquei de pé. Alexis olhou para mim sem levantar.

– Bri... Quando ele disser que te ama, acredite. Seja corajosa e acredite.

Respirei fundo e assenti, mesmo sabendo que não acreditaria.

Andei pelos corredores até encontrar o quarto dele. O rosto de Jacob se iluminou assim que ele me viu. Eu me senti culpada, terrível e exausta.

Ele estava com uma camisola hospitalar e um cobertor no colo. Seu lindo rosto parecia cansado e talvez meio ansioso, mas principalmente curioso. Como se ele esperasse enxergar em minha expressão algo que eu sabia que não veria.

Eu me sentei numa cadeira ao lado de sua cama enquanto terminavam de colocar o acesso intravenoso. Foi um daqueles momentos de silêncio em que eu costumava pensar que estávamos concordando em ser inofensivos um para o outro. Mas eu não estava sendo inofensiva para ele. E não acreditava que ele seria inofensivo para mim.

Quando o enfermeiro terminou e finalmente nos deixou a sós, Jacob estendeu a mão. Cheguei o mais próximo possível da cama com a cadeira. Peguei sua mão quente, e ele entrelaçou os dedos aos meus e apertou. Ele se inclinou e beijou o alto da minha cabeça, e tive que fechar bem os olhos para não chorar.

– Como você está? – sussurrou ele.

– Melhor – menti.

Olhei para ele. Aqueles olhos castanhos e gentis. O rosto que um dia me fez esquecer de ter cautela e medo.

Eu queria voltar para aquele tempo, me abstrair alegremente de todas essas coisas.

Mas não conseguia.

– Como está se sentindo? – perguntei, forçando uma conversa. – Está nervoso?

Ele sustentou meu olhar.

– Não estou com medo do que vai acontecer aqui dentro. Estou com medo que você não esteja ao meu lado quando eu sair.

Meu queixo tremeu e tive que desviar o olhar.

– Eu te amo – disse ele.

Lágrimas brotaram nos cantos dos meus olhos.

– Sabe, amar é estar presente, Briana. E, mesmo que você me afaste, meu coração sempre vai estar onde você estiver. Então me deixe *estar* onde você estiver.

Eu estava chorando de novo.

– Eu também te amo – falei. – Amo de verdade.

Deitei a cabeça na cama, ele colocou a mão em meu cabelo e ficamos ali em silêncio. Tive a impressão de que ele ficou feliz com aquele mínimo gesto.

Um enfermeiro abriu a cortina.

– Muito bem, é hora de ir. Estamos prontos?

Jacob assentiu, mas não tirou os olhos de mim. Começaram a levá-lo, e me levantei e caminhei ao lado da cama. Segurei sua mão até chegarmos às portas duplas da área onde apenas a equipe podia entrar. Eu me abaixei e o beijei com os lábios bem fechados, tentando não chorar.

Talvez Jacob e eu tivéssemos chegado ao fim bem na hora determinada. Exatamente como tínhamos planejado. Mas não era mais de mentira. Era verdadeiro demais.

– Trouxe uma coisa para você – disse ele, e me deu um pacote fino de papel pardo que tinha escondido embaixo do cobertor.

Enxuguei os olhos.

– O que é?

– É uma coisa que quero que você leia. Marquei onde seria bom começar, mas pode ler o que quiser.

– Você está me dando um livro?

– É uma história.

Funguei.

– Tá bom. – Coloquei o pacote embaixo do braço.

– Se começar agora, já vai ter acabado quando eu sair. – Ele colocou a mão em cima da minha, que estava segurando a grade da maca. – Eu te amo. Sempre vou te amar. Aconteça o que acontecer.

Eles o levaram pelas portas, e Jacob se foi.

Eu não queria ficar com minha mãe, Zander e Alexis na sala de espera. Precisava de um tempo sozinha. Então segui as placas até a capela do hospital e me sentei num dos bancos.

A capela era serena e tranquila. Tinha um vitral azul grande acima de um pequeno altar. Flores. Não havia mais ninguém ali, o que era bom, porque eu provavelmente ia chorar, pois pelo jeito era incapaz de parar.

Coloquei o pacote que Jacob me dera em meu colo e o fiquei olhando, inexpressiva.

Estava amarrado com um cordão de cânhamo marrom. Peguei a ponta com dois dedos, o puxei e tirei o papel. Era um caderno.

Era um diário.

O diário *dele*.

– Ai, meu Deus... – sussurrei, levantando o diário.

Era mesmo o diário de Jacob. Por quê?

Passei o dedo pelo couro marrom. Tinha suas iniciais marcadas na capa. O couro estava macio do uso e o diário quase parecia quente em minhas mãos, como se as horas que Jacob havia passado com ele o tivessem absorvido.

Abri na página marcada com um post-it verde. Dizia: *Este foi o dia em que conheci você. Comece aqui.*

Ele queria que eu lesse o diário.

Fiquei sem fôlego.

Eu não podia ler aquilo, parecia uma violação. Aqueles eram seus pensamentos mais íntimos, era mais invasivo que ler seu histórico de buscas, eu não podia.

Mas ele queria que eu lesse. Eu não estava em condição de lhe oferecer muita coisa. Não podia fazer promessas nem mesmo prometer que um dia poderia. Mas pelo menos *isso* eu podia fazer. Então abri na página marcada, me preparei e comecei a ler.

Era uma história de amor. *Nossa* história de amor.

O dia em que ele me conheceu e a primeira vez que colocou os olhos em mim.

> ... Ela era tão linda que fui pego de surpresa. Fiquei ali parado, e cheguei a esquecer o que estava fazendo...

Jacob escreveu sobre como ficou chocado quando sugeri que levasse cupcakes para o trabalho e o quanto ficou grato. Sobre como seu humor melhorou depois que respondi à sua primeira carta. Em seguida havia uma recapitulação de todas as cartas que mandei para ele, como se sentiu ao lê-las e o quanto valorizava cada uma, guardando-as numa gaveta especial em sua escrivaninha.

O dia em que mandei mensagem para ele pelo Instagram e depois a conversa comigo no terraço, na chuva... Ele ficou na chuva? Só para conversar comigo? Foi comido vivo pelos mosquitos. Eu me lembrava disso, de ter visto as picadas em seus braços. Ele não me contou.

Ri quando ele falou sobre passar horas obcecado pensando no que levar para comer no depósito comigo. Então cheguei ao momento em que ele decidiu doar o rim a Benny, e que estava fazendo isso por mim. Não pela mãe. Não por Benny. Por *mim*.

> ... Ver a Briana tão feliz quando ficou sabendo da notícia fez tudo que vou ter que fazer valer a pena, só por aquele momento...

Ele escreveu sobre como seu coração palpitava sempre que me via do outro lado da emergência, ou sempre que eu o tocava, e sobre o quanto era difícil fingir que não estava se apaixonando por mim.

> ... Sinto meu coração envolvendo Briana de um jeito que está totalmente fora do meu controle e que nunca vai se desfazer. Não tenho como afastar o sentimento, não tenho mais como não saber disso e não tenho como desacelerar o que está acontecendo. Nem quero fazer isso...

Aí ele me chamou para sair, eu disse não e ele ficou arrasado, mas não quis desistir, então foi atrás de mim em Wakan.

> ... Eu tinha que ir. Não me importava que precisasse sair da minha zona de conforto ou que o simples ato de perguntar se poderia ir até lá fosse inadequado, porque um só dia sem ela é tempo desperdiçado. Já não vou ter todo o tempo que gostaria de ter...

E o momento em que ele percebeu que me amava. Eu tinha apagado, bêbada, e ele estava me abraçando em frente à lareira da Casa Grant. Disse que ficou com dor nas costas por uma semana de ficar encostado naquele baú, mas que poder me abraçar valeu a pena.

> *... É engraçado pensar que ficar sentado ali no chão com ela, incomodado e cansado, era melhor que estar em qualquer outro lugar sem ela. Eu nem queria dormir, porque preferia ficar acordado com a mulher que amo a arriscar ficar sozinho em meus sonhos...*

E no dia seguinte, quando nos falamos ao telefone, o silêncio se prolongando entre nós. Ele ficou na linha porque não suportava a ideia de desligar. Achei que ele tinha *esquecido* de desligar. Mas não. Só queria ficar na linha comigo pelo máximo de tempo possível.

> *... Fiquei ali, ouvindo, pensando na sorte que era ainda estar com ela, em silêncio. E me dei conta de que o amor de verdade é assim. É se agarrar a cada momento roubado que nem era para ser nosso...*

Ele escreveu sobre o quanto adorava quando meu perfume ficava em suas roupas, sobre uma vez aleatória em que o beijei no rosto e para ele foi tudo. Sobre o quanto era difícil não poder me tocar. O quanto gostava de me fazer sorrir. Como procurava pequenas coisas para levar ou fazer por mim.

> *... Hoje mandei flores para Briana. Sempre levo alguma coisa para ela, só por levar. Mas com ela nada acontece só por acontecer. Existem centenas de motivos em cada segundo de cada dia...*

Sobre odiar sempre que eu trocava mensagens com Levi. Havia um registro longo da manhã da despedida de solteiro, quando ele não havia conseguido dormir porque estava preocupado que eu quisesse outra pessoa. E mais um registro longo daquela noite depois do futom no porão. A confusão, o medo e a mágoa. Ler era como estar ali com ele, enxergar através de seus olhos, sentir tudo que ele sentiu.

Depois ficamos juntos.

E ele ficou muito, *muito* feliz. Tinha menos tempo para escrever de tanto tempo que passava comigo.

> ... Eu achava que já tinha amado alguém. Chamei de amor, ou acreditei que fosse. Mas aprendi com Briana. Foi ela quem me ensinou qual é realmente a sensação de viver por outra pessoa...

Então vi Nick e Kelly.

Jacob escreveu páginas e mais páginas sobre como se sentia quando eu não falava com ele. Sobre o medo de me perder. Disse que faria tudo para me trazer de volta, que estava de coração partido por eu estar tão triste, que sentia muita falta de mim e se sentia impotente.

> ... Quando não fala comigo, ela me amedronta. Ainda sinto Briana ao meu redor, mas não posso vê-la nem tocá-la e sei, sem sombra de dúvida, que não posso passar o resto da vida assim. Isso não é viver. Nada tem sentido sem ela...

Essa parte foi difícil de ler. Larguei o diário no colo, virado para baixo. Demorei um pouco para me recompor. Então peguei o diário, enxugando os olhos.

Nas páginas seguintes, ele estava na minha casa e eu estava contando sobre o bebê. Ele ficou feliz.

Sorri em meio às lágrimas.

Ele ficou preocupado comigo e com a gravidez, mas disse que me amava e que estaria ao meu lado, não importava o que acontecesse. Pesquisou berços, carrinhos de bebê e um travesseiro de corpo para mim, e encomendou uns pirulitos que supostamente ajudariam a conter o enjoo.

Isso me fez rir e chorar ao mesmo tempo. Ele estava entusiasmado. Queria cuidar de mim.

Não era como Nick. Não queria que o bebê desaparecesse. Ele me queria. Ele *nos* queria.

Quando cheguei ao último registro, horas tinham se passado e lágrimas escorriam pelo meu rosto. Encontrei um envelope e o abri com as mãos trêmulas.

Caríssima Briana,

Sei que você está com medo. Você tem todo o direito de estar. Mas um dia, daqui a décadas, quando nossos netos estiverem crescidos e nosso cabelo estiver grisalho, e tivermos passado uma vida inteira sendo inofensivos um para o outro, você vai encontrar esta carta amarelada e amassada, esquecida numa caixa de sapatos. Vai ler e se lembrar de como, um dia, se sentiu apavorada e insegura, do medo que teve de se entregar a alguém, de como foi difícil confiar de novo... e vai sorrir. Porque eu ainda vou estar ao seu lado. E ainda vamos estar apaixonados.

Para sempre seu,
Jacob

Eu desmoronei. Larguei a carta e solucei com o rosto enterrado nas mãos. Ele me deixou ver sua alma. E a única coisa que havia ali éramos *nós*. Naquele instante entendi que ia cair para cima.

Eu precisava deixar minha vida antiga para trás, minhas velhas inseguranças, meus medos, minhas cicatrizes, ou perderia a melhor coisa que aconteceu na minha vida.

Ele.

Talvez eu não estivesse pronta. Talvez nunca fosse estar. Mas tentaria assim mesmo.

Eu iria ser corajosa.

48

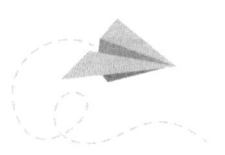

Jacob

Saí da anestesia como se estivesse saindo de um sonho que não conseguia lembrar. Despertava e voltava a dormir. Máquinas apitando na névoa. A sensação de uma cama levada de um quarto ao outro. Conversas abafadas. Luzes num corredor. Uma voz que reconheci, outra desconhecida. A que reconheci eu não sabia dizer de quem era, mas senti uma calma ao ouvi-la, e soube que alguém que me amava estava ali. E voltei a apagar. Então despertei aos poucos, e ela estava ali, segurando minha mão. Fiquei olhando para ela até minha visão focar.

– *Ooooooooi*. É você...

Ela sorriu. Um sorriso diferente de antes. Mais vivo.

Ela se abaixou e deu um beijo demorado no meu rosto. Eu não conseguia lembrar por que isso era importante, mas sabia que era.

– Você é tão linda... – falei.

Ou foi o que pensei ter dito. Tive a impressão de que saiu enrolado.

Ela abriu um largo sorriso.

– Sempre dando em cima de mim. Não tenta falar ainda. Você acabou de voltar.

Fechei os olhos. Dormi outra vez.

Quando acordei, parecia que o tempo tinha passado. Estava num quarto diferente. Ainda estava aéreo, mas não tanto. Um enfermeiro checava meus sinais vitais. Briana ainda segurava minha mão.

O enfermeiro terminou, e tentei me sentar.

– Não, não, não. Fica deitado. – Briana colocou a mão em meu ombro com delicadeza.

Estremeci.

– Por que estou me sentindo como se tivesse sido atropelado por um caminhão? – Minha voz saiu rouca, e lembrei que tinha sido entubado.

– Tiramos um órgão seu. Você disse que eu podia ficar com ele, lembra?

– Mas tiraram só um, né?

Eu me remexi um pouco e fiz uma careta, dolorido.

– Vou pedir para o enfermeiro te dar um pouco de morfina.

– Eu vou voltar a ter 16 anos? – falei, com a voz cansada. – Desmaiado de tanto beber Jäger num milharal?

Ela riu e apoiou o queixo na minha mão repousada na cama.

– Sabe, quase não me deixaram entrar. Disseram que eu teria que esperar até você acordar e poder chamar por mim. Só me deixaram entrar porque você me listou nos formulários como *esposa*.

Abri um sorrisinho cansado.

– Estou tentando manifestar as coisas que eu quero declarando-as para o universo.

– E você quer uma esposa?

– Só se for você.

Ela me olhou com carinho.

– Estou aberta a falar a respeito.

Meu coração palpitou. Nós dois percebemos, porque o monitor de frequência cardíaca começou a apitar descontrolado.

Ela chegou mais perto.

– Eu vou me mudar para a sua casa se você topar – falou. – Quem sabe a gente possa começar assim? Devagar?

Sorri para ela, em silêncio.

– É, eu ia gostar disso. Mas que tal a gente se mudar para um lugar novo? Assim você vai sentir que é seu também.

Seu olhar se suavizou.

– Jacob, você não gosta de mudanças. Mudar de casa é estressante.

– Não ligo. Faço isso por você. Vamos pôr a casa nova no nome dos dois... ou só no seu, se você preferir.

Ela mordeu o lábio e assentiu.

– Tá bom. Obrigada.

Apertei sua mão. Ela apertou a minha.

– Vou buscar o Tenente Dan com a Joy e cuidar dele até você voltar para casa – disse ela.

– Obrigado.

– E vou cuidar das suas plantas.

– *Nãããããão.*

Ela riu.

Meus olhos ficaram pesados. Fechei-os por um segundo e voltei a abri-los.

– E o Benny? – perguntei.

– Deu tudo certo com a cirurgia. Nenhuma complicação. O rim novo já está produzindo urina.

Arqueei uma sobrancelha.

– Sério? Tão rápido assim?

Ela deu de ombros.

– Compatibilidade perfeita.

– Alguém me disse uma vez que nem a compatibilidade perfeita é perfeita de verdade.

Ela sustentou meu olhar.

– Esta é.

Ficamos um bom tempo olhando um para o outro. Então ela se levantou, encostou a testa na minha e fechou os olhos. Fechei os meus também. Estava meio tonto e a escuridão por trás das minhas pálpebras fez tudo aquilo parecer um sonho.

– Você leu? – sussurrei.

– Li, sim.

– Gosto de Ava se for menina – falei, abrindo os olhos.

– Ava Infinity?

– Ava Infinity *Ortiz*.

Ela riu e se sentou outra vez. Ergui a mão para tocar seu rosto. Ela se virou e beijou minha palma, e entendi que o pesadelo tinha chegado ao fim. Ela havia voltado para mim.

– Desculpa, Jacob – sussurrou. – Eu estava com muito medo.

– Eu sei. – Passei o polegar por seu rosto. – Eu sei que estava. Mas sabe quando as situações sociais são difíceis para mim? E você me ajuda? – falei com a voz suave.

Ela fungou e assentiu.

– Sei que confiar é difícil para você. Então é com isso que *eu* vou *te* ajudar.

E fiquei deitado ali, olhando para ela, sentindo a paz e a calma que só sentia sozinho… com ela.

– O que foi? – perguntou ela.

– Estou com medo de isso tudo ser só efeito dos remédios e nada estar acontecendo de verdade.

– Está acontecendo, Jacob.

Fechei os olhos.

– Como posso saber?

– Porque amar é estar presente. E eu estou aqui.

Epílogo

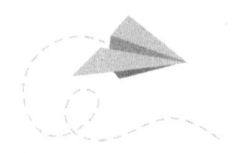

Jacob

Dois anos depois

– Seu bordão do dia é: "Devagar se vai ao longe."

Sorri para Briana.

– Sério? Você acha que vou precisar de um bordão? *Hoje?*

Eu estava com Ava apoiada na minha cintura. Ela usava um vestidinho amarelo de tule e um laço amarelo combinando na cabeça. Tentou comer a flor que estava na minha lapela, então a troquei de lado.

Briana olhou para mim.

– Acho que precisa de um *especialmente* hoje. Tem umas vinte pessoas lá fora.

Ela indicou o quintal com a cabeça.

– Minha família, sua família, Jessica, Gibson, Zander e o marido, Alexis e Daniel. Acho que dou conta.

Ela deu de ombros.

– Se você diz… Mas fica à vontade para usar o bordão se precisar.

Ela estendeu o braço e arrumou a cauda do vestido de noiva.

O casamento ia ser no chalé. Tínhamos terminado a reforma no ano anterior e decidimos fazer a cerimônia e a festa no quintal em frente ao lago. Contratamos uma cerimonialista, e uma tenda elegante foi montada para a festa. Tirando isso, não havia quase nada tradicional no casamento.

Estávamos dentro do chalé, diante da porta que dava para os fundos, enquanto todos ocupavam seus lugares, porque eu mesmo ia entrar com Briana. Ela não gostava da ideia de alguém levá-la até mim como se fosse "uma propriedade mudando de dono" – foram as palavras exatas que ela usou. Queria que entrássemos como iguais. E era menos estressante para mim do que ficar parado na frente de todo mundo esperando que ela viesse.

Não haveria uma mesa principal para onde todos ficariam olhando a noite toda. Nós nos sentaríamos com nossos melhores amigos e seus cônjuges a uma mesa no meio de todas as outras. Nada de primeira dança – dançaríamos quando todos dançassem. Nada que colocasse muito foco em nós dois – em mim – para além da cerimônia em si. Só queríamos comemorar com nossos amigos e nossa família, e Briana sabia do que eu precisava para me sentir à vontade, e era por isso que eu tinha quase certeza de que não precisaria daquele bordão salva-vidas. Era um dos muitos motivos para eu amá-la tanto.

Sorri para ela, parada ali com seu vestido branco, segurando o buquê de flores.

– Tem certeza de que quer se casar comigo? – perguntei. – Não tenho mais nenhum órgão para doar.

– Pensei nisso e quase desisti. Mas você foi lá e mudou seu sobrenome para Ortiz, aí ficou esquisito. Agora seria babaquice da minha parte se eu não me casasse com você.

Ela franziu os lábios.

Eu ri. Fiz muitas coisas durante aqueles dois anos para garantir que ela soubesse que aquele relacionamento não seria como o anterior.

A senha do meu celular continuava a mesma – igual à dela. E fazíamos terapia de casal uma vez por mês, só para ter certeza de que manteríamos nossas habilidades de comunicação, e eu nunca perdia de vista tudo de que ela precisava para se sentir segura. Ela também ia à terapia sem mim, para trabalhar os sentimentos que ainda carregava a respeito do casamento anterior e da infância.

Foi bom termos essa base, porque ela passou por um breve período de depressão pós-parto quando Ava nasceu. E nós a ajudamos a superar. Aí comecei a ter ataques de pânico no trabalho quando a licença-maternidade da Briana chegou ao fim e Rosa teve que voltar para o Arizona para ficar com o marido. Deixar Ava com uma pessoa estranha quando ela ainda era tão pequena me deixava ansioso.

Briana gostava de trabalhar e não queria abrir mão da segurança de ter um salário. Então conversamos e decidimos que eu sairia do emprego no Royaume para ficar em casa até Ava começar a ir para a escola. Passei a ser pai e dono de casa. Adorei. Minha saúde mental ficou melhor do que nunca.

Começaram a tocar a música do casamento – nós já queríamos mesmo entrar. "Falling Up", do Will Heggadon. Era hora de ir.

A cerimonialista chegou do nada, falando num headset.

– Prontos?

Briana olhou para mim, segurando o buquê, e eu sorri.

– Prontos.

Ela entrelaçou o braço no meu e ajeitei Ava no quadril.

A cerimonialista abriu a porta do chalé, e Briana e eu saímos para a varanda. Todos se levantaram.

Eu não gostava dessa parte, quando todos ficavam olhando para nós. Mas gostava muito da parte de me casar com o amor da minha vida, então valia a pena.

Avançamos pelo corredor, sorrindo para os poucos convidados. Daniel estava sentado com a filha, Victoria Montgomery Grant, no colo, ao lado do marido de Zander.

Alexis e Zander, nossos padrinhos, esperavam por nós debaixo do caramanchão com Tenente Dan, que saltitou numa pata ao nos ver.

Rosa e Gil sorriram, radiantes, quando passamos. Gibson e a mulher estavam na mesma fileira. Ele *ainda* não tinha se aposentado.

Jill e Walter estavam com Jewel e Gwen, sentadas com os gêmeos entre elas. Levantei a perna da calça discretamente para mostrar as meias de esquilo. Eles já tinham 8 anos, mas ainda amavam as meias.

Ben estava com minha irmã Jane. Estavam morando juntos desde o ano anterior. Alugaram minha casa antiga quando Briana e eu compramos a nova, que tinha muito espaço para o bebê e um quarto de hóspedes para quando Rosa nos visitava. Tínhamos *dois* congeladores horizontais cheios de comida salvadorenha.

O transplante de Benny correu bem, e ele estava ótimo. Corria maratonas, tinha voltado a trabalhar e fazia parte da minha família tanto quanto Briana. Havia boatos de que ele e Jane seriam os próximos. Briana disse que iria entregar o buquê direto à minha irmã.

Passamos pelo Vovô, e Briana bufou baixinho. Ele estava fumando abertamente. Minha mãe deu de ombros, como quem diz que desistiu. Meu pai piscou para mim.

Quando chegamos aonde Amy e Jeremiah estavam sentados, na ponta da primeira fila, parei e entreguei Ava à tia. Meu irmão mais novo segurava minha sobrinha, que era apenas alguns meses mais velha que minha filha. Um dia, as duas seriam muito amigas, assim como Briana e Amy eram.

Briana entregou o buquê a Alexis e pegou minhas mãos.

Nós mesmos escrevemos nossos votos.

Olhei nos olhos da minha linda futura esposa e mal pude acreditar na minha sorte. Ela me deixava sem fôlego, todos os dias, como na primeira vez que a vi.

O celebrante disse algumas palavras sobre casamento, amor e apoiar um ao outro. Leu um poema sobre duas pessoas muito diferentes serem perfeitas uma para a outra porque uma preenche as partes que faltam na outra. E chegou a hora dos votos.

Pensei muito no que queria dizer, e o que escrevi pareceu perfeito.

Olhei nos olhos dela.

– Briana, concordo em ser inofensivo para você.

Ela sorriu, porque sabia que era só isso. Era a única promessa que precisava ouvir.

Era sua vez. Ela deu um sorrisinho irônico.

– Jacob, concordo em ser inofensiva para *você*.

Um sorriso enorme se abriu nos meus lábios, seguido pelas lágrimas. E nesse momento não senti o olhar de mais ninguém sobre mim. Éramos só nós dois, sozinhos um com o outro, presentes. Porque amar é isto: estar presente. E nunca deixar de estar.

Beijei minha noiva.

Nota da autora

Quando minha editora pediu que eu escrevesse por que escolhi os temas deste livro, de início pensei que talvez devesse falar sobre minha experiência com a ansiedade, ou sobre meu desejo de escrever minha primeira heroína divorciada. Mas, quando me sentei para escrever, me dei conta de que a história que eu queria contar era muito mais íntima. Tão íntima, na verdade, que só agora consigo falar sobre ela.

Aqui estou eu, respirando fundo.

Em 2020, em meio a tudo de terrível que estava acontecendo no mundo, comecei a perceber que estava perdendo cabelo.

Era algo tão discreto que pensei que talvez fosse fruto da minha imaginação. Os fios só pareciam um pouquinho mais finos que de costume. Podia ser o estresse da pandemia e do ano de eleição, ou quem sabe eu estivesse um pouquinho anêmica. Meus ciclos menstruais eram terríveis, então podia ser isso também. Eu me sentia muito bem. Comecei a tomar suplementação de ferro e disse a mim mesma que, se aquilo não melhorasse em alguns meses, eu consultaria meu médico, só para garantir.

Quando consultei o médico, meu mundo virou de cabeça para baixo.

Eu estava com doença renal crônica.

Numa única semana, recebi esse diagnóstico e também o de uma doença autoimune progressiva e incurável, a causa do meu estado. E o prognóstico não era bom. A probabilidade de que minha doença renal entrasse em remissão era de 33%, a de que continuasse como estava era de 33% e a de que entrasse em insuficiência renal aguda em cinco anos era de 33%. Eu tinha 40 anos.

Passei de uma mulher perfeitamente saudável a alguém que ia a um especialista diferente a cada semana. Entrei num mundo de procedimentos e tratamentos dolorosos. Fiz uma biópsia do rim. Comecei a tomar vários remédios. Consultei uma segunda opinião. E uma terceira. Eu detestava agulhas e passei a tirar sangue duas, às vezes três vezes por mês.

Os médicos queriam administrar quimioterapia para suprimir meu sistema imunológico e tentar deter aquele ataque, e fiquei apavorada com o que isso poderia fazer com meu corpo. Estava morrendo de medo de ter um sistema imunológico enfraquecido no meio de uma pandemia antes que houvesse uma vacina disponível. Pesquisei minha doença autoimune na internet e mergulhei em grupos do Facebook, nos quais li histórias de pessoas que tiveram úlceras nos olhos e perderam todos os dentes. Fiquei sentada no carro, no estacionamento da Starbucks, soluçando após perceber que minha bebida favorita não tinha mais o mesmo gosto porque a doença autoimune estava atacando minhas glândulas salivares.

Entrei em depressão. Minha melhor amiga ficou tão preocupada comigo que também entrou em depressão. Eu chorava todos os dias. Fui colocada numa dieta renal estrita e não podia comer as coisas que adorava. Não podia mais tomar anti-inflamatórios não esteroidais, então minha TPM já dolorosa se tornou insuportável. Minha qualidade de vida despencou.

O diagnóstico acabou comigo. E durante todo esse tempo ninguém fora do meu círculo mais íntimo soube de nada. Eu fazia publicações nas redes sociais, promovia meus livros e agia normalmente. Escrevi *Parte do seu mundo* em meio a tudo isso, e de algum jeito consegui produzir meu livro de maior sucesso até hoje. Tudo parecia incrível para quem via de fora, mas eu estava vivendo o pior ano da minha vida.

Os rins não gostam de nos avisar que estão doentes. Na verdade, a maioria das pessoas só demonstra sinais da doença quando ela chega ao estágio três. Tive muita sorte de ter percebido que meu cabelo estava mais fino e não ter demorado para tentar descobrir por quê. Ainda não havia cicatrizes em meus rins, então os médicos concordaram com uma abordagem de observação para dar uma chance aos remédios menos agressivos antes de me receitar algo mais forte.

Mas, durante meio ano, os resultados dos exames foram os mesmos. Eu não melhorava. Ficava ansiosa alguns dias antes e depois dos exames de sangue. Os e-mails com os resultados me causavam ataques de pânico quando eu recebia a notificação, porque a notícia nunca era boa. Meu mundo girava em torno dos meus problemas de saúde. Eu era o Benny. Então, do nada, os resultados dos meus exames vieram um pouquinho melhores.

Tentei não criar muitas esperanças, mas no mês seguinte os números caíram ainda mais. Sempre que eu recebia os resultados, havia uma melhora em relação ao mês anterior. Meu cabelo voltou a crescer, a doença autoimune deu trégua e meu café voltou a ser saboroso – e, de repente, *PUF*. Um ano após o diagnóstico, entrei em remissão total. Ganhei minha vida de volta. Do nada. Eu continuaria com os medicamentos para o resto da vida, sempre teria uma doença autoimune, e ela poderia voltar a atacar, mas remissão total dá um prognóstico maravilhoso. Acho que nem meu médico esperava o que aconteceu. Tive muita, muita sorte.

Sempre fui uma defensora ativa da doação de órgãos. Na verdade, falo disso na maioria dos meus livros. Mas agora entendo de verdade o outro lado e o impacto que precisar de um transplante causa na vida da pessoa que o recebe. Sei como é viver à base do "e se", ter medo de não conseguir um órgão caso venha a precisar de um, ver seu mundo ficar cada vez menor à medida que a saúde piora – e canalizei tudo isso neste livro. Eu queria que nosso herói fosse do tipo de que quase precisei, então fiz de Jacob um doador. Escrevi sobre o impacto psicológico de uma doença crônica que muda a vida inteira, não só para Benny, mas também para Briana, testemunha impotente do sofrimento – porque, quando temos pessoas que nos amam, elas sofrem conosco.

Todos os meus livros são feitos de fragmentos da minha vida. Alguns deles você pode reconhecer das mídias sociais. De outros, nunca vai saber. Como diz Jacob, somos um mosaico. Somos feitos de todas as pessoas que conhecemos e todas as coisas por que passamos. Há pedaços de nós que são coloridos, sombrios, afiados e belos. Todos os meus livros são mosaicos de mim e das minhas experiências de vida misturados a toques de ficção. Para divertir você. Para ajudar você a ter um escape. Para educar e, com sorte, mudar o modo como você vê o mundo e o que você coloca nele. Minha esperança é de que, com este livro, e ao compartilhar minha história, quem sabe um dia você considere a dádiva que é doar órgãos. Isso muda vidas.

Agradecimentos

Agradeço ao nefrologista Dr. Jared Fialkow por compartilhar sua experiência comigo, e à enfermeira de emergência Terri Saenz Martinez e à técnica em enfermagem Kristyn Packard por responderem a milhões de mensagens sobre a vida na emergência. Obrigada à enfermeira Liesl Burnes pelas mensagens frequentes e aleatórias tarde de noite respondendo a perguntas estranhas sobre hospitais. Às leitoras beta Kim Kao, Jeanette Theisen Jett, Kristin Curran, Terri Puffer Burrell, Amy Edwards Norman, Dawn Cooper, e à leitora sensível Leigh Kramer – eu não teria conseguido sem vocês. Agradeço a Sue Lammert, terapeuta especializada em trauma, à Dra. Karen Flood e à Dra. Julie Patten, psicólogas, por me ajudarem a retratar os aspectos que envolvem saúde mental com sensibilidade e precisão. Como sempre, destaco que qualquer erro é responsabilidade minha e não das pessoas que me aconselharam.

Agradeço muito à equipe da Forever por tudo que fazem: minha editora, Leah Hultenschmidt; a publicitária Estelle Hallick; a designer de capa, Sarah Congdon; a assistente editorial, Stacey Reid; Michelle Figueroa, Tom Mis e Nita Basu, da equipe de áudio; e as inúmeras outras pessoas que trabalharam com tanta dedicação para que este livro chegasse às suas mãos.

Obrigada, Valentina García-Guzio, pela ajuda com o espanhol.

Obrigada, Stephanie Arndt, pela sugestão de título quando tivemos que mudá-lo de última hora, e um aceno a Sara Reda por passar dias conversando comigo por mensagem sobre narradores para o audiolivro.

Stacey Graham, não acredito que já publicamos cinco livros! AIMEUDEUS! Obrigada por me trazer até aqui, estou adorando a jornada!

LEIA UM TRECHO DE OUTRO LIVRO DA AUTORA

Parte do seu mundo

Alexis

Mariposas voavam à luz dos faróis sobre a grama alta da valeta. Eu ainda estava agarrada ao volante, o coração batendo acelerado.

Ao tentar desviar de um guaxinim em meio à neblina, caí em um barranco raso no acostamento. Eu estava bem. Assustada, mas bem.

Tentei dar ré, mas os pneus giraram sem sair do lugar. Provavelmente tinha atolado na lama. *Argh.* Eu deveria ter comprado o SUV em vez do sedã.

Desliguei o motor, liguei o alerta e chamei o guincho. Eles disseram que eu precisaria esperar uma hora.

Perfeito. *Perfeito.*

Eu ainda estava a duas horas de casa, empacada entre a funerária de onde tinha acabado de sair, em Cedar Rapids, Iowa, e Mineápolis, onde morava. Estava morrendo de fome, com vontade de ir ao banheiro, e usava uma cinta modeladora. Basicamente o grand finale da pior semana da minha vida.

Liguei para minha melhor amiga, Bri. Ela atendeu ao primeiro toque.

– E aí? Como foi a semana infernal?

– Bom, posso contar como acabou – respondi, reclinando o banco. – Acabei de enfiar o carro em uma valeta.

– Eita. Você está bem?

– Estou.

– Chamou o guincho?

– Chamei. Uma hora de espera. E ainda estou com a cinta modeladora.

Ela sugou o ar por entre os dentes.

– A cinta do demônio? Você não se trocou antes de ir embora? Deve ter saído correndo de lá como o diabo foge da cruz. Onde você está? – perguntou ela.

Olhei pelo para-brisa.

– Não faço a menor ideia. Literalmente no meio do nada. Não estou vendo nem um poste.

– O carro quebrou?

– Não sei – respondi. – Não saí para olhar. Acho que não. – Eu me remexi no banco, estava desconfortável. – Quer saber? Espera aí. Vou tirar esse negócio.

Soltei o cinto e reclinei o banco até o máximo. Tirei os sapatos de salto e os joguei para o lado do passageiro, então estendi o braço para abrir o zíper do vestido. Sacudi os ombros para que as alças caíssem e me deitei, erguendo o vestido preto até o quadril e enganchando os polegares na parte de cima da cinta.

Não havia ninguém ali. Fazia meia hora que eu não via outro carro passar. Mas é claro que, assim que comecei a tirar a meia-calça, faróis iluminaram meu para-brisa traseiro.

– Droga – respirei fundo e me apressei para terminar o que estava fazendo.

Eu meio que estava tentando tirar a meia de compressão em tempo recorde. Ouvi uma porta bater e passei a me movimentar freneticamente. Lutei contra a peça, tentando tirá-la por baixo do volante, e por fim chutei-a para longe no instante em que alguém surgiu à minha janela.

Um cachorro grande e desgrenhado apareceu do nada e pulou na porta para olhar para mim. Em seguida, um cara branco de barba e jaqueta jeans com colarinho de lã veio atrás dele.

– Hunter, desce. – Ele afastou o cachorro da porta do carro e bateu no vidro com os nós dos dedos. – Ei, tudo bem por aí?

Eu ainda estava com o zíper meio aberto e o vestido levantado até quase a calcinha.

– Tudo bem – respondi, puxando o vestido para cobrir as pernas e virando as costas nuas para o lado do passageiro. – Guaxinim.

Ele levou a mão à orelha.

– Desculpe, não consegui ouvir direito.

Abri um pouco o vidro.

– Desviei de um guaxinim. Estou bem – repeti, mais alto.

Ele pareceu achar aquilo divertido.

– Ah, sim. Temos muitos por aqui. Quer que eu reboque seu carro?

– Já chamei o guincho. Obrigada.

– Se chamou o guincho, é o Carl que deve vir. Vai ficar um tempo esperando. – Ele sinalizou com a cabeça em direção à estrada. – Ele já mandou umas seis cervejas para dentro no Bar dos Veteranos.

Fechei os olhos e suspirei, cansada. Quando os abri, o homem sorria.

– Espere um pouco, vou rebocar seu carro.

Sem esperar por resposta, ele saiu andando até a traseira do veículo.

Fechei o zíper, apressada. Então, peguei o celular.

– Um cara vai rebocar meu carro – sussurrei para Bri.

Virei o retrovisor para tentar ver a placa dele, mas os faróis acesos ofuscaram meus olhos. Ouvi um barulho metálico do lado de fora. O cachorro voltou a pular na janela para me encarar. Seu rabo começou a balançar, e ele latiu.

– Isso foi um cachorro? – perguntou Bri.

– Foi. É do cara – respondi, balançando a cabeça para o cachorro. Ele estava lambendo o vidro.

– Por que você está tão ofegante?

– Eu estava tentando tirar a cinta quando ele chegou – falei, pegando a cinta no chão e enfiando-a na bolsa. – Estava quase pelada quando ele apareceu na minha janela.

Ela riu tão alto que tive que afastar o celular da orelha.

– Não tem graça nenhuma – sussurrei.

– Não tem graça para *você* – retrucou ela, ainda rindo. – E como é o cara? Um velho assustador?

– Não. Na verdade até que é bonitinho – comentei, tentando enxergar pelo retrovisor o que estava acontecendo atrás do carro.

– Ahhhhh. E como *você* está? Apresentável?

– Cabelo e maquiagem, vestido preto do velório… – descrevi, olhando para o meu reflexo.

– Aquele da D&G?

– É.

– Então está gata. Vou ficar na linha caso você seja assassinada.

– Rá. Obrigada. – Voltei a me recostar no banco.

– E o velório, foi uma merda? – perguntou Bri.

Soltei o ar devagar.

– Foi uma merda generalizada. Todo mundo perguntou sobre o Neil.

– E o que você falou?

– Nada de mais. Que terminamos e eu não queria falar sobre isso. Eu não ia entrar nesse assunto. E é claro que Derek não apareceu.

– Que bom momento para estar no Camboja. Ele está perdendo *tooooo-da* a diversão – comentou Bri.

Meu irmão gêmeo costumava evitar o drama da família. Não que ele soubesse que nossa tia-avó Lil ia morrer de repente na casa de repouso nem que eu seria lançada na cova dos leões sozinha para uma reunião de família/velório de três dias... mas era bem a cara dele sumir nessas horas.

Abri o vidro mais alguns centímetros para fazer carinho no cão. Ele tinha as sobrancelhas cheias de um homem idoso e grandes olhos dourados que o faziam parecer surpreso ao me ver.

– Minha mãe fez um ótimo trabalho com a homenagem – falei, acariciando a orelha do cachorro.

– Nenhuma surpresa.

– E Neil mandou mensagem o tempo todo.

– *Também* nenhuma surpresa. Aquele homem é a audácia em pessoa. Você respondeu?

– Hum, *não*.

– Ótimo.

Mais barulhos metálicos do lado de fora.

– Beleza, então escuta só – disse Bri. – A gente podia ir a um encontro duplo quando você voltar.

Soltei um gemido.

– É sério, não é tão complicado assim.

É muito complicado, sim.

– A gente pega os caras mais gatos que encontrar no Tinder. Provavelmente alguém posando com um peixe, mas isso não importa. Levamos eles até o café perto do escritório do Nick... aquele onde ele almoça todos os dias às onze e meia, sabe? E aí, quando Nick aparecer, fingimos surpresa por vê-lo ali. Você tropeça e derruba vinho na camisa dele sem querer enquanto eu beijo meu cara.

Engasguei com a risada.

– Por mais que eu queira ajudar você a destruir as roupas do seu futuro ex-marido – falei, ainda rindo –, não pretendo sair com ninguém tão cedo.

Não preciso de homens na minha vida neste momento. Ou em qualquer outro.

– É, bom, somos todas mulheres fortes até uma barata voadora aparecer às três da manhã e não ter ninguém para matá-la.

Bufei.

– Mas é sério agora – disse ela –, nunca ficamos solteiras ao mesmo tempo. Precisamos aproveitar. Verão das gostosas. Seria tão divertido.

– Acho que estou mais no clima de verão das senhoras...

Ela pareceu pensar por um minuto.

– Também pode funcionar.

Ouvi mais barulhos metálicos, como se o cara estivesse prendendo algo ao para-choque.

– Quer sair para beber amanhã? – perguntou Bri.

– Que horas? Tenho aula de pilates.

– Depois.

– Tá bom, vamos.

Percebi alguns movimentos pelo retrovisor lateral. O homem estava voltando. Parei de acariciar o cachorro e fechei o vidro quase por completo.

– Ei – sussurrei para Bri –, o cara está voltando. Espera aí.

O homem afastou o cachorro da porta mais uma vez e se abaixou para falar comigo pela janela.

– Pode deixar o carro em ponto morto? – perguntou ele pela pequena abertura.

Assenti.

– Quando eu tirar você daí, coloque no P e mantenha o motor desligado até eu tirar as correntes.

Aquiesci mais uma vez e vi o homem andar até a caminhonete. Uma porta bateu, e o motor dele rugiu. Então meu carro deu uma guinada e começou a sair da valeta devagar, voltando para a estrada. Ele circundou o carro com uma lanterna e deu uma olhada no para-lama.

Uma libélula pousou no capô. Ficou totalmente imóvel enquanto o homem observava os pneus, agachado. Então ele desligou a lanterna e voltou para a traseira. Mais barulhos metálicos de correntes e, um minuto depois, ele apareceu na janela outra vez.

— Dei uma olhada em todo o carro. Não vi nenhum estrago. Acho que você pode seguir viagem.

— Obrigada — falei, deslizando duas notas de 20 dólares pela fresta.

Ele sorriu.

— Essa fica de brinde. Dirija com cuidado.

Ele voltou para a caminhonete e buzinou, dando um aceno amigável ao passar por mim em meio à neblina.

Daniel

— Cem pratas se ela for embora com você — disse Doug, apontando com a cabeça para a ruiva sentada no bar.

Era a mulher que eu tinha tirado da valeta meia hora antes. Quinze minutos depois, ela entrara no Bar dos Veteranos.

Eram nove da noite de uma terça-feira de abril, o que significava que a cidade inteira estava amontoada no bar. A neve tinha derretido e a baixa temporada começara. Tudo, exceto o Jane's Diner e o bar, ficaria fechado até que o rio esquentasse, e Jane já havia encerrado às oito. Os turistas tinham ido embora, então aquela pobre desavisada se destacava em meio à multidão, além de ser a única mulher na cidadezinha que não era da nossa família nem tinha crescido com a gente. Seria uma perseguição implacável.

Ri do meu melhor amigo, passando giz no taco.

— Desde quando *você* tem 100 pratas?

Brian riu da banqueta onde estava sentado.

— Desde quando você tem 5 pratas? E, se tiver, pode me dar. Você ainda está me devendo pelas bebidas daquela outra noite.

— Boa sorte — resmunguei.

Doug mostrou o dedo do meio para nós dois.

— Eu tenho 100. E tenho suas 5 pratas também, idiota — disse ele para Brian. — Além disso, eu não vou pagar a aposta sozinho. Cada perdedor aqui aposta 50, e quem for embora com ela leva tudo.

– Deixa a mulher em paz – falei, dando a tacada. As bolas rolaram pela mesa, e a seis caiu na caçapa do canto. – Ela não vai para casa com ninguém deste bar. Acredite.

Mulheres como ela não costumam querer nada com caras como nós. O carro que tirei da valeta era uma Mercedes. Valia mais do que tudo que nós três ganhávamos em um ano. Isso sem falar que ela estava vestida como se estivesse indo para uma festa em um iate. Vestido chique, diamantes enormes nas orelhas, pulseira de diamantes... Ela nitidamente estava de passagem pela cidade e não tinha intenção nenhuma de fazer uma escala ali. Na verdade, fiquei surpreso por ela ter parado lá em vez de dirigir por mais 45 minutos até Rochester para comer. O Bar dos Veteranos não era exatamente um restaurante requintado.

Doug já estava tirando o dinheiro da carteira.

– Não estou interessado – falei, derrubando a oito na caçapa lateral. – Não gosto de apostar em seres humanos. Ela não é um objeto.

Doug balançou a cabeça.

– Que tal pelo menos *tentar* se divertir?

– Eu estou me divertindo.

– Ah, é? Quando foi a última vez que você pegou alguém? – perguntou Doug. – Faz o quê? Quatro meses que você e Megan terminaram?

– Não estou querendo pegar ninguém. Mas obrigado.

Ao perceber que não conseguiria nada comigo, Doug se virou para Brian.

– E você? Cem pratas.

Brian olhou quase imediatamente para Liz, que estava trabalhando atrás do bar.

Doug revirou os olhos.

– Ela é casada. *Casada*. Você precisa superar isso. Está ficando deprimente. Entre em um aplicativo de namoro ou qualquer coisa do tipo. – Doug apontou com o copo de refrigerante para Brian. – Conheci duas gêmeas no Tinder semana passada. *Gêmeas*. – Ele ergueu as sobrancelhas.

Dei uma tacada.

– É mesmo? Então decepcionou duas mulheres de uma vez só?

Brian riu.

Doug me ignorou.

– Estou falando sério, cara. Ela não vai largar o marido. Desapega.

Brian olhou mais uma vez para Liz. Então, como se tivesse sido combinado, a porta do Bar dos Veteranos se abriu e Jake entrou vestindo o uniforme de policial.

Todos paramos para vê-lo seguir até o bar. Ele abriu caminho, distribuindo tapinhas nas costas e cumprimentando as pessoas mais alto que o necessário, para deixar claro que estava nos agraciando com sua presença.

Ele deu a volta no balcão como se fosse o dono do lugar, foi até Liz e a envolveu em um beijo de cinema. Gritos irromperam pelo bar, e Doug e eu nos entreolhamos. Que babaca.

Olhei para Brian a tempo de ver a tristeza em seu rosto.

Caramba, talvez Doug tivesse razão. Não estou dizendo que fazer uma aposta por uma mulher era a saída, mas Brian precisava mesmo superar aquela merda. Liz não ia largar o marido – embora devesse.

Mike passou por nós a caminho do banheiro e Doug acenou para ele.

– E aí, Mike! Cem pratas se ela for embora com você.

Ele apontou para a mulher no bar.

Mike parou e a observou através dos óculos. Devia ter gostado do que viu, porque pegou a carteira.

– Quase não parece justo. Vou acabar com 100 pratas *e* uma mulher bonita.

Ri e olhei para o relógio.

– Preciso ir. Tenho que alimentar a bebê – falei, guardando o taco.

Doug soltou um resmungo.

– Toda hora. – Ele acenou para mim. – Beleza. Vá embora daqui. – Então olhou para o bar por cima do meu ombro e apontou para a mulher. – Ei, fale bem de mim quando passar por ali, ok?

– Quer que eu minta para ela? – perguntei, vestindo a jaqueta.

Brian e Mike riram.

Doug me ignorou e largou o taco sobre a mesa.

– Vou sacar minha arma secreta.

Ri e fui até o bar, balançando a cabeça.

CONHEÇA OS LIVROS DE ABBY JIMENEZ

Parte do seu mundo
Para sempre seu
Apenas amigos?
Playlist para um final feliz

Para saber mais sobre os títulos e autores da Editora Arqueiro,
visite o nosso site e siga as nossas redes sociais.
Além de informações sobre os próximos lançamentos,
você terá acesso a conteúdos exclusivos
e poderá participar de promoções e sorteios.

editoraarqueiro.com.br